Design by Steven D. Anderson

Published originally by Ballantine Publishing Group under the title :
Star Wars: Episode II Attack of the Clones
A novel by R. A. Salvatore
Based upon the story by George Lucas
and the screenplay by George Lucas and Jonathan Hales

編集協力＝株式会社イオン
装丁＝花村 広

STAR WARS™
EPISODE II
ATTACK OF THE CLONES
エピソード2 クローンの攻撃

R・A・サルヴァトア［著］
富永和子［訳］

ソニー・マガジンズ

遠い昔、はるか彼方の銀河で……

主な登場人物

アナキン・スカイウォーカー	オビ=ワンのパダワン(弟子)。20歳の青年。
オビ=ワン・ケノービ	ジェダイ・ナイト。アナキンのマスター。
パドメ・アミダラ	ナブー選出の元老院議員。
キャプテン・タイフォ	アミダラの護衛隊長。
コーデ	アミダラの侍女。
ドーメ	アミダラの侍女。
R2-D2	アミダラ所有のアストロメク・ドロイド。
ジャー・ジャー・ビンクス	ナブー選出の元老院準代表員。グンガン。
ルウイー・ネイベリー	アミダラの父親。
ジョバル・ネイベリー	アミダラの母親。
ソーラ	アミダラの姉。
ヨーダ	900歳近いジェダイ・マスター。
メイス・ウィンドゥ	ジェダイ評議会の長老を務めるジェダイ・マスター。
ジョカスタ・ヌー	ジェダイ・テンプルの記録保管室の管理者。
パルパティーン	銀河共和国の元老院議長。
ベイル・オーガナ	オルデラン選出の元老院議員。
クイーン・ジャミーラ	ナブーの女王。
シオ・ビブル	ナブー評議会のカウンシラー。

ドゥークー伯爵	もとジェダイ・マスターだった分離主義者。
ヌート・ガンレイ	トレード・フェデレーションのヴァイスロイ。
シュ・マーイ	コマース・ギルドの会頭。
ポグル大公	ジオノーシスの統治者。
サン・ヒル	インターギャラクティック銀行グループの会長。
ラマ・スー	カミーノの首相。
トーン・ウィー	ラマ・スーの補佐官。
ダース・シディアス	シスの暗黒卿。
ジャンゴ・フェット	賞金稼ぎ。
ボバ・フェット	ジャンゴ・フェットの息子。
ザム・ウェセル	クローダイトの賞金稼ぎ。
デクスター・ジェットスター	コルサントの情報屋。
シミ・スカイウォーカー・ラーズ	アナキンの母親。
クリーグ・ラーズ	シミの夫。タトゥイーンの農夫。
オーウェン・ラーズ	クリーグの息子。
ベルー・ホワイトサン	オーウェンの恋人。
C-3PO	シミが所有するプロトコル・ドロイド。
ワトー	タトゥイーンのジャンク（がらくた）商。

スター・ウォーズ
エピソード２ クローンの攻撃

プレリュード

彼は目の前の光景に心を奪われていた。とても静かで、穏やかな……ごく普通の光景に。

幼いころから彼が望んでいた生活がそこにあった。家族と友人の集まり。知っている顔は愛する母だけだったが、彼らが家族と友人であることはわかっていた。

これがあるべき姿なのだ。温かさと愛と笑いと静かなひととき。彼が昔から夢見ていた暮らし、欲しいと願いつづけてきた暮らしがそこにはあった。温かい、やさしいほほえみが。楽しい会話が。やさしく肩をたたく、愛情のこもったしぐさが。

だが、何よりもうれしいのは、幸せに満ちた愛する母のほほえみだった。母はもう奴隷ではない。アナキンは自分に向けられた母の目に、それを読みとった。母がどれほど彼を誇らしく思っているか、どれほど楽しく暮らしているかを。

母はぱっと顔を輝かせ、アナキンの前に来て、手を差し伸べ、ほおをなでた。微笑が広がり、さらに広がった。

そしてそのまま広がりつづけた……。

普通のきずなよりもはるかに強いきずなが、母に大きな喜びをもたらしているのだと思ったが、母のほほえみはしだいにまのびして、不気味にゆがみはじめた。

母はゆっくりと動いていた。まるでスローモーションのように。手や足が急に重くなったように、彼らの動きはみな緩慢になった。

いや、重いのではない。アナキンはそれに気づき、感電したようなショックを受けた。彼らや母の顔がこわばり、かたくなって、生きて呼吸している人間ではなくなったようだった。

その誇張された笑みとゆがんだ顔の裏に、彼は痛みを見てとった。凍りついた苦痛を。

彼は母を呼ぼうとした。どうすればいいのか？　もとに戻せるのか、尋ねようとした。

だが、母の顔はさらにゆがみ、両眼から血がしたたりはじめた。肌がかたくなり、ほとんど透明に、ガラスのようになった。

ガラス！　母はガラスに変わっていた。顔がきらきら光り、なめらかな肌を血が流れ落ちる。その顔に浮かぶあきらめと謝罪、彼を失望させ、彼に失望したと告げる表情が、なすすべもなく見つめるアナキンの心に鋭く突き刺さった。

彼は母に向かって手を伸ばそうとした。

ガラスにひびが入りはじめた。恐ろしい音とともにそのひびが広がっていく。

アナキンは繰り返し母を呼び、夢中で手を差し伸べた。フォースを使い、全力を振りしぼり、意志の力を総動員して、自分の思いを母へと送った。

だが、母は粉々に砕けた。

彼はがばっと起き上がった。恐怖に目をみはり、額に玉のような汗を浮かべ、荒い息をつきながら。

そこは宇宙船の寝台だった。

夢だ。すべて夢だ。

彼は再び寝台に体を横たえながら、繰り返しそう自分に言い聞かせた。ただの夢だ。

だが、本当にそうだろうか？

物事がまだ起こらないうちに、それを見る力が彼にはある。

「アンシオンだぞ！」宇宙船の前部から、いつものようにマスターが呼んでいる。

夢の残像を振り払い、目の前の仕事に気持ちを向けなくてはならないのはわかっていたが、これは思ったほど簡単ではなかった。

なぜなら、母が再び見えたからだ。凍りついて、百万ものかけらに砕ける母の姿が。

彼は顔を上げ、制御システムの前に座っているオビ=ワンの姿を思い浮かべた。この夢のことをすっかり話すべきだろうか？　彼の師《マスター》は彼を助けてくれるだろうか？　だが、この思いは頭をよぎったとたんに消えていた。マスター、オビ=ワン・ケノービは、彼を助けることはできない。ジェダイたちの頭はほかのこと、彼の訓練や、コルサントから遠く離れた惑星どうしの争いをまるくおさめることに占領されている。

できるだけ早くコルサントに戻りたい。彼はそう思った。いまの彼には導きが、オビ=ワンには与えてもらえないたぐいの導きが必要だった。

元老院議長パルパティーンともう一度話さなくてはならない。パルパティーンに安心させてもらわねばならない。あの元老院議長はこの一〇年、彼に深い関心を寄せ、彼とオビ=ワンがコルサントにいるときには、何かにつけて話すチャンスを作ってくれる。

まだあざやかに残っている恐ろしい夢を忘れようと努めながら、彼はパルパティーンが寄せてくれる好意を思った。〝きみの力はかつてないほどの高みに駆け上る〟――元老院議長が、共和国の頂点に立つ男が、そう約束してくれたのだ。彼は強力な力を持つジェダイのなかですら、ずば抜けた権力を持つようになる、と。

それが答えなのかもしれない。最高の力を持つジェダイ、だれよりも強いジェダイなら、壊れやすいガラスさえも強化することができる。

「アンシオンだぞ」再びコクピットから声がした。「アナキン、支度しろ！」

1

シミ・スカイウォーカー・ラーズは、片足を土盛りにかけ、曲げたひざに片手を置いて、水分抽出農場の端に立ち、肌寒いタトゥイーンの夜気のなか、きらめく夜星を見上げた。周囲にはなだらかな砂丘がどこまでもつづき、夜風がそれを渡っていく。どこか遠くで砂漠の動物がうめくような声をあげた。哀愁を帯びたその声が、今夜はひときわ胸にしみる。

今夜は特別の夜だから。

息子のアナキン、だれよりも愛する小さなアニーが、今日二〇歳になったのだ。アニーにはもう一〇年あまり会っていないが、シミは毎年息子の誕生日を心のなかで祝ってきた。ああ、あの子はこの一〇年でどれほど変わったことか！　どれほど大きく、たくましく成長し、賢いジェダイになったことか！　生まれてこのかた砂漠の惑星タトゥイーンの狭い地域からでたことのないシミには、アニーが星々のあいだで、ここととはまるで違うさまざまな惑星、色あざやかな谷を満たす水のある惑星で、何を見つけたか想像もつかなかった。

まだ息子が一緒だった遠い日々を思い出し、シミは若いころの美しさがしのばれる顔をほころばせた。あのころは、ふたりともワトーに仕えるみじめな奴隷だった。いたずらが大好きで、いつも空の彼方を飛びまわる夢を見ていたアニー。独立心が強く、大人顔負けの勇敢な子供だったアニーは、よくあのトイダリアンの廃品業者を激怒させたものだ。奴隷の生活は決して楽だとは言えなかったが、楽しい思い出もたくさんある。食べ物はとぼしく、持ち物も少なく、ワトーにたえず文句を言われ、こき使われていたが、あのころは最愛のアニーがそばにいて……。

「そろそろなかに入ったほうがいいよ」後ろから静かな声が聞こえた。

シミはにっこり笑って、横に並んだ義理の息子オーウェン・ラーズを見た。オーウェンはアナキンとほぼ同い年。がっしりした若者だ。短い茶色の髪はややかたく、いかにも人のよさそうな丸顔には、心のなかの思いがそっくり表れる。

シミが髪をくしゃくしゃにすると、オーウェンはシミの肩を抱いてほおにキスした。

「今夜は宇宙船が見えたかい?」シミが今夜ここに来たわけも、静かな夜にはよくここに来るわけも知っているオーウェンは、やさしくそう尋ねた。

シミは微笑を浮かべ、片手でやさしくオーウェンのほおをなでた。彼女は実の息子と同じように、この若者を愛していた。オーウェンも彼女を実の母のように慕い、遠く離れていてもアナキンがシミにとってかけがえのない存在であることを理解し、それを妬《ねた》むことも批判することもせず、シミの寂しさと悲しさを受け入れて、必要なときにはいつでも寄りかかれる肩を貸してくれる。

「今夜は一隻も見えないわ」シミは星空に目を戻しながら答えた。「アナキンは宇宙を救うので忙しいか、さもなければ密輸業者やほかの悪者を追いかけているにちがいないわ。ええ、それがあの子の仕事ですもの」

「だったら、今夜からはこれまでよりぐっすり眠れるな」オーウェンはにやっと笑って答えた。

もちろん、これは冗談だったが、シミの想像には多少の真実も含まれていた。アナキンは特別な子供だった。普通の子供とは違っていた。おそらく、ジェダイのなかでも特別な存在にちがいない。アナキンはどんなときでも、だれよりも自信を持っていた。体は決して大きなほうではなく、好奇心に満ちた目と砂色の髪の、笑顔のかわいい小柄な少年だったが、アニーはなんでもできた。それもだれよりも巧みに。まだほんの子供のうちからポッドレースに出場し、タトゥイーン一速いポッドレーサーの出場者たちに勝ったこともある。人間でポッドレースに優勝したのは、彼女のアニーだけ。それもたった九歳のときに！　しかも、そのとき乗ったポッドレーサーは、ワトーの廃品置き場で集めた部品から自分で作ったものだった。そのことを思い出し、シミの笑顔はますます広がった。

とにかく、アナキンは特別な子供だった。ほかの子供はもちろん、大人と比べても、たくさんの点で勝っていた。物事が起こる前に、それを〝見る〟ことができるのもそのひとつだ。アナキンはまるで、周囲のすべてと調和し、あらゆる出来事の論理的な行きつく先を理解しているようだった。自分が乗っているポッドレーサーの問題をいち早く感じとり、大事故につながりかねない故障を、それが起こるずっと前に察知し、どのコースでも、前方の障害がまだ見えないうちにそれを感じることができた。これはアナキンだけが持つ能力だった。だからこそタトゥイーンにやって来たジェダイが、あの子のこの特別な能力を見抜き、ワトーから自由にして自分たちの手元に置き、教え導くことに決めたのだ。

「あの子は手放すしかなかった」シミは静かに言った。「そばに置いて、奴隷の一生を送らせることはできなかったのよ」

「わかってる」オーウェンがやさしく言った。

「たとえ奴隷ではなかったとしても、手放したでしょうね」シミはそう言ったあとで、まるで自分の言葉に驚いたかのようにオーウェンを見た。「アニーは銀河に与えるものをたくさん持っている。タトゥイーンに閉じこめておくことはできなかったわ。あの子は外の世界に属しているの。星々のあいだを飛びまわり、たくさんの惑星を救うのがあの子の務め。ジェダイになり、たくさんのものをたくさんの人々に与えるのがあの子の運命なのよ」

「おかげでぼくらはよく眠れる」オーウェンはさきほどの言葉を繰り返し、彼を見上げたシミに向かって、再びにやっと笑った。

「まあ、わたしをからかっているのね！」シミは片手を上げて彼の肩をたたいた。オーウェンは黙って肩をすくめた。

シミは再びまじめな顔に戻った。「アニーは行きたがったの」オーウェンには何度も同じ話をしてきたし、この一〇年、毎晩自分にそう言い聞かせてきたのだった。「宇宙を飛びまわるのがあの子の夢だった。銀河にあるすべての世界を訪れ、大きな仕事をするのが。あの子は奴隷として生まれたけれど、奴隷になるために生まれたのではないの。ええ、わたしのアニーは違うわ。わたしのアニーは違う」

オーウェンはやさしく肩をつかんだ。「母さんは正しいことをしたんだよ。ぼくがアナキンなら、母さんに感謝するよ。いちばんよいと思うことをしてくれたのはわかってるもの。それより深い愛はないよ、母さん」

シミは悲しみの入りまじった笑顔を浮かべ、オーウェンのほおをなでた。

「さあ、家に入ろう」オーウェンはシミの手を取った。「ここは危険だ」

シミはうなずき、彼の手に引かれて土盛りをおりかけたが、急に足を止め、振り返ったオーウェンを見つめた。「あそこのほうがもっと危険だわ」彼女は深々と息を吸いこみながら、心配そうに夜空を見上げた。「あの子がケガをしていたら、オーウェン？　それとも死んでいたら？」

「希望のない生活を送るより、自分の夢を追いかけながら死ぬほうがましさ」オーウェンはそう言ったものの、自分の言葉にそれほど確信はなさそうだった。

シミは義理の息子を見て口もとをなごませた。オーウェンは父親に似て、だれよりも堅実で現実的な子だ。いまの言葉は彼女を慰めるために言ってくれたのだ。そう思うとよけいうれしかった。

シミはオーウェンに引かれ、オーウェンの父親である夫クリーグ・ラーズの質素な住まいへと歩きだした。

アニーを手放したのは正しい選択だったわ、彼女はひと足ごとにそう自分に言い聞かせた。わたしたちは奴隷だった。あのときは、あのジェダイにアニーをゆだねるほかに、自由を手にする見込みはなかったのだ。アニーの夢のすべてをかなえてくれるというジェダイ騎士《ナイト》の約束に背を向け、アニーをこのタトゥイーンに閉じこめておくことなど、どうしてできただろう？

もちろん、あのときはまだ、あの運命の日、モス・エスパの町で、水分抽出農場を営むクリーグ・ラーズと出会うことなど知るよしもなかった。ましてやクリーグが彼女と恋に落ち、ワトーから彼女を買いとったあとで、自由人になった彼女に結婚を申しこむなどとは思いもしなかった。アニーを手放したあとそうなるとわかっていても、あの子を行かせただろうか？

いまアナキンがそばにいたら、彼女の生活ははるかに幸せな、満ち足りたものになっていたのではないか？

シミは微笑した。いいえ、それでも、わたしはアニーを行かせたわ。遠からず自分の身の上に大きな変化が起こることがわかっていたとしても。自分のためではなく、アナキンのために。あの子のいる場所は外の大きな世界だから。それがわかっていたから。

この一〇年で、彼女とアナキンの身には、なんと多くの驚くべき変化が訪れたことか。そう思ってシミは首を振った。いま振り返っても、ふたりにとってもっとよい結末があったとは思えない。

とはいえ、納得はしていても、胸のなかに底なしの穴があいているようなむなしさは消えなかった。

2

「お手伝いしますわ」ベルーが穏やかに言い、夕食の支度をしているシミのそばにやって来た。クリーグとオーウェンは夜に備え、農場の境を見まわりにでている。今夜は砂嵐になりそうだ。

まもなく家族の一員になるベルーに温かい笑顔で応え、シミは包丁を渡した。ベルーとの結婚についてオーウェンから何か聞いているわけではないが、ふたりがおたがいに向けるまなざしを見れば、愛し合っているのはひと目でわかる。オーウェンがベルーにプロポーズするのは時間の問題、それもあの子の性格を思えば、それほど先のことではなさそうだ。オーウェンは冒険を好むタイプではない。足もとの地面と同じくらい頼りになる堅実な若者だが、いったん何かが欲しいとなったら、手に入れるまで猛進するたちだ。

そしてオーウェンはベルーを欲しがっている。ベルーのほうもオーウェンを愛しているのは明らかだった。キッチンの仕事を手際よくこなすベルーを見ながら、この娘は水分抽出農場主の妻に向いているわ、とシミはあらためて思った。ベルーは働き者だった。何でもいやがらずにやるし、しかも上手にこなす。

それに多くを望まない。ささやかなことに幸せを見つける慎ましさを持っている。実際のところ、ここの暮らしにはそれがいちばん肝心なことだった。農場の生活は質素で単調だ。心がときめくようなことなどほとんど起こらない決まりきった日常生活を破るのは、タスケン・レイダーたちが付近を徘徊《はいかい》しているとか、ひどい砂嵐や異常気象だとか、むしろ不快な出来事のほうが多いのだ。

そうとも、ラーズ一家の暮らしはとても単調だ。一年の大半をほかの人々に会うことなく農場で過ごし、家族のほかには話をする相手もなく、娯楽や満足もほとんどない。

ふたりの男は、それからまもなくC-3POを従えて戻ってきた。このプロトコル・ドロイドもアナキンがワトーの廃品置き場をかき回して部品を集め、組み立てたものだった。

「シミ様、タンガルーツをもう二本採ってきました」華奢《きゃしゃ》なドロイドはそう言って、シミにオレンジがかった緑色の野菜をふたつ渡した。「もっと採るつもりでしたが……ずいぶんとぞんざいな口調で急がされたものですから」

シミはクリーグを見た。彼女の夫はにやっと笑って肩をすくめ、いたずらっぽく言った。「そうさな、砂嵐でこいつの体をきれいに磨いてもらったほうがよかったかな。そうなると、大きな石が飛んできて、回路をひとつふたつやられる危険があるが……」

「お許しを、クリーグ様」3POはあわてて謝った。「わたくしは不満を言うつもりでは……」

「ええ、それはよくわかっているわ、3PO」シミはそう言ってドロイドをなだめ、落ち着かせようとして肩に手を置き……急いでその手を引っこめた。これは配線が詰まった歩く金属の箱に示すには愚かなしぐさだ。が、もちろん、シミにとって3POは、ただのワイヤが詰まった箱ではなかった。このドロイドはアナキンが組み立てたものだ……少なくとも、そのほとんどは。アナキンがあのジェダイとともに彼女のもとを去ったとき、すでに3POはちゃんと機能していたが、まだ覆いがなく、配線がむきだしになっていた。やり残した仕事を終わらせるために、そのうちアナキンが戻ってくるような気がして、シミは長いことそのままにしておいたのだが……やがてあきらめ、クリーグと結婚する少し前に金属の覆いを取り付けた。これはシミにとっては、大きな意味を持つ行為だった。このときシミは、自分がここに属し、アナキンが違う世界に属していることをようやく認めたのだった。ときどきひどくいらいらさせられるとはいえ、3POはシミにとっては息子の形見のようなものだ。

「もちろん、タスケンたちがうろついていれば、砂嵐が来る前にやつらがひっさらっていくだろうが」クリーグは楽しそうに哀れな3POをからかった。「おまえはタスケン・レイダーたちなど怖くはあるまい、3PO？」

「わたくしのプログラムには、その種の恐れはひとつとして入力されておりません」3POはそう答えたものの、くすんだ灰色の体はぶるぶる震えていたし、声までヒステリックに震えていたから、あまり説得力はなかった。

「いいかげんにして」シミはクリーグをにらんだ。「かわいそうな3PO」彼女はそう言って、またしても愛情をこめてドロイドの肩をたたいた。「今夜はもう休みなさい。手伝ってくれる人がいるから」シミはそう言ってドロイドに片手を振った。

「3POをからかうなんてひどいわ」シミは夫に歩み寄り、広い肩をふざけてたたいた。

「うむ。あいつをからかうのがだめなら、ほかに楽しみを見つけんとな」ふだんはまじめそのもののクリーグが珍しく冗談を言って目を細め、部屋を見まわして……ベルーに目を留めた。

「クリーグ」シミが警告した。

「なんだ？」彼は芝居がかった調子で口をとがらせた。「あの娘がここに来て一緒に暮らすつもりなら、多少はここの暮らしを学ぶべきだぞ！」

「父さん！」オーウェンが叫んだ。

「あら、老クリーグなんかちっとも怖くないわ」ベルーは「老」という言葉を強調した。「口でなら負けるもんですか！」

「おお、その意気だ！」クリーグが大声で言った。

「わたしの見るところ、勝つのはたいして難しくはなさそうね」ベルーが落ち着き払って言い返し、ふたりは気のいい悪口をぶつけはじめた。オーウェンがときどきそれに口をはさむ。

シミはベルーに気をとられ、やりとりのほうはほとんど聞いていなかった。ええ、この娘はこの家に、そして水分抽出農場の生活にしっくりなじんでくれるだろう。ベルーは気立てのよい娘だ。堅実だが明るくて、茶目っ気がある。口の悪いクリーグを言い負かせる者はめったにいないが、ベルーなら彼の好敵手になりそうだ。シミはベルーがクリーグの痛いところを突くたびに微笑しながら、夕食の支度に戻った。

仕事に没頭していたシミには、その〝ミサイル〟が飛んでくるところは見えなかった。熟しすぎた野菜がピシャリとぬれた音を立ててほおを打つと、彼女は驚いて悲鳴をあげた。

もちろん、ほかの三人は腹を抱えて笑った。

シミは座って自分を見ている三人に顔を向けた。ベルーが困ったように目をそらす。シミから見ると、ベルーはクリーグの真後ろに座っている。どうやらいまの野菜ミサイルを投げたのは、ベルーだったようだ。おそらくクリーグをねらったのが、少し高すぎたのだろう。

「おまえがやめろと言えば、この娘も言うことを聞くだろうよ」クリーグ・ラーズがそう言ったが、せっかくの皮肉な調子も、腹の底からこみあげてきた笑いのせいで台無しになった。

シミが汁気のある果物を肩にぶつけると、この笑いは止まった。

そして食べ物が飛びかいはじめた。もちろん、節度のある範囲で、飛びかったのは実際の野菜より、脅しの言葉のほうが多かった。

やがてシミは部屋を片づけにかかり、ほかの三人も自分たちの周りを片づけはじめた。「意地悪なお父さんを抜きにして、ふたりで過ごしてらっしゃい」シミはオーウェンとベルーにそう言った。「クリーグがはじめたんだもの。片づけは彼に手伝ってもらうわ。さあ、行きなさい。夕食の支度ができたら呼んであげるから」

クリーグが小さく笑った。

「この次の野菜も台無しにしたら、みんなお腹をすかせたまま眠ることになるわよ」シミは夫のほうにスプーンを振りたてて、そう警告した。「それにひとりで！」

「おっと！　それは困る」クリーグは降参だというように両手を上げた。

シミはスプーンをもうひと振りし、オーウェンとベルーを追いたてた。若いふたりはうれしそうにでていった。

「あの娘はいい奥さんになるわ」シミはクリーグに言った。

クリーグはシミのそばに来て彼女を抱きしめた。「ラーズの男は最高の女性と恋に落ちるのさ」

シミは誠実で温かいほほえみに、同じ笑顔で応えた。これでよかったのだ。毎日汗を流し、まじめに働いて、ささやかな楽しみを持つ。それが昔から夢に見てきた生活だった。いまの彼女は申し分なく幸せだ。これでアナキンさえ一緒にいてくれたら。

彼女の顔に哀《かな》しみがよぎった。

「また別れた息子のことを考えているんだな」

シミは晴れた青空に漂う一片の黒雲のように、幸せのなかに一抹の哀しみが入りまじった目でクリーグを見た。「ええ。でも、いいの。あの子は安全で、立派な仕事をしているんだもの」

「しかし、こうして楽しいときは、一緒にいたらと思うんだろう?」

シミはにっこり笑った。「ええ、そうよ。それにほかのときも。いつでも。アナキンが最初からここにいたらと思わずにはいられない。あなたと出会ったときから」

「五年前だな」

「あの子はわたしと同じようにあなたを愛したはずだわ。そして、あなたとオーウェンも……」シミの声が消えた。

「ふたりが友だちになれたかどうか自信がないのか?」クリーグが尋ねた。「ふん、もちろんなれたに決まってる」

「あなたはアニーに会ったこともないのよ」

「親友になったにちがいないさ」クリーグはシミを抱いている手に力をこめて請け合った。「きみの子供をどうして好きにならずにいられる?」

シミはこの褒《ほ》め言葉をありがたく受け入れ、顔を上げてクリーグに感謝の心をこめた深いキスをした。彼女はオーウェンのことを思った。オーウェンと愛らしいベルーの恋のことを。ふたりともすばらしい若者だ!

ひょっとしてクリーグのプロポーズを喜んで承知したのは、オーウェンがいたからではないか?やさしいクリーグにはすまないが、シミはよくそう思う。夫の広い肩を片手でなでながら、いまもシミは思った。ええ、わたしはこの男を心から愛している。それについに奴隷ではなくなったことも、このうえなく喜ばしいことだった。でも、オーウェンの存在はどれほど大きな理由になっていたのだろう？　シミは何度もそれを考えたものだった。わたしはアナキンを失ったあとのむなしさを満たしたくて、オーウェンのいるクリーグと結婚したのだろうか？

まあ、ふたりはまるで違う性格だった。オーウェンは堅実で地味で、岩のように揺るがない。やがて時が来れば、オーウェンは父のクリーグに代わって喜んでこの農場を切り盛りすることだろう。オーウェンにはその心構えができている。そしてそれを楽しみにしてさえいる。この農場の正当な後継ぎになることを。そしてこの農場を正しく運営することで得られるプライドと誠実な達成感と引きかえに、困難の多い暮らしを喜んで受け入れるつもりだ。

でも、アニーは……。

あの旅と冒険への憧れに満ちていた、性急で衝動的な息子が同じ状況に置かれたときのことを想像すると、笑いがこみあげた。クリーグはきっと、ワトーと同じように、たえずアナキンに腹を立てることになったわ。アナキンの冒険心はあたりまえの責任感では鎮められない。あの子は冒険を求めて飛びださずにはいられないのだもの。ポッドレースに出場し、星々のあいだを飛びまわり……あの子を抑えつけることなどだれにもできない。きっとクリーグは気がへんになるくらい、いらいらするはめになったわ。

いつものように自分の仕事をさぼったアナキンに、クリーグが顔を赤くして怒っているところが目に浮かび、シミはくすくす笑いだした。

シミの頭にどんな光景が浮かんでいるか知らず、クリーグはその笑い声を聞いて、ぎゅっと彼女を抱きしめた。

ここが自分のいる場所だと感じながら、シミは彼の胸にもたれた。アナキンも本当に自分がいるべき場所にいるのだと思うと、心が慰められた。


パドメ・アミダラはこの一〇年以上、彼女の地位を象徴している豪華なガウンを着ているわけではなかった。豊かな褐色《かっしょく》の髪を複雑な形に結っているわけでも、そこに燦然《さんぜん》と輝く宝石を編みこんでいるわけでもない。ごくシンプルなふだん着姿だが、いつもより美しく、輝いて見えた。

隣のブランコには、パドメの姉らしい女性が腰かけていた。こちらは髪が少し乱れているものの、同じように美しく、やはり内側から輝いている。

「クイーン・ジャミーラとはもう会ったの?」ソーラは〝朝の散歩はもうすんだの?〟と尋ねるような調子で、女王との会見のことを口にした。

パドメはソーラを見て、それからソーラの娘、リョーとプージャが取りあっているおもちゃの家に目を戻した。

「ええ、一度だけね」パドメは説明した。「そしてある情報を伝えられたわ」

「軍隊創設法に関係のあることね」ソーラが言った。

これは答えるまでもなく明らかだった。共和国から離れる星系は増えつづけるばかり。ますます過激になる彼らの行動を鎮めるのは、数においてはるかに少ないジェダイの手に余るとして、平和を守るジェダイの仕事を助けるために、軍隊が必要だという声が元老院で聞かれるようになってもう何年もたつ。軍隊創設法はここしばらく、元老院の最も重要な懸案となっていた。これはパドメが女王だった時代、通商連合《トレード・フェデレーション》がナブーを占領した暗黒時代に取り沙汰された関税法よりも、共和国にとってははるかに重大な影響を持つ法案なのだ。

「共和国はすっかり混乱しているわね。でも、大丈夫。アミダラ議員が万事まるくおさめてくれるから」

パドメはソーラの言葉にこもっている皮肉に少しばかり驚いて姉を見た。

「それがあなたの仕事でしょう？」ソーラは知らん顔で尋ねた。

「ええ、努力はしているわ」

「あなたはいつもそればかり」

「どういう意味？」パドメはけげんそうにまゆを寄せて尋ねた。「なんといっても、わたしは元老院議員なのよ」

「クイーンのあとは、元老院議員。この先何年も議員をつづけるつもりなんでしょうね」ソーラはそう言って、おもちゃの家に目をやり、争っているリョーとプージャをたしなめた。

「まるで悪いことをしているみたいね」

ソーラは真剣な顔でパドメを見た。「いいえ、偉大なことよ。正しい理由でしているならばね」

「どういうこと？」

ソーラは自分でもよくわからないというように肩をすくめた。「あなたは自分が共和国にとってなくてはならない存在だと、思い込んでいるみたいだから。まるであなたがいなければ共和国は成り立たない、みたいに」

「姉さん！」

「ええ、そうよ」ソーラは言葉をつづけた。「あなたはいつも与えるばかり。少しはそこから取ろうとしても罰はあたらないでしょうに」

思いがけない姉の言葉に、パドメはにっこり笑った。「何を取るの？」

ソーラはリョーとプージャを見た。「あの子たちを見て。あのふたりを見るとき、あなたの目は輝いているわ。あの子たちを心から愛している」

「あたりまえよ！」

「自分の子供が欲しくないの？」ソーラは尋ねた。「自分の家族が？」

パドメは思わず体を起こし、目をみはった。「それは……」彼女は何度か言いかけて口をつぐみ、ようやくこう言った。「わたしは自分が心から信じること、重要なことのために働いているのよ」

「そしてこれが終わったら、軍隊創設法の問題がすっかり片づいたら、また心から信じるものを見つけるのね。とても重要なことを。あなた自身よりも、共和国と政府に深くかかわりのある問題を」

「よしてよ、姉さん」

「でも、本当のことよ。あなたにもわかっているはずだわ。いつになったら自分のために生きるの？」

「そうしているわ」

「ごまかすのはやめなさい」

パドメは首を振りながら小さく笑い、リョーとプージャに目を戻した。「だれもが子供のあるなしで評価されるの？」

「もちろん違うわ」ソーラは答えた。「わたしが言っているのは、そんなことじゃない、というより、それだけじゃないの。もっと、大きなことよ。どこかの惑星どうしの争いや、どこかの通商組合が公平な取り引きをしているかどうか、あなたはほかの人々が抱えている問題を心配して、自分の時間を全部それにつぎ込んでしまう。自分のエネルギーをそっくり、ほかの人々の生活をよくするために使ってしまうわ」

「それのどこが悪いの？」

「あなたの生活はどうなるの？」ソーラはまじめな顔で尋ねた。「パドメ・アミダラの人生は？　自分の人生をよくしたいと思ったことがあって？　あなたのように何年も公共の仕事をしてきた人たちは、ほとんどがもうその仕事からは引退しているわ。あなたがほかの人々を助け、公共のために奉仕する仕事から満足を得ているのはわかっているのよ。だれが見ても明らかだもの。でも、もっと深いものは？　愛はどうなの？　それに、ええ、子供は？　子供や家庭について考えたことがある？　結婚して、あなた自身の生活を豊かにするために生きたいと思ったことはないの？」

　わたしの生活はいまでもじゅうぶんに豊かよ、パドメはそう言い返したかったが、断言するのにはためらいがあった。こうしてわが家の裏庭を走りまわり、パドメの宇宙船乗組用《アストロメク》ドロイドR2-D2に飛びついている姪《めい》たちを見ていると、なぜか自分の生活がひどくむなしいものに思えてくる。

　久しぶりに自分の責任から離れ、およそ一か月後に元老院で投票が行なわれる重要な法案のことをしばし忘れて、家族とひとときを過ごすのは楽しかった。R2を〝称える〟リョーとプージャのおかしな歌が笑いを誘った。

「近すぎるね」父のクリーグと農場の周辺を見まわっていたオーウェンが厳しい声で言った。バンサのほえる声が、彼らの会話をさえぎったのだ。この毛足の長い大きな獣は、タスケン・レイダーたちが乗り物に使うことで知られている。

　このあたりは荒地ばかりで、バンサのえさになる草はほとんど生えていない。野生のバンサがこの地域をうろついていることはまずありえなかった。だが、あれがバンサの鳴き声であるのは確かだ。そうなると、タスケン・レイダーたちがこの近くをうろついていることになる。

「なんだってこんなに農場の近くに来るんだろう？」オーウェンがつぶやいた。

「自警団を組織して、やつらと戦ってからだいぶたつからな」クリーグはしゃがれ声で答えた。「あいつらに好き放題やらせすぎたんだ。そのせいで過去の教訓を忘れているんだろうよ」彼はオーウェンの顔に浮かんだ懐疑的な表情をじっと見た。「いいか、タスケンは、ときどき痛い目にあわせて思い知らせてやらなきゃならんのだ。男たちを集め、やつらを見つけだして殺す。そうすりゃ、生き延びた連中は、こっちが作った境界線を越えるようなことはせん。あいつらには思いきった対処が必要なんだ！」

　オーウェンは黙って立っていた。

「ほら、どれほど昔かこれだけでもわかるさ」クリーグが鼻を鳴らした。「おれたちがタスケン・レイダーたちを追いかけたときのことを、おまえは覚えてもいないんだからな。問題はそれだ！　ああ、そうとも！」

　またしてもバンサが不気味な声でほえた。

　クリーグはその方角に向かってうなるような声を発し、片手を振って家に向かった。「ベルーを遠くにやるな。ふたりとも農場の外にはでないほうがいい。それとブラスターを放すなよ」

　オーウェンはうなずいて、大またに家へと向かう父のあとにおとなしく従った。ふたりがドアに達する直前に、ふたたびバンサのほえる声がした。

しかも、かなり近くで。

「どうかしたの？」クリーグが家のなかに入ったとたん、シミが尋ねた。

クリーグは足を止め、無理やり穏やかな微笑を張りつけた。「砂だよ」彼は言った。「センサーがいくつか埋まっていたんだ。それを掘りだすのに疲れたのさ！」彼はにっこり笑い、隣にある洗面所に向かった。

「クリーグ……」シミは不安そうな声で彼を呼び止めた。

オーウェンが入ってくると、今度はベルーが無意識にシミと同じことを尋ねた。「どうしたの？」

「べつに。なんでもない」オーウェンはそう答えたが、ベルーは部屋を横切ろうとする彼の前に立ち、両腕をつかんで真剣な表情で彼を見つめた。

「また砂嵐が来そうだ」クリーグがうそをついた。「まだ遠いから、ここまで来ないかもしれんが」

「でも、農場の端にあるセンサーが埋まったの？」シミが尋ねた。

オーウェンがおかしそうに彼女を見た。が、クリーグがせきばらいをすると、彼はちらっとそちらを見て、クリーグがかすかにうなずくのを確かめ、シミに目を戻した。「最初の風のせいさ。でも、父さんが心配しているほどひどい嵐にはならないと思うよ」

「ふたりとも、いつまでうそをつきつづけるつもり？」シミの代わりに突然ベルーが鋭い声で尋ねた。

「クリーグ、何を見たの？」シミが重ねて尋ねた。

「何も」彼はきっぱりと答えた。

「だったら、何を聞いたの？」夫が答えを避けようとしているのを見抜き、シミはしつこく食いさがった。

「バンサのほえる声がした。それだけだ」クリーグはしぶしぶ認めた。

「タスケン・レイダーね？」シミが言った。「どれくらい近いの？」

「こんなに暗くちゃ、だれにわかる？　それに風向きがしょっちゅう変わるからな。何キロも離れているかもしれん」

「それとも？」

クリーグは部屋を横切って妻のそばに戻り、すぐ前に立った。「わしに何を言わせたいんだね、奥さん？」彼はそう言ってシミをぎゅっと抱きしめた。「たしかにバンサがほえるのを聞いたよ。だが、タスケンが乗っているかどうかは、わしにはわからん」

「でも、彼らがこの近くにいるしるしは、ほかにもあるんだ」オーウェンが認めた。「ドーのところじゃ、センサーのひとつがバンサの糞《ふん》で半分覆われていたそうだよ」

「たんにバンサが何頭か、このあたりをうろついているだけかもしれん。おそらく半分飢えかかって、食べる物を探しとるんだろう」

「さもなければ、タスケンたちが大胆になって農場の端まで近づき、保安装置を試しているのかもしれないわ」シミがそう言い終わったとたん、彼女の言葉を裏付けるように警報が鳴りだし、だれかが農場に侵入したことを告げた。

オーウェンとクリーグがブラスター・ライフルをつかんで外に飛びだす。シミとベルーもすぐあとにつづいた。

「家のなかに入ってろ！」クリーグがふたりの女に命じた。「せめて、武器を持ってこい！」彼はちらっと周囲を見て、オーウェンに見晴らしのよい場所を示し、そこで援護しろ、と指示した。そして自分はライフルを手に腰をかがめ、動くものを警戒しながら、ジグザグに敷地内を走りだした。タスケン・レイダーかバンサらしきものを見たら、問答無用で撃つ。調べるのはそのあとだ。

だが、ライフルを使う必要はなかった。クリーグとオーウェンは農場の端をひと回りし、外に目を凝らしてさきほど点検したばかりの警報をもう一度確認したが、だれかが侵入したしるしはどこにもなかった。

四人とも、その夜は警戒を怠らず、武器を手もとに置いて交替で眠った。

翌日、オーウェンが農場の東側で、警報が鳴った原因を発見した。農場のすぐ外のかたい地面沿いに足跡が残っていた。それはバンサのまるい大きなひづめの跡ではなく、柔らかいものにくるまれた足跡、タスケン・レイダーたちの靴跡のように見えた。

「ドーやほかの連中と話したほうがよさそうだな」オーウェンに呼ばれてその足跡を見ると、クリーグは言った。「男たちを集め、あの獣《けだもの》たちを砂漠の真ん中へ追い戻すんだ」

「バンサのこと？」

「ああ、バンサもだ」クリーグは鋭く言い返した。彼はオーウェンが見たこともないほど厳しい目で、怒りもあらわにつばを吐いた。


パドメ・アミダラ元老院議員はオフィスにいたが、奇妙に気持ちが落ち着かなかった。このオフィスは宮殿の敷地内にあるものの、クイーン・ジャミーラがいる宮殿とは別棟になっている。机の上にはいつものように、ホロディスクやほかのさまざまな書類が散らばり、その前には、ひとつは兵士、もうひとつは和平の旗を描いた秤《はかり》があった。上でホロの数字がくるくる変わり、コルサントにおける会議の投票結果を予測している。このホログラムで見るかぎり、兵士と旗はほぼ同数だ。

つまり、投票の結果は拮抗《きっこう》しているということだった。共和国が公式の軍隊を創設すべきかどうかについて、元老院の意見はほぼ真っぷたつに分かれているのだ。同僚の多くが——あまりにも多くが——どちらに投票するか決めるのに個人的な利益を第一にしているのは、じつに苦々しいかぎりだった。軍隊ができた場合、故郷の星系のために軍需物資の契約をとりたいと願う者から、共和国から分離した複数の星系から直接支払いを受けている者まで、考えるのは自分のふところに入る利益のことばかり。共和国にとって何が最善かなど、彼らの頭にはこれっぽっちもない。

だが、軍隊の創設はなんとしても阻止しなくてはならなかった。そのためにできるだけの手を尽くすのが彼女の務めだ。共和国は何万、何十万という星系のいわばネットワークのようなもの。そこには星系の数よりも多い種族がそれぞれの考え方に従って生きている。彼らに共通している唯一の要素は寛容な精神、つまりおたがいに対する心の広さだ。したがって、共和国が軍隊を持つことは、銀河の首都であるコルサントから遠く離れた星系や種族の多くにとって不安の種に、いや、脅威にすらなる。

部屋の外で物音がして、パドメは窓に目をやった。建物の中庭にひとかたまりの男たちが押しかけ、ナブーの警備兵たちと争っているのが見えた。

オフィスのドアをノックする音にそちらを見ると、ドアが開いて鍛えた体を茶色い革の胴衣《ジャーキン》と青いシャツと同色のパンツに身を包んだキャプテン・パナカが入ってきた。

「たんなる見まわりです、議員」長身で浅黒い肌の、目つきの鋭いパナカは、パドメが女王の地位にいたときに彼女の身辺を警護していた男だ。すでに四〇を超えているが、まだナブーのだれと戦ってもたやすく組みふせることができそうだ。

「クイーン・ジャミーラの警護は大丈夫？」パドメは尋ねた。

パナカはうなずいた。「ご安心ください、女王は厳重に守られています」パナカは歯切れよく答えた。

「だれから？」パドメはからかい、窓の外でもめている男たちにあごをしゃくった。

「スパイス採鉱者たちですよ」パナカは説明した。「契約書に不満があるのでしょう。気になさる必要はありません。それより、議員。ここに来たのは、コルサントにお帰りになるときの警護を打ち合わせるためです」

「まだ何週間も先のことだわ」

パナカは窓に目をやった。「ええ、万全の準備ができて助かります」

パナカがいったんこうと決めたら、てこでも動かない頑固者だということをよく知っているパドメは、彼と言い争うような愚かなことはしなかった。考えてみれば、コルサントにはナブー政府の宇宙船に乗っていくのだから、パナカには彼女の警護に関する責任はともかく、口をだす権利はある。それに正直な話、パナカに対して認めるつもりはないが、彼が心配してくれるのはうれしかった。

中庭でひときわ高い叫び声があがり、彼女はちらっと外の争いを見て顔をしかめた。問題はいつでも、どこにでもある。万事順調な状態に退屈して、スリルや興奮を作りだそうとする、人間にはそういう面があるの？　うんざりしながらそう思ったとき、ソーラの言葉がよみがえり、それと一緒にリヨーやプージャの無心な姿が目に浮かんだ。ああ、あのふたりのように何ひとつ思いわずらうことのない自由な魂のままでいられたら！

「議員？」物思いに沈むパドメに、パナカが声をかけた。

「ええ？」

「警護の手順ですが……」

パドメは幸せなふたりの姪の姿をいつまでも思い浮かべていたかったが、黙ってうなずき、頭を切り替えた。キャプテン・パナカは警護の手順を話し合う必要があると言った。したがって、ナブー選出の元老院議員であるパドメ・アミダラは、警護について話し合わねばならない。


彼らはまたしてもひと晩じゅう何頭ものバンサの咆哮《ほうこう》に悩まされた。タスケン・レイダーたちが農場の周囲をうろついていることは、もはや疑いのない事実だ。いまこの瞬間にも、明かりのついているこの家を暗がりからのぞき込んでいるかもしれない。

「やつらは害虫だ。モス・アイズリーに行って役人に報告し、退治してもらうべきだったな。ついでに、不潔なジャワも一緒にな！」

シミはため息をついて、怒りにこわばった夫の腕に手を置いた。「ジャワは悪いことは何もしていないわ、あなた。それどころか、わたしたちを助けてくれるのよ」彼女は穏やかに言った。

「だったら、ジャワはいい！」クリーグがどなり、シミは驚いて飛びあがった。彼女のおびえた表情に気づいて、クリーグはすぐさま怒りを抑えた。「すまん。ジャワは放っておくさ。だが、タスケン・レイダーたちは退治する必要がある。すきさえあればいつでもどこでも略奪し、人々を殺す。野蛮な連中だ！」

「やつらがここに入りこもうとしたら、砂漠に逃げ戻るときの数はぐんと減ることになるよ」オーウェンがそう言うと、クリーグは大きくうなずいた。

彼らは食卓についたものの、バンサがほえるたびに体をこわばらせてフォークとナイフを置き、いつでも撃てる状態のブラスターに手を伸ばした。

「聞いて」やがてだしぬけにシミが言った。ほかの三人は食事を中断して耳を澄ました。外は静かになっていた。バンサの咆哮は聞こえない。

「この付近を通過していただけかもしれないわ」シミは三人がそれに気づくのを待ってから言った。

「朝になったら、ドーのところへ行くぞ」クリーグはオーウェンに言った。「農夫たちを集めるんだ。

「砂漠の真ん中に帰る途中だったのかもしれない」

モス・アイズリーにも一報入れるとしよう」彼はシミを見て、うなずいた。「万一のためだ」

「朝になったら」オーウェンが言った。

夜が明けると、オーウェンとクリーグは簡単な朝食だけで農場を出発した。なぜなら、いつものようにふたりより早く起きたシミは、水分抽出機の上にできるマッシュルームを採りにでかけていなかったからだ。

ふたりはドーの農場へ行く途中でシミに会えると思っていたが、見つけたのは彼女の足跡だけだった。恐ろしいことにその周囲には、タスケン・レイダーたちがはく柔らかいブーツの足跡が入り乱れていた。

クリーグ・ラーズはこの地域一のタフな男だが、それを見たとたん、がっくりと地面にひざをついた。

「母さんを追いかけなくちゃ」不意に、しっかりした声が言った。

クリーグは涙にぬれた顔を上げ、後ろに立っているオーウェンを見た。もう子供ではない、一人前の男だった。

「母さんはきっとまだ生きてる。彼らの手から奪い返すんだ」オーウェンは落ち着いた声でそう言った。

クリーグは涙をぬぐい、息子を見つめて重々しくうなずいた。「ほかの農場に、このことを知らせるんだ」

3

「やつらはあそこだぞ！」ソル・ドーは、スピーダーバイクをフルスピードで走らせながら、前方を指さして叫んだ。

その方向を見ると、ほかの二九人にもそれが見えた。一列に並んで歩いていくバンサの上げるほこりが。農夫たちは一斉に怒りの声をあげ、憎い敵に目にものみせてくれようといっそうスピードを上げた。そしてまだ生きていれば、タスケン・レイダーたちの手からシミ・スカイウォーカーを助けだすのだ。

エンジンの轟音《ごうおん》と怒りの叫び声とともに、彼らはどっと坂を下り、急速にバンサに迫った。

クリーグはうなり声をあげ、少しでもスピーダーの速度を上げようと頭を動かしながら、孤を描いて左横から飛びだし、仲間の真ん中に入った。オーウェンがそのすぐあとにつづく。クリーグは頭を下げ、スピードを上げて、なんとか先頭にでようとした。そうとも、いちばん乗りは彼のものだ。この太い腕でタスケン・レイダーの首を絞めてやる。

バンサがはっきり見えてきた。それにまたがるローブ姿のレイダーたちも見える。

またしても、だれかが怒りの叫び声をあげた。

だが、農夫たちの叫びは、たちまち恐怖の悲鳴に変わった。

そのまま敵に向かって突っこんだ彼らのスピーダーは荒れ野に張りわたされたワイヤの下を通過することができた。だが、乗り手のほうはそうはいかなかった。ワイヤは彼らの首の高さに張られていたのだ。

突然、友人や隣人の首が胴体から離れるのを見て、クリーグの叫びも悲鳴に変わった。ほかの仲間は地面に投げだされた。間に合うように止まれないのを見てとったクリーグは、とっさに立ち上がり、ぱっと跳んで片足をスピーダーの座席につき、再び跳んだ。

次の瞬間、鋭い痛みに襲われ、クリーグは回りながら吹っ飛び、岩だらけの地面にたたきつけられた。

その周りでは、突然何もかもがものすごい速さで動きはじめた。仲間のブーツが見える。オーウェンが彼を呼ぶ声がした。だが、息子の声はとてつもなく遠くから聞こえた。

ボロ布に包まれたタスケンの革のブーツが見えた。砂色のローブも。クリーグはぼんやりした頭に唯一鮮明な怒りに駆られ、自分の前を走りすぎるタスケンの足をつかんだ。

彼は顔を上げ、腕を上げてタスケンが振り下ろすガッフィ・スティックを防いだ。腕の痛みより、怒りのほうが強かった。クリーグは前に飛びつき、そのタスケンの両足を抱えこんで、そいつを目の前の地面に倒した。そしてその上にのしかかり、太い腕でなぐりつけ、のどをつかんだ。

いたるところで農夫やタスケンたちの悲鳴があがっていたが、クリーグにはほとんど聞こえなかった。彼は両手でタスケンの首をつかみ、力をこめてタスケンの頭を持ち上げては地面にたたきつけた。何度も何度もそれを繰り返し、タスケンの抵抗がなくなったあとも、首を絞めつづけた。

「父さん！」

この叫びが、クリーグの怒りを新たにかきたてた。彼はタスケン・レイダーを地面に落とし、振り向いた。オーウェンがべつのレイダーを相手に苦戦していた。

クリーグは向きを変え、片足をついて、ぱっと立ち上がろうとした。

だが、もんどり打って倒れた。彼は混乱して、足もとを見た。タスケンが彼をつかんだと思ったのだ。だが、立ち上がれなかったのは、彼の体のせいだった。

クリーグ・ラーズは自分がスピーダーバイクから跳んだときに片足を失ったことに、そのとき初めて気づいた。

周りの地面には切断された足から流れる血がたまっていた。クリーグは恐怖に目をみはり、その足をつかんだ。

そしてオーウェンを呼んだ。打ちひしがれた声でシミを呼んだ。

一台のスピーダーバイクが彼のそばを通りすぎた。この大虐殺から逃げだす農夫だ。だが、その農夫はスピードを落とそうとはしなかった。

クリーグは彼を呼ぼうとしたが、のどがふさがって声がでない。彼はシミの救出に失敗した、大勢の犠牲者をだした……。

二台めのスピーダーが近づき、彼のそばで止まった。クリーグは反射的にそれをつかんだ。彼がまだ完全に乗る前に、バイクは父をひきずって動きだしていた。

「しっかりつかまって、父さん！」バイクを運転しているオーウェンが叫んだ。

クリーグはそうした。水分抽出農場の困難な時期を乗り越えたのと同じ頑固さ、そしてこのタトゥイーンの過酷な地域を征服したのと同じ肝の座った決意で、クリーグはスピーダーにしがみつきつづけた。すぐ後ろをタスケンたちが追ってくる。

シミのため、彼女を助けに戻るために、クリーグ・ラーズはしがみついていた。

斜面を上ると、オーウェンはスピーダーを止め、父親の引き裂かれた足をつかみながら飛びおりた。そして素早く傷口をしばると、意識を失いかけているクリーグがスピーダーの後部座席に横になるのを助けた。

それから猛スピードで再びスピーダーを走らせた。急いで父を家に連れて帰らなければならない。このひどい傷を洗ってふさがなければ。

虐殺現場から彼よりも先に逃げたスピーダーは二台だけだった。だが、戦いの声がやんだあと、背後から聞こえてくるエンジンの音はひとつもない。

絶望感を振り払い、父のクリーグと同じ意志の強さで、オーウェンは失った友のことも、父の状態も考えずに、ひたすらわが家を目指した。


「よい知らせとは言えませんね」アミダラ議員に恐ろしい報告をしたあとで、キャプテン・パナカはそう言った。

「ドゥークー伯爵と分離主義者たちが、そのうちトレード・フェデレーションやほかの営利グループにすり寄るのは目に見えていたわ」パドメは物事を楽観的に見ようと努めながらそう言った。パナカはついさきほど甥《おい》のキャプテン・タイフォとオフィスに入ってきて、ニモーディアンたちと彼らが率いるトレード・フェデレーションが分離主義者たちと手を組み、いまや共和国をふたつに引き裂こうとしている、という報告をもたらしたのだった。

「ヴァイスロイ・ガンレイは日和見主義者よ」パドメは言葉をつづけた。「金もうけのためならなんでもする、金のためにしか働かない男だけれど、ドゥークー伯爵はおそらく好条件の通商条約を結ぶと申しでたのでしょう。さもなければ、労働条件や環境におよぼす影響などおかまいなしに好きなものを作ってもいい、とね。ヴァイスロイ・ガンレイがそうやって荒廃させた惑星はひとつやふたつではきかないもの。あるいは、利潤の多い市場を独占させるという約束をしたのかもしれないわ」

「わたしはそれがあなたにどういう影響をおよぼすかのほうが心配です、議員」

パドメはこの言葉にけげんそうな顔で彼を見た。

「これまでのやり方からみても、分離主義者たちは目的の達成に手段を選びません」パナカは説明した。「彼らは共和国の至るところで暗殺未遂を起こしています」

「でも今回の件に関しては、ドゥークー伯爵とその一派にとっては、アミダラ議員は自分たちの味方ではありませんか？」キャプテン・タイフォが口をはさんだ。パナカとパドメはいつも静かでほとんど口を開かないこの男を驚いて見つめた。

パドメはすぐに厳しい目になり、美しい顔に怒りを浮かべた。「わたしは共和国を崩壊させる人々に味方をする気はないわ、キャプテン」彼女は強い言葉できっぱり断言した。そしてもちろん、この点に関しては議論の余地はない。元老院議員になってからの数年間というもの、アミダラは共和国の最も忠実にして強力な支持者でありつづけてきた。共和国の制度を改善すべく熱心に努力してはいたが、それはあくまでも共和国憲法の範囲でのこと。政府組織の真の美は、そのなかに組みこまれた自己改善機能――自己の明らかな短所を修正していく機能――にあるというのが、彼女の信念だった。

「もちろんです、議員」キャプテン・タイフォは頭を下げた。上背はおじよりも低いが、青いシャツと茶色い革の胴衣の上からでも、筋肉質の腕と厚い胸板がはっきり見てとれる、がっしりした体つきの男だ。黒い眼帯をかけた左目は、一〇年前のトレード・フェデレーションとの戦いで失った。そのときはまだ一〇代だったが、彼はパナカが誇らしく思うほどよく戦ったのだった。「そのお考えにまったく異議はありません。しかし共和国に軍隊を作るかどうかという論争に関しては、議員は一貫して武力によらず話し合いによる解決を主張しておられます。法案に反対の票を投じることは、分離主義者たちの益となるのではありませんか?」

一時の怒りがおさまると、たしかにタイフォの言うことにも一理あった。

「報告書には、ドゥークー伯爵はヌート・ガンレイと組んだと書いてある」パナカが口をはさみ、話をもとに戻した。「これだけでも、アミダラ議員の警護を厳重にする必要があるぞ」

「わたしがここにいないような話し方はやめてちょうだい」パドメが抗議したが、パナカはまたたきもしなかった。

「警備に関しては、議員、あなたはここにいないも同様なのです」彼はそう言った。「少なくとも、口をだす権限はありません。甥はわたしの直属です。そしてこの件に関するタイフォの責任は重大です。できるかぎりの用心をする必要があります」

パナカはそう言うと軽く頭を下げ、きびすを返した。パドメは言い返したい衝動をこらえ、立ち去る彼を見送った。キャプテン・パナカの言うとおりだ。彼があえてそれを指摘したのは、彼女にとっても好都合だった。パドメはキャプテン・タイフォに目を戻した。

「警戒は怠りません」

「わたしには義務があるわ。その義務を果たすために、まもなくコルサントに戻らねばなりません」

「わたしにも義務があります」タイフォはそう答え、おじのパナカと同じように軽く頭を下げてオフィスをでていった。

パドメ・アミダラは彼の後ろ姿を見送り、大きなため息をついた。ソーラの言葉が再び頭をよぎる。正直なところ、姉の助言に従う時間があるかどうか疑わしいものだが、姉の言葉はなぜか心にひっかかっていた。そういえば、ソーラや姪《めい》たち、それに両親にも、もう二週間近く会っていない。裏庭でリョーとプージャが遊ぶのを見ていたあの日の午後以来だ。

まったく、時間がたつのが早すぎるわ。

「これではタスケン・レイダーたちに追いつけんぞ！」クリーグ・ラーズは息子のオーウェンと未来の花嫁の手を借りて、オーウェンが作ったメクノ・チェアーに座りながら食ってかかった。

「タスケン・レイダーたちはとうの昔に行ってしまったよ、父さん」オーウェン・ラーズは静かに父をなだめ、広い肩に手を置いて落ち着かせようとした。「義足を使うのがいやなら、このメクノ・チェアーで我慢するしかないよ」

「わたしは半分ドロイドになるのはごめんだ」クリーグは言い返した。「これでけっこう。さあ、もっと人手を集めるんだ」彼は無意識になくした足を踏もうとしたが、その足はもの途中からすっぱり断ち切られている。「モス・アイズリーに行って、役人に訴えろ。ベルーをほかの農場に行かせろ」

「もう、一緒に行ける連中はいないよ」オーウェンはありのままを父に告げた。彼はメクノ・チェアーに近づき、かがみ込んでクリーグの顔をまっすぐに見た。「この戦いから立ち直るには、どの農場も何年もかかる。たくさんの家族がタスケン・レイダーたちの攻撃で殺されたからね。それよりもたくさんの働き手が、母さんを助けようとして命を落とした」

「さらわれたのはおまえの母親だぞ。どうしてそんなことが言えるんだ？」クリーグは怒りに燃え、大声でわめいた。心のなかではオーウェンが正しいことがわかっているだけに、なおさらやりきれない。

オーウェンは深く息を吸いこんだが、父の恐ろしい顔にも引きさがらなかった。「現実を見てよ、父さん。母さんが連れていかれてから、もう二週間になる」オーウェンは暗い声で言った。はっきりと口にしたわけではないが、タスケン・レイダーたちの獰猛《どうもう》さをよく知っているクリーグ・ラーズには、息子の言いたいことはよくわかった。

彼は不意に広い肩を落とし、うつろな表情でうなだれた。「シミは行ってしまった」彼はささやくようにつぶやいた。「本当に行ってしまった」

彼の後ろで、ベルー・ホワイトサンが泣きだした。

その横でオーウェン・ラーズは涙をこらえ、背すじを伸ばした。しっかりしなくては。打ちひしがれた父と悲しみにくれるベルーには、彼の支えが必要なのだ。

4

四つの船影は、長い年月のあいだひたすら上へと伸びつづけてきた、巨大な琥珀《こはく》色の建物や人工石筍《せきじゅん》のような塔のあいだを縫うように飛びながら、天を突かんばかりにそびえるコルサントの摩天楼をかすめるように通過していった。いまではこうした高層ビルがコルサントの自然を食いつくし、既知銀河に並ぶもののないユニークな惑星を作り上げているのだ。巨大なビルの鏡のような窓や、銀色の宇宙船のつややかな船体が、太陽の光を反射してまばゆくきらめく。銀のブーメランによく似たこの宇宙船は、まるで燃えているように見えた。両翼のつけ根近くに設置された力強いエンジンが船体をスムーズに運んでいく。同じく翼のつけ根近くに形のよいエンジンを据え付けた、船尾の長い特徴のあるナブーの宇宙戦闘機がそれを守っている。

先頭の機は、ほぼあらゆる塔の周囲を飛び、あとにつづくナブー・ロイヤル・クルーザーの航行ルートを定めていく。この大型宇宙船の後ろには、どんな脅威にも即座に対応できるようにクルーザーの船尾にぴたりとついて、さらに二機の宇宙戦闘機が後衛を守っていた。

先頭の戦闘機は、偉大なる都市の何千という乗り物に紛れこんでいるかもしれない敵を避け、渋滞したルートを回避していく。まもなく元老院では、軍隊の創設を謳《うた》った法案の投票が行なわれる。ナブー選出のパドメ・アミダラ議員が、それに反対の一票を投じるために戻ってくることは、多くの人々が知っていた。そして彼女の反対票を望まぬ派閥は多い。それればかりではない。アミダラはナブーの女王であった時代にもたくさんの敵を作っていた。強力な権力を持ち、潤沢《じゅんたく》な資本や資源を思いのままに動かすことのできる彼らが、若く美しい、もと女王であるアミダラ議員に激しい憎悪を抱き、彼女に害をなそうとしても不思議はない。

やがて割り当てられた着床プラットフォームが視界に入り、そこにもなんら脅威になりそうなものはないことを見てとると、ドルフィー軍曹は先導する戦闘機のなかで安堵《あんど》のため息をもらした。トレード・フェデレーションとの戦いでも大きな戦功をあげたドルフィー軍曹は、歴戦のつわもので、アミダラ議員に心酔しているひとりだ。彼は着床プラットフォームを左に見て飛びすぎ、くるりと右にターンして、隣接する議員宿舎の巨大な建物をひと回りしてから、空中に待機し、二機の戦闘機がプラットフォームの端に並んで降りるのを見守った。しばしその近くを漂ってから、クルーザーが静かに着床する。

ドルフィーは再び旋回して、付近に乗り物がないことを確かめ、同僚の戦闘機の向かいに降下したものの、必要とあればすぐさま方向を転じて攻撃に対処できるよう、完全には着床しなかった。

すでに着床した向かいの二機から、キャノピーを跳ね上げ、パイロットが降りてくる。そのうちのひとり、アミダラの警護隊長キャプテン・タイフォが、フライト・ヘルメットを取り、首を振って短い黒髪をかきあげながら、左目にかけた黒い革の眼帯を直した。

「無事に到着しましたね」もうひとりのパイロットが翼から飛び降り、彼の横に立つと、タイフォはそう言った。「どうやらわたしの間違いだったようです。危険はまったくありませんでしたね」

「危険はいつもあるわ、キャプテン」パイロットは明らかに女性の声で答えた。「それを避けられたのが幸運だったのよ」

タイフォはクルーザーに目をやった。すでに昇降路が降りはじめている。この屋外のプラットフォームでは、彼らはまったく無防備だった。一刻も早く女王とその一行を待っている乗り物に乗せる必要がある。護衛についているナブーの兵士がふたり、ブラスター・ライフルを構えて油断なく目を配りながら姿を現すのを見て、タイフォは厳しい顔でうなずいた。部下たちが少しも気をゆるめていないのは喜ばしいことだった。みなこの重大な状況を理解し、どんなことがあってもアミダラ議員を守らねばならないと決意しているのだ。

黒と白の豪華なガウンに身を包み、高く結い上げた髪に黒い頭飾りをつけた、美しいとび色のひとみとやさしい面立ちの〝アミダラ〟がそれにつづく。

彼は自分の向かいにいるドルフィーに目を移し、巧みな先導を称えて大きくうなずいた。

突然、激しい衝撃に襲われ、気がつくとタイフォはパーマクリートにたたきつけられていた。目もくらむようなまばゆい閃光《せんこう》とともに、背後ですさまじい爆発が起こる。視力が戻ると、ドルフィーが地面に倒れているのが見えた。

何もかもスローモーションで動いているようだった。「議員!」タイフォはアミダラを呼びながら夢中で体を起こし、周囲を見まわした。

燃えた金属がコルサントの空に花火のようにとび散っていた。クルーザーの残りはあざやかな炎に包まれている。そのすぐ前に、七人が倒れていた。そのなかには、タイフォがよく知っている豪華な衣装も含まれている。

爆発のショックでふらつく足を踏みしめ、彼は立ち上がろうとした。何が起こったか理解した瞬間、のどに熱いかたまりがこみあげてきた。

多くの戦いを経験したベテランの戦士のタイフォは、目の前で人々が無残な死に方をするのを見てきた。地面に倒れているじっと動かない姿から、負傷がどの程度か直観的にわかる。

おそらく致命傷だ。まだ息があるにせよ、死にかけているにちがいない。


「座標を打ちなおしたな！」オビ＝ワン・ケノービは若いパダワンをしかった。明るい茶色のゆったりした旅行用ローブを身につけた彼は、小麦色の髪を肩までたらし、まだ若さを残している顔に少々手入れのたりないひげを伸ばしていた。クワイ＝ガン・ジンが死んでからすでに一〇年の歳月が経過し、すっかり落ち着いて、立派なジェダイ・ナイトになったオビ＝ワンは、もはやクワイ＝ガン・ジンのもとで修行していた、衝動的なジェダイ・パダワンではない。

だが、彼の連れはそれとは正反対だった。アナキン・スカイウォーカーは、ありあまるエネルギーをほっそりした長身に閉じこめておくことができないように見える。服装はオビ＝ワンとたいして変わらないが、アナキンのローブはゆるみが少なく、その下の筋肉が常に張りつめているようにぴんと張っている。ジェダイ・パダワンの砂色の髪は昔よりずっと短い。例外はパダワンであることを示す後ろにたらしたひと握りの編み下げだけだ。青いひとみははちきれんばかりのエネルギーを放つかのように、たえずきらめいている。

「ハイパースペースにいる時間を、少し長くしただけです」アナキンは説明した。「これでもっと近くにでられますよ」

オビ＝ワンはあきらめて大きなため息をつき、制御コンソールの前に座って、アナキンが入力した座標を見た。もちろん、いまからではそれを変更するには遅すぎる。ハイパースペースのルートは、いったん超光速にジャンプしてしまえば、その後に再入力することは不可能だ。「コルサントの周りには宇宙船が多い。規定のレーン近くに飛びだすのは危険だと言ったはずだぞ」

「でも……」

「アナキン」オビ＝ワンはペルートゥ・キャットをしかるような調子で名前を呼び、大きなあごをこわばらせてアナキンをにらみつけた。

「はい、マスター」アナキンは従順に目をふせた。

オビ＝ワンは少しにらんでからこう言った。「一刻も早く帰りたい気持ちはわかる。長いこと留守にしていたからな」

アナキンはうつむいているが、オビ＝ワンはその唇の端がかすかに持ち上がるのを見逃さなかった。

「二度とこんなことをするなよ」彼は再び厳しい声で言い残し、ブリッジをでていった。

アナキンは操縦席にすとんと腰を落とし、片手であごをつかんで制御パネルを見た。もちろん、いまの命令は疑問の余地がないほど明確だ。これからは従わねばならない。とはいえ、自分たちの目的地とそこで待っている人のことを考えると、たとえしかられても、それに時間にすればわずか二、三時間しか違わないとしても、座標を入れなおした価値はある。オビ＝ワンの言うとおり、アナキンは一刻も早くコルサントに戻りたかった。が、その理由はオビ＝ワンの言ったものとは違う。ジェダイ聖堂《テンプル》が恋しくてこんなことをしたわけではない。もとナブーの女王だった元老院議員が、元老院で演説するためにコルサントに戻ってくるといううわさを聞いたからだ。

パドメ・アミダラが。

この名前は、若いアナキンの心を震わせた。パドメとはもう一〇年も会っていない。彼がオビ＝ワンやクワイ＝ガン・ジンと一緒に、彼女を助けてナブーでトレード・フェデレーションと戦って以来だ。あのころのアナキンはまだ子供だったが、初めてパドメを見たとき、彼女は自分の妻となる女性だと直感したのだった。

パドメが年上であることも、出会ったときの彼は子供だったことも、ジェダイには結婚が許されていないことすら関係なかった。

アナキンにはただそれがわかっていた。疑問の余地はまったくなかった。美しいパドメ・アミダラの面影は、一〇年前、一〇歳の誕生日を迎えてまもなくオビ＝ワンに連れられてナブーを離れて以来、片時も彼の頭を離れず、毎日のように彼の夢や空想に現れては、彼の胸を焦がしつづけてきた。パドメのかぐわしい髪のにおいも、あのすばらしい褐色《かっしょく》のひとみに宿る知性と情熱のきらめきも、心地よい音楽のような声も、彼は何ひとつ忘れていなかった。

アナキンは自分でもほとんど意識せずに、両手をナビコンピューターの制御装置に戻した。無数の乗り物が飛びかうコルサントのルートのうち、あまり使われていないものを見つければ、その分だけ早く戻れるかもしれない。

至るところで鳴り響くけたたましい警報の音が、驚きの叫びや負傷者の悲鳴をのみ込む。

タイフォの横をパイロットが走りすぎた。ようやく立ち上がったタイフォは、そのあとに従った。反対側では、同じく立ち上がったドルフィーが、倒れている議員に駆け寄っていく。

ひと足早く着いた女性のパイロットが、倒れている議員のそばに片ひざをつき、ヘルメットを取って褐色の髪を振った。

「議員！」タイフォは叫んだ。死にかけている女性、自分の身代わりのそばにひざまずいているのは、たしかにパドメ・アミダラその人だった。「こちらに。まだ危険が去ったわけではありません！」

しかし、パドメは手を振ってキャプテン・タイフォの言葉を退け、倒れている友人にかがみ込んだ。

「コーデ」彼女は涙まじりの声で静かに呼びかけた。長いこと彼女に仕えてきたコーデは、ともに戦い、ナブーを救出した同志のひとりだ。パドメは愛する友を抱え起こし、やさしく抱きしめた。

コーデはパドメによく似た褐色の目をあけた。「すみません、議員」彼女はあえぎながら、苦しそうにひとこと、ひとことを押しだした。「もうお役に……立て……」コーデは苦しそうに息を継ぎ、パドメを見上げた。「……ません」

「いいえ！」パドメはコーデの言葉とこの狂気のすべてを否定するように夢中で叫んだ。「だめ、だめよ！　行かないで！」

コーデはパドメを見つめつづけていた。いや、悲しみに暮れるパドメには、このもと侍女が自分を通して、その先を見つめているように見えた。その向こうを、あらゆるものを越えた先にあるものを。

コーデの両眼は、パドメたちには見ることのかなわぬ場所を見つめていた。

と、不意に、まるで魂が飛び立ったかのようにコーデの体から力が抜けた。

「コーデ！」パドメは彼女をひしと抱きしめ、前後に体を揺すって恐ろしい現実を否定した。

「議員、ここは危険です！」パドメの悲しみを思いやりながらも、タイフォは急き立てた。

パドメはコーデを抱きしめたまま顔を上げ、深く息を吸いこんで動揺を鎮めた。死んだ友に目をやると、数えきれない思い出が一度によみがえってくる。彼女はのどを詰まらせながら、コーデをそっと下におろした。「コルサントに戻ってくるのではなかったわ」彼女はほおを涙にぬらし、油断なく周囲に目を配るタイフォの横で立ち上がった。

キャプテン・タイフォはちらっとパドメと目を合わせた。「この投票は極めて重要な議事です」彼はおじにそっくりの厳しい声で言った。「あなたは自分の義務を果たしたのですよ、議員。コーデは彼女の義務を果たしたのです。さあ、行きましょう」

彼はパドメの腕をつかんで歩きだそうとしたが、パドメはその手を振り払って、そこに立ちつくし、死んだ友を見下ろした。

「アミダラ議員！　お願いです！」

パドメはタイフォを見た。

「そこに立って、ご自分の命を危険にさらし、コーデの死を無にするおつもりですか？　コーデの犠牲を――」

「わかったわ、キャプテン」パドメはさえぎった。

タイフォはドルフィーに合図し、後ろを守らせて、悲しみにくれるパドメとともに歩きだした。

パドメが乗ってきたナブーの戦闘機から、アストロメク・ドロイド、R2-D2がけたたましくさえずりながら降りてきて、そのあとに従った。

5

コルサントの元老院は、この都市の最も高層な建物ではない。ドーム型の屋根はむしろ周りに比べれば低く、ほかの高層ビルのように雲の上に顔をだし、午後の陽射しを受けて琥珀《こはく》色にきらめき、まばゆい光の矢を放っているわけではなかった。だが、この壮大な建物は、その周囲にそびえる摩天楼——議員宿舎のある複合施設も含め——にも決してひけをとらず、その威容を誇っていた。複合施設の中心に位置する青みがかったドームは、ありふれた四角いタワービルとは異なり、機能本位のビルが林立するなかで、見る者の目をなごませてくれる。

巨大な円形の回廊がある広い建物の内部も、美しい外観に劣らず印象的だった。幾重にもなった浮揚プラットフォームには、銀河の居住惑星や星系の大半を代表する議員たちの席があるが、共和国に吹き荒れる分離運動のせいで、最近は空席が目立つ。この二年ばかりドゥークー伯爵が唱えてきた分離主義に賛同する星系は、いまや数千にのぼっていた。共和国はあまりにも大きくなりすぎて、もはや効果的に機能を果たせないというのが彼らの言い分だが、これは揺るぎない共和国の支持者ですら、完全に反論できない事実だった。

とはいえ、最も重要な投票を目前に控えたこの日、円形の議会ホールの壁には、怒りや遺憾の意や決意を口にする何百、何千という人々の声が反響していた。

メインフロアの中央にある、この建物でただひとつの動かない演壇では、元老院議長パルパティーンが暗い顔で混乱のきわみに達した議員たちを見守り、彼らの声に耳を傾けていた。中年を過ぎて、髪はすっかり銀色になり、上品な顔には歳相応の深いしわが刻まれている。最長八年という議長の任期は数年前に終わったが、共和国を次々に見舞う危機を乗り越えるため、法の定める期間を越え、特別に議長の地位に残っているのだった。遠目にはひよわな老人に見えるものの、この銀河の最高地位に昇りつめた強さと不屈の精神は、すぐ近くで見れば明らかだ。

「彼らは怖いのですよ、パルパティーン議長」補佐官のウヴ・ギゼンが言った。「彼らの多くはデモの報告を受けております。この建物の近くですら暴力沙汰が起こっているのです。分離主義者たちは……」

パルパティーンは片手を上げ、不安そうな補佐官を黙らせた。「トラブルのもとだな」彼は言った。「どうやらドゥークー伯爵は、危険なほど彼らを煽《あお》り立てているようだ。あるいは……」彼は考えこむような表情で言った。「あの尊敬すべきもとジェダイが鎮めようとしているにもかかわらず、ほかの人々が欲求不満を募らせているのかもしれん。いずれにせよ、分離主義者たちの動きには、本腰を入れて対応する必要があるな」

パルパティーンは唇に指をあてて、答えようとするウヴ・ギゼンを制し、議事の進行役を務める副議長のマス・アミダが、静粛に、と叫ぶ演壇の中央に向かってあごをしゃくった。

「静粛に！　諸君、静粛に！」マス・アミダはいらだちのあまり青みがかった肌を明るくし、大声で叫んでいた。彼の頭を頭巾のように包み、後頭部から突きだし襟まで垂れている触角が、神経質にひくつき、茶色い先端が胸をたたいている。マス・アミダが左右に顔を振り向けるたびに、頭の上に突きだしている五〇センチ近くもある太い角がアンテナのように回り、周囲の情報を取りこんでいく。しかし、さながら悪鬼のような彼の制止にもかかわらず、議員どうしの何千という私語は少しも静まる気配はなかった。

「議員諸君、静粛に！」マス・アミダがまたしても大声で叫んだ。「たしかに話し合わねばならないことは山ほどある。重要な懸案が控えている。だが、今日決定しなくてはならない動議は、共和国を守る軍隊を創設するかどうかだ。今日はそれを投票する。今日の議事はそれだけだ！　ほかの懸案はさしあたりわきに置いてもらいたい」

何人かがこれに不服を述べ立てた。そしてこの意見が勢いを得るかに見えたが、パルパティーン議長が演壇に進みでて集まった議員たちを見渡すと、大ホールはようやく静かになった。マス・アミダはうやうやしく議長に頭を下げ、わきに寄った。

パルパティーンは両手を書見台の端に置き、肩を落とし、うなだれた。このただならぬ様子に、広大なホールは水を打ったように静まり返った。

「尊敬すべき同僚の諸君」彼はゆっくりと話しはじめた。だが、この努力をもってしても、彼の声は震えをおび、ともすれば途切れそうになった。好奇心に駆られた議員たちの緊張したつぶやきが再びホールを満たした。パルパティーン議長がこれほど動揺するのは珍しいことだ。

「失礼」パルパティーンは静かに言うと、ややあって背筋を伸ばし、勇気を奮い起こそうとするように深く息を吸いこんでしっかりした声で話しはじめた。「尊敬すべき同僚の諸君、わたしはたったいま恐ろしい知らせを受けとった。ナブー星系のアミダラ議員が……暗殺されたのだ！」

この報告にショックを受けた議員たちは、驚きに目をみはり、口のあるものは口をあけて、言葉もなく議長を見つめた。

「この悲しむべき一撃は、わたしにとってはとくにつらい」パルパティーンは説明した。「元老院議長になる前、ナブー選出の議員だったわたしは、ナブーの女王だったアミダラに仕えたことがある。彼女はこの元老院においてもそうだったが、故郷の惑星ナブーでも正義のために戦う偉大な指導者だった。その民にこよなく愛され、憲法を改正して生涯女王にしようという動きもあったくらいだ！」彼は深いため息をつき、のどの奥で弱々しく笑って、この申し出が理想家のアミダラのひんしゅくを買ったことを示した。「しかし、心から民主主義を信じていたアミダラ議員は、任期の期限を尊重した。議員の死はわれわれにとっては大きな損失である。われわれはアミダラ議員が自由のために敢然と戦ったことを肝に命じ、最愛の友として――」パルパティーン議長はうなだれて、再びため息をついた。「その死を悲しむであろう」

言葉を交わす者もいたが、ほとんどの議員は死者に敬意を表して沈黙を守り、パルパティーンの追悼の言葉に深々とうなずいた。

だが、いかに暗い事件が起こっても、この日の投票は行なわねばならない。パルパティーンは激しやすいマラステアの議員アスク・アークが浮揚プラットフォームに乗って上階からホールの中央に向かってくるのを見ても驚かなかった。アスク・アークは水平の耳をひくつかせ、指のような眼柄を突きだして、大きな頭をゆっくりとめぐらし、べつべつに動く三つの目で周囲を見た。

「この内戦が終わるまでに、あと何人の議員が犠牲になることか！」マラステアの議員は叫んだ。

「われわれは反乱者どもと戦わねばならん。そのためには軍隊が必要だ！」

この大胆な発言に、当然ながら、集まった大勢の議員から賛否の叫び声があがり、複数のプラットフォームが一度に動きだした。真っ先にアスク・アークの横に並んだのは、くしゃくしゃの顔をした青い髪の議員だった。「なぜジェダイは暗殺を阻止できなかったのだ?」グリー・アンセルム出身の大使、ダーサナは語気荒く尋ねた。「ジェダイはもはやあてにならん! これは明白な事実だ!」

もうひとつのプラットフォームがダーサナのあとにつづいた。「共和国には、もっと確実な保安手段が必要だ!」何重にもなったあごと胸まで伸びた青いレックを震わせ、トワイレックの議員、オーン・フリー・ターがこれに唱和した。「いますぐに! 戦いになる前に!」

「しかし、マラステアの議員、言うまでもなく分離主義者たちとの交渉は引きつづき行なわれている」パルパティーン議長が口をはさんだ。「われわれの目的は平和を保つことだ。戦うことではない」

「あなたが話し合いを望んでいるやつらに、友人が暗殺されたのに、ですか?」アスク・アークはオレンジ色の顔に驚きを浮かべて食ってかかった。ホールの中央を囲むプラットフォームから、叫び声やわめき声が起こった。議員たちはつばを飛ばしてわめきたて、ほとんどがこぶしをあるいは触角を激しく振りたてた。

パルパティーンは落ち着き払って、穏やかな目でアスク・アークを見返した。

「アミダラ議員は、あなたの友人ではないのですか?」アスク・アークは彼に向かって叫んだ。

パルパティーンは黙って彼を見返していた。喧々《けんけん》囂々《ごうごう》たるホールのなかにあって、嵐の目のように、彼は落ち着きを保ちつづけた。

たけり狂う議員たちに議長の理性の声を聞かせるには、この怒りにまかせた論争を鎮める必要があるとみて、マス・アミダが演壇の中央に走りでた。

「静粛に!」彼はまたしてもこの言葉を繰り返した。「諸君、静粛に!」

しかし混乱はおさまらず、議員たちは口々にわめきながらこぶしと触角を振りつづけた。するとその騒ぎのなか、四人の人々を乗せたプラットフォームがホールの側面の壁際から、ゆっくりと回廊に向かいはじめた。

パドメ・アミダラは、目の前の広い回廊を埋める議員たちの怒号にうんざりして、首を振った。

「多くの星系が、ドゥークー伯爵の説得に応じて、共和国を離れたのは、まさにこのせいなのに」

「大勢の人々が、共和国は巨大になりすぎて、ほころびはじめていると考えていますわ」このポッドを操作しているキャプテン・タイフォとその横に並んだジャー・ジャー・ビンクスの後ろで、ボディガードを兼ねたパドメの侍女、ドーメが言った。

回廊に入ると、彼らはゆっくりとホールの中央に向かった。そこにいる議員たちも回廊の低い階にいる議員たちも、口論に夢中でパドメ・アミダラの予期せぬ出現にもいっこうに気づかない。

しかし、演壇に立っているパルパティーンはアミダラに気づいた。彼は一瞬、激しいショックを浮かべたものの、すぐに立ち直り、満面の笑みをたたえた。

「高潔な同僚のみなさん」アミダラがよく響く声で呼びかけると、多くの議員は聞き覚えのある声に驚き、彼女に顔を向けた。「わたしは議長に全面的に賛成です。どんな犠牲を払っても戦いは避けねばなりません！」

ホールの喧騒は少しずつ、それから迅速に静まり、それから嵐のような歓声と拍手がホールを満たした。

「大いなる驚きと喜びをもって、議長はナブー選出のパドメ・アミダラ議員の発言を許可する」パルパティーンが声をはりあげた。

アミダラは歓声と拍手がおさまるのを待ち、ゆっくりと話しはじめた。「ついさきほど暗殺者がわたしの命を奪おうとしました。そして、ボディガードがひとり、ほかにも六人が無残にもその毒牙《どくが》にかかり、殺されました。彼らの襲撃の的はわたしでしたが、真のねらいは、この法案を成立させることだとわたしは信じています。わたしは先頭に立って軍隊の創設に反対してきました。それを成立させるために手段を選ばない人々がいるのです」

この驚くべき断言が頭にしみ込むと、回廊の歓声は不満の声に変わり、多くの議員が混乱して首を振った。アミダラはこの元老院のだれかが、犯人だと糾弾しているのか？

アミダラは中央に立つと、広い円形ホールを見渡した。自分の言葉が、表面的には多くの議員を侮《ぶ》辱《じょく》することになるのは承知のうえだった。もっとも、暗殺をくわだてたのがこのなかのだれかだと本気で思っているわけではない。彼女の直観は、この陰謀には明らかな理由とはまったく違う意図が隠されていると告げていた。たしかに彼女を沈黙させたがっているのは、共和国に軍隊を作りたがっている人々だと考えるのが論理的だが、なぜか——自分でもはっきり自覚していない手がかりが知らせてくれるのか、それともたんなる直観か——暗殺をくわだてたのは、少なくとも表面的には、彼女の存在に利を得る人々だという気がする。そういえばパナカは、トレード・フェデレーションが分離主義者たちと手を組んだ、と言っていたわ。

深々と呼吸して心を落ち着かせ、議員たちの敵意を受け止めながら、彼女は言葉を強めた。「軍隊を作れば、間違いなく戦いが起こります。わたしは戦争の悲惨さを身をもって体験しています。二度とそれを繰り返したくないのです」

歓声が野次《やじ》を圧倒しはじめた。

「ばかなことを言うな！」オーン・フリー・ターが大声でわめいた。「わたしは投票の延期を動議する！」だが、この提案は、ますます激しい怒号を引き起こしただけだった。

このトワイレックは、暗殺されたはずのわたしの言葉が投票の結果に響くとみて、延期を提案しているのだわ、アミダラは即座にそう読みとった。

「議員のみなさん、どうか目をさましてください！」アミダラはオーン・フリー・ターの声に負けじと叫んだ。「分離主義者たちを力で押さえようとすれば、彼らも力で対抗してくるでしょう！　多くの命が失われ、自由が失われるのです。この決定は、偉大なる共和国の土台を揺るがすことになりかねません！　どうか不安に駆られて、恐ろしい決断を下さないでください。宣戦布告にほかならない、軍隊の創設を否決してください。だれが戦争を望むでしょう？　ここにはそんな人々はいないはずです！」

演壇のそばに浮揚プラットフォームをおろしているアスク・アークと、オーン・フリー・ターとダーサナが、大ホールに響き渡る歓声と野次にちらっと心配そうな目を見交わした。一〇年前にトレード・フェデレーションと一戦交え、勝利を手にしたパドメを尊敬している議員は多い。しかも、さきほど殺されかけたにもかかわらず、軍隊の創設を思い留まるよう訴えるアミダラの勇気には、大きな説得力があった。

アスク・アークの同意を得て、オーン・フリー・ターが発言の許可を求めた。パルパティーンはすぐさま彼に許可を与えた。

「議会の手順に従って、わたしの投票延期の動議をまず審議してもらいたい」彼はしつこく要求した。

「それがルールだ！」

この明らかな引き延ばし作戦に、怒りといらだちもあらわに、アミダラはトワイレックをにらみつけ、訴えるようにパルパティーンを見た。だが、議長は同情するようなまなざしを向けたものの、肩をすくめただけだった。彼は演壇の中央に進みでると、両手を上げて議員たちに静寂を要求し、騒ぎが静まるのを待ってこう言い渡した。「すでに時間も遅いことでもあるし、この動議の重要性を考慮し、話し合いは明日に持ち越すこととする。これをもって議会は閉会」

コルサントの空のあちこちで乗り物が数珠《じゅず》つなぎになり、スモッグの霞《かすみ》のなかをのろのろと動いていく。太陽が昇り、はてしなく広がる都市に琥珀色の光を投げていたが、まだ多くの明かりが灯ったままの摩天楼の窓はこうこうと輝いていた。

そのなかでもひときわ高い共和国行政ビルは、まるで天にも届きそうに見える。この表現は実際、的を射ていた。なぜならその内部では、ようやく夜が明けたばかりにもかかわらず、銀河の出来事を決める人々が、共和国の市民にとっては神の働きにもひとしい仕事をしているからだ。

パルパティーン議長は、趣味のよい家具調度を置いた広いオフィスの机につき、四人のジェダイ・マスターと向かいあっていた。真紅の制服に大きなヘルメットをかぶり、床まで届くケープを着たたくましい衛兵がドアの両わきを守っている。

「この投票の結果が恐ろしい」パルパティーンは言った。

「しかし、投票は避けられません」てかてかの頭に鋭い目、たくましい人間のジェダイ・マスター、メイス・ウィンドゥが答えた。その隣のキ＝アディ＝ムンディは、さらに背が高い。

「これまでにないほど賛否が拮抗《きっこう》している。結果によっては、共和国の残りがばらばらになりかねん」

パルパティーンは暗い声で予測した。

「軍隊を創設するかしないか、これほど重要な問題はめったにありませんからな」プロ・クーンが言った。彼はやはり長身のがっしりしたケル・ドリアンで、頭のてっぺんがとがり、その両側に女性のような房状の巻き毛がある。両眼に黒いゴーグルをつけ、顔の下半分を黒いマスクで覆っていた。

「この投票が重要なことを知っているだけに彼らも不安なのです」

「どちらに転ぶにせよ、必要じゃよ、多くの修復がな」マスター・ヨーダが言った。四人のなかでは最も小柄だが、実力ではだれにもひけをとらない。目の前の問題に集中するときのくせで、ヨーダは大きなまるい目をゆっくりとまたたき、同じく大きな耳をかすかに動かしていた。「見えないものが多すぎる。この件ではの」彼は言い、目を閉じて考えに沈んだ。

「どれくらい投票を延期できるか、わたしにはわからん」パルパティーンは説明した。「遅れれば遅れるほど共和国の力は弱まり、崩壊が進む。分離主義者たちに加わる星系がますます増えるばかりだ」

ジェダイのなかでも、たのもしい柱とみなされているメイス・ウィンドゥがうなずいた。「そうは言っても、投票が行なわれ、敗北を喫した議員たちが大挙して共和国を離れれば……」

「わたしは一〇〇〇年つづいたこの共和国を、崩壊させるつもりはない！」パルパティーンはそう断言し、こぶしで机をたたいた。「交渉は必ず成功させるとも！」

メイス・ウィンドゥは落ち着いた声で言った。「しかし、彼らが離れれば、ジェダイだけでは共和国を守りきれませんぞ。それにわれわれの仕事は平和を守ることであって、戦うことではありません」

パルパティーンは何度か深く呼吸し、この言葉を消化しようとした。「マスター・ヨーダ」彼は小柄なジェダイに呼びかけ、緑色の皮膚のジェダイが目をあけるのを待った。「本当に戦いになるでしようか？」

ヨーダは再び目を閉じた。「戦いより、もっとひどいことが起こる」彼は言った。「はるかにひどいことが」

「なんですと？」パルパティーンは鋭く尋ねた。

「マスター・ヨーダ、何か感じたのかね？」メイス・ウィンドゥが尋ねた。

「未来が見えん」小柄なジェダイ・マスターは大きな目をまだ内に向けたまま答えた。「暗黒面《ダークサイド》がすべてを曇らせておる。しかし、これだけは確かだ……」彼はぱっと目を開いてパルパティーンを見つめた。「ジェダイはその役目を果たす」

ほんの一瞬だが、奇妙な表情が議長の顔をよぎった。が、彼がヨーダの言葉に答える前に、机の上にホログラムが現れた。補佐官のひとり、ダー・ワックだ。「ロイヤリスト・コミッティーの面々が到着しました、閣下」ダー・ワックはハット語で言った。

「通したまえ」

パルパティーンが立ち上がると、ホログラムは消えた。向かいに座っていたジェダイたちも、共和国の重鎮を迎えるために立ち上がった。オフィスに入ってきたのは、ふたつのグループだった。パドメ・アミダラ議員はキャプテン・タイフォとジャー・ジャー・ビンクス、侍女のドーメをともなっている。マス・アミダはふたりの議員、オルデラン出身のベイル・オーガナと、ホロックス・ライダーを案内してきた。

にこやかにあいさつが交わされたあと、ヨーダは小さな杖で軽くたたき、パドメをからかった。

「あなたはフォースが強いな、若き元老院議員」ジェダイ・マスターは言った。「着床プラットフォームで起こった悲劇は、なんともお気の毒じゃった。無事な姿を見られて、こんなうれしいことはない」

「ありがとう、マスター・ヨーダ」パドメは答えた。「この攻撃の背後にいる者の見当がつきますか？」

この質問に、オフィスにいる人々の目がいっせいにパドメとヨーダにそそがれた。

メイス・ウィンドゥがせきばらいをして前に進みでた。「議員、はっきりしたことは何ひとつわかっていないが、ナブーの月で働くスパイス採鉱者のあいだに不穏な動きがあったようですな」

パドメはキャプテン・タイフォと顔を見合わせた。タイフォが当惑して首を振る。スパイス採鉱者たちが騒いでいたのは確かだだが、パドメもタイフォもナブーの宮殿に押しかけた男たちがコルサントで起こった悲劇を引き起こしたとは思えなかった。パドメはタイフォから目を離し、メイス・ウィンドゥをじっと見た。自分の直観をここで口にするのは賢いことだろうか？　彼女の推理は論争を引き起こすことになりかねない。しかも根拠があるわけではないのだ。とはいえ……。

「お言葉を返すようですが」パドメは思いきってそう言った。「あの事件の背後には、ドゥークー伯爵がいるような気がします」

オフィスにいる人々はひとり残らず驚きを浮かべた。四人のジェダイ・マスターたちはけわしい顔で目を見合わせた。

「ご存じのように、議員」メイス・ウィンドゥがよく響く落ち着いた声で言った。「ドゥークー伯爵はかつてジェダイだった男です。だれかの暗殺をたくらむとは思えませんな。あれはそういう男ではない」

「伯爵は妥協の嫌いな理想家だ」哀愁をおびた顔の片側にある峰つきのフラップをひくつかせ、セレアンのキ=アディ=ムンディもこれに和した。「殺人者ではない」この大きなまるい頭のジェダイ・マスターは、ほかのだれよりも頭ひとつ高い。だが、威圧感を与える外見とは異なり、むしろおとなしい性格だった。

ヨーダが杖で床をたたき、注意を引くと、ただひとりいつもと変わらぬ静かな表情で言った。「闇《やみ》の時代には、何ひとつ見かけどおりではない。じゃが、議員、あなたが危険にさらされているという事実は残る」

パルパティーン議長は芝居がかったため息をついて窓に歩いていき、コルサントの夜明けに目をやった。「マスター・ジェダイ」彼は言った。「アミダラ議員をあなた方の手で守ってはいただけないだろうか?」

「この非常時に? そのために数少ないジェダイを使うのかね?」ベイル・オーガナ議員が手入れの行き届いた黒い山羊ひげをなでながら異を唱えた。「すでに何千という星系が分離主義者たちに同調し、しかも投票が終わればさらに多くが彼らに加わることになるだろう。ジェダイはわれわれの――」

「元老院議長」パドメがさえぎった。「お言葉ですが、今回の事件は……」

「騒ぎたてるほどのことではない、かね?」パルパティーンは彼女のあとを引きとった。「いいや、わたしはそうは思わんな」

「お願いですから!」パドメは懇願した。「これ以上の警備は必要ありません!」

パルパティーンは、過保護の父親のような目でパドメを見た。「たしかに警備を増やせば、窮屈な思いをするかもしれんが……」彼は途中で言葉を切り、名案を思いついたように目を輝かせた。「しかし、よく知っている古い友人ならどうかね？」この思いつきに気をよくして、パルパティーンは笑顔でメイス・ウィンドゥとヨーダを見た。「マスター・ケノービのような？」彼はよい考えだと強調するようにうなずいた。メイス・ウィンドゥがうなずき返すと、いっそう笑顔を広げた。

「その手配はできます」メイス・ウィンドゥは言った。「彼はアンシオンから戻りましたから」

「彼のことは覚えているはずだよ、議員」パルパティーンはすでに決まったように、機嫌のよい口ぶりで言った。「封鎖のときにきみを守った男だ」

「そんな必要はありませんわ、議長」パドメは頑固に言い張った。

だが、この独立心の強い議員をどう説得すればいいか心得ているパルパティーンは、にこにこしながらこう言った。「わたしのためにそうしてくれないか、議員。そのほうがよく眠れる。今日は寿命が縮まったよ。きみを失うなど、思っただけで耐えがたいことだ」

パドメは何度か反論しようとした。だが、元老院議長がこれほどまでに心配してくれるのに、その好意を無にすることがどうしてできよう？　結局、最後は大きなため息をついてあきらめるしかなかった。ジェダイたちは辞去するために立ち上がった。

「ただちにオビ=ワンを行かせます」メイス・ウィンドゥはそう言った。

ヨーダはパドメの横を通り過ぎるとき、彼女だけに聞こえるようにささやいた。「政治も大切だが、少しは自分のことも考えんとな、パドメ。危険を無視してはいかん。われらの助けを受け入れなされ」

パドメ・アミダラはジェダイ・マスターたちがでていったドアと、その両側を守る衛兵をしばらくのあいだ見つめた。

その後ろ、オフィスの奥では、パルパティーン議長が全員を見ていた。

「ああいう状況でドゥークー伯爵の名前が持ちだされたことが気になるな」カウンシル・ホールに向かいながら、メイス・ウィンドゥはヨーダに言った。「しかも、疑惑を口にしたのはあの高潔なアミダラ議員だ。ジェダイに対する不信は、それがもとジェダイに対するものでも、時期が時期だけに大きな災いになりかねん」

「否定はできんぞ。ドゥークーが分離主義運動にかかわっていることはな」

「しかし、ドゥークーがあの運動をはじめたのは、彼なりの信念と理想に基づいてのことだ。それにドゥークーはかつての盟友だ。それを忘れてはならん。その彼が名指しで暗殺者呼ばわりされたとなると……」

「名指しされたわけではない」ヨーダは訂正した。「しかし、闇はある。われわれすべてを包んでおる。何ひとつ見かけどおりではないぞ、その闇のなかではの」

「だが、ドゥークーが、だれよりも頑固に軍隊の創設に反対するアミダラ議員の命をねらうのは理屈に合わないぞ。アミダラ議員の反対は分離主義者にとっては、ありがたいはずだ。たとえ本人にはその意図はないにせよ、アミダラ議員の反対は彼らの益になるのだからな。彼らが本気で共和国と戦いたがっているのならべつだが……」

ヨーダはひどく疲れたように杖に体重をかけ、大きな目をゆっくり閉じた。「われらが知っている以上のことがあるのよ、これにはの」彼は静かに言った。「フォースが曇っておる。わしにはそれが気になる」

メイスは昔の友をさらに弁護しようとして、その言葉をのみ込んだ。ドゥークー伯爵はジェダイ・マスターのなかでもとりわけフォースが強く、カウンシルのメンバー全員に尊敬されていた。古代の深遠なジェダイ哲学とジェダイの流儀を熱心に学ぶかたわら、ライトセーバーの使い方にも大きな関心を示し、円を描くような現在の主流とは違い、もっと前後の動きや突きや突き返し《リポーステ》に重点を置いた、古代の戦い方にも非常な興味を持っていた。そのドゥークーが、多くの分離主義者たちが共和国を離れようとしているのと同じ理由——共和国はあまりに大きくなりすぎて、個々の構成員どころか、個々の星系の要求にすら対応できなくなった——でジェダイ騎士団《オーダー》から離れたのは、オーダーにも、メイス・ウィンドゥ個人にも、どれほど大きな衝撃だったことか。

アミダラやパルパティーンが分離主義者たちの動きに心を痛めているように、メイス・ウィンドゥもドゥークーのことに心を痛めていた。彼らの非難にはもっともな点があるからだ。

6

コルサントの明かりが消えてゆき、数こそ少ないものの、ほぼ絶え間なく輝きつづける大都市のまばゆい明かりにかろうじて負けずに輝く自然の光が見えてくると、摩天楼の林立する大都市は、それまでとはまったく異なる顔を見せる。暗い空の下で、きらめく摩天楼は巨大な自然石のモノリスとなり、コルサントを知的種族の才を称える一大モニュメントにならしめている地表を覆う超高層ビルのすべてが、なぜか愚かさの象徴、死すべきものにはつかめない広大さ、荘厳さを必死でつかもうとするむなしいあがきに見えてくる。この偉大なる都市、偉大なる文明にやがて訪れる崩壊を告げるかのように、高層ビルの上層では風さえも物哀《ものがな》しい音を立てて吹き渡っていく。

アナキン・スカイウォーカーをともない、元老院宿舎のターボリフトに乗りこみながら、ジェダイ・ナイト、オビ=ワン・ケノービは、夜の大都市を眺めながら、こうした深遠な宇宙の真理について考えていた。だが、その横にいる若いパダワンの思いは、これとはまったく違うものだった。もうすぐパドメに再会できるのだ。わずか九歳のとき彼の心をとらえ、それ以来放そうとしない女性に。

「落ち着かないようだな、アナキン」オビ=ワンは上昇するリフトのなかで、パダワンの気持ちに気づいた。

「いえ、全然」

「そんなに不安そうなのは、ガンダークの巣に落ちたとき以来だぞ」

「落ちたのはあなたですよ。ぼくは助けに飛びこんだんです。忘れたんですか？」だが、オビ＝ワンの冗談は意図した効果をあげ、ふたりは声をあげて笑った。アナキンは緊張がほぐれるのを感じたが、笑いがおさまるとすぐにまた……。

「汗をかいているぞ」オビ＝ワンが言った。「体の力を抜いて、深く呼吸するといい」

「なにしろ一〇年ぶりですから」

「アナキン、リラックスしろ」オビ＝ワンは繰り返した。「彼女はもう女王ではないぞ」

リフトのドアが開いた。オビ＝ワンのあとからリフトをでながら、アナキンはつぶやいた。「神経質になっているのは、そのせいじゃないんだ」

ふたりが廊下にでるのとほぼ同時に向かいのドアが開き、美しい赤と黒のローブを着たグンガンがでてきた。三人はそれとなく相手を観察しあい、それからグンガンが礼儀と慎みをかなぐり捨てて子供のようにピョンピョン飛び跳ねはじめた。

「オビ！　オビ！　オビ！」ジャー・ジャー・ビンクスは長い舌と耳をぱたつかせて叫んだ。「あんた《ユーサ》に会えておいら《ミーサ》にここにこね。ヒャッホー！」

オビ＝ワンは礼儀正しいほほえみでこれに応えたものの、とまどいを浮かべた目でちらっとアナキンを見た。それから興奮気味のグンガンをなだめようと、まるで空気をたたくように両方の手のひらを下に向けて動かした。「ああ、わたしもうれしいよ、ジャー・ジャー」

ジャー・ジャーは引きつづき何度かピョンピョン跳ねたものの、明らかに大いなる努力を払ったらしく、こう言ったときにはかなり落ち着いていた。「こっちは弟子さんだね」彼はかなり落ち着いたが、それもアナキンをじっと見たとたん、完全に吹っ飛んだ。「ヒャー！」彼はかん高い声で叫び、両手をパチンと打ち合わせた。「アニー？　ヒャー！　ちっちゃいアニーか？」ジャー・ジャーはパダワンをつかんでぐいと両腕を伸ばし、頭のてっぺんからつまさきまで見まわした。「ヒャー！　あんたでかくなって！　イエイエイエイ！　アニー、おいら、おったまげー！」

今度は困ったようにほほえむのはアナキンの番だった。彼は礼儀正しくそこに立って、興奮の極みにあるグンガンが自分をぎゅっと抱きしめ、激しく揺すぶりながら、ピョンピョン跳ぶのにまかせた。「やあ、ジャー・ジャー」アナキンはどうにかそう言った。ジャー・ジャーはピョンピョン跳びながら、アナキンの名前を叫び、「イエイエ」という奇声を発しつづけている。まるで永遠につづきそうな具合だったが、オビ＝ワンが静かに、だが力をこめてジャー・ジャーの腕をつかんだ。「アミダラ議員に用事があるんだ。案内してくれないか？」

ジャー・ジャーは飛び跳ねるのをやめ、オビ＝ワンをじっと見た。アヒルのような口が突きだした顔に、多少とも真剣な表情が浮かんだ。「議員、あんた待ってる！　アニー！　おいらおったまげー！」彼は少しのあいだ頭をヒョコヒョコ動かし、それからアナキンの手をつかんで歩きだした。

アパートのなかは上品に飾りつけられていた。部屋の中央には、座り心地のよさそうないすと長いすが円形に配置され、壁のあちこちに趣味のよい美術品が掛かっている。長いすのそばにはドーメとタイフォが立っていた。キャプテン・タイフォは、青いシャツに茶色い革の胴衣を重ね、同色の革手袋と、ひさしと帯に黒い革を使ったかたい帽子といういつもの制服姿。その横に立っているドーメは、エレガントではあるが質素なドレス姿だ。

だが、アナキンの目には彼らの姿は映らなかった。彼はその部屋にいる三人め、パドメを、パドメだけを見つめていた。彼女が真に美しいことをこれまで疑ったことがあるにせよ、その疑いはそのときその場できれいに消えうせた。彼の目は黒と濃い紫のローブを着た、小柄だがすらりとした議員の姿に釘付けになり、あらゆる細部を見てとった。バスケットのようなアクセサリーで高く結い上げられた豊かな髪に顔を埋めたいと思い、彼女の美しいひとみをいつまでも見つめつづけたいと願い、ふっくらした唇に……。

アナキンはつかのま目を閉じ、深く息を吸いこんだ。するとパドメの芳香が再び彼を酔わせた。頭に焼きついているパドメのにおいが……。

パドメに駆けよって抱きしめたい気持ちをこらえ、オビ=ワンに従ってゆっくりと礼儀正しく歩くには、意志の力を総動員しなくてはならなかった。その反面、突然力が入らなくなった足を前にだし、部屋に入り、パドメに向かって最初の一歩を踏みだすにはたいへんな努力が必要だった。

「おいら、だれと来たか、見ろ！　見ろ！」かん高い声でわめきたてるジャー・ジャーの紹介は、オビ=ワンにとってはとくに好ましいものとは言えなかったが、感情の動きが激しいグンガンにありふれた紹介を望むほうが、まあ、無理だろう。「ジェダイさ、着いた」

「久しぶりです、議員」オビ=ワンはそう言って若く美しい議員の前に立った。

その後ろでアナキンはパドメをくいいるように見つめていた。パドメはちらっと彼を見たが、彼に気づいた様子はなかった。

パドメはオビ=ワンの手をとった。「久しぶりですね、ジェダイ・ケノービ。またお目にかかれてうれしいわ。でも、あなたがここにいる必要があるとは思えません」

「ジェダイ・カウンシルのメンバーが必要だと思ったからには、相応の理由があるのですよ」オビ=

ワンは答えた。

パドメはあきらめた顔でこの答えを受け入れ、再びオビ=ワンの後ろに忍耐強く控えている若いパダワンにちらっと目をやり……けげんそうな表情を浮かべて一歩横に寄ると、アナキンの正面に立った。

「アニー？」信じられないという表情を浮かべ、それからにっこり笑って茶色い目を輝かせた。

アナキンは一瞬、彼女の心が躍るのを感じた。

「アニー」アミダラはもう一度彼の名前を呼んだ。「驚いたわ！　なんと大きくなったこと！」彼はすらりとした長身を上から下まで見まわし、彼の背が伸びたことを強調するように頭を傾けた。いまのアナキンは彼女よりはるかに背が高い。

だが、その事実もすっかりパドメに目を奪われているアナキンに自信を与えてはくれなかった。パドメの微笑は彼に会えたことを喜んでいるしるしだが、アナキンはそれを見逃した。少なくとも、それが意味するところは見逃した。「あなたも――」彼はまるで無理やり押しだすようにぎこちなく答えた。「昔より美しくなった」彼はせきばらいして背筋を伸ばした。「それに、ずいぶん小さくなった」冗談で緊張を和らげようとしたが、うまくいかなかった。「元老院議員にしてはね」

オビ=ワンがむずかしい顔をしたが、パドメは笑って首を振った。

「ああ、アニー。わたしにとっては、あなたはいつまでもタトゥイーンで会った少年のままよ」この言葉はアナキンを打ち砕いた。彼女が彼の腰からライトセーバーをつかみ、それで両足を断ち切ったとしても、これほどの痛みは感じなかったろう。

彼は目をふせた。オビ=ワンとキャプテン・タイフォの視線が、彼の屈辱感をいっそう深めた。

「目立たぬようにしますよ、議員」オビ=ワンがパドメに請け合うのが聞こえた。

「マスター・ケノービ、あなたの存在は非常にありがたい」キャプテン・タイフォが口をはさんだ。

「議員は認めようとしないが、危険な状況なのだ」

「ボディガードはこれ以上必要ないわ」パドメはタイフォに向かってそう言い、オビ=ワンを見て言葉をつづけた。「それよりわたしが欲しいのは答えよ。だれが暗殺を謀《はか》ったのか知りたいの。そのたくらみの裏には、とても重要な事実が隠されているような気がするのよ。この事件にはもっと深い裏が……」オビ=ワンがまゆをひそめるのを見て、彼女は言葉を切った。

「われわれはあなたを守るために来たのです、議員。調査をはじめるためではありません」オビ=ワンは落ち着いた声でそう説明した。だが、その直後に、アナキンの口からまったく反対の返事が飛びだした。

「きみを殺そうとしたやつらはきっと突き止めるよ、パドメ」アナキンは勢いこんで答え――

オビ=ワンににらまれて、自分がおかしした間違いに気づいた。パドメに対する答えを頭のなかで考えるのに夢中で、マスターが言ったことを聞いていなかったが、明らかにへまをしでかしたようだ。

彼は唇をかんで再び目をふせた。

「われわれは命令の範囲を越える行動はとらないぞ、パダワン！」オビ=ワンは鋭くたしなめた。ほかの人々の前で、とくに愛する女性の前で叱責《しっせき》されるこの言葉はアナキンの胸に突き刺さった。

「マスター、もちろん彼女を守るために、です」

だが、これは彼自身の耳にも、たんなる言い訳にしか聞こえなかった。

「いい加減にしろ、アナキン」オビ=ワンは言葉をつづけた。「わたしの指示に従うんだ」

アナキンはパドメの前でけなされることに耐えられなかった。「でも、なぜ？」彼は少しでも自分の正しさを主張しようとして聞きかえした。

「なんだと？」オビ＝ワンに驚いて聞き返され、アナキンは心のなかで舌打ちした。どうやら彼は名誉を挽回しようと急ぐあまり、言いすぎたようだ。

「暗殺者を見つけるためでなければ、なぜぼくらがパドメのところに送られたんです？」彼は落ち着いて、オビ＝ワンに理を説こうとした。「たんなる警備なら、コルサントの保安部に任せておけばいい。ただ守るだけなら、ジェダイが来る必要はありませんよ。だから、ぼくらの仕事には調査も含まれているはずです」

「われわれはカウンシルの指示に従う」オビ＝ワンは言い返した。「おまえは自分の立場を学ぶのだな」

「ひょっとすると、あなた方がそばにいるだけで、このなぞめいた暗殺者は尻尾をだすかもしれないわ」パドメはこの場の雰囲気を和らげるためにそう言い、微笑を浮かべてアナキンとオビ＝ワンを見た。そしてふたりが身を引き、肩の力を抜くのを見て、付け加えた。「では、よろしければ、わたしは引きとらせてもらうわ」

頭を下げ、ドーメを従えて部屋をでていくパドメを見送ると、オビ＝ワンは若いパダワンをけわしい目でにらんだ。ふたりとも不機嫌な表情のまま、気まずい沈黙がつづいた。

「とにかく、わたしはおふたりが来てくれてありがたい」キャプテン・タイフォがそう言ってふたりに歩み寄った。「敵の正体がわからないとあっては、アミダラ議員の身辺は、どれだけ厳重に警備しても、しすぎることはない。ジェダイ・カウンシルのあなたの友人方は、スパイス採鉱者の仕業だと思っているようだが、わたしはその意見には賛成できないな」

「これまでにわかったことは?」アナキンが尋ねた。

オビ=ワンがちらっと警告するようなまなざしを投げた。

「どんな敵を相手にしているのか見当がつけば、仕事がやりやすくなりますよ」アナキンはマスターに説明した。この理屈ならオビ=ワンも納得するはずだ。

「たいしてないのだよ」キャプテン・タイフォはそう言った。「アミダラ議員は共和国に軍隊を作ることに率先して反対している。分離主義者たちとの問題は、武力ではなく話し合いで解決すべきだという考えを固守しつづけているんだ。暗殺未遂事件のあとも、この考えは強まりこそすれ、少しも揺らいではいない」

「当然ながら、分離主義者たちは、共和国が軍隊を持たないことを望むはずだから……」オビ=ワンが頭に浮かんだ考えを口にした。

「手がかりはまったくない」キャプテン・タイフォがあとを引きとった。「あの手の事件で真っ先に疑いの目を向けたくなるのは、ドゥークー伯爵と分離主義者たちだが」オビ=ワンが顔をしかめるのを見て、タイフォは急いで付け加えた。「まあ、少なくとも、彼の運動に忠誠を誓っている者たちの仕業と考えるのが普通だろう。分離主義者たちは共和国の至るところで似たような事件を引き起こしているからな。彼らは好んで暴力を用いる。だが、軍隊の創設に反対しているアミダラ議員の命をなぜねらう必要があるのか、それがわからない」

「われわれがここにいるのは、あれこれ推測するためではない。彼女を守るためだ」オビ=ワンはこの話を打ち切るような言い方をした。

キャプテン・タイフォは明らかにそれに気づいたらしく、軽く頭を下げた。「各階に部下を配置するつもりだ。わたしは階下の司令センターにいる」

タイフォが立ち去ると、オビ=ワンはこのアパートの様子をつかむため、自分たちがいる部屋と、その隣の部屋を調べはじめた。アナキンも同じように歩きはじめたが、ジャー・ジャー・ビンクスのそばを通りかかると足を止めた。

「おいら、また会えて幸せ、胸ぱんぱんよ、アニー」

「パドメは最初、ぼくに気づかなかった」アナキンはパドメが消えたドアを見て、がっかりしたように首を振り、グンガンに顔を向けた。「ぼくはあれから一日も忘れたことはなかったのに。ぼくのことをすっかり忘れていたんだ」

「なぜそう言う？」

「きみも見ただろう？」

「パドメ、幸せ」グンガンはそう言った。「あんなに幸せ、久しぶり。いまはひどいとき、アニー。つらいときだ！」

アナキンは首を振り、再び失望を口にしようとしたが、オビ=ワンが近づいてくるのを見て賢明にも口からでかかった嘆きの言葉をのみ込んだ。

だが、観察力の鋭いマスターの目はごまかせなかった。

「また否定的な思いにとらわれているな」彼はアナキンに言った。「自分が考えていることに気をつけるのだ。彼女はわれわれを見て喜んだ。それで満足しなさい。さあ、ここの警備を点検しよう。やることは山ほどある」

アナキンは頭を下げた。「はい、マスター」

彼は機械的に要求されている答えを口にしたものの、自分の心と頭を占領する思いを振り払うことはできなかった。


パドメは鏡の前に座り、髪をブラッシングしていた。が、彼女が見ているのは、鏡に映る自分の姿ではなかった。彼女はさっきからアナキンを思い出していた。自分に向けられた彼のまなざしを。そして彼の言葉を何度も繰り返し聞いていた。「……昔より美しくなった」パドメが美しいのは事実だが、彼女がこういう言葉を聞くことはめったになかった。まだ少女のころから政治にかかわり、短期間に重要な地位に昇りつめたせいで、彼女が会う男性のほとんどは、その美しさに心をひかれるよりも、あるいはパドメ個人になんらかの感情を持つよりも、ともすれば彼女が自分たちにもたらすものに目を向けがちだった。ナブーの女王だったときも、元老院の議員であるいまも、パドメは自分が男性にとって、たんなる性的な魅力や愛情の対象を越える存在であることをじゅうぶん承知していた。

いいえ、愛情を越えているとは言えないかもしれないわ。パドメは心のなかでそう言いなおした。自分を見るアナキンの目に浮かんでいた激しさを否定することはできなかったから。

でも、あれはどういう意味？

パドメは頭のなかで、再び彼を見ていた。はっきりと。引き締まった長身を、彫りの深い顔立ちを。青い目に浮かぶ激しさ、真剣な表情には、昔も感心したものだ。それだけではない、アナキンの目は喜びにきらめいていた。それに……。

切ない思慕を浮かべていた？

パドメは急に手を止め、両わきに手をおろした。そして鏡のなかの自分を見つめ、そこにアナキンが見た自分を見ようとした。

こんなことはバカげているわ。しばらくしてパドメは首を振り、自分に言い聞かせた。いまのアナキンはジェダイだ。彼は献身の誓いをたてている。その誓いはすばらしいものだ。

その彼が、どうして熱いまなざしで女性を見ることができるの？

わたしの想像力がたくましすぎるのだわ。

いやね、彼に想われることを願っているの？

パドメは笑いながら、再びブラシを髪にあてた。だが、その手はほとんど動かないうちに、再び止まった。彼女が着ているのは白いシルクのナイトガウンだけ。そしてこの部屋には保安カメラがある。これまではカメラの存在など一度も気にかけたことはなかったし、その向こうで自分を見ている眼を意識したこともなかった。カメラも自分のあらゆる動きを追う警備兵の目もとうに生活の一部になり、いまのようにプライベートなときでも、自分を見ている目を特別意識せずに、ふだんどおりに振る舞うことができるのだが……。

今夜あのレンズの向こうには、アナキンがいるかもしれない。

7

その賞金稼《バウンティ・ハンター》ぎが身につけている薄汚い灰色の鎧《よろい》は、少しばかり時代遅れで、おまけに無数の焦げ跡がついていたが、それでも間違いなく装甲服としての役目を果たしていた。彼はコルサントの通りから一〇〇階上にあるビルのでっぱりに、恐れる様子もなく立っていた。頭をすっぽり隠しているヘルメットも、両眼の前とまゆからあごまで届く青いスリット以外は灰色だ。この高さで吹いている風のことを考えると、彼の足場はいささか心許ないが、彼ほど、機敏で腕の立つ、難しい場所を出るも入るもほぼ思いのままの男にとっては、とくに冷や汗をかくような状況ではない。

約束の時間どおりに一台のスピーダーがこのでっぱりに近づき、すぐ横に停止した。そしてジャンゴの仲間、ザム・ウェセルが、軽くうなずきながら降りて、しなやかな身のこなしで、明るい広告がふたつかかった窓の前に立った。彼女は赤いベールで顔の半分を隠していた。が、このベールは慎みを表しているわけでもファッションでもない。ザムのベールはクローダイトの顔を隠すため。彼女が身につけているほかのもの、ブラスターから装甲服、そして体のあちこちに隠した同じように恐ろしい武器と同じように、実用的な小道具だった。

クローダイトは、どこに行ってもうさんくさい目で見られる評判の悪い種族なのだ。

「おれたちが失敗したのは知ってるな」ジャンゴは前置きなしにそう言った。

「わたしはナブーのクルーザーに乗った連中を殺せと言われた」ザムは負けずに言い返した。「だから あの宇宙船を襲った。でも、彼らは身代わりを使っていたのよ。宇宙船に乗っていた連中はひとり残らず死んだわ」

ジャンゴは鼻を鳴らしただけで、これを言い訳だと指摘する手間はかけなかった。「今度はもっと巧妙な手を使うしかない。雇い主がいらだってる。今度こそ仕留めろよ」彼はそう言ってザムに透明のチューブを渡した。長さ三〇センチのそのチューブのなかには、全長三〇センチのムカデのような生物が二匹入っていた。

「コウハンだ」彼は説明した。「猛毒を持ってる」

ザム・ウェセルは黒い目を興奮に輝かせ、そのチューブを目の高さに掲げてすばらしい人殺しの〝道具〟を注意深く見ると、ベールの下でにやっと笑い、うなずいた。それにつれてほお骨が上がり、口が広がる。

自分の意図が相手に伝わったのを見て、ジャンゴはうなずき返し、スピーダーに戻るためにビルの角を回りながら、自分が雇った暗殺者を振り向いた。

「今度はうまくやれよ」

クローダイトは恐ろしいコウハンが入ったチューブを額につけ、敬礼を送った。

「身繕いするんだな」ジャンゴはそう言って壁の向こうに姿を消した。

ザム・ウェセルは自分のスピーダーに戻り、ベールをはぎとった。その布をまだすっかり持ち上げないうちに、彼女の顔は変形しはじめた。口がすぼまり、黒い目が引っこんで形のよい眼窩《がんか》におさまり、額の峰が消える。ベールをポケットに突っこむころには、黒い髪に黒い目の、セクシーな人間の女になっていた。体の線もそれまでより美しいカーブを見せている。

ビルの横では、ジャンゴが満足そうにうなずき、その場を離れた。ザム・ウェセルが変身のできるクローダイトだという点は、この商売には大いに役に立つ。


広々としたジェダイ・テンプルは平らな敷地に立っていた。機能や経済性を第一に考慮している大半の建物とは違って、この建物はそれ自体が芸術だと言えよう。たくさんの装飾をほどこした柱や、見る者の目を引くまるみをおびた柔らかい線、あちこちを飾る浅浮き彫り《レリーフ》や彫像、さまざまな角度で設置された照明は、影を屈折させ神秘的な雰囲気を作りだしている。

テンプルのなかも同じように芸術的だった。瞑想《めいそう》の場であるこの建物は、心を遊ばせ、さまよわせることができるように設計されているのだ。どの曲線も、その意味に思いをはせるように作られている。戦士としてのトレーニングと同じように、芸術はジェダイ・ナイトの一部だった。昔から多くのジェダイが芸術は知覚を通じてフォースの神秘に至る重要なリンクだとみなしてきた。そのため、あらゆる廊下の壁を飾る彫刻や肖像画はたんなる複製ではなく、その形や絵を通してモデルであるマスターたちの教えを伝えるために、偉大なジェダイを芸術的に表現した作品とみなされている。

メイス・ウィンドゥとヨーダはそうした廊下のひとつをゆっくり歩いていた。廊下の明かりは弱いが、遠くの明るい部屋の光が前方に見える。

「なぜあの議員が襲撃されるのを、事前に察知できなかったのかな?」メイス・ウィンドゥは首を振りながらずっと気にかかっていたことを口にした。「あれは常に注意を怠らぬ者にとっては、決して意外な出来事ではない。事前に察知するのはたやすかったはずだ」

「未来を曇らせているのよ、このフォースの乱れがの」ヨーダは答えた。小柄なジェダイは疲れているように見えた。

メイスはこの疲労の原因をよく理解していた。「あの予言が実現しようとしているのだな。ダークサイドの勢力が増している」

「そして、ダークサイドに心を向けた者だけが、未来を見ることができる」ヨーダが言った。「それを見るには、ダークサイドを探らねばならん」

メイス・ウィンドゥはこの言葉をかみしめた。たったいまヨーダが言ったのは、じつに恐ろしいことだった。ダークサイドの縁に近づくのは、決して軽々しくできることではない。しかもヨーダは、ジェダイたちが感じているフォースの乱れが、ダークサイドと分かちがたくつながっていると信じている。これはまさに由々しき事態だった。

「あれから一〇年たったが、シスはまだ正体を現していない」メイス・ウィンドゥはあえて心にある不安を口にした。ジェダイは彼らの最も恐るべき敵、シスという名前を口にすることすら嫌う。彼らはこれまで何度も、シスは死に絶えた、邪悪な存在はこの銀河から一掃されたという希望を抱いてきた。今度も、このダーク・フォースの使い手の存在は、できれば認めたくないものだった。

しかし、認めないわけにはいかない。一〇年前にナブーでクワイ=ガン・ジンを切り殺したのがシス卿であることは、否定することも、疑うこともできない事実なのだ。

「このフォースの乱れの背後にいるのはシスだろうか?」メイスは思いきってヨーダにこの疑問をぶつけた。

「ああ、そうとも」ヨーダはあきらめに近い声で認めた。「間違いなくシスだ」

メイス・ウィンドゥはジェダイ・オーダーに伝わる予言のことを思った。ダークサイドの勢いが増すとき、フォースと銀河にバランスをもたらす者が生まれる、というあの予言のことを。しかも強力なフォースを持つ者が実際に現れたのだ。これがジェダイのあいだにかなりの不安をもたらしていた。

「オビ=ワンのパダワンが、フォースにバランスをもたらす者だと思うかね？」メイスは尋ねた。

ヨーダは足を止め、ゆっくりと横を向いて疲れた顔でメイス・ウィンドゥを見た。〝フォースにバランスをもたらす〟という予言が正確には何を意味しているのかすら、彼らにはわかっていないのだ。

「あの若者が自分の運命に従うことを選べばな」ヨーダは答えた。この答えはさきほどの問いとともにいつまでも残り、さらなる疑問をもたらした。

真の答えを見つけるために、場合によっては、だれかが危険な場所に行かねばならないことを、物理的な場所ではなく感情的なその場所は、そのジェダイの能力と分別の限界ぎりぎりまで試すこともある。

ふたりは静かな廊下を再び歩きだした。が、彼らが聞いているのは自分たちの足音ではなく、さきほどヨーダが口にした不吉な言葉だった。

〝それを見るには、ダークサイドを探らねばならん〟

8

パドメにはドアの呼び鈴が鳴ることはわかっていた。アナキンはチャンスがありしだい話をしにくるにちがいないと思っていたのだ。彼女はドアに向かいかけたものの、途中で立ち止まり、自分のナイトガウンが体の線をあらわに見せることに気づいてローブを取りに戻った。

興味深い行動だこと、パドメはそう思った。パドメ・アミダラはこれまで、慎ましさなどという感情とは縁のない女だったのに。

ところが、今夜の彼女はローブを体に巻きつけてドアを開けた。思ったとおり、そこにはアナキン・スカイウォーカーが立っていた。

「やあ」彼は息をすることもできないように見えた。

「すべてが順調?」

アナキンは口ごもった。「あ、ああ、うん」彼はようやくそう答えた。「うん、マスターは、キャプテン・タイフォの保安手段を確認しに、下の階に行ってるんだ。いまのところ何ひとつ問題はなさそうだよ」

「がっかりしているみたいね」

アナキンは気詰まりな様子で笑った。

「わたしのお守りがいやなのね」

「ここは銀河じゅうでぼくがいちばんいたい場所だ」アナキンが口走り、今度はパドメのほうが気詰まりな笑い声をあげた。

「でも、こうして……何もせずに待つのは」

アナキンにはパドメの言いたいことはよくわかった。「昼間の暗殺未遂のことを、積極的に調べるべきだよ」彼は主張した。「ただ待つだけでは、災いを呼びこむようなものだ」

「マスター・ケノービはそう思ってはいないわ」

「マスター・ケノービはオーダーの命令を文字どおりに解釈する」アナキンは説明した。「ジェダイ・カウンシルの指示どおりにしか行動しない」

パドメは首を傾け、この衝動的な若者を注意深く見つめた。ジェダイ・ナイトは真っ先に規律に従うことを学ぶのではなくて？　彼らはオーダーの規則と規律に厳しく縛られているのではなくて？

「マスター・ケノービは、彼のマスターとはまるで違う」アナキンは言った。「クワイ=ガンなら、自分でものを考え、正しいと信じた道に従う必要があることを理解してくれたはずだ。さもなければ、ぼくをタトゥイーンから連れだしたりしなかったよ」

「そしてあなたはケノービより、クワイ=ガンに似ているというの？」

「もちろん、自分に与えられた仕事は受け入れるよ。でも、それを適切に果たす自由は要求する」

「要求する？」

アナキンはにやっと笑って肩をすくめた。「まあ、少なくとも、頼む」

「で、願いどおりの答えが得られないときは？」心のなかでは半分はまじめだったが、パドメはにやっと笑ってそう尋ねた。

「とにかくどの仕事にも最善を尽くす」アナキンはそう答えただけだった。

「で、ここに座ってただ待つのは、あなたの考えるお楽しみとは違うのね」

「もっとましな時間の使い方があるし、そのほうが楽しいよ」アナキンは言った。彼の言葉には二重の意味が含まれていた。パドメは自分がそれにひかれるのを感じて、ローブの襟をかき合わせた。

「暗殺者を捕まえれば、このたくらみの根っこをつかめるかもしれない」アナキンはあわてて仕事に話を戻した。「きみはもっと安全になるし、ぼくらの仕事もはるかにたやすくなる」

パドメはめまぐるしく頭を働かせ、アナキンの思いとその動機を読みとろうとした。彼の口からでる言葉はどれもパドメを驚かせた。アナキン・スカイウォーカーは少しもジェダイ・パダワンらしくない。とはいえ、青い目に燃えている炎を見れば、それも意外ではないような気がする。そこには、このあまりにも情熱的な目には、トラブルが吹き荒れていた。だが、興奮とスリルもある。だれが彼女を殺そうと謀《はか》ったのか、この若者なら突き止めてくれるかもしれない。


オビ=ワン・ケノービは慎重にターボリフトを降り、用心深く左右に目を配った。ふたりの兵士が見張っていた。どちらも油断なく周囲に気を配っている。オビ=ワンは満足して彼らにうなずいてみせた。この大きな複合施設のどの廊下にも、同じような見張りが立っていた。そしてこの階とその上下の階、アミダラの部屋の近くは、とくに厳重な警戒態勢が敷かれている。

どうやらキャプテン・タイフォは多くの部下を与えられているようだ。しかも次の攻撃に備え、最も巧みに彼らを配置していた。その点は大いに安心できる。タイフォのおかげで、彼の仕事はぐんとやりやすくなった。

だからといって油断はできない。タイフォから聞いた話によれば、襲われたナブーのクルーザーは、割り当てられた着床パッドに達する偽りの侵入路を送信したり、敵の目をあざむくために何機もの戦闘機を飛ばすなど、事前に多くの防衛手段を講じていたという。しかも三機の戦闘機が直接クルーザーを守り、ほかにもナブーや共和国の戦闘機があらゆる攻撃ルートを警戒していた。その厳重な警戒網をくぐり抜けてあの襲撃が行なわれたことを考えると、敵をあなどるのは危険だ。相当に腕のたつ、しかもかなり有力なコネがある者にちがいない。

そしておそらく、一度の試みであきらめるような手合いではない。

しかし、アミダラ議員をこのビルからさらうには、一軍隊必要だ。

オビ=ワンは見張りにうなずき、下の階をひと回り巡回すると、満足してターボリフトに戻った。


パドメは深く息を吸いこんだ。彼女の部屋をでていくときに見たアナキンの姿が頭を占領していた。姉のソーラの顔が目に浮かび、からかう声まで聞こえるような気がする。

そのすべて――ソーラと、とくにアナキンの面影――を振り払うと、パドメはドアの横に無表情な顔で立っているR2-D2に合図した。「保安カメラを切って」彼女は指示を与えた。

R2はとんでもない、と言うようにさえずった。

「大丈夫よ、R2。ここはじゅうぶん警備されているわ」

ドロイドはまたしても心配そうな音を発したものの、自分のすぐ横にある保安パネルにプローブを伸ばした。

パドメはドアに目をやり、そこをでていったアナキンの姿をまたしても思い浮かべた。まるで目の前に立っているように、はっきりと彼の青い目を思い出すことができる。情熱をたたえ、どんな保安カメラよりも注意深く彼女を見ていた目を。

リビングルームに戻ったアナキンは、静けさを吸いこみながら、その静寂のなかでフォースと微妙なつながりを保ち、五感で感じているようにはっきりと周囲の生命を感じた。

目を閉じてはいたが、すべてがよく見える。どんなにささいなフォースの乱れも感じる。

彼は突然目をあけ、部屋のなかに目を走らせながら、腰のライトセーバーをつかんだ。

あるいは、あやうくそうしかけた。が、ドアを開けて入ってきたのは、オビ=ワン・ケノービだった。

オビ=ワンは部屋をぐるりと見まわし、それからアナキンを見た。「階下はキャプテン・タイフォが要所に部下を配置して、よく守っている。暗殺者があそこを通ってくることはまずあるまい。何かあったか?」

「墓地みたいに静かでした」アナキンは答えた。「でも、何かが起こるのを待つのは気が進みません」

アナキンのこの言葉を予測していたオビ=ワンは、あきらめたように小さく頭を振ると、ベルトのヴュー・スキャナーをはずし、スクリーンを見た。アナキンは彼のけげんそうな表情が混乱に変わり、それから心配そうに曇るのを見守った。オビ=ワンには、パドメの寝室の一部しか見えないのだ。スクリーンに映っているのは、ドアの付近とR2が立っている壁のところだけだ。

オビ=ワンは尋ねるような表情をパダワンに向けた。

「パドメが……アミダラ議員がカメラを切ってしまったんです」アナキンは説明した。「たぶん、ぼくに見られるのがいやなんだ」

オビ=ワンは顔をこわばらせ、小さなうなりをもらした。「どういうつもりだ？　みんなが彼女を守ろうとしているのに、その仕事を混乱させるとは……」

「だれかが侵入したら、すぐにR2がぼくたちに知らせてくれることになっています」アナキンはオビ=ワンの不安が大きくならないうちに、彼を落ち着かせようとした。

「わたしが心配しているのは侵入者ではない」オビ=ワンは言い返した。「あるいはたんなる侵入者ではない。議員を殺す手段はいろいろある」

「わかってます。でも、暗殺を未然に防ぐだけではなくて、ぼくらは暗殺者を捕まえたい。そうでしょう？」アナキンは低い声で説得にかかった。

「彼女をおとりにするつもりか？」オビ=ワンはショックに目をみはり、驚いて尋ねた。

「彼女の考えです」アナキンは抗議したが、彼の鋭い調子は、彼もこの計画に賛成したことを示していた。「大丈夫。彼女は守ります。あの部屋で起こっていることは、ぼくには全部わかる。ぼくを信じてください」

「危険過ぎる」オビ=ワンは顔をしかめた。「それにおまえの気持ちは乱れているぞ、パダワン」

アナキンは口をぎゅっと結び、それから自己弁護ではなく、提案に聞こえるように慎重に言葉を選んだ。「でも、あなたは違うでしょう？」

この問いに少しばかり気をそそられたことは、オビ=ワンにも否定できなかった。「まあな」彼はしぶしぶ認めた。

アナキンはにっこり笑ってうなずき、再び目を閉じてフォースの感覚に身をゆだね、パドメが静かに眠っているのを確かめた。彼女の姿が見えればいいのに。彼はそう思わずにはいられなかった。穏やかに上下する胸を見て、柔らかい寝息を聞き、かぐわしい髪のにおいを吸いこむことができれば……。すべらかな肌を感じ、彼女にキスをして、甘い唇を味わうことができれば……。

だが、フォースで彼女の命を感じるだけで我慢しなくてはならない。

そのぬくもりを感じることで。

それとは違った形で、パドメもアナキンのことを考えていた。彼はパドメの傍らに、彼女の夢のなかにいた。

パドメはまもなく起こるにちがいない光景を見ていた。元老院で同僚たちが大声でわめき散らし、こぶしを振り上げ、脅迫まがいの言葉を叫んだり、声高に反対を唱えている。こういう言い争いほどエネルギーを消耗させるものはない。

アナキンはそこにいた。

彼女の夢は悪夢になった。姿の見えない暗殺者が迫り、ブラスター・ビームがうなりをあげて飛びすぎていく。だが、両足は、ぬかるみに取られているように思うように動かない。

アナキンがライトセーバーをひらめかせてブラスター・ビームを偏向し、その横を走りすぎた。

パドメはうなされてベッドの上で動き、小さなうめき声をあげた。アナキンの出現は多くの意味で、暗殺者の出現と同じくらい彼女を不安にさせたのだ。が、目覚めたわけではなく、少し手足を動かし、頭を上げ、つかのま目をあけたものの、再び枕に顔を埋めた。

　ブラインドの向こうをうろついている、窓の外の小さなまるいドロイドは目に入らなかった。それが付属肢《し》を伸ばし、窓に張りついたのも、その付属肢が電弧を発して保安システムを立ち切ったことも気づかなかった。それよりも大きな腕が窓ガラスに穴をあけたのも見なかったし、まるいガラスが取りのぞかれたかすかな音も聞かなかった。

　寝室のドアのところでR2のライトがついた。ドロイドはドーム型の頭を回し、ざっと部屋をスキャンして、柔らかい電子音を発した。

　だが、何ひとつおかしなものを探知しなかったとみえて、再びライトが消えた。

　窓の外では、探査《プローブ》ドロイドが小さなチューブを持って、ガラスにあいた穴へと移動していた。そしてそこからチューブを差しこんだ。二匹のコウハンがパドメの部屋に入りこむ。膨らんだ白いウジ虫のようなコウハンには、二列の黒い足と、とげのある尻尾、いかにも恐ろしげな口がある。猛毒を持ったコウハンはブラインドのすきまから侵入し、即座にベッドとそこに眠っている女性に向かった。

「疲れているようだな」隣の部屋でオビ=ワンがアナキンに言った。

　アナキンはまだ立ったまま目をあけ、瞑想《めいそう》状態から我に返った。それからオビ=ワンの言葉に黙って肩をすくめた。「よく眠れないんです」

「まだお母さんの夢を見るのか?」

「どうしていまごろになって、毎晩母さんの夢を見るのかわからない」アナキンの声にはいらだちがにじんでいた。「こんなことは一度もなかったのに」

「お母さんに対する愛が、心の底に残っているからだよ」オビ=ワンは言った。「それは悲しむようなことではないぞ」

「でも、ぼくが見る夢は……」アナキンは言いかけてため息をつき、首を振った。「あれは夢なのかな？　それとも未来の光景か？　過去の出来事なのか？　あんがい予知夢かもしれない」

「たんなる夢かもしれんぞ」オビ＝ワンは穏やかな笑みを浮かべた。「あらゆる夢が予兆や、未来の光景や、神秘的なつながりを示すわけではない。なかにはたんなる……夢もあるさ。ジェダイだって夢は見る」

アナキンはこの説明にあまり納得したようには見えなかった。彼は黙って首を振った。

「そのうち見なくなるさ」オビ＝ワンは言った。

「どうせなら、パドメの夢を見たいのに」アナキンはにやっと笑った。「こうしてそばにいるだけで……夢心地だ」

オビ＝ワンが顔をしかめるのを見て、アナキンは即座に笑みを消した。「考えることに気をつけろよ、アナキン」彼は強い声でしかった。「それはおまえを裏切るぞ。おまえはジェダイ・オーダーに献身したんだ。その誓いを軽く考えるな。ジェダイが女性とかかわりを持つのは厳しく禁じられている。だれにつけ、愛着を持つのは禁物だ」オビ＝ワンはかすかに鼻を鳴らし、議員の寝室に目をやった。「それに彼女は政治家だということを忘れるな。政治家は信頼できん」

「パドメは元老院のほかの議員たちとは違いますよ、マスター」アナキンはむきになって抗議した。

オビ＝ワンは注意深く彼を見た。「元老院議員は自分の選挙に金をだしてくれる連中のご機嫌をとることしか考えていない。これはわたしが経験から学んだことだ。彼らはそういう寄付金にありつくためなら、民主主義の細部など喜んで忘れるものだ」

「お説教はやめてください、マスター」この話を耳が腐るほど聞かされているアナキンは、深いため息をついた。「少なくとも、政治家の経済観念のことはね」

オビ=ワンは共和国の政治家の大ファンとは言えないのだ。彼が再び口を開こうとすると、アナキンが突然さえぎった。

「やめてください、マスター」アナキンは語気を強めた。「それに、マスターの話は一般論です。パドメは決して――」

「アミダラ議員だ」オビ=ワンは厳しい声で訂正した。

「――そんな議員じゃありません！　それにパルパティーン議長も、堕落しているようには見えません」

「パルパティーンは政治家だ。わたしは注意深く観察してきたが、彼は元老院議員の情熱や偏見をじつに巧みに利用している」

「彼は立派な人物だと、ぼくは思います」アナキンはきっぱり断言した。「ぼくの直観では、非常に好ましい……」

アナキンは突然言葉を切って、ショックに目を見開いた。

「ああ、わたしも感じる」オビ=ワンが言い、ふたりのジェダイは突然走りだした。

パドメの寝室では、二匹のコウハンが興奮して歯をカチカチ鳴らしながら、眠っているパドメの首と顔にゆっくりと向かっていく。

「ウィイー・オオウ！」この脅威に気づいたR2が悲鳴のような電子音をあげ、けたたましい警報を発しながらベッドに光をあて、ムカデのような生物を照らしだした。オビ=ワンとアナキンが部屋に駆けこんできた。

目をさましたパドメは、気味の悪い虫が後ろ足で立ち、シュッという音を発しながら自分に襲いかかるのを見て、恐怖に息をのんだ。

少なくとも、それは襲いかかろうとした。だが、アナキンの青い光刃がベッドカバーのすぐ上で一匹を斜めに切り裂き、再びひらめいて二匹めも真っぷたつにした。

「ドロイドだ！」オビ=ワンが叫んで窓に駆け寄った。アナキンとパドメがぱっと振り向く。窓の外にいたリモコン操作の暗殺ドロイドが、あわてて付属肢を引っこめるのが見えた。

オビ=ワンはブラインドに突っこみ、ガラスを粉々に砕いてブラインドごと窓の外に飛びだした。彼はフォースの助けを借りて大きく空中を跳びながら、去っていく暗殺ドロイドを捕まえた。ドロイドはその重みでかなり沈んだが、すぐさま持ちなおし、ぶらさがるジェダイを連れてもとの高さに戻った。

ドロイドはオビ=ワンとともに、どんどん遠ざかっていく。

「アナキン？」パドメは問いかけ、振り向いたアナキンの目が突然きらめくのを見てナイトドレスの肩ひもを引き上げた。

「ここにいるんだ！」アナキンは叫んだ。「R2、彼女を見ててくれ！」彼はドアに走ったが、キャプテン・タイフォとふたりの警備兵がドーメとともに駆けこんできて、一時的に行く手をふさいだ。

「彼女を守れ！」アナキンは彼らをかき分けながら叫び、全速力でターボリフトに向かった。

防御システムを備えているプローブ・ドロイドは、繰り返し自分の表面に電気ショックを送り、オビ=ワンの手をちりちりさせた。

彼は刺すような痛みに歯を食いしばったものの、ドロイドを離すわけにはいかない。下を見ないほうがいいことはわかっていたが、見ずにはいられなかった。にぎやかな街がとんでもなく下のほうに見える。

またしてもドロイドが電流を流し、オビ=ワンはもう少しで落ちそうになった。

彼は反射的に片手で探り、動力ワイヤを見つけてそれをぐいと引きちぎった。

電気ショックは即座に止まった。が、それと一緒にドロイドの動力も失われ……。

プローブ・ドロイドはつぶてのように落下しはじめた。さまざまな階の明かりがストロボのようにひらめいて過ぎていく。

「まずい！　まずいぞ！」オビ=ワンは同じ言葉を叫びながら、狂ったように導線を再びつなげようとした。ようやくそれに成功し、ドロイドのライトがまたたいて戻る。そしてリモコン操作のプローブ・ドロイドは、必死にぶらさがるオビ=ワンを連れ、再び上昇した。それと同時に電気ショックも戻り、オビ=ワンの手を感電させたが、しつこいオビ=ワンを振り落とすことはできなかった。


アナキンはターボリフトが上がってくるのを悠長に待っている気はなかった。彼はライトセーバーをつかむと、ねらいを定めてそれを合わせめに突っこみ、ドアをこじあけた。リフト・カーは彼がいる階の近くには見当たらない。それが自分の上にあるのか、それとも下にあるのか見定める手間さえかけず、アナキンはシャフトに飛びこんだ。支柱のひとつに片腕を回し、ブーツのわきで降下速度を調整し、くるくる回って降りながら、めまぐるしく回る頭のなかに、建物の見取り図を思い浮かべようとした。乗り物を駐《と》めてあるのはどの階だ？

突然、フォースを通じて第六感が彼に危険を知らせた。

「おっと！」アナキンはちらっと下を見てひと声わめいた。リフト・カーがすごい速さで上がってくる！

彼は支柱をつかんでいる手に力をこめ、もう片方の手のひらを下に向けた。リフト・カーを止めるためではない、跳ね返ってくる力を利用して飛び上がるためだ。そしてじゅうぶんな高さを保ったまま方向を変え、リフト・カーの上に着地し、張りついた。

ライトセーバーでリフト・カーの上部にある留め金を切ると、なかに乗っている人々の悲鳴を無視して、ハッチを引き開け、その端をつかんでくるりと一転しながらなかに飛びおりた。

「乗り物があるのは？」彼は驚愕《きょうがく》しているふたりの議員に尋ねた。サラスタンと人間だ。

「四七階だ！」人間のほうが答えた。

「もう遅いな」通過して行く階数のナンバーを見ながら、サラスタンの小柄な議員が言い、こう付け加えた。「次は六……」だが、アナキンはすでにブレーキ・ボタンを押していた。そして利きが遅いのに業を煮やし、またしてもフォースを使ってブレーキ・メカニズムをつかみ、始動を速めた。

リフト・カーが急停止し、三人とも床に倒れた。サラスタンはすごい勢いでぶつかった。

アナキンがドアをたたいて、開け、と叫んでいると、だれかが肩に手を置いた。振り向くと、人間の議員が指を一本立ててあせっているジェダイに待つように合図し、彼の横にでた。

その議員がパネルにはっきり表示されているボタンを押したとたん、ターボリフトのドアが滑らかに開いた。

彼は恥ずかしそうににやっと笑って肩をすくめ、腹ばいになって下の廊下にでる開口部を通過した。それから夢中で左や右に廊下を曲がり、ようやく駐車場に隣り合わせたバルコニーを見つけた。彼はそこに走りでて、手すりを乗り越え、ずらりと並んだスピーダーの前に立った。幸い、屋根の開いた黄色いスピーダーがある。彼はそれに飛びこんでエンジンをかけ、プラットフォームを飛びだし、はるか上を流れる乗り物の川を目指してぐんぐん上昇しながら――

自分の位置を確認しようとした。ここはあのビルのどちら側か？　オビ＝ワンが飛びだしたのはどちらの側だったか？　逃げていくプローブ・ドロイドが向かっていた方角は？

彼はそのすべてを割りだそうとしながら気づいた。オビ＝ワンを首尾よく救出する方法はふたつにひとつしかない。すばらしい幸運に頼るか、さもなければ……。

アナキンは再びフォースとひとつになり、マスターの存在を探した。

ザム・ウェセルはいらだたしげに手袋をした指で古いスピーダーの屋根をたたきながら、横から身を乗りだした。彼女は紫色のヘルメットをかぶっていた。正面でくさび形に留めた頑丈な作りの、目の部分に小さな長方形の窓があるほかは、すっぽり顔を覆うやつだ。それは美しいはずの顔立ちを隠していたが、体にぴったりした重力スーツは、女らしい曲線をあますところなく見せている。

が、いまのザム・ウェセルはその点に関してはとくに考えなかった。ふだん彼女が引き受ける仕事は、明らかな男の弱点を突いて近づくのに、女の手管が申し分なく役立ってくれることが多いが、この任務の場合は人目を引くよりも周囲に溶けこむほうが重要だ。

そう、この仕事では美貌もグラマーな肢体も助けにはならない。今回、殺すのは女だから。しかも相手は元老院議員で、忠実な部下がまるで子供を守る親のように、極めて厳重に身辺を警護している。あの女はいったい何をしでかして、彼女を雇った男の逆鱗《げきりん》に触れたのか？　ザム・ウェセルはそのことにかすかな興味を感じた。

少なくとも、この議員を暗殺するために雇われてから、彼女は何度かそれについて考えていた。だが、プロの暗殺者であるザム・ウェセルは、そういう問題で頭を悩ませることはない。あの議員が何をしたとしても、関係のないことだ。人の倫理観をうんぬんするのは、彼女の仕事ではなかった。彼女は引き受けた仕事の価値や、それが正当か不当かを決める立場にはない。多くの意味で、たんなる道具、機械にすぎない。雇った相手の手先、それだけのことだ。

ザム・ウェセルは、ジャンゴからアミダラ議員を殺せという指示を受けた。だからアミダラを殺し、打ち合わせた場所でジャンゴと落ちあって報酬を受けとり、次の仕事にかかる。単純明快、複雑なことはひとつもない。

ナブー・クルーザーの着床プラットフォームにこっそり仕掛けた爆弾が、あの議員を殺しそこなうとは、まったく信じられないことだった。が、彼女はこの失敗を肝に命じた。アミダラはたやすく弱点を突きとめ、それを利用できる相手ではないと了解したのだった。

ザム・ウェセルはスピーダーの屋根をこぶしでたたいた。仕事をやり遂げるのに、ほかの力を借りなくてはならないのは嫌いなのだ。彼女がこよなく愛する殺しをプローブ・ドロイドに任せねばならないのは、まったく気に入らない話だった。

だが、いまやアミダラのそばにはジェダイがいる。ザム・ウェセルがこれまで聞いたうわさからすれば、ああいう厄介な狂信者たちと戦うのは願いさげだ。

彼女はちらっとスピーダーのなかに目をやり、コンソールの計時器を見て、厳しい顔でうなずいた。もう仕事は終わっているはずだ。猛毒を持つコウハンがアミダラの寝室に入りこみ、あの議員の息の根を止めたにちがいない。

そう思ったとき、不意に不吉な胸騒ぎがしてザム・ウェセルは背筋を伸ばした。

彼女は叫び声を聞いた。驚きの声か、恐怖の声を。そして周囲を見まわし、ヘルメットのなかで大きく目をみはった。あのプローブ・ドロイドが、彼女が暗殺を遂行するようプログラムしたドロイドが、男をぶらさげ、コルサントにそびえる高層ビルのあいだを縫うようにこちらに向かってくる！それもジェダイのような服装の男を！　だが、ドロイドが防御行動を取るのを見て、ザム・ウェセルの不安は薄れ、口もとには笑みすら浮かんだ。あのドロイドには適切なプログラムをしてあるのだ。ドロイドはジェダイを振り落とそうとビルの外壁に体当たりした。男はもう少しで落ちそうになったが、しぶとくつかまりつづけている。この試みがうまくいかないと、賢いドロイドは乗り物の流れに戻り、手近なスピーダーの後ろ、噴射孔のすぐ上につけた。

ジェダイは身をよじり、縮めて、どうにか噴射から自分を守りつづけている。そこでドロイドはさっとわきに寄り、ビルの屋上すれすれに飛ぶという新たな手段に訴えた。

ザム・ウェセルはアクロバットのような光景に目をみはった。彼女はジェダイが屋上にたたきつけられもせず、屋上をかすめるように飛ぶドロイドにつかまったまま、両足をうまく使って器用に走るのを感心して見守った。あらまあ、すごい離れ業だこと！

これは自分の腕に絶対の自信を持っている賞金稼ぎには、まことにおもしろい見物《みもの》ではあるが、長くつづくと飽きてくる。

ザム・ウェセルはスピーダーのなかから銃身の長い狙撃用のライフルを取りだし、おもむろに構えて、ジェダイとドロイドに向かってつづけざまに引き金を引いた。

照準器から目を離すと、どうやってよけたのか、あのジェダイはまだドロイドにぶらさがっている！　いや、よけたのではなく、ジェダイの力で偏向したのかもしれない。

「だったら、これはどう？」彼女はそう叫んで、再びライフルを構え、ジェダイの胸をねらった。そしてわずかに銃身を上げ、引き金を引いた。

プローブ・ドロイドが吹っ飛んだ。

ジェダイは真っ逆さまに落ちていく。

ザム・ウェセルはため息をついて、肩をすくめた。プローブ・ドロイドを一体だめにしたが、いまのショーにはそれだけの価値はあった。たぶんあのジェダイを仕留めることができたのだ。文句は言えない。アミダラ議員が寝室で死んでいれば、これくらいの経費はじゅうぶんもとが取れる。この仕事の報酬は過去のどんな仕事にも勝っていた。

ザム・ウェセルはライフルをスピーダーのなかに戻し、背中をまるめてなかに戻ると、一気に上昇してコルサントの乗り物の流れに入った。


オビ=ワンは悲鳴をあげて一〇階、それから二〇階分落ちた。どんなジェダイの技も、この危機を脱する役には立ちそうもない。彼は狂ったように周囲を見まわしたが、何もなかった。つかむものも、プラットフォームも、分厚いオーニングや綿入りの布もない。

何ひとつない。あと五〇〇階で、地面に激突する！

彼は落ち着きを求めてフォースとひとつになり、この歓迎すべからざる終わりを受け入れようとした。

するとどこからともなく一台のスピーダーがさっと横についた。制御装置の前には、得意満面の無鉄砲なパダワンが座っている。オビ＝ワンはこの笑みほどうれしいものを見たことはなかった。

「ヒッチハイカーは、たいていプラットフォームに立ってるものだけど」アナキンは憎まれ口をたたきながら、オビ＝ワンがつかめる位置にスピーダーをつけた。「なかなかうまい方法だな。これなら確実に目を引ける」

オビ＝ワンは助手席に入りこむので忙しく、言い返すどころではなかった。彼はようやくアナキンの隣に落ち着いた。

「もう少しで間に合わないところでしたよ」

「ふん。ずいぶん手間どったじゃないか」

アナキンはゆったりと座り、左腕を屋根のないスピーダーのドアにかけて、軽い調子で答えた。

「だって、マスター、気に入ったスピーダーがなかなか見つからなくて。ぼくはオープンカーが好きだし、あなたのドロイド・スクーターに追いつくだけのスピードも必要だったし。派手な色の……」

「あいつだ！」オビ＝ワンは自分を撃ってきた暗殺者のスピーダーをすぐ近くで見つけて、上空を指さした。そのスピーダーは彼らの頭上を上昇していく。アナキンは鋭くハンドルを切り、フルスピードで追跡をはじめた。

ほぼ即座に、前を行くスピーダーの窓から腕が一本現れた。ブラスター・ピストルを持った腕が。つづいてブラスター・ビームが飛んできた。

「減らず口をたたいているあいだに、もう少し熱心にライトセーバーを練習していたら、マスター・ヨーダも顔負けの剣士になれるぞ！」オビ=ワンは、アナキンが取った一連の回避ターンで体を揺すぶられながら、ビームをよけて叫んだ。

「もうなってると思ったけど」

「おまえの頭のなかだけでな」オビ=ワンは言い返し、小さな悲鳴をあげて反射的に首を縮めた。アナキンが乗り物の流れを横切る途中で何台かにぶつかりそうになったのだ。「気をつけろ！　おい、無茶はするな！　そういう運転は嫌いだと言ってるだろうが！」

「飛ぶのは嫌いでしたね、忘れてましたよ、マスター！」アナキンは尻あがりに叫び、スピーダーを急降下させて、あきらめの悪い賞金稼ぎがまたしても放ったブラスター・ビームをよけた。

「飛ぶのはかまわんさ」オビ=ワンは言い返した。「だが、おまえがやっているのは自殺行為だ！」

彼の言葉はせり上がった胃と一緒に、のどにつかえそうになった。アナキンは鋭く右に曲がり、急降下して、スロットルをたたいた。左に戻って上昇にかかり、もう一度レーンに突っこんでほかの乗り物をよけながら、賞金稼ぎの姿をとらえ……ビームの連射を浴びることになった。

それから賞金稼ぎは突然、わきによれた。ふたりのジェダイは目をみはり、あんぐり口をあけた。目の前を通勤列車が横切り、彼らの悲鳴をかき消す。

オビ=ワンはまたしても苦い汁がこみあげてくるのを感じた。しかし、アナキンはどうにかこの列車をよけ、反対側にでた。彼のパダワンは、落ち着き払った顔ですましている。

「マスター、ぼくはまだ歩かないうちからスピーダーを飛ばしていたんですよ」

「いいから、速度を落とせ」オビ=ワンはいまにも吐きそうな声で指示した。

アナキンはこの命令を無視し、むしろ速度を上げて巨大なトラックの列に突っこみ、暗殺者を追いはじめた。彼らはレーンのすきまを抜け、上を飛び越え、下をくぐり、ビルを回ってめまぐるしく方向を切り替えながら、常に暗殺者のスピーダーを視界にとらえ、あとを追いつづけた。アナキンはスピーダーを横に立て、ビルの側面をかすめた。

「巻かれてたまるもんか！」彼は叫んだ。「いいぞ、向こうはだんだん必死になってきた」

「けっこうだな」オビ=ワンは皮肉たっぷりに応じた。

「いや、待て」スピーダーがトラムのトンネルに飛びこむのを見て、オビ=ワンは付け加えた。「そこには入るな！」

だが、アナキンはさっと飛びこみ、それからあわてて飛びだした。巨大な列車が猛スピードで追ってくる。オビ=ワンは列車の警笛に負けない大声で悲鳴をあげた。「こういうことは嫌いだと言ってるだろうが！」

「すみません、マスター」アナキンは反省した様子もなくそう言った。「大丈夫。敵はもうすぐ自滅しますよ」

「だったら、ひとりで自滅させろ！」

暗殺者は素早くレーンに戻り、乗り物が渋滞するレーンを逆方向に飛びはじめた。

アナキンはすぐにそれに倣《なら》った。

どちらのスピーダーも鋭くハンドルを切りながら、ジグザグに飛んでいく。ときおり前方のスピーダーからブラスター・ビームが飛んできた。まもなく、暗殺者は急に方向を変えて上昇に転じ、くるりと旋回してふたりのジェダイの後ろについた。

「あざやかだな」アナキンは褒《ほ》めた。「よし、これでどうだ?」彼はブレーキを踏みこんで、逆推進をかけた。暗殺者のスピーダーはさっとよけ、すぐ横に並んだ。

そしてオビ=ワンのすぐそばでブラスターを放った。

「何をしてる?」オビ=ワンは叫んだ。「やつはわたしを撃ってくるぞ!」

「ええ」アナキンは夢中で離れようとした。「いまのはまずかったな」

「気がついてくれてよかった」オビ=ワンはビームをよけ、前にのめった。アナキンがスピーダーを急降下させ、暗殺者のスピーダーの下に入りこんだのだ。

「ここなら撃てないぞ」パダワンは自分を褒めたたえたが、敵が新たな戦法にでたせいで、彼の微笑はわずか一秒しかつづかなかった。暗殺者は弧を描いてレーンから抜けだし、全速力で手近なビルを目指すと、屋上すれすれにそれを横切っていく。

オビ=ワンはアナキンの名前を呼ぼうとしたが、「アナアナアナ」しか言えなかった。だが、パダワンのほうは冷静そのもので、スピーダーの速度を落とし、スピーダーを屋上の端のすぐ上に持ち上げた。

またしても障害が現れた。ゆっくり降下してくる大型の乗り物だ。

「あれは着床するぞ!」オビ=ワンは叫んだ。そしてアナキンが即座に反応しないと夢中でどなった。

「このスピーダーの上に!」

これは〝うううええええにいい!〟と聞こえた。アナキンはスピーダーを端に寄せ、くるりと角を回って一列に並んだ旗柱の横を通過する途中で、旗を引っかけた。

「それを取ってください」アナキンは表向きまったく動揺を見せずに、引き裂かれた旗にあごをしゃくった。それはスピーダーの前にある空気取り入れ口のひとつをふさいでいる。

「なんだと?」

「その旗を取ってください! 速度が落ちてるんです! 早く!」

ぶつぶつ言いながら、オビ=ワンはコクピットからはいだして前部エンジンの上にのった。彼は体をかがめて旗を引っぱり、それを首尾よくはずしたが、そのとたんスピーダーが急にがくんと前に揺れ、もう少しで空中に飛びだしそうになった。

「それをやめろ!」彼は金切り声で叫んだ。「嫌いだと言ってるだろうが!」

「すみません、マスター」

「あの男は動力精製所に向かっているぞ」オビ=ワンは言った。「だが、ゆっくり行けよ。動力連結器《パワー・カプリング》の近くは危険だ」

アナキンはカプリングのすぐそばを矢のように飛びすぎた。強力な電圧で周囲の空気が静電気を放つ。

「速度を落とせ!」オビ=ワンは命じた。「速度を落とせ! そのあいだを飛ぶな!」

だが、アナキンはこの命令も無視し、スピーダーをめまぐるしく左右に傾かせてそこを通過した。

「何をしてる?」

「すみません、マスター!」

またしても彼らの周りで静電気がパチパチ火花を散らした。右、左、そして右、上を飛び越え、下をくぐる。すると奇跡的に、彼らは無事反対側にでていた。

「うむ、たいした腕だ」オビ=ワンはしぶしぶ認めた。

「狂気の沙汰です」さすがのアナキンも動揺して訂正した。オビ=ワンはちらっと怖い顔でパダワンをにらみつけ、無鉄砲な弟子が不意に青ざめたのに気づくと、うめきながら顔を覆った。

「捕まえたぞ！」暗殺者がスピーダーを横に滑らせ、前方にそびえるふたつのビルのあいだに飛びこむのを見て、アナキンはそう宣言した。

そしてすぐ後ろにつづいた。だが、前を行くスピーダーは停止し、通路をふさいでいる。おまけにドアから身を乗りだした暗殺者がライフルを構えていた。

「おっと、まずいぞ！」アナキンはつぶやいた。

「止まれ！」オビ=ワンは叫んだ。一列に飛んでくる弾をよけてふたりとも首を縮めた。

「大丈夫！」アナキンは叫び返してスロットルをたたいた。

彼は間一髪のところで暗殺者の下に突っこみ、すれすれにくぐり抜け、車体をたててビルのあいだにある小さなすきまを滑りぬけた。だが、そこにはパイプがあった。どんな巧みな操作をもってしてもそのあいだを無事に通り抜けるのは不可能だ。彼らはスピンしながら吹っ飛び、それからひっくり返って巨大なクレーンをかすめるように飛びすぎ、何本か支柱をだめにした。この損傷で発生したガスが巨大な火の玉になり、あやうくふたりを丸焼きにしかけた。そのあとにつづく無制御のスピンのせいで、彼らはまたしてもべつのビルにぶつかって跳ね返り、ついにエンジンが停止した。

アナキンは罵倒されるのを覚悟して首を縮めた。だが、顔を上げるとオビ=ワンはまっすぐ前方を見ていた。大きく目をみはり、またたきもせずに前方を見つめ、つぶやいている。「わたしは狂ってる、狂ってる、狂ってる、狂ってる……」

「でも、うまくいきましたよ」

「いくもんか！」オビ＝ワンはわめいた。「止まってしまったじゃないか！　それにもう少しでふたりとも死ぬところだった！」

アナキンは自分の体を見下ろし、指を動かした。「まだ生きてますよ！」彼はにやっと笑ってマスターの怒りをそらそうとした。だが、オビ＝ワンはいまにも爆発しそうに見えた。

「愚か者が！」彼はどなった。

アナキンは必死にスピーダーのエンジンを再び起動しようとした。「もう少しで捕まえられそうだったのに」彼は力なく抗議した。と、轟音をあげてスピーダーのエンジンがかかり、彼の顔はいっぺんに明るくなった。

「だが、失敗した。そしてやつには逃げられた！」

しかし、オビ＝ワンの言葉が終わらぬうちに、弾があられのように降ってきて、彼らのスピーダーを激しく揺すぶった。ふたりが目を上げると、暗殺者がフルスピードで遠ざかるところだった。

「いいえ、まだです」アナキンはにっこり笑い、スピーダーを急発進させた。ふたりとも反動をくらって座席の背に押しつけられながら、煙と炎のなかを通り抜けた。彼らのスピーダー自体も何か所か燃えている。オビ＝ワンは制御パネルの火をたたき消した。

彼らはまたしても暗殺者を追って乗り物の流れに飛びこみ、ほかの乗り物をよけたりかわしたりしながら、飛びはじめた。目指す相手は、ビルのあいだを鋭く左によれた。するとアナキンは右に上昇した。

「どこへ行くつもりだ？」オビ＝ワンがけげんそうに尋ねた。「やつはあそこだぞ。これじゃ方向が逆だ」

「たぶんこっちが近道です」

「たぶん、だと？　近道だと？　あの男は完全に反対の方向に行ったんだぞ。見失ったじゃないか！」

「マスター、いつまでもこの調子で追いかけっこをつづけていたら、そのうちあいつは黒焦げになっちゃいますよ」アナキンは説明しようとした。「ぼくは、やつがだれだか知りたいんです。この仕事をだれに頼まれたか」

「そうか」オビ=ワンは皮肉たっぷりに答えた。「だから、反対方向に行くわけだな」

アナキンは上昇し、ビルの角を回って、ようやく通りの五〇階ほど上で空中に停止した。

「見失ったじゃないか」オビ=ワンが言った。

「深くおわびします、マスター」アナキンはうわの空で答えた。これ以上しかられるのがいやで、調子を合わせているだけに聞こえる。オビ=ワンは鋭い目でパダワンをにらみ、説教しようとしたが、アナキンが一心不乱に集中し、秒読みをしていることに気づいた。

「ちょっと失礼」アナキンはそう言ってだしぬけに立ちあがり、驚いたことにスピーダーを下りてしまった。

彼は操縦席の側から身を乗りだし、落ちていくアナキンを見下ろした。およそ五階ほど落下して、ちょうど彼らの下を飛びすぎる、いまでは見なれたスピーダーの屋根に無事着地するのが見えた。

「こういうのはいやだと言ってるのに」オビ=ワンは首を振りながらつぶやいた。

ザム・ウェセルはメイン・レーンのすぐ横につけ、ビルをかすめるように飛んでいた。プローブ・ドロイドが首尾よく仕事をやり遂げたかどうかはわからないが、ジェダイのパイロットをまんまとだしぬくことができて、彼女はかなりご機嫌だった。

と、突然、何かがぶつかり、スピーダーが激しく揺れた。最初はブラスター・ビームをくらったのだと思った。が、損傷した様子はない。いまのミサイルは――彼女は真実に気づいた。腹立たしいことに、ジェダイのひとりがこのスピーダーの屋根に飛び乗ったのだ。

ザム・ウェセルはスロットルを操作し、バックした。それからすばやく全速前進に切り替え、前に飛びだした。この突然の加速に、ジェダイはスピーダーの後部へと滑り、落ちそうになった。が、彼はしつこくしがみつき、なんとコクピットにはい戻ってくる。

彼女はうんざりして思いきりブレーキをかけた。ジェダイは屋根の上を滑り、弾みながら彼女を飛び越していった。

しかし、若いジェダイはまたしてもねばり、スピーダーの前に二本突きでたフォークのひとつをつかんだ。

ザム・ウェセルは加速しながら、ブラスター・ピストルに手を伸ばし、若いジェダイに向かってつづけざまに引き金をしぼった。だが、角度が悪いせいで一発も当たらない。しかも振り落とそうとする彼女の努力にもかかわらず、ジェダイはまたしても屋根の上をはい戻ってくる。集中力が切れ、ほんの一瞬、クローダイトに戻った。

低い声で毒づきながら、ザム・ウェセルはメイン・レーンに引き返した。あの厄介なジェダイを振り落とすには、いったいどんな手を使えばいい？　もっと交通量の多いレーンに入って、ほかの乗り物のあいだを縫うように飛び、噴射孔の熱と煙で屋根に張りついている愚か者を片づけてやろうか？

それがいちばんだと決めたとき、突然青いエネルギー刃がスピーダーの屋根を突き破り、彼女のすぐそばに出現した。ザム・ウェセルが顔を上げると、あきらめの悪い若いジェダイが屋根を切りとっている。

彼女はくるっと後ろを振り向き、彼を撃った。するとありがたいことに、ようやくライトセーバーが彼の手から吹っ飛んだ。飛んだのは武器だけか、それとも彼の手も一緒だったのかはわからない。

オビ=ワンはついにザム・ウェセルのスピーダーを視界にとらえた。アナキンが屋根に張りついている。と、ライトセーバーがパダワンの手から吹っ飛ぶのが見えた。

オビ=ワンは首を振り、スピーダーを降下させながら、ライトセーバーを途中で拾うコースに切り替えた。

屋根の穴から、ジェダイの手がにゅっとでてくる。ザム・ウェセルはブラスターでそれにねらいをつけた。ジェダイは彼女をつかもうとはしなかった。ただ、片手を伸ばしただけだ。すると引き金を引く前に、見えない力がブラスターを彼女の手からもぎとった。「ちくしょう！」ザム・ウェセルは驚いてわめき、スピーダーの制御も忘れて、両手で飛んでいくブラスターをつかもうとした。スピーダーが左右に触れるのもかまわず、ふたりは武器を取り合った。するとブラスターが暴発し、スピーダーの床に穴をあけ、ついでに制御パイプを二本ばかりだめにしてくれた。

大きく傾いたスピーダーのなかで、ザム・ウェセルはあわててコンソールにかがみ込んだが、すでにあとの祭りだった。

スピーダーはくるくる回りながら急降下していく。ふたりとも悲鳴をあげ、墜落するスピーダーにしがみついた。

それが通りに激突する寸前、ザム・ウェセルは多少の制御を取り戻し、どうにか悲劇をまぬがれた。スピーダーは火花を散らしながらみすぼらしい地域のでこぼこの歩道を滑り――

逆立ちして、ビルの壁にぶつかった。アナキンは放りだされ、通りを転がった。ようやく止まったときには、スピーダーを降りた暗殺者が通りを走っていくところだった。彼は急いで立ち上がり、そのあとを追おうとした。

自分のはね散らした汚水が体にかかり、彼は厳しい現実に気づいた。ここはコルサントの無法地帯、昼でも薄暗い、臭くて汚い通りだ。彼は速度を落とし――どっちみち、暗殺者の姿はどこにも見当たらない――好奇心を浮かべて周囲を見まわした。ひとくせもふたくせもありそうな連中――ほとんどが非人類で、じつにさまざまな種族がいる――が、大勢たむろしている。彼は驚いて鼻にしわを寄せ、通りを行ったり来たりしている物乞いたちを見つめた。

だが、彼らに目を奪われている場合ではない。彼がここにいるのはパドメのため、彼女を守るためだ。ナブーの美しい議員の面影が浮かび、アナキンはでこぼこの歩道を走りだした。するとごろつきたちのあいだを遠ざかる暗殺者の後ろ姿が見えた。アナキンは人ごみをかき分け、押しのけてそのあとを追いかけたが、なかなか思うように進めなかった。

幸い、特徴のあるヘルメットがどこかの店の戸口に吸いこまれる寸前に、彼は再び暗殺者の姿をとらえた。

そして人々をかき分け、どうにかその店――ギャンブルの看板がある――の前にたどり着いて、ぎらつく店の名前を確認した。つづいて無謀にもひとりで入ろうとすると、オビ＝ワンが彼を呼ぶ声が聞こえ……。

黄色いスピーダーが通りの駐車スペースに降りた。

「アナキン！」オビ＝ワンは非難がましい顔で、アナキンが落としたライトセーバーを手に若いパダワンに歩み寄った。

「彼女はあのクラブのなかです、マスター！」

オビ＝ワンは、アナキンが女性代名詞を使ったことにも気づかず、片手で空気をたたくようにしてパダワンをなだめた。「落ち着け。フォースを使うんだ、アナキン。考えろ」

「すみません、マスター」

「やつがあそこに入ったのは隠れるためだ。そこから逃げだすためではない」オビ＝ワンは論理的に推測した。

「はい、マスター」

オビ＝ワンはパダワンにライトセーバーを差しだした。「この次はなくすなよ」

「すみません、マスター」

だが、オビ＝ワンはアナキンがつかもうとすると、手を引っこめ、厳しい目でパダワンをにらみつけた。「ジェダイにとって、ライトセーバーは何よりも大切なものだ」

「はい、マスター」アナキンは再びライトセーバーをつかもうと手を伸ばしたが、オビ＝ワンはアナキンをにらんだまま、それを引っこめた。

「常に身辺から離してはならない」

「わかってます、マスター」

「この武器はおまえの命だと思え」

「その教訓はもう何度も聞きました」オビ=ワンは再びライトセーバーを差しだし、ようやく厳しい表情を和らげた。アナキンはライトセーバーを腰につけた。

「だが、おまえは学んでいないぞ、アナキン」オビ=ワンは目をそらしてそう言った。

「努力します、マスター」

アナキンの声には誠実な響きがあった。それとたぶん多少の後悔が。それはオビ=ワンにもはっきりとわかった。たぶん少しは悔やんでいるのだろう。ふとオビ=ワンは、アナキンがジェダイ・オーダーに加わったばかりのころの難しい状況を思い出した。アナキンは普通の場合よりはるかに大きくなってから、一〇歳近くなってから見いだされたのだった。マスター・クワイ=ガン・ジンが、ジェダイ・カウンシルの反対を押しきって彼を自分の弟子にしようとしたとき、マスター・ヨーダは若いアナキン・スカイウォーカーの内にある危険を予測した。アナキンのフォースは、カウンシルのメンバーがこれまで会っただれよりも強かった。だが、ジェダイになるには通常、幼少のころから訓練を受けるのが望ましいとされている。フォースはあまりにも強い道具だ――いや、たんなる道具ではない。そして問題はそこにあった。愚かなジェダイは、フォースを道具とみなすかもしれない。自分の目的を果たすための手段だ、と。しかし、フォースは同じ道を行くパートナー、調和と理解を得る方法であることを、真のジェダイは知っている。

クワイ=ガンがシス卿の手にかかって死んだあと、ジェダイ・カウンシルは若いアナキンに関する自分たちの判断を再検討し、彼の訓練を進めることを許可した。そしてクワイ=ガンとの約束を果たすため、オビ=ワンはアナキンの指導を引き受けたのだった。とはいえ、アナキンに関しては、カウンシルは明らかにおよび腰だった。ヨーダはこれが喜ばしい道ではなく、不本意だが通らねばならない道であるかのような言い方をした。フォースの強いアナキンが、フォースにバランスをもたらす〝選ばれし者〟だといううわさがあったからだ。

だが、これはいったい何を意味するのか、オビ=ワンにはわからなかったし、オビ=ワンはこれに少なからぬ不安を感じていた。だが、さきほどの暴言のあと、おとなしくなり、従順に立っているアナキンは、少しばかり頑固でうぬぼれが強すぎるものの、愛すべき若者だ。オビ=ワンは心がなごむのを感じた。

だが、ほほえみは隠した。思慮の浅い無鉄砲な行動とライトセーバーをなくしかけたことを、簡単に許してはアナキンのためによくない。

そこでオビ=ワンはこみあげた笑いをせきでごまかした。結局のところ、地上から何百階も上にある部屋の窓から飛びだしたのは、彼ではなかったか?

オビ=ワンは先に立ってクラブに入っていった。煙のたちこめる店のなかには、銀河のさまざまな種族が、これまたさまざまな色の飲み物を手にして、エキゾチックな植物を詰めたパイプを吸っている。ローブが膨らんでいるところをみると、そのほとんどが武器を携帯しているにちがいない。オビ=ワンとアナキンは油断なく周囲を見まわした。

「おまえといるとそのうち命を落とすことになりそうだ」オビ=ワンはざわめきに負けじと大きな声で言った。

「そんなことを言わないでください、マスター」アナキンは真剣な顔で答え、オビ=ワンを驚かせた。「あなたは父さんのような存在だ。あなたを愛しています。悩ませたいと思っているわけじゃないんです」

「だったら、どうしてわたしの言うことに耳を貸そうとしない？」

「これからは努力します」アナキンは熱心に言った。「もっと励みます。約束します」

オビ=ワンはうなずき、周囲をぐるっと見た。「あの男が見えるか？」

「あれは女だと思います」

「だったら、よけい気をつけろ」オビ=ワンはそう言って冷ややかな笑いを浮かべた。

「それに変身できる種族のようです」

オビ=ワンは前方にかたまっている客を示した。「行って、探してこい」そして反対の方向に歩きだした。

「どこに行くんです、マスター？」

「飲み物を買ってくる」オビ=ワンは短く答えた。

アナキンは驚きを浮かべ、マスターがカウンターに向かうのを見守った。そしてそのあとに従いかけたが、たったいま努力する、マスターの言いつけに従う、と約束したことを思い出した。そこできびすを返して人ごみに分け入り、落ち着きを保とうと努めながら、明らかな懐疑——なかには敵意——を浮かべて見返す、たくさんの非人類の顔を確かめていった。

カウンターの前では、オビ=ワンがパダワンの姿を目の隅に入れながら、バーテンに合図した。そして自分の前にグラスが置かれ、琥珀《こはく》色の液体がそそがれるのを見守った。

「デス・スティックを買わないか？」すぐ横からしゃがれた声がした。

オビ=ワンは話しかけてきた相手のほうに顔を向けようともしなかった。それはたてがみのような黒い髪から角のような二本のアンテナが弧を描いて飛びだしている種族だった。

「デス・スティックなら、このエラン・スリーズバガーノ様のにかぎるぞ」やさ男はすごみのある笑みを浮かべて付け加えた。

「わたしにデス・スティックを売るのはやめたほうがいいぞ」オビ=ワンはかすかに指を動かしながら、フォースの重みをかけて冷ややかに言った。

「あんたにはデス・スティックを売りたくない」エラン・スリーズバガーノは従順に繰り返した。

オビ=ワンはもう一度指をうごめかした。「このまま家に帰り、自分の人生を考えなおすがいい」

「家に帰り、おれの人生を考えなおすよ」エランは素直に同意してきびすを返し、歩み去った。

オビ=ワンは飲み物をあおり、バーテンにお代わりの合図を送った。

その近くで客のあいだを歩きながら捜索をつづけていたアナキンは、何かが正しくないのを感じた。だが、もちろん、こんな怪しげな場所にはよこしまな連中がうようよしていて当然だ。とはいえ、何かが心に引っかかった。こういう場所ですら場違いに思える邪悪な意図が募り……。

彼はブラスター・ピストルがホルスターから抜かれるところは見なかった。それが明らかに何も気づかずに立っているオビ=ワンの背中に向けられるところすら、実際に見たわけではない。

だが、彼は感じた……。

アナキンが振り向くと、マスターもこちらを向くところだった。美しい弧を描いてひらめくライトセーバーが、アナキンにはまるでスローモーションのように見えた。が、実際には、オビ=ワンは目にも留まらぬ速さで動き、アナキンと同じ青い光刃で垂直に小さな輪を描き、再び同じような輪を描いて敵に向かっていた。あれが暗殺者にちがいない。ヘルメットを取っていたから相手は女であることがはっきり見えた。女が苦痛の悲鳴をあげ、ひじから切り落とされた、まだブラスターを持ったままの腕が床に落ちた。

とたんにすべてが動きだした。アナキンはオビ=ワンのそばに駆け寄った。彼らの周囲ではクラブの客が不安を発散させ、右往左往している。

「落ち着け！」彼らを鎮めようと両手を振りながら、アナキンはフォースの強さを加えて叫んだ。「公式の捜査だ。席に戻れ」

少しずつクラブにはさきほどの喧騒が戻り、客が飲み物を手に話しはじめた。それにはかまわず、オビ=ワンはアナキンに手を振って呼び寄せ、暗殺者をクラブの外に運びだした。

彼らはその女をそっと歩道におろした。オビ=ワンが傷の手当てをはじめると、女はすぐに意識を取り戻した。

そして恐ろしいうなりを発し、苦痛に顔をゆがめながら、憎しみのこもる目でふたりのジェダイをにらみつけた。

「殺そうとした相手がだれだか知っているのか？」オビ=ワンが尋ねた。

「ナブー出身の議員よ」ザム・ウェセルはそんなことはどうでもいいかのように、そっけなく答えた。

「だれに雇われた？」

彼女はふたりをにらみつけた。「たんなる仕事よ」

「白状しろ！」アナキンは脅すように身を乗りだした。

が、タフな賞金稼ぎはたじろぎもせず言った。「あの議員はいずれ死ぬわ。あたしで終わるわけじゃない。これだけ高い報酬なら、彼女をねらう賞金稼ぎはあとをたたないわ。そして次の暗殺者は、あたしのような失敗はおかさないでしょうよ」

タフとはいえ、腕の痛みにたえかねて女はうめき声をもらした。

「この傷にはちゃんとした手当てが必要だ」オビ=ワンが心配そうな顔でアナキンに言った。だが、アナキンはそれを気にしていたとしても、まったく顔にはださず、怒りの表情を浮かべてさらに前にでた。

「だれに雇われた？」彼は再び尋ね、それからオビ=ワンが驚くほど強いフォースをこめてつづけた。「白状しろ！　いますぐ言うんだ！」

賞金稼ぎは彼をにらみつけていたが、唇をひくつかせ、意志に反して答えはじめた。「あたしを雇ったのは、同じ――」

不意に彼らの頭上でプシュッという音がした。目の前の賞金稼ぎが身をよじり、つかのまあえいでぐったりとなった。人間の姿がグロテスクに変形し、本来のずんぐりしたクローダイトに戻る。

アナキンとオビ=ワンはそろってクローダイトから目を離し、顔を見上げた。轟音《ごうおん》とともに装甲服を着た男が、背中につけたロケットでコルサントの夜空に消えていく。

オビ=ワンは死んだ女に目を戻し、彼女の首から小さなものを引き抜くと、それをアナキンに見せた。「毒矢だ」

アナキンはため息をつき、目をそらした。彼らは二度めの試みも失敗し、秘密がばれるのを恐れて暗殺者を始末した。

だが、アミダラ議員が、パドメが、ひどく危険な状態にあるのは明らかだ。

9

アナキンは静かにジェダイ・カウンシルの部屋に立っていた。周囲にはジェダイ・オーダーの重鎮が座っている。彼の横にはオビ=ワンがいた。オビ=ワンは彼の師《マスター》だが、銀河に散らばっている一万人のジェダイの大半と同じようにジェダイ・ナイトでしかない。だが、この円形の部屋で席についているジェダイたちはジェダイ・マスターだ。アナキンはこの偉いジェダイたちが苦手だった。ここにいるマスターの半分以上が、彼が九歳という年齢でジェダイ・オーダーに入ることに懸念を表したことを、彼は覚えていた。ヨーダの気持ちが変わり、カウンシルが一〇歳になった彼がオビ=ワンのもとで修行するのを許可したあとも、何人かは最初の疑いを捨ててはいないこともわかっている。

「オビ=ワンよ、その賞金稼ぎを突きとめねばならんぞ」マスター・ヨーダが言った。ほかのマスターたちは毒矢を回している。

「そいつがだれのために働いているか、とくにそれを突きとめねばならん」メイス・ウィンドゥが口を添える。

「アミダラ議員の警備はどうします?」オビ=ワンは尋ねた。「議員にはまだ保護が必要です」

ヨーダはアナキンを見た。若いパダワンは、そのあとの言葉を予測して背筋を伸ばした。

「おまえのパダワンがする。議員の警備はの」

アナキンはこの言葉を聞いて天にも昇る心地だった。ヨーダが明らかに彼を信じて仕事を与えてくれたこともうれしかったが、何よりもこれは彼が心から楽しんでできる仕事だ。

「アナキン、議員を守り、ナブーに送り届けるがよい」メイス・ウィンドゥがそう言った。「ナブーのほうが安全だ。旅客船は使うなよ。難民として旅をするのだ」

アナキンはうなずいたものの、これにはいくつか障害があることに気づいた。「アミダラ議員は軍隊創設法に率先して反対しているひとりです。投票を前にして首都を離れるよう説得するのは難しいでしょう」

「暗殺をたくらむ者が捕まるまでは、われわれの判断を尊重してもらわねばならん、彼女にはな」ヨーダが言った。

アナキンはうなずいた。「でも、議員は来るべき投票をとても気にかけています、マスター。それを廃案にするためなら――」

「アナキン」メイス・ウィンドゥがさえぎった。「元老院に行き、パルパティーン議長に説得を頼むがよい」この件に関してはすでに話し合いが持たれていたと見えて、彼の声にはなんの迷いもなかった。オビ=ワンとアナキンにそれぞれの仕事を与えると、ヨーダはうなずいて会議が終わったことを知らせた。

オビ=ワンは、まだ何か言おうとするアナキンの腕をつかんで外にでた。

「ぼくはただ、パドメにとってこの投票がどれほど大切か説明しようとしただけです」アナキンは廊下にでると、オビ=ワンに抗議した。

「アミダラ議員の気持ちはじゅうぶん代弁したとも」オビ=ワンはなだめた。「だからマスター・ウインドゥは、元老院議長に口添えしてもらうように助言したのだ」ふたりは廊下を歩きだした。アナキンは口からでかかった言葉をのみ込んだ。

「彼らはよくわかっているのだよ、アナキン」

「はい、マスター」

「彼らを信頼しなければならん」

「はい、マスター」アナキンは機械的に答えた。彼の心はすでにこの問題から離れ、その先に飛んでいた。投票の前にコルサントを離れるよう、パドメを説得するのは難しいだろう。だが、実際には、そんなことはどうでもよかった。重要なのは、彼がパドメと一緒にいられること、彼女を守れることだ。オビ=ワンが賞金稼ぎを追うことになれば、パドメは彼ひとりで守らねばならない。これは決して楽な仕事ではない。

大仕事だ。


アナキンはパルパティーン議長のオフィスでは、少しも不安を感じなかった。もちろんパルパティーンが持つ力は理解しているし、元老院議長という地位も尊重している。だが、彼にとっては、なぜかここは居心地のよい場所だった。ここにいると自分が友人と一緒にいるような気がするのだ。そうたびたびパルパティーンと過ごすわけではないが、議長は彼の話に真剣に耳を傾けてくれるのを感じた。ある意味では、パルパティーンはアナキンにとって、第二の師のようなものだった。もちろん、オビ=ワンのように直接自分を教え、導いてくれるわけではない。だが、必要なときには、常に堅実で役に立つ助言を与えてくれる存在だった。

それに、いつ来てもパルパティーンは彼を歓迎してくれる。

「いいとも、わたしから話そう」パルパティーンは、コルサントを離れて比較的安全なナブーに戻るよう、パドメを説得してほしい、というアナキンの要請に快くそう答えた。「アミダラ議員は元老院議長の要請を拒むことはない。わたしは彼女をよく知っている。それだけは約束できるよ」

「ありがとうございます、議長」

「彼らはようやくきみに仕事を与えてくれたのだな、わが若きパダワンよ」パルパティーンはまるで父親が息子にするように、温かい笑顔を浮かべた。「きみの忍耐がついに実ったな」

「あなたの導きのおかげです」アナキンは答えた。「ジェダイ・マスターたちはぼくを見守っている、遠からず重要な仕事を割り当ててくれる、というあなたの励ましがなければ、辛抱しきれなかったと思います」

パルパティーンはうなずき、微笑した。「きみにはもう導きは必要ない。そのうち自分の直観を信じるようになるだろう。そうなれば無敵だ。これは何度も言ったことだが、わたしはきみほどフォースの強いジェダイに会ったことがない」

「ありがとうございます、議長」アナキンはこの賞賛に体が震えるのを抑えながら、表面は冷静に答えた。フォースを理解できない者――たとえば彼の母親のような――からこういう賞賛を聞くのと、共和国の元老院議長パルパティーンから聞くのとでは、その重みには雲泥の差がある。パルパティーンは銀河の最高権力者の地位についた男、だれよりも大きな仕事を成し遂げた男だ。ヨーダやメイス・ウィンドゥの部下ではない。パルパティーンのような男は、心にないことを口にはしないものだ。

「だれよりも偉大なジェダイになるきみの姿が見えるようだぞ、アナキン」パルパティーンは言葉をつづけた。「マスター・ヨーダよりも強いジェダイにな」

アナキンは両足の力が抜け、へなへなとこの場に座りこみそうになった。彼には信じられないようなすばらしい賛辞だが、心の片隅では実際にそうなるという気がした。彼には強さがある。ジェダイが自分たちに、そして彼に課している限界を、はるかに越える力がある。アナキンはそれをはっきりと感じとっていた。オビ=ワンにはそれがわからない。そしてそれこそが、アナキンの不満といらだちの種だった。アナキンに言わせれば、オビ=ワンの手綱《たづな》は短すぎるのだ。

パルパティーンの賞賛になんと答えればいいかわからず、アナキンはかすかな笑みを浮かべて部屋の中央に立ちつくしていた。元老院議長は窓辺に立って、ひっきりなしに流れるコルサントの乗り物を眺めている。数分後、アナキンはようやく机を回って、議長のそばに立つ勇気を奮い起こし、議長と並んで乗り物の流れに目を向けた。

「わたしのパダワンのことが心配です」オビ=ワンは、ヨーダとメイス・ウィンドゥの三人でジェダイ・テンプルの廊下を歩きながら言った。「まだひとりで仕事をする準備ができているとは思えません」

「カウンシルはこの決定に確信を抱いておるぞ、オビ=ワンよ」ヨーダが言った。

「あの若者の技術は群を抜いている」メイス・ウィンドゥも同意した。

「しかし、彼にはまだまだ学ぶことがあります」オビ=ワンは説明した。「その優れた技術が……彼を傲慢にしています」

「ああ、そのとおりだ」ヨーダが同意した。「最近ジェダイのあいだでは、その欠点がますます目立つ。彼らはあまりに自信を持ちすぎる。年上の、経験を積んだジェダイでさえ、その徴候が顕著に現れておる」

オビ＝ワンはこの言葉にうなずいた。たしかにヨーダの言うとおりだ。緊張が高まりつつある現在の状況を考えると、ジェダイのそういう徴候には、少しばかり不安を感じずにはいられなかった。彼らの多くがコルサントから遠く離れ、それぞれの判断で働いているとあってはなおさらだ。ドゥーク一伯爵がこのジェダイ・オーダーを、そして共和国を離れたのは、この傲慢さゆえではなかったか？

「よいか、オビ＝ワン」メイス・ウィンドゥが言った。「もしも予言が実現すれば、おまえのパダワンは、フォースにバランスをもたらすジェダイとなるのだ」

オビ＝ワンはそれを忘れたことは一度もなかった。どうして忘れられよう？　最初にそれに気づき、アナキンが予言を成就する者になると予測したのは、クワイ＝ガン・ジンだった。しかし、フォースにバランスをもたらすとは、いったいどういう意味なのか？　それについては、クワイ＝ガン・ジンもほかのマスターも説明してくれなかった。

「彼が正しい道に従えば、です」オビ＝ワンはふたりのマスターにそう言った。どちらもこの言葉を訂正しようとはしなかった。

「与えられた任務を果たすがよい」ヨーダはオビ＝ワンの思いを読んだように、彼を不安な物思いから引き戻した。「この暗殺未遂のなぞが明らかになれば、ほかのなぞも解けるかもしれん」

「はい、マスター」オビ＝ワンは答え、死んだクローダイトから抜きとった小さな毒矢を見つめた。

シミ・スカイウォーカー・ラーズは鈍い灰色の胸板を持ち上げ、配線がむきだしになったドロイドにそれをあてて、正しい場所に留めた。そしてC-3POを見てほほえんだ。3POも喜んでいた。ドロイドの顔は微笑を浮かべるようにできてはいないが、奇妙なドロイドなりの方法でその喜びを表している。彼は砂が体に入りこんでシリコンのカバーをすりへらす、ときにはそれを壊して侵入し、痙攣《けいれん》をもたらす、とよくこぼしていたのだ。だが、これでようやくその問題は解決できる。アナキンがやり残したことを、シミが終わらせたいまは。

「いま?」シミはひび割れて乾いた血がこびりついた唇から声をだした。いいえ、これはいま起こっていることではない。C-3POに胸板を取り付けたのは何日か前——いいえ、何週間も前だった?さもなければ何年も?

そのときの光景はあざやかに浮かぶのに、それがいつだったのかはどうしても思い出せない。

そしていま……彼女はどこかほかの場所にいる。

目をあけて周囲を見まわすことはできなかった。それだけの力がない。それに乾いた血が張りつき、まぶたを動かすだけで苦痛だった。

まぶたの痛みしか感じないのは奇妙だこと。ケガをしているはずなのに。

そう、大ケガをしているはず……。

背後から物音が聞こえた。だれかが足早に近づいてくる音?それからつぶやきが聞こえた。ええ、彼らはいつもああやってぼそぼそ話す。

彼女の思いは3POに戻った。哀れな3PO、まだ腕の覆いが必要な3POに。彼女はそれを静かに持ち上げ……。

鋭い音が聞こえた。いや、かすかにしか聞こえないところを見ると、それが鋭い音なのを知っているというだけなのだろう。そしてブラシのようなものが背中を打った。

だが、とげだらけのむちの痛みをそれ以上はっきりと感じる神経はとっくに麻痺《まひ》していた。

10

アナキン・スカイウォーカーとジャー・ジャー・ビンクスは、パドメの寝室と控えの間を隔てているドアの前に立っていた。アナキンとオビ=ワンが前の晩、警護のために詰めていた部屋だ。寝室の壊れた窓から、コルサントのスカイラインと切れめなくつづく乗り物の川が見える。

パドメとドーメは、寝室をあちこち歩きまわり、荷造りをしているところだった。ぎくしゃくした態度からして、パドメがこの成り行きに激怒しているのは明らかだ。アナキンもジャー・ジャーも、こういうときのパドメには近づかないほうがいいことを心得ていた。アナキンの要請で、パルパティーン元老院議長はナブーに戻るようパドメを説得してくれた。だが、彼女は決して喜んで承諾したわけではなかった。

深いため息をついて、パドメは立ち上がり、さっきからかがみ込んでいたせいで痛む背中に片手をあてた。それから再びため息をつき、ふたりの前に来た。

「わたしは在宅休暇を取るわ」このお調子者のグンガンに、多少とも重みをそそぎ込もうとするかのように、彼女は厳しい声でジャー・ジャーに告げた。「元老院でわたしの代理を務めてちょうだい、ビンクス代議員。頼りにしているわよ」

「おいら、名誉……」ジャー・ジャーは気をつけの姿勢でそう言った。といっても、頭がひょこひょこ動き、耳がひらついていては、まるでしまりがない。どんな立派な衣装を着せても、グンガンはグンガンだ。

「なんですって?」パドメはうんざりしたように厳しい声で問いただした。重要な役目をゆだねたというのに、いつもと同じ軽々しい返事を聞いて、明らかにご機嫌ななめだった。

ジャー・ジャーは当惑して、こほんとせきばらいし、背筋をさらに伸ばした。「おいら、この重責を与えられたことを名誉に思うでやんす。おいら、これを慎んで……慎んで――」

「ジャー・ジャー、ここはもういいわ」パドメがさえぎった。「仕事が山ほどあるでしょうから」

「もちろん、議員」ダレリアン火蟹《ファイア・クラブ》のように赤くなったのを隠そうとして、ジャー・ジャー・ビンクスは深々と頭を下げた。が、きびすを返して立ち去りながら、アナキンににやっと笑ってみせた。

アナキンはグンガンの後ろ姿を見送ったが、励ますような笑顔から得た落ち着きは、パドメの不機嫌な声を聞いたとたんに吹っ飛んだ。

「隠れるのは性に合わないの」

「心配はいらない。カウンシルが暗殺者の探索を命じたから、だれがあの賞金稼ぎを雇ったか、ぼくのマスターがすぐに突きとめてくれるよ。本当は最初からそうすべきだったんだ。こういう危険には、積極的に対処するほうが効果的なのさ。襲ってくる敵を迎えるより、その源を突きとめるほうが」彼はそのまま言葉をつづけ、最初に自分が調査を主張したことが、どれほど正しかったか強調しようとした。カウンシルも最初から彼と同じ考え方をすべきだった、と。だが、パドメの目が興味をなくすのを見てとり、口をつぐんで彼女の話を聞くことにした。

「そして彼が調べているあいだ、わたしは隠れていなくてはならない」

「それがいちばん安全な方法だよ」

パドメはいらだたしげにため息をついた。「この一年、軍隊創設法が廃案になるように必死に努力してきたのは、投票のときにここを留守にするためではないわ！」

「ときにはプライドを捨てて、要請に従う必要があるよ」アナキンは答えた。が、彼の口からでたのではたいして説得力はなかった。それに、どうやらこの表現は適切ではなかったようだ。

「プライドですって！」パドメは叫んだ。「アニー、あなたは若いわ。そして政治のことがまるでわかっていない。知らないことに口をださないで」

「ごめん、パドメ。ぼくはただ――」

「アニー、もうやめて！」

「その名前で呼ばないでくれないか」

「なんですって？」

「アニーだよ。〝アニー〟と呼ぶのはやめてほしいんだ」

「わたしはずっとあなたをそう呼んできたわ。それがあなたの名前でしょう？」

「ぼくの名前はアナキンだ」若いパダワンはパドメを見つめ、落ち着いて答えた。「きみにアニーと呼ばれると、小さい子供みたいな気がする。でも、ぼくはもう子供じゃない」

パドメは黙って頭のてっぺんからつまさきまで彼を見まわし、真剣な表情でうなずいた。そしてさきほどより敬意のにじむ声で言った。「ごめんなさい、アナキン。あなたが……成長したことは否定できないわね」

この言い方には、パドメが彼を一人前の男だと認めたことをほのめかすような響きがあった。それも、魅力的な男であることを。それを感じ、パドメがちらっと浮かべた笑みを見て、アナキンは赤くなった。彼は気をまぎらすために棚に並んでいる品物に目をやり、フォースを使ってそれを自分の指の上に浮かべた。

それから、恥ずかしさをごまかすためにせきばらいした。「オビ=ワンはそれに気づかないふりをしてる。ぼくのすることはなんでも批判するんだ。まるでぼくがまだ子供みたいに。ぼくが暗殺者を送った人物を探しにいくべきだと提案したときも、耳を貸さなかった」

「教師には欠点がよく見えるものよ」パドメは同意した。「でも、そのおかげでわたしたちは賢くなるの」

アナキンはこの言葉を考えながら、小さなまるい物を空中に持ち上げ、それを部屋じゅうに移動させた。「誤解しないでよ、オビ=ワンはすばらしい教師だ。マスター・ヨーダと同じくらい賢いし、マスター・ウィンドゥと同じくらい強力なジェダイだ。彼のパダワンでよかったと思ってる。ただ……」彼は口をつぐみ、首を振りながら適切な言葉を探した。「ただ、ぼくはまだパダワンだけど、いくつかの点では――多くの点で――オビ=ワンよりも力がある。もうジェダイ・ナイトになるテストを受ける準備はできているんだ。そうさ！　オビ=ワンもそれを知っている。だけど、ぼくが予測のつかない行動をするから、それが気に入らないんだ。同じ年齢のジェダイは、すでにテストを受け、ナイトになってる。たしかにぼくが訓練をはじめたのは遅かったけど、オビ=ワンはぼくを先に進ませてくれないんだ」

パドメは好奇心を浮かべていた。彼女が不思議に思うのは当然だ。こんなふうにオビ=ワンの批判を口にしていることに、ぼく自身も驚いているのだから。こんな批判はもうやめるべきだ。アナキンはそう思い、心のなかで自分をしかった。

するとパドメが、同情するように言った。「きっといらだたしいでしょうね」

「そんなものじゃないよ！」アナキンはこの同情に力を得て、思わず叫んでいた。「オビ＝ワンは批判しすぎるんだ。それにぼくの言うことを決して本気で聞いてくれない。彼にはわからないんだ！　ひどいよ！」

彼は明日の朝まででも、不満を並べ立てることができたろう。だが、パドメが笑いだすのを見て、顔を平手でたたかれたように口をつぐんだ。

「ごめんなさい」パドメはくすくす笑いながら謝った。「あなたは自分の思いどおりにならなかったときの、小さいアニーそのままだわ」

「これは泣きごとじゃない！　そんなんじゃないんだ」

部屋の反対側で、ドーメがくすくす笑いだす。

「あなたを傷つける気はなかったのよ」パドメは説明した。

アナキンは深く息を吸いこみ、それを吐きだして肩の力を抜いた。「わかってる」

そのときのアナキンがあまりにも哀れに思えて、というより途方に暮れているように見えて、パドメは気がつくと彼に歩み寄り、片手を上げてやさしく彼のほおをなでていた。「アナキン」

ふたりが再会してから初めて、パドメは若いパダワンの青い目をのぞき込み、ふたりはおたがいの心のなかを見つめあった。が、彼女はすぐに目をそらし、急いで軽口をたたいてその場の重苦しいムードを和らげた。「そんなに早く大人になろうとしないで」

「ぼくはもう大人だよ」アナキンは答えた。「きみが自分でそう言ったじゃないか」彼は何かをほのめかすような言い方をし、パドメの美しいひとみを再び見つめた。今度はもっと強く、情熱をこめて。「そんな目で見てはいけないわ」彼女は目をそらした。

「どうして？」

「あなたの考えていることがわかるから」

アナキンは短く笑い、緊張を破ろうとした。「へえ、きみにもジェダイの力があるの？」

パドメは若いパダワンの向こうにいるドーメをちらっと見た。この忠実な侍女は、好奇心をあらわにしてふたりを見ている。そしてこの思いがけない、奇妙な会話の行く先を見れば、パドメにはドーメの考えていることが手にとるようにわかった。

彼女は鋭くアナキンを見て、反駁《はんばく》を許さない、強い声で言った。「わたしを居心地悪くさせるからよ」

アナキンは目をそらした。「失礼、議員」彼はそう言って、後ろにさがり、彼女が荷造りをつづけるスペースを作った。

そしてたんなるボディガードに戻った。

でも、彼はたんなるボディガードではない。どれほどそうであることを望んだとしても。パドメにはそれがわかっていた。


アウター・リムの端にある惑星からさえも遠く離れた、水に洗われ、風の吹きすさぶ惑星で、父親と息子はつややかな黒い金属の縁に腰をおろし、荒れ狂う海からそびえ立つ巨大な女神像の周りに渦《うず》巻く激しい流れのなかの、多少は静かな溜まりを注意深く見守っていた。この水の多い惑星には珍しく、雨足がいくらか弱くなり、水面には少なくとも何か所か穏やかなところがある。ふたりはまたたきもせずそこに目を凝らし、全長約一メートルのローラーフィッシュの黒いシルエットを探していた。

ふたりが座っているのは、ティポカ・シティを支えている太い柱の、いちばん海に近い縁だった。ティポカは惑星カミーノ最大の都市で、絶え間なく吹きつける強風をそらすためにどの建物もまるみをおびている。惑星カミーノの都市は、この惑星の水や風と戦うには巧妙にそれをかわすのがいちばんだと知っている、銀河でも指折りの建築家により設計──少なくとも最新の技術を用いて改良──されていた。天を突く高層ビルにはあらゆる方向にトランスパリスチールの窓がある。ジャンゴはカミーノアン──楕円《だえんけい》形の頭にアーモンド形の目、真っ白い肌の、人間の腕ほどもある長い首を持った長身の種族──が、なぜこれほどたくさんの窓を作るのか不思議だった。この荒々しい気候の惑星には、荒れ狂う海と、ほぼ絶え間なくつづく土砂降りの雨しか見るものはないのに。

とはいえ、カミーノにも多少の楽しみはあった。楽しみというのは、すべからく相対的なものだ。雨足が弱まると、彼は息子を連れて外にでた。

彼は息子の肩をたたき、静かな箇所のひとつを指さした。息子は一〇歳の少年らしく喜びに満ちた表情で、手にしたポウカー──イオン推進の投げ槍《アトラトル》──を慎重に構えた。彼の息子は水の屈折率を自動的に計算して調節するレーザー照準器を使おうとはしなかった。そうとも、自分の力だけでローラーフィッシュを射止めることが肝心なのだ。

彼は父から教えられたように深く息を吸いこみ、完全に心を落ち着かせると、獲物が横を向くのを待って片腕を前に突きだし、ミサイルを投げた。少年の伸ばした手の先からほぼ一メートルのところで、後部がちかっと光り、つかのまジェットを噴きだす。ミサイルはブラスター・ビームのように飛び、水を切ってなかにいる魚のわき腹に突き刺さった。

少年は歓声をあげ、アトラトルのハンドルをひねって、ほとんど見えない強い線をロックした。それから、ローラーフィッシュが暴れてその線をぴんと張ると、ゆっくりハンドルを回して、獲物を手繰り寄せはじめた。

「うまいぞ」ジャンゴが褒《ほ》めた。「だが、あと一センチ前に刺されば、えらの下にある主筋肉を貫いて、獲物を完全に無力にできたな」

少年は父の言葉にうなずいた。彼の師でもある父は、どんな場合にも、たとえ成功しても、どこかに文句をつける。だが、彼は少しも気にならなかった。父が注意してくれるのは、彼に完璧《かんぺき》な技術を身につけてほしいと思えばこそだ。そしてこの危険な銀河では、完璧な技術が生き延びる確率を上げてくれる。

父が自分を批判するのは愛しているからだ。そう思うと、少年の父に対する愛はいっそう深くなった。

ジャンゴは近くで何かが動くのに気づいた。さもなければ足音か、においか、とにかく研ぎすました賞金稼ぎの五感が何かをとらえた。はるか沖にいる巨大な触覚を持つ生物をべつにすれば、惑星カミーノには敵と呼べるような相手はほとんどいない。このあたりの海には、彼ら親子とカミーノアンをのぞけば、生物自体がそれほど多くはなかった。したがってジャンゴは、姿を現したのがそのひとり、いつも彼のところにやってくるカミーノアンであるのを見ても驚かなかった。

「ごきげんよう、マスター・ジャンゴ」長身のしなやかなカミーノアンは細い腕を上げ、平和と友情を表しながらあいさつした。

ジャンゴはにこりともせずにうなずいた。カミーノアンはめったに自分たちの都市からでることはないのに、なぜわざわざここに来たのか？　しかも、なぜ彼が息子と過ごしているところを邪魔しにきたのか？

「このところだいぶ留守にされていましたね」

「用事があったんでな」

「息子さんも一緒に？」

ジャンゴは答える代わりに、べつのローラーフィッシュをねらっている息子を見た。少なくとも、そうしているように見える。それに気づいて、無愛想な賞金稼ぎはひそかに満足の笑みをもらした。実際にはじっと耳を澄まし、カミーノアンのあらゆる言葉を聞き逃さず、それを評価しているのに、ボバはまったくべつのことをしているふりをしている。決して相手に心を許さず、相手をあざむき、注意をそらせ、という教えを守っているのだ。

「一〇周年が近づいています」

ジャンゴは不機嫌な顔で振り向いた。「ボバの誕生日を、おれが忘れると思ってるのか？」

この鋭い反駁に気をそがれたとしても、繊細なカミーノアンの顔にはそれらしき表情は浮かんでいなかった。「新しいクローンを作る用意ができています」

ジャンゴはボバを見た。彼には何万、何十万という〝子供〟がいるが、従順にするためによけいな遺伝子操作を行なっていない完璧なクローンはこのボバだけだ。人工的に年齢を調節していないのもボバだけだった。ボバ以外は、成長の過程を速められ、最初の〝子供たち〟はすでに大人になっている。良好な健康状態の、大人の戦士に。

経験は優秀な遺伝子と同じくらい、優れた戦士を育てるのに必要な要素だと思っているジャンゴは、この成長過程を加速する工程には納得できなかったが、表立ってカミーノアンたちにこの不満をもらしたことはない。彼は仕事をするために雇われた。クローンのオリジナルとなるために。クローン製造の工程に疑問を表明するのは、彼の仕事のうちには入っていない。

カミーノアンは頭を傾け、ゆっくりとまばたきした。

ジャンゴは彼女の浮かべているのが好奇心だと判断した。そう思ったとたん、あやうく唇から笑いがこぼれそうになった。カミーノアンは人間よりもたがいに似通っている。人間の場合は、とくに出身惑星が違えば、気質も表情もさまざまだが、カミーノアンはそうではない。彼らが単一の概念を持ち、多くの共通性を有している一因は、クローン化とまでいかなくても、かなりの遺伝子操作が含まれる典型的な再生産過程にあるのだろう。カミーノアンの社会は、その結果、ひとつの心、ひとつの頭脳にまとまっていると言ってもよかった。

カミーノアンたちは、クローンであろうとなかろうと、人間がべつの人間に対して非情であることを、心から不思議に思っている。

だがもちろん、共和国のために軍隊を作ったのは、このカミーノアンたちだ。そして意見のくい違いがなければ、戦いは起こらない。

とはいえ、ジャンゴにはそれもどうでもいいことだった。彼は一匹狼の賞金稼ぎだ。しかもボバがいなければ、世捨て人のような生活を送っていただろう。政治にはこれっぽっちも関心はない。戦争も、彼のクローンで作られているこの軍隊にも関心がなかった。たとえクローンたちがひとり残らず殺されたとしても、彼の知ったことではない。彼は自分のクローンにはなんの感情も持っていなかった。

ジャンゴはちらっと横を見て、心のなかで訂正した。だが、ボバだけは、もちろんべつだ。それ以外は、これはたんなる仕事のひとつ。簡単なわりには身入りのいい仕事のひとつにすぎない。この仕事の報酬は莫大なものだ。だがそれよりも、ジャンゴが魅力を感じたのはたんなる息子ではない、完全な彼の複製を作ることだった。カミーノアンたちはじゅうぶんに期待に応えてくれた。ボバはジャンゴに、もしも自分を愛し世話をしてくれる父親がいたら、自分を批判して、完璧に育てるだけの愛情がある師がいたら、どんな大人になっていたかを知る楽しみをもたらしてくれた。彼は超一流の賞金稼ぎ、戦士だが、彼の遺伝子をそっくり受け継ぎ、導きを受けたボバが、彼をはるかにしのぐ完璧な存在になることは間違いない。おそらく銀河史はじまって以来の偉大なる戦士となることだろう。

そしてこれが、こうしてここに息子と、自分の若い複製と座っている静かなひとときが、ジャンゴ・フェットにとっては最大の報酬となる。動乱のさなかの、ひとときの安らぎが。

ジャンゴ・フェットの人生は混乱と嵐の連続だった。アウター・リムで育った彼は、物心ついて以来、たいへんな困難を乗り越え、厳しい環境を生き抜いてきた。が、そのおかげでたくましく育ち、生き延びる術を身につけ、それをいまボバに伝えてやることができる。この銀河には、彼ほどよい教師はいないだろう。ジャンゴ・フェットが殺そうと決めた相手は、これまでただのひとりも生き延びたことがない。

いや、殺そうと決めるのは彼ではない。彼は個人的な恨みや憎しみで殺した者はひとりもいなかった。殺しは彼の仕事、それだけだ。そしてジャンゴは、こうした〝仕事〟から感情を切り離すことを、この仕事をはじめたころに学んでいた。完全に感情をまじえずに、仕事を遂行する、これが彼の何よりも強力な武器なのだ。

彼はカミーノアンを見て、それから息子に目を戻し、笑いかけた。ジャンゴはいくらでも感情を殺すことができる。だが、ボバと一緒に過ごすときはべつだ。ボバといるときの彼は誇りと愛で満たされている。ジャンゴはこのふたつの感情を抑えるために、たえず努力しなくてはならなかった。彼は息子を心から愛している。だからこそ、息子に感情を殺すことの大切さを、冷淡になることの大切さを、子供のうちから教える必要があるのだ。

「あなたの用意ができしだい、再び作業に取りかかります」この言葉に、ジャンゴは物思いからさめた。

「おれがいなくても、モノはじゅうぶんあるだろうに？」

「まあ、せっかく本物がここにいるのですから、新しく採取したいのです」カミーノアンは主張した。

「オリジナルを使うのがいちばんですから」

針や検査のことが頭に浮かび、ジャンゴは目玉をくるっと回してみせたものの、結局はうなずいた。あの程度の不快は、それでもらう報酬に比べればなんでもない。

「あなたの用意ができたときに」カミーノアンは頭を下げて離れていった。

そいつを待っていたら、永遠に待つことになるだろうよ、ジャンゴはそう思ったが、口にはださなかった。そして再びボバに目をやり、アトラトルを使うように合図した。いまじゃ、おれは自分の欲しいものを手に入れたからな。ジャンゴはそう思いながら、ボバが周囲に目を配って次の獲物を探し、スムーズにアトラトルを構えるのを見守った。

銀河広しといえども、コルサントの産業セクターほど大きな貨物船用の宇宙港はまずない。そこには列をなした輸送船がひっきりなしに入ってはでていく。巨大な浮揚クレーンがそれを迎え、この惑星全体が都市である銀河の首都が必要とする何百万という供給物資をおろしていく。コルサントは膨れあがる人口を抱え、とうの昔に自給自足ができなくなっていた。こうしたドックの効率のよさには目をみはるものがあるが、そうは言っても多少の混乱はつきものだ。またときには、あまりにも多くの宇宙船と浮揚クレーンで、身動きがとれない状態になることもある。

ここはまた、コルサントの貧しい人々が、ほかの惑星に向かう安い乗り物を見つける場所でもあった。そして最近ではコルサントに荒れ狂う狂気にいや気がさし、この惑星を脱出しようする人々は何千、何万という数に上っている。

アナキンとパドメは、周囲の難民たちと同じ質素な茶色いチュニックとブリーチ姿で、じりじりと進む列に加わり、シャトルの出口に向かっていた。タイフォとドーメとオビ＝ワンは、出口のドアのところに立って、巨大な貨物船のひとつに至るドックと空中通路に近づく彼らを待っていた。

「安全な旅を、議員」キャプテン・タイフォが心配そうに言った。パドメを自分の目が届かない場所に行かせるのが不安なのだ。彼はふたつの小さな荷物をアナキンに渡し、励ますように若いパダワンに向かってうなずいた。

「ありがとう、キャプテン」パドメは心をこめて答えた。「気をつけてね、ドーメ。敵はあなたたちふたりをねらうかもしれない」

「わたしが一緒なら、キャプテン・タイフォは安全ですわ！」ドーメは少しでもパドメを安心させようと、明るい声で応じた。

パドメはにっこり笑ってこの気づかいに応えたが、侍女が泣きだすのを見てぎゅっと抱きしめた。

「大丈夫よ」パドメは侍女の耳もとでささやいた。

「わたしではなく、あなたのことが心配なのです、議員。あなたが首都を離れたことに、敵が気づいたらどうなります？」

パドメはドーメをつかんだまま腕を伸ばし、ちらっとアナキンに目をやって微笑した。「そうなったら、このジェダイにせいぜい腕をふるってもらわなくてはね」

ドーメは小さく笑い、涙をぬぐって微笑しながらうなずいた。

パドメの横で、アナキンはにやっと笑いたいのをこらえ、努めてまじめな表情を保った。そのほうが自制心も頼りがいもあるように見える。だが、実際はパドメが自分を褒めるのを聞いて、天にも昇る心地だった。

オビ=ワンが若いパダワンを横に引っぱり、この幸せを粉々にした。

「いいか、ナブーを離れるなよ。注意を引くようなことをするな。何かする必要が生じたら、わたしとカウンシルの指示をあおぐんだぞ」

「はい、マスター」アナキンは辛辣《しんらつ》な言葉を投げつけたい衝動を必死にこらえ、従順に答えた。何もするな？　何ひとつ？　連絡を入れ、いちいち許可を得ろ、だって？　もう少しぼくを信頼してくれてもいいのに！　ぼくは頼りになる、自分の考えで行動できるパダワンだと、これまで何度も証明してきたはずだ。

「わたしは大急ぎでこの陰謀の張本人を突きとめます、議員」オビ=ワンがパドメにそう言うのを聞いて、アナキンは歯ぎしりをこらえた。パドメを守る仕事を与えられたとき、真っ先にそうすべきだと提案したのはこのぼくだぞ！

「すぐにコルサントに戻れますよ」オビ=ワンはパドメに請け合った。

「ありがとう、ジェダイ・オビ=ワン。そうなることを願っているわ」

アナキンはパドメがオビ=ワンに感謝するのを聞きたくなかった。少なくとも、この件で自分よりオビ=ワンのほうが重要だと思ってもらいたくない。「そろそろ行く時間だ」彼はそう言って前に歩きだした。

「わかっているわ」パドメは不機嫌な顔でそう答えた。

アナキンはそれに傷つくまいとした。パドメは彼を嫌っているわけではない。コルサントに残るのが務めだと信じ、逃げだすのがいやなだけだ。そうでなくても、ほんの数日前、コーデを失ったばかりだというのに、自分だけコルサントから逃げだし、愛する侍女のひとりを身代わりに残していくことが気にかかっているだけだ。

パドメとドーメは再び抱擁をかわした。アナキンは荷物を持ち、スピーダー・バスとR2が待っている場所へと歩きだした。

「フォースがともにあらんことを」オビ=ワンが言った。

「ええ、あなたも、マスター」アナキンは心をこめて答えた。オビ=ワンにはすでに二度も暗殺未遂を起こしている相手を、ぜひとも見つけてもらいたい。そして再びこの銀河をパドメにとって安全な場所にしてもらいたかった。だが、一方では、あまり早く首謀者の正体がわかってほしくない気持ちもある。彼が最愛の女性のそばにいられるのは、この任務のおかげなのだ。この任務があっけなく終わり、ほかの任務で彼女と引き裂かれるのは耐えがたいことだ。

「なんだか急に怖くなったわ」パドメは見送りの人々から離れて、彼らをナブーに運んでいく巨大な宇宙貨物船に向かいながらつぶやいた。ふたりの後ろから、R2-D2がうれしそうにさえずりながら従ってくる。

「これは本当の意味でぼくの初仕事だ。ぼくも怖いよ」アナキンは振り向き、パドメを見てにやっと笑った。「でも大丈夫さ。R2が一緒だもの！」

彼は沈んだ顔のパドメを元気づけようと、努めて明るい声で言った。

都市の中心に戻るシャトルバスでは、残された三人が、大勢の人々にまじって巨大な貨物船に乗るために並ぶアナキンとパドメとR2を見ていた。

「バカなことをしでかさないでくれるといいが」オビ=ワンはつぶやいた。彼がキャプテン・タイフォに向かって、これほどあからさまに不安を口にすること自体が、パダワンをまったく信頼していない証拠だった。

「わたしはむしろ、議員のほうが心配だな」タイフォは首を振りながら、まじめな顔で答えた。「アミダラ議員は、おとなしく命令に従うタイプではないからね」

「似たもの同士ね」ドーメが言った。

オビ=ワンとタイフォは彼女を見た。タイフォはまたしても首を振った。ドーメはたんに気づいたことを指摘しただけだろうが、まさしくそのとおりだ、とオビ=ワンは思った。パドメ・アミダラはいったんこうと思ったらあとに引かない意志の強い女性、どんな地位の経験豊かな人々の判断より、自分の判断に従って行動するタイプだ。

だが、たったいまこのシャトルバスを降りていったふたりのうち、頑固という点にかけては、さすがのパドメもアナキンにはかなわない。

これはあまり心の休まる思いではなかった。

11

偉大なジェダイ・テンプルは瞑想《めいそう》と厳しい訓練の場でもあるが、銀河の情報が集まってくる場所でもある。ジェダイたちは昔から平和の守護人であると同時に、知識の守り手でもあった。テンプルの大廊下のはずれには、高い天井の下にガラス製の仕切りや、分析室がずらりと並び、さまざまな形や大きさのドロイドが多種多様な目的のために働いている。

オビ=ワン・ケノービは、アナキンとパドメのことを考えながら、テンプルのなかを歩いていた。彼はまたしても、アナキンをあの議員と一緒に旅にだしたことが正しかったかどうか考えずにはいられなかった。この新しい任務にあのパダワンが示した熱意の激しさが、オビ=ワンには気にかかってならない。しかし、いずれにせよ、彼は承諾した。なぜなら、彼自身はここで得られた手がかりを追うので、忙しくなりそうだったからだ。とにかくアミダラ議員の命をねらう者の正体を暴くことが先決だ。

この日の分析室はこみ合っていた。いや、この日にかぎったことではない。ここではいつも弟子やマスターたちが真剣に学んでいる。オビ=ワンはようやく空いている仕切りを見つけた。幸い、そこには必要なＳＰ-４分析ドロイドがある。彼がコンソールの前に座ると、ドロイドはすぐさまトレーを差しだした。

「センサー・トレーに分析の必要なものを置いてください」ドロイドの金属的な声が言った。オビ＝ワンは女賞金稼ぎを殺した毒矢を取りだした。

トレーが引っこむと、オビ＝ワンの前のスクリーンが明るくなり、一連の診断とデータが画面をせり上がりはじめた。

「これは毒矢だ」ジェダイはSP-4に説明した。「どこから来たか、だれが作ったか知りたい」

「少しお待ちください」さらに図とデータがせり上がり、それから停止した。画面には毒矢と似たような矢が表示されている。だが、よく見ると微妙な違いがあり、画面は再び動きはじめた。さまざまな矢がオビ＝ワンの目の前を過ぎていく。似たような矢が現れるたびにオビ＝ワンがトレーに置いた矢にその映像が重なったが、ぴたりと一致するものはひとつもなかった。

スクリーンが空白になり、トレーが滑りでてきた。

「ごらんのように、この武器は既知の文化圏には存在しません」SP-4が説明した。「どこでだれが作ったかも確定できません。おそらく既知の文化圏とは関係のない戦士が、自分で作ったものでしょう。センサー・トレーから離れてください」

「なんだって？　もう一度調べてくれないか？」オビ＝ワンはいらいらして言った。

「ジェダイ・ナイト、ここの記録はほぼ完全で、銀河の八〇パーセントをカバーしています。わたしがどこから来たか知らなければ、だれも知らないと思ってよいでしょう」

オビ＝ワンは毒矢をつかみ、ドロイドを見てため息をついた。いまの言葉には、そう簡単に賛成しかねる。「協力を感謝するよ」この皮肉はSP-4に通じるだろうか？　彼はそう思いながら言葉をつづけた。「きみはわからなかったかもしれないが、わたしは知っていそうな男のあてがある」

「その可能性はまずありませんね」SP－4はそう答え、またしても彼の所蔵するデータはどこよりも完全だという先ほどの説明を繰り返した。

　だが、そのころにはオビ＝ワンはとうに仕切りをでて、足早に大廊下を進み、ジェダイ・テンプルの外にでていた。

　彼は頭をめまぐるしく働かせながら、だれにも何も言わずに立ち去った。とにかく、この毒矢がどこのものか、それを急いで知る必要がある。彼は直観的に、ことは急を要するのを感じていた。それがアミダラ議員の安全と直接かかわりがあるかどうかはともかく、この毒矢をたどっていけば、もっと大きな魚がかかりそうだ。アナキンの言ったことが当たっているのだろうか？　共和国に対して、大きな陰謀が仕掛けられているのか？

　いや、ひょっとすると、ふだんはあれほど頼りになるSP－4がまったく助けにならなかったことにショックを受けて、神経質になっているだけかもしれない。彼には答えが必要だ。そして、その答えが通常の方法で見つからないとなれば……。まあ、オビ＝ワン自身、ごく普通のジェダイとは多くの点で異なっている男だ。パダワンといるときには意識して自制心を働かせる傾向にあるが、変わり者のマスター、クワイ＝ガン・ジンに教えを受けたオビ＝ワンは、クワイ＝ガンの影響を受けていた。

　答えが手に入る場所はわかっている。

　彼はスピーダーをココ・タウンというビジネス街に向けた。つい先日、賞金稼ぎの女を追いかけてアナキンと入ったクラブからは遠く離れた地域だ。

　オビ＝ワンはスピーダーを止め、通りにある小さなビルのひとつに向かった。そこの窓にはスモークがかかり、金属の壁にはど派手なペンキが塗られ、ドアの上の壁には見慣れぬ文字がのたくっている。オビ=ワンはこの文字を知っているわけではないが、この店の名前が〈デクスターズ・ダイナー〉であることは知っていた。

彼は微笑を浮かべた。デックスに会うのはずいぶん久しぶりだった。まったく、ほとんど忘れるくらい久しぶりのことだ。

食堂《ダイナー》の内装は、なつかしい時代のレストランをしのばせる作りだった。壁際にはブースが並び、背の高いスツールに囲まれた丸テーブルがたくさんある。カウンターの一部はスツールが置かれ、いすのない場所にはさまざまな種族が立ったまま飲み物を手にしている。

オビ=ワンは丸テーブルのひとつに向かい、スツールに腰をおろした。ウエイトレス・ドロイドが、テーブルをぼろ布でふいた。

「注文は?」ドロイドは尋ねた。

「デクスターに会いたい」

ウエイトレス・ドロイドはどちらかというと不愉快な音を発した。

オビ=ワンはにっこり笑っただけだった。「話をする必要があるんだ」

「どんな用?」

「彼を捕まえにきたわけじゃない」オビ=ワンは請け合った。「個人的な用事だよ」

ドロイドは少しのあいだオビ=ワンを測るような目で見てから、首をひと振りし、カウンターの後ろにある開いたままのサービス・ハッチに歩み寄った。「ハニー。あんたに会いたいってお客が来てるわ」彼女は言った。「見たとこ、ジェダイみたい」

ほとんど即座に灰色の蒸気をたなびかせた巨大な頭がハッチウェイからにゅっとでて、訪問者に向けられた。男はオビ=ワンの頭をまるごとのみ込めそうなでかい口——巨大な歯が並ぶ——をあけてにやっと笑った。「オビ=ワン!」

「やあ、デックス」オビ=ワンは立ち上がってカウンターに移動した。

「座ってくれ、相棒! いますぐそっちに行く」

オビ=ワンはちらっと周囲を見まわした。ウエイトレス・ドロイドは仕事に戻り、ほかの客の注文を取っている。彼はカウンターのすぐ横にあるブースに移った。

「アーディスを一杯どう?」ドロイドが尋ねた。彼女の態度はさきほどより、だいぶましになっている。

「ありがとう」

ドロイドはカウンターに向かい、それから横に寄った。有名なデクスター・ジェットスターが、ぎこちない歩き方でカウンターのドアからでてきた。彼は一度見たら、忘れられない男だ。首のない肉のかたまりとでも言おうか、垢《あか》じみたシャツとブリーチの下で、偉大な腹がはみだし、つるっぱげの頭は汗でてかついている。無数の古傷のせいで、もはや昔ほどなめらかに動くことはできないものの、明らかにけんかをふっかけたくなるような相手ではない。彼には四本も腕があり、その先端に人間の顔ほどもある巨大なこぶしがついているのを見ればなおさらだ。オビ=ワンは店の客のほとんどが、デクスターに尊敬のまなざしを向けるのに気づいた。

「やあ、相棒!」

「デックス、久しぶりだな」

デクスターは多大な努力を払って、どうにかオビ=ワンの向かいの席に腰をおろした。そのころにはウエイトレス・ドロイドが戻り、アーディスが入った湯気の立つマグカップをふたつ、古い友ふたりのあいだに置いた。

「で、わが友よ、なんの用だ?」デクスターは心から助けになりたがっているのを見ても、オビ=ワンはたいして驚かなかった。デクスターの悪ふざけには常に同意できるわけではない。けんか好きの性分もあまり好ましいとは言えないが、友に持ったらこれほど頼りになる男はいなかった。デックスは気に入らぬ相手をたたきのめすのに躊躇《ちゅうちょ》はしないが、自分の友だちのためなら命すら投げだす男だ。これはまた、惑星から惑星へと放浪する者たちの掟《おきて》でもあった。オビ=ワンがあてにしてきたのもこの友情だ。多くの意味で、オビ=ワンはここでデックスといるほうが、コルサントの権力者といるよりもはるかに心地がよかった。

「これがなんだか教えてくれないか」オビ=ワンは毒矢をテーブルに置き、デックスの顔を見守った。デックスはこのなぞめいた毒矢に目をみはり、急いでマグカップをテーブルに置いた。

「こいつは驚いた」デックスは息を止めるようにして静かに言った。そして毒矢を注意深く、ほとんどどうやうやしく手に取った。矢は彼のずんぐりした指のなかにほとんど隠れた。「こいつを見るのはアウター・リムの先にある惑星サブテレルで、山師をやっていたとき以来だ」

「どこから来たかわかるか?」

デクスターはオビ=ワンの前に毒矢を置いた。「このかわいこちゃんはあのクローンを作ってる連中のもんさ。こいつはカミーノ剣 矢《セーバーダート》だ」

「カミーノ・セーバーダート?」オビ=ワンは繰り返した。「どうして分析室では、それがわからなかったのかな?」

デックスはずんぐりした指で毒矢を突ついた。「わきにある、このおかしな細かいカットが特徴なんだ」デクスターは説明した。「あんたんとこの分析ドロイドは、大方シンボルに焦点を当てて調べるんだろう。ジェダイはもっと知識と知恵の違いに敬意を表すべきだぜ」

「しかし、デックス。ドロイドに考えることができたら、われわれはひとり残らずここから姿を消しているよ。そうだろう？」オビ＝ワンは笑いながら答え、デックスも一拍遅れてこのぞっとする冗談に笑いだした。

だが、オビ＝ワンは自分の任務の重要性を思い出し、すぐにまじめな顔に戻った。「カミーノ……聞いたことのない名前だな。共和国の一部かい？」

「いや、アウター・リムよりまだ先にある惑星だ。リシ迷路《メイズ》から南へ一二パーセクってとこだな。見つけるのは簡単さ。あんたんとこのドロイドでも見つけられる。カミーノアンはほとんど外部とは交流しない。彼らはクローンを作るんだ。それも驚くほど上等のクローンをな」

オビ＝ワンは毒矢を取り上げ、テーブルにひじをついてそれを見つめた。「クローンを作るって？彼らは友好的かい？」

「そいつは事としだいによるな」

「というと？」毒矢の先にあるデクスターの顔に厳しい表情が浮かぶのを見て、返事は察しがついた。

「あんたの行儀しだい、それと財布の膨らみ具合しだいってことさ」

この答えは意外ではなかった。オビ＝ワンはデクスターがセーバーダートと呼んだ毒矢に目を戻した。

12

もとナブーの女王であるパドメ・アミダラにとっては、こういう旅は初めての経験だった。貨物船には普通船室しかなかった。それも実際にはだだっ広い倉庫で、生物ではなく動かない積荷を載せるための場所だ。照明は最悪で、においもひどい。それが船そのものから来るのか、多種多様な種族からなる大勢の移民から来るのかは、パドメにはわからなかったが、とくに気にもならなかった。ある意味では、彼女はこの旅を楽しんでいた。本当なら、コルサントで共和国の軍隊創設法の成立に反対しているべきなのだが、なぜか彼女はくつろぎ、めったにない自由を感じていた。

なんの責任も感じない自由を。少しのあいだアミダラ議員ではなく、ただのパドメでいられる自由を。そういう時間はとても少ない。子供のころからそうだった。彼女の生活は、物心ついたときから、公共のサービスに費やされてきたような気がする。常により大きなもの、よりよきものが生活の中心を占め、ただのパドメでいる時間はほとんどなかった。

とはいえ、そういう生活を悔やんでいるわけではない。これまで成し遂げたことは誇らしかったし、何よりも、自分よりも大いなる善のために働き、自分がその一部だと感じるのは深い喜びだった。

だが、なんの責任を感じなくてすむこのひとときは、疑問の余地なく楽しいものだ。

彼女は眠っているアナキンを見た。夢を見ているらしく寝苦しそうに動いている。眠っている彼は、ジェダイのパダワンでも、彼女の守護人でもなく、ただの若者に見える。ハンサムな若者、彼女に恋をしている若者に。でも、これは危険なことだった。アナキンが考えているのは、ジェダイが考えてはいけないこと。彼はジェダイ・オーダーのルールを無視し、自分の心の声に従おうとしている。それも彼女のために。この事実に心をひかれていないと言えばうそになる。彼女は元老院議員として、彼はジェダイ・パダワンとして、ふたりとも同じように公共の奉仕という道を選んできたが、彼はいまその道に反逆しようとしていた。少なくとも、自分のマスターの教えに逆らおうとしている。パドメはこれまで自分の道を疑ったことも、それに逆らったこともなかった。

でも、そうしたいと思ったことはない？　パドメは自分の心に問いかけた。パドメ・アミダラではなく、ただのパドメになりたいと思ったことはない？　少なくともときどきは？

彼女はにっこり笑ってアナキンに背を向け、薄暗い部屋を見まわし、自分のドロイドを探した。ようやく、ほかの人々にまじって立っているR2-D2の足がおぼろげに見えた。そのドロイドのすぐ前で、船の給仕がまずそうな粥《かゆ》を器に入れている。人々はそれを見て不満そうなうめき声をもらす。

R2が列の先頭に立つと、給仕のひとりがわめきだし、あっちへ行けと手を振った。「ドロイドには食事は必要ない！」給仕はわめいた。「そこをどけ！」

R2はカウンターを通り過ぎる途中で突然停止し、ビュッフェの上にチューブを突きだして粥を吸い上げ、それをふたり分の器に入れた。

「おい！　ドロイドはだめだ！」給仕が再び叫んだ。

R2はまたしてもさっと粥を吸いあげ、ついでに鉤《かぎ》つめのある腕を伸ばしてパンをつかむと、くるりときびすを返し、かしましくさえずりながら急いでその場を離れた。給仕がこぶしを振りたて、その後ろでわめき散らしている。

ドロイドは眠っている人々をよけ、笑っているパドメに向かって広い倉庫をできるだけまっすぐ横切ってきた。

「よせ、やめろ」彼女のすぐそばでアナキンが言った。「母さん、だめだ！」

パドメが急いで振り向くと、アナキンは悪い夢を見ているらしく、汗をかき、うなされていた。

「アナキン」パドメは彼を軽く揺すぶった。

「だめだ、母さん！」彼は夢のなかで走っているように両足を夢中でけりながら叫んだ。

「アナキン」パドメはさっきより大きな声で呼び、もっと強く揺すぶった。

青い目がまばたきして開き、ぼんやりと周囲を見て、パドメの上で止まった。「なんだい？」

「うなされていたみたいよ」

アナキンは顔を曇らせ、パドメを見つめつづけている。

パドメはR2から粥の器とパンをひと切れ受けとった。「お腹がすいた？」

アナキンは起き上がってそれを受けとり、頭を振って片手で髪をかき上げた。

「少し前に、ハイパースペースに入ったのよ」

「どれくらい眠っていたのかな？」

パドメはにっこり笑い、彼をなぐさめようとした。「昼寝にはちょうどいいくらい」

アナキンはチュニックの前をなで、背筋を伸ばして周囲を見まわした。「もう一度ナブーを見るのが楽しみだな」彼は白い粥を見ると顔をしかめ、鼻にしわをよせてにおいをかいだ。「ナブーのことは――」彼はパドメに目を戻しながら、再び言った。「あそこをでてから、毎日のように考えた。ぼくが見たどこよりも、はるかに美しい惑星だ」

アナキンに見つめられ、パドメはまたたきしてぎこちなく目をそらした。「あなたの記憶とは違うかもしれないわ。時は見方を変えるものよ」

「そうだね」アナキンは同意した。パドメが顔を上げると、彼はまだパドメを見つめている。彼が何をほのめかしているのか、パドメにはわかっていた。「よいほうに変わることもあるよ」

「ジェダイとして一生をささげることを誓うのは難しかったでしょうね」彼女は、アナキンの熱いまなざしをそらそうとしてそう言った。「望む場所を訪れることもできないし、好きなこともできないんですもの」

「それに、愛する人々と一緒にいることも？」アナキンはパドメが言いたいことを簡単に見破った。

「あなたは愛することを許されているの？」パドメは率直に尋ねた。「ジェダイには禁じられているのだと思ったわ」

「何かに執着することは禁じられている」アナキンは丸暗記したことを読み上げるかのように、感情のない声で言った。「所有することも禁じられている。でも、思いやりは、これは無条件の愛だと思うけど、ジェダイの生活の中心だ。だから、ぼくらは愛することを奨励されているとも言えるんだ」

「あなたはとても変わったわ」パドメは自分がそう言うのを聞いた。それもいつもの彼女とは違う、まるで彼を誘うような……。

「きみは少しも変わっていない」アナキンの言葉にパドメはまばたきした。「ぼくが夢のなかで覚えていた女性とまったく同じだ。ナブーもきっと同じだと思うな」

「ええ、ナブーは同じ……」パドメはなぜか胸が苦しくなり、息が弾んだ。アナキンがあまりにも近くにいるせいだ。そしてこれは、彼女にとってばかりか、アナキンにとっても危険なことだった。彼はパダワンで、やがてはジェダイ・ナイトになる身。ジェダイは特定の女性を愛することを許されてはいない……。

そしてわたしは？　これまでの必死の努力はどうなるの？　元老院は？　軍隊創設に反対するための、あの重要な投票は？　もしもジェダイ・パダワンと恋愛をしたら、それはわたしの投票に大きな影響を与えることになるわ！　もしも軍隊が創設されれば、ジェダイと彼らの仕事を果たす助けをするのだから。そしてわたしはその創設に反対している。だから……。

だから、何？

すべてがあまりにも複雑だった。だが、それよりも重要なのは、あまりに危険すぎることだ。パドメは姉のソーラの言葉を思い出した。コルサントに戻る前に姉と交わした会話のことを。そしてリョーとプージャのことを思った。

「お母さんの夢を見ていたのね？」彼女はアナキンとのあいだに少しでも距離を置こうと身を引きながら、話題を変えた。離れているほうが安全だ。「そうでしょう？」

アナキンも体を引いて目をそらし、のろのろとうなずいた。「タトゥイーンをでてからもう一〇年以上になる。このごろは母さんの顔をはっきり思い出すこともできない」アナキンは強い目でパドメを見た。「でも、忘れたくないんだ。母さんの顔を覚えていたい」

「わかるわ」パドメは片手を彼のほおに伸ばそうとしたが、思いなおし、彼がつづけるのを待った。

「最近、母さんの夢を見るんだ。それも恐ろしい夢ばかり。母さんのことが心配だよ」

「心配してあたりまえだわ」パドメはやさしい声でそう言った。「幸せな環境に残してきたわけではないんですもの」

アナキンはこの言葉に傷つき、たじろいだ。

「でも、あなたが離れたのは正しいことだったのよ」パドメはアナキンの腕をとって、彼を見つめた。「お母さんはそれを望んでいたわ。あなたのために。あなたが自由になったことを喜んでいた。クワイ＝ガンの申し出は、お母さんに希望を与えたのよ。親は子供が幸せになることを願うものだわ。自分の息子が、あなたが、よりよい人生を送るチャンスを与えられたことを、お母さんは喜んでいたわ」

「でも、夢のなかでは……」

「あなたはお母さんを残してきたことに、罪悪感を抱いている。それが悪い夢になって現れるのよ」アナキンは違うというように首を振ったが、パドメには自分の考えが違うとは思えなかった。「お母さんをタトゥイーンから連れだしたいと望むのは、自然なことだわ。そしてコルサントかナブーか、美しくて安全な惑星に呼び寄せたいと思うのはね。悪い夢はそのせいなのよ、アナキン」彼女は柔らかい声で、だが力をこめてそう言い、再び片手を彼の腕に置いた。「タトゥイーンを発《た》ったのはよいことだったの。あなたにとっても、お母さんにとっても。そう信じるのよ」

パドメの思いやりに満ちた表情に、アナキンは逆らう気力をなくした。


ナブー最大のシード宇宙港は、多くの点でコルサントに似ていた。貨物船やシャトルが列をなして、空から降りてくる。だが、コルサントとは違い、ナブーのこの街は、はるかにまるみをおびた柔らかい印象を与える。高い塔も、きらめくトランスパリスチールと金属でできた摩天楼もほとんどないからだ。まるいドーム屋根や、柔らかい色のナブーの建物には、自然の石や素材が使われている。どこを見ても緑のつたが建物の壁をはい上がり、みずみずしさと香りと、心地よい外観を加えていた。

アナキンとパドメは荷物を手に、一〇年前、トレード・フェデレーションのドロイド軍を相手に戦った広場を横切っていた。R2がうれしそうにさえずりながら、いそいそとあとに従ってくる。このチビドロイドまでが、シードのなごやかな雰囲気の延長に見えた。

パドメはそれとなくアナキンを見て、彼の穏やかな表情に気づき、にっこりした。

「この惑星に生まれていたら、決して外にでたいとは思わなかったろうな」

パドメは笑った。「どうかしら?」

「ほんとだよ。訓練がはじまったとき、ぼくはすっかりホームシックにかかって、とても寂しい思いをしたんだ。でも、ナブーと母さんのことを考えると心が慰められた」

パドメは好奇心と混乱のまじった表情を浮かべた。アナキンがここで過ごした時間は、ほとんど恐ろしい戦いに費やされていたというのに、その恐ろしさが色あせるほど、彼女やナブーのことを深く想っていたのだろうか?

「だけど」アナキンは言葉をつづけた。「母さんのことは、考えれば考えるほど気持ちが沈むばかりだった。ナブーとこの宮殿の思い出がぼくの気持ちを明るくしてくれたんだ」

パドメはアナキンの言葉のなかに、きみのことを考えると心が慰められた、少なくとも、ナブーの思い出のなかにはきみが入っていた、という思いを読みとった。

「明るい陽射しを浴びて輝いている宮殿や、かぐわしい花の香り」

「それに遠くの滝の音もね」アナキンの真剣な声と言葉を否定できず、パドメはそう付け加えた。実際、ナブーは美しい惑星だった。感傷的になるまいと思ってはいても、ナブーが美しいことは否定できない。「わたしが初めて首都を見たときは、まだとても若かったの。滝を見るのはそれが初めてだったわ。その美しさにすっかり驚いたものよ。自分がその宮殿に住む日がくるとは、思ってもみなかった」

「そうかい？　きみは小さいときから権力や政治に憧れていたんじゃないの？」

パドメは声をあげて笑った。「とんでもない」戦争や政治の絶え間ないあざむきと陰謀に純粋さを粉々に打ち砕かれる前の遠い昔のことが、なつかしく思い出される。アナキンにすっかり心を開き、こういう話をしているのが信じられなかった。「わたしの夢は難民救済運動で働くことだったの。それ以上のことは考えもしなかった。選挙に立候補するつもりなど、まったくなかったわ。でも、歴史を学べば学ぶほど、立派な政治家には多くの善がなせることがわかってきた。そこで八歳のときに、官僚見習になったのよ。これは公共に奉仕するという公式な意志表明のようなものなの。やがて評議会の顧問になり、夢中で自分の仕事に取り組むうちに、気がつくと、クイーンに選ばれていたの」パドメはアナキンを見て肩をすくめ、へりくだった調子を保とうと努めながら言った。「ひとつには、学業の成績がとてもよかったから」彼女は説明した。「でも、大部分はわたしが掲げた改革が実現可能なものだったからよ。ナブーの人々はわたしの夢を全面的に受け入れてくれた。わたしが若すぎることは、ほとんど問題にはならなかったわ。それに史上最年少のクイーンというわけではなかったし。でも、いま振り返ってみると、たしかにわたしは若すぎたわ」彼女は口をつぐみ、アナキンを見つめた。「クイーンとしてナブーを統治するだけの力があったのかどうか……」彼女はアナキンを見つめた。「その準備ができていたかどうか、わたしにはわからない」

「きみに仕えた人々は、きみの仕事を称えているよ」アナキンは言った。「憲法を改正して、きみをずっとクイーンの座につけておこうという動きもあったんだろう？」

「人気に支配されるのは民主主義ではないわ、アニー。人々が欲しがるものではなく、必要なものを与えるのが民主主義よ。それに正直言って、二期の任期を無事務めたときには、心からほっとしたものよ」パドメはくすくす笑って、こう強調した。「両親もね！　ふたりとも、あの封鎖のあいだは心配のしどおしだったから、すべてが終わって、どれほどほっとしたことか。実際、いまごろは家族を持って……」

パドメは顔が赤くなるのを感じ、わずかに横を向いた。アナキンにこんなことまで話すなんて！　それもこんなに早く！　彼は昔からの友人というわけではないのよ、パドメはそう自分に言い聞かせた。だが、この警告はむなしく響いた。パドメはアナキンを見た。彼といるのはとても自然で心地がいい。まるで、生まれたときから知っている間柄のようだった。「姉にはすばらしい子供たちがいるの」彼女はふたりの姪《めい》のことを思って目を輝かせた。だが、すぐにまたたきしてその感情を押しやった。より大きな善だとみなすもののために、自分の願いをわきに押しやるのは慣れている。「でも、クイーンから元老院議員として働くよう要請されると、それを断れなかったの」パドメは説明した。

「それでよかったんだ！」アナキンは答えた。「共和国はきみを必要としているもの。きみが議員になったのはよいことだった。銀河にはこれからいろいろな変化が起こる。それも大きな変化が。ぼくらの世代がそれをもたらすんだ」

「ジェダイの予感？」パドメはからかった。

アナキンは笑った。「ただの直観さ」彼は自分でもよくわからないものを説明しようとした。「何もかも古くなって、よどんでいる。ぼくにはそう思えるんだ。そして何かが起こる……」

「わたしも同感だわ」パドメがまじめな顔で同意した。

彼らは宮殿の正面にあるドアにたどり着き、しばしたたずんで美しい光景を味わった。能率本位に作られたコルサントの大部分のビルと違って、真の美を理解し、追究することを目的としているこの建物は、その意味ではジェダイ・テンプルに似ている。

パドメとアナキンは謁見室に向かった。クイーン・ジャミーラはすぐに会ってくれた。

ふたりはにこやかな笑顔に迎えられた。パドメが女王だった時代、パドメのよき友であり、信頼する助言者でもあったシオ・ビブルは、昔と同じように玉座の横に立っていた。白い髪とあごひげはいまでも美しく、きちんと整えられ、一〇年前とあまり変わったようには見えない。彼の目も、パドメが心から愛した熱意に満ちていた。

その横には、頭のてっぺんからつまさきまで女王としての装いに包まれたジャミーラがいた。大きな頭飾りをつけ、パドメが長いこと身につけていたのと同じ形の、刺繍《ししゅう》入りの流れるようなドレスを着ている。ジャミーラは、パドメと同じように堂々として威厳があった。

侍女たち、顧問たち、近衛兵たちがジャミーラを取り巻いていた。これは女王であることの一部だが、必ずしも愉快なことではなかったのを、パドメは思い出した。女王は一瞬たりとも、ひとりで過ごすことができないのだ。

クイーン・ジャミーラは頭飾りが落ちないようにまっすぐに立ち、パドメの手を取るために進みでた。「心配していたのですよ。無事な顔を見られて、こんなうれしいことはないわ、パドメ」南東部のアクセントがあるジャミーラの豊かな声が謁見室に響いた。

「ありがとうございます、陛下。投票日までコルサントに留まっていたほうがお役に立てたのですが」

「パルパティーン議長から説明があった」シオ・ビブルが口をはさんだ。「ナブーに戻るのが、唯一の正しい選択だったよ」

パドメはあきらめたようにうなずいた。とはいえ、自分の意志に反してナブーに送り返されたことを、彼女は気に病んでいた。共和国の軍隊創設に最初から激しく反対していた彼女にとっては、肝心の投票に出席できないのはつらいことだ。

「どれくらいの星系が、ドゥークー伯爵と分離主義者たちに加わったのですか？」クイーン・ジャミーラは前置きなしでそう尋ねた。彼女は昔から無駄話で時間を無駄にするたちではない。

「何千もです」パドメは答えた。「それに、毎日のようにどこかが共和国を離れています。元老院が軍隊創設法を成立させれば、内乱が起こるのは避けられないでしょう」

シオ・ビブルがこぶしで手のひらをたたいた。「考えられんことだ！」彼はひとこと口にするたびに歯ぎしりしながら言った。「共和国には創設以来、大規模な戦争は一度も起こっていないのだぞ」

「交渉を通じて分離主義者たちを共和国に呼び戻す余地はあると思いますか？」シオ・ビブルとは対照的な落ち着いた声でジャミーラが尋ねた。

「彼らが無理強いされていると感じなければ、の話です」パドメは自分でも驚くほどの確信を抱いてそう答えた。彼女は自分の立場がどんな意味を持っているのか、これまでより深く理解しはじめたような気がした。自分の直観を絶対的に信じられるような。とにかく、この一件では彼女の持つすべての能力が必要とされることは確かだ。「彼らには軍隊がありません。ですが共和国が軍隊を創設すれば、彼らは自分たちを守ろうとするでしょう。当然の成り行きです。そして本当の軍隊を作る時間も財力もないとなれば、交易協会《コマース・ギルド》やトレード・フェデレーションに助けを求めるにちがいありません」

「商人の軍隊！」クイーン・ジャミーラは怒りと嫌悪をこめて叫んだ。ナブーの人々はひとり残らず、銀河をわがもの顔に闊歩《かっぽ》する商人たちのグループが、どれほど頭痛の種となっているか知っている。トレード・フェデレーションは、もう少しでナブーを支配下に置くところだったのだ。それを阻止したのはアミダラとふたりのジェダイと、ナブーのパイロットたちにまじって敵と戦ったアナキン少年の活躍だった。が、クイーン・アミダラが勇敢なグンガンたちと同盟を結ばなければ、それでもナブーを取り戻すことはできなかったろう。「どうして元老院は彼らを抑えるために手を打たないのですか？」

「残念ながら、パルパティーン議長の必死の努力にもかかわらず、元老院にはそうした営利団体から賄賂《わいろ》を受け取っている官僚や、判事や、議員がまだ多いのです」パドメは答えた。

「わたしたちが恐れていたように、コマース・ギルドは分離主義者たちに接近しているのですね」

シオ・ビブルはまたしても手のひらをこぶしでたたいた。「まったく腹立たしいことだ！　しかも、多くの審議や四回にわたる最高裁での裁判のあとでも、あのヌート・ガンレイはまだトレード・フェデレーションのヴァイスロイに留まっている。あの商人たちはすべてを支配しているのか？」

「でも、議長《カウンシラー》、裁判所はトレード・フェデレーションの軍隊を縮小したのですよ」ジャミーラはまたしても落ち着いた声でシオ・ビブルをたしなめた。「あれは正しい方向に向かう動きでした」

パドメはこの言葉にたじろいだ。が、彼女には正直に報告する義務がある。「陛下、うわさによれば、トレード・フェデレーションの軍隊は、命令どおりに縮小されていないようです」

アナキン・スカイウォーカーがせきばらいして、前に進みでた。「ジェダイはそれを調査する許可を得られませんでした。経済的な破綻《はたん》をきたすおそれがあるから、という理由で」

クイーン・ジャミーラは彼を見てうなずくと、パドメに目を戻し、背すじを伸ばして女王らしい威厳をにじませ、こう言った。「共和国を信頼しなくてはなりません」彼女はきっぱりそう言った。「民主主義を信じることをやめれば、それを失うことになります」

「その日が決してこないことを祈りましょう」パドメは静かに答えた。

「あなたの安全を考慮しなくてはなりませんね」クイーン・ジャミーラはそう言って、シオ・ビブルを見た。シオ・ビブルはほかの人々に合図して、顧問や侍女たちをさがらせ、それからパドメのボディガードであるアナキンに歩み寄り、ほかの者たちが完全に部屋をでていくのを待って、口を切った。

「きみはどうすればよいと思うかね、マスター・ジェダイ?」

「アナキンはまだジェダイではないのですよ、カウンシラー」パドメがさえぎった。「彼はパダワンです。わたしは……」

「待ってくれよ!」ないがしろにされたアナキンは、パドメの言葉をさえぎってまゆを寄せ、目を細めた。

「わたしが話しているのよ!」パドメはアナキンの怖い顔にたじろぎもせず鋭く言い返した。「湖水地方に滞在しようと思います。あそこには完全に隔離された場所がいくつかありますから」

「待ってくれ!」アナキンは同じ調子で、同じ言葉を返した。「警備の責任者はぼくだよ、議員」

パドメは言い返そうとしたが、シオ・ビブルとジャミーラがけげんそうに顔を見合わせるのに気がついた。彼らの前でアナキンと言い争うのはまずい。ふたりのあいだに何かが起こっているのを知らせるようなものだ。パドメは落ち着き、声を和らげた。「アニー、わたしの命がかかっているのよ。そしてここはわたしの故郷なの。わたしはナブーをよく知っている。だからわたしたちはここにいるの。この場合はわたしの知識を役立てるべきだと思うわ」

アナキンはパドメを見て、ほかのふたりに目をやり、やはり表情をなごませた。「ごめん、議員」

「彼女の言うとおりだ」シオ・ビブルが笑みを含んだ顔で言い、アナキンの腕をとった。「湖水地方は最も人里離れた地域で、めったに人には会わないし、四方を見渡すこともできる。アミダラ議員を守るには最適の場所だな」

「よいでしょう」ジャミーラが同意した。「では、そういうことに」

パドメはちらっとアナキンを見て、不服そうな顔の彼に肩をすくめた。

「パドメ」クイーン・ジャミーラは言葉をつづけた。「昨日、あなたのお父さんとお会いしたのよ。状況をお話ししました。お父さんは、あなたが街をでる前に会いたいとおっしゃっていたわ。ご家族はとてもあなたのことを心配しているの」

ええ、それも無理はないわ、パドメはそう思った。自分の地位にともなう危険が、愛する人々にも影響をおよぼしていることを思うとつらかった。両親はわたしを心配している。これは家族と公共の奉仕が相容れない何よりの証拠だろう。パドメ・アミダラは自分の考えで公共の奉仕に身をささげる選択をしたのだ。ナブーにはどちらも両立させている人々もいるが、妻としての役目、そしてたぶん母親としての役目が、議員という地位にはそぐわないことは、昔からパドメにはよくわかっていた。

彼女は自分の身の安全を心配したことはない。必要とあれば、どんな犠牲でも払う覚悟はできている。でも、そのために愛する家族を苦しめるのは……。

彼女は暗い顔でアナキンとシオ・ビブル、クイーン・ジャミーラとともに謁見室をでて、宮殿の階段をおりていった。

13

広大なジェダイ・テンプルで最も広い部屋は、記録保管室《ホール・オブ・アーカイブス》だろう。青白い点となってずらりと壁際に並ぶ明るいコンピューター・パネルの列は、部屋の端からだといちばん向こうまで見えないほど長い。ここには過去と現在の多くのジェダイのイメージや、コルサントの優れた芸術家の手になる白い石の胸像がいくつも飾られていた。

オビ=ワン・ケノービはそうした胸像のひとつを前にして、その男の心を指先で読みとろうとするかのように、顔の輪郭《りんかく》をたどっていた。この日は記録室にいる人々の数はさほど多くなかった。ここは一度に数人以上の訪問者がいることはめったにない。したがって、ジェダイの記録保管室の管理者であるマダム・ジョカスタ・ヌーは、ほどなく彼の呼び出しに応じてくれるはずだ。

オビ=ワンは胸像のいかにも意志の強そうな顔立ちを観察しながら辛抱強く待っていた。高く、誇らしげなほお骨、きちんとした髪、あいだの離れた両眼、オビ=ワンはこの男、伝説のドゥークー伯爵をあまりよく知らなかった。が、姿だけはときどき見かけたことがあったから、この胸像が、あの伯爵の特徴を完璧《かんぺき》にとらえていることはわかる。この男には、マスター・クワイ=ガン・ジンと同じような、とくにとりわけ重要なことを発見したときのクワイ=ガンと同じような激しさが感じられた。自分が正しいと信じているときのクワイ=ガンは、ジェダイ・カウンシルの決定に逆らうことも恐れなかった。一〇年前アナキンを弟子にしようとしたときもそうだ。カウンシルが正式にあの少年の特別な状況と、驚くべきフォースの強さを考慮する前に、クワイ＝ガンはアナキンが予言の〝選ばれし者〟ではないかと信じ、アナキンを自分の庇護《ひご》のもとに置いた。

そうとも、これと同じような激しさを、オビ＝ワンはときどきクワイ＝ガン・ジンにも見たことがある。だが、ドゥークー伯爵はクワイ＝ガン・ジンとは違い、それを立ち切ることができなかった。そしていつも怒りに燃えて歩きまわり、考えこんでいた。彼の両眼には常に炎が燃えていた。

そしてついには、極端な行動に走った。ジェダイ・オーダーを去り、友を捨てたのだ。ドゥークー伯爵が見た問題がどんなものだったにせよ、ジェダイのなかに残ったほうが、まだしもそれを修復する手立てがあることはわかっていたはずなのに。

「わたしを呼んだかしら？」厳しい声が後ろから聞こえ、オビ＝ワンを物思いから引き戻した。振り向くと、マダム・ジョカスタ・ヌーが両手を握り合わせて体の前に置き――ジェダイのローブでほとんど見えないが――すぐそばに立っていた。彼女はとても華奢《きゃしゃ》に見えた。それにかなり年配だ。オビ＝ワンは自分がそう思っていることに気づいて微笑を浮かべた。やせたしわ深い顔と首、白い髪を小さなまげに結ったこの女性の外見を見て、どれほど多くのジェダイが彼女をあなどり、自分たちの調べ物を代わりにやってもらおうとしたことか。彼らは例外なくジョカスタ・ヌーの真の力を思い知らされることになった。彼女はたいへんなエネルギーの持ち主で、人一倍厳しい女性なのだ。このいまにも壊れそうな外見の下には、だれにも負けない強さとかたい意志が秘められている。ジョカスタ・ヌーはもう長いこと記録保管係を務めていた。保管室はいわば彼女の縄張り、彼女の王国で、ここを訪れるジェダイは、最高の地位にあるマスターたちですら、ジョカスタ・ヌーの定めたルールに従わねばならない。さもなければ、彼女の怒りに直面することになる。

「ええ、調べたいことがあるんです」オビ＝ワンはジョカスタ・ヌーが問いかけるように彼を見て、答えを待っているのに気づいてそう言った。

老マダムはにっこり笑い、彼のそばを通りすぎて、ドゥークー伯爵の胸像を見た。「力強い顔をしているわね？」彼女はオビ＝ワンの緊張を解こうとするように、静かな声でそう言った。「わたしが知っていたジェダイのなかでも、とくに才能のある人物だったわ」

「どうしてオーダーを離れたのか、よく知らないんですが……」オビ＝ワンは胸像に目を戻した。

「オーダーを離れたジェダイはこれまでにわずか二〇人しかいないのに」

「失われた二〇人ね」ジョカスタ・ヌーは深いため息をついてそう言った。「ドゥークー伯爵がいちばん新しい離反者で、多くの人々にショックと苦痛を与えたわ。だから、そのことを話したがるジェダイはいない。彼の離反はオーダーにとって大きな損失だったの」

「何があったんです？」

「そうね、カウンシルの決定に少しばかり逆らった、と言えばいいかしら」マダム・ジョカスタ・ヌーは答えた。「あなたのマスターだったクワイ＝ガンと同じように」

オビ＝ワンはついさきほど自分も同じようなことを考えていたにもかかわらず、ジョカスタ・ヌーがそう言うのを聞いて、不意を突かれた。この言葉は、彼が思っていたよりも、クワイ＝ガンを体制に対する反逆者として表していたからだ。たしかにオビ＝ワンのもとマスターは、何度かカウンシルと衝突したことはある。アナキンの件はそのもっとも大きなものだったが、彼はクワイ＝ガンを反逆児だと思ったことはなかった。とはいえ、このジェダイ・テンプルのなかのささやきにだれよりも精通しているジョカスタ・ヌーは、そう見ていたのだ。

「そうですか?」オビ=ワンはドゥークー伯爵の情報がもっと欲しくて、さりげなく彼女を促した。それに、かつて敬愛していたマスターをほかの人々がどう思っていたかも知りたかった。

「ええ。ふたりはいろいろな点でよく似ていたわ。とても個人主義でね。理想家だった」彼女はじっと胸像を見ながら言った。オビ=ワンは急に彼女が何光年も彼方に行ったような気がした。「ドゥークー伯爵は常にもっと強いジェダイになろうと切磋琢磨《せっさたくま》していた。だれよりも強くなりたがっていたわ。ライトセーバーでも、古い形の戦い方が得意で、彼にかなう者はひとりもいなかった。フォースの解釈は……ユニークだったわね。彼がオーダーを離れたのは、共和国に信頼を失ったからだと思うの。共和国の政治は堕落している……」

ジョカスタ・ヌーはつかのま言葉を切り、オビ=ワンを見た。その顔にはドゥークー伯爵に対する敬意があふれていた。彼女はほかのジェダイとは違って、ドゥークー伯爵が道を踏み外したとは思っていないようだ。

「その政治家たちに仕えるジェダイは、真の任務を裏切っていると感じたのね」

オビ=ワンはまたたきしてこの言葉を受けとめた。これは決して目新しい話ではない。クワイ=ガンや彼自身も含め、同じような考え方をするジェダイは多かった。

「彼は政府に対して、常に高い期待を抱いていたの」ジョカスタ・ヌーは言葉をつづけた。「九年か一〇年のあいだ姿を消し、それから最近になって分離主義者たちの主導者として現れたのよ」

「興味深いですね」オビ=ワンは胸像から目を離し、記録室を見渡した。「わたしには……まだよくわかりません」

「だれひとりわからなかったわ」ジョカスタ・ヌーは温かい笑みを浮かべた。「でも、わたしを呼んだのは、歴史の講義を聴くためではないわね。何か問題があるの、オビ=ワン・ケノービ？」

「ええ。カミーノという星系を探しているんですが、記録保管室にある宙図には見当たらないんです」

「カミーノ？」ジョカスタ・ヌーはその星系を探すように周囲を見た。「聞いたことのない名前ね。どれどれ」

ふたりは二、三歩歩き、オビ=ワンが使っていたコンピューターの前に立った。ジョカスタ・ヌーがかがみ込んで、いくつかコマンド・キーを押す。「入力した座標は正しいのでしょうね？」

「わたしが得た情報によれば、この象限のどこかにあるはずです」オビ=ワンは答えた。「リシ・メイズから少し南に」

ジョカスタ・ヌーはさらにいくつかキイをたたいたが、スクリーンには何も現れない。彼女はしわ深い顔をしかめた。「でも、正確な座標は？」

「わたしが知っているのは、だいたいの位置だけです」オビ=ワンが答えると、ジョカスタ・ヌーは振り返って彼を見た。

「座標はないの？　なんだか街のタレコミ屋から得た情報みたいに聞こえるわね。昔の山師とか、ファーボグ商人からの」

「その三つを合わせた人物ですよ」オビ=ワンはにやっと笑って認めた。

「実在の惑星であることは確か？」

「間違いありません」

ジョカスタ・ヌーはいすの上で背中をそらし、考えこむような顔であごをなでた。「重力スキャンをしてみましょう」彼女はそうつぶやいた。

キイの音がひとしきりつづいたあと、オビ=ワンの言った象限のホログラムが動きだした。ふたりはその動きを見守った。「ここに矛盾が見られるわね」鋭い記録保管係はホログラムのその箇所を指差した。「あなたが探している惑星は破壊されたのかもしれないわ」

「だとしたら、記録に残っているのではありませんか?」

「そのはずよ。つい最近のことでなければ」ジョカスタ・ヌーは答えた。だが、彼女はそう言いながら自分でも納得してはいないらしく、頭を振った。「残念だけど、あなたが探している星系は存在していないようだわ」

「あり得ません――ここの記録が不完全なのでは?」

「この部屋の記録は広範囲にわたっているし、完全に保管されているわ、若いジェダイ」マダムは怒ったような声で言うと、オビ=ワンと一緒に一歩さがって、再び記録保管室という王国の支配者らしい態度になった。「ひとつだけ確かなことは、ここの記録にないものは存在していないということ」

ふたりは長いこと見つめ合っていた。どうやらジョカスタ・ヌーは、自分の断言に露ほどの疑いも抱いていないようだ。

早くもなぞに突き当たり、オビ=ワンは当惑して宙図を振り向いた。こと情報に関するかぎり、銀河広しといえども、デクスター・ジェットスターほど信頼できる者はいない。ただし、ジョカスタ・ヌーだけは例外だが、ふたりの情報には明らかな食い違いがある。デクスターはセーバーダートの産地について、絶対の確信を持っていたように見えた。そして目の前にいるジョカスタ・ヌーはそんな惑星はないと同じように確信している。両方が正しいということはあり得ない。

アミダラ議員の暗殺をたくらんだ者を見つけるのは、どうやらひと筋縄ではいかないようだ。これはオビ=ワンを多くの理由で不安にした。ジョカスタ・ヌーの許可を得て、キイボードのキイをいくつかたたき、当該象限に関する情報をホロ球にダウンロードすると、彼はそれを手にして保管室をあとにした。

最後にもう一度、ドゥークー伯爵の胸像をじっと見つめてから。

その日遅く、オビ=ワンは保管室と分析ドロイドをあとにして、内に目を向けた。彼自身の洞察力に。彼はテンプルのグランド・バルコニー沿いにある、居心地のよい小部屋に入った。ジェダイが瞑《めい》想《そう》に使う目的で作られている部屋のひとつだ。小さな泉のかたわらで、彼は柔らかくもかたくもないマットに座り、あぐらをかいた。つややかな石の床にしたたり静かな音を立てる水が、ごく自然な背景音を作りだしている。

目の前の壁には、溶岩が冷えるところを表した、暗赤色から黒へと色を変える赤い絵画が掛かっている。これはそのなかに引きこむのではなく、彼を包み、そのイメージと柔らかいぬくもりとシュウッという音で、実体のある周囲のものから遊離するのを助けてくれるのだ。

オビ=ワンは瞑想し、答えを求めようとした。デクスターの分析が正しいと仮定し、彼はまずカミーノのなぞに目を向けた。だが、なぜ記録保管室の宙図には現れなかったのか？

このなぞを解こうとすると、不意にナブーで一緒にいるはずのアナキンとパドメの姿が浮かんだ。オビ=ワンは驚き、これが何かの予感であることを恐れた。パダワンと若い議員の身に危険が起こったのではないか……？

いや……違う。彼は再び落ち着いた。ふたりの周囲には危険は感じられない。ふたりとも、リラックスして楽しんでいる。

ほっとしたのもつかのま、くつろいだふたりの光景は何より危険かもしれないことに、オビ=ワンは気づいた。これが予感なのか現実のイメージなのか、確信が持てずに彼はこの思いを振り払った。あるいは彼の不安がこういう形をとっただけかもしれない。カミーノのなぞを急いで解き、アミダラを殺したがっている者をできるだけ早く突きとめて、アナキンのもとに戻り、適切な導きを与えなくては。

彼はドゥークー伯爵の胸像を思い浮かべ、そこからなんらかのヒントを得ようとした。だが、なぜか、あの変節した伯爵の顔にアナキンの顔が重なり……。

まもなく、いらだち、驚きながら、オビ=ワンは首を振り振り小部屋をでた。そこにいたあいだ、解決の糸口は何ひとつ得られなかった。

彼の忍耐力は限界に達しかけていた。こういうときには、自分より賢く、経験も豊富なマスターに相談するのがいちばんだ。彼はテンプルのメインフロアに戻り、ベランダにでて、そこで足を止め、周囲を眺めた。目の前の純真な光景に少し心がなごんだ。

マスター・ヨーダは最年少のジェダイ候補を二〇人ばかり引きつれていた。この四歳と五歳の子供たちは午前中の訓練の真っ最中で、小さなライトセーバーをひらめかせ、訓練用の浮揚ドロイドと戦っている。

オビ=ワンは自分が子供のころの同じような訓練のことをなつかしく思い出した。頭からすっぽりかぶるヘルメットをつけた子供たちの目は見えないが、幼い顔に浮かぶ表情は手に取るようにわかる。

彼らは真剣そのもので、ドロイドの放つエネルギー・ビームをさえぎるたびに喜びで顔をほころばせる。が、この喜びのせいですきができ、次のエネルギー・ビームを防ぎそこねて突然微弱電流に打たれ、顔をしかめる……。

このエネルギー・ビームの痛いこと。おまけに誇りもずたずたにされる。ドロイドのビームにやられるほどいやなことはなかった。とくにお尻をやられたあとは、あまりの痛さにピョンピョン飛びはね、躍るように身をよじることになる。それがまたたまらなく恥ずかしいのだ。オビ=ワンは中庭にいる友だちに見つめられたときの気持ちをあざやかに思い出した。

この訓練は、かなり屈辱的だ。

だが、励ましにもなる。失敗が成功につながるからだ。そしてそのたびに自信が育ち、ジェダイをほかの人々と異なった存在にしているつながり、フォースという絶えず動く究極の美とのつながりを強めてくれる。

半世紀前とまったく同じようにヨーダがこの日の訓練を指導しているのを見て、オビ=ワンは心が温まるのを感じた。

「考えるな……感じるのだ」ヨーダは子供たちに教えていた。「フォースとひとつになれ」

オビ=ワンは微笑を浮かべながら、次の言葉をヨーダと一緒に口にした。「それが助けになる」

何度この言葉を聞いたことか！

ヨーダが彼を見たとき、オビ=ワンはまだ微笑していた。「よし、みんな！　お客じゃ、歓迎するがよい」

二〇の小さな光刃がいっせいに消え、子供たちはヘルメットをとり、それを左に抱えて敬礼した。

「ジェダイ・オビ=ワン・ケノービ」ヨーダは子供たちのために、重々しい声で言った。

「ようこそ、ジェダイ・オビ=ワン！」二〇人の子供たちが声をそろえてあいさつした。

「訓練中、お邪魔して申し訳ありません、マスター」オビ=ワンは小さく頭を下げた。

「どんな助けができるかな。このわしに？」

オビ=ワンはこの質問をしばし考えた。彼はヨーダを探してここに来たのだが、子供たちの訓練を邪魔する前に、もう少し忍耐強く探索をつづけるべきだったかもしれない。彼が与えられた任務のことで、ヨーダの助言を得るのは正しいことだろうか？　だが、オビ=ワンはこの疑問をわきに押しやった。彼はジェダイ・ナイトだ。そしてヨーダはマスターだ。彼の任務は、広義にはヨーダの任務でもある。ヨーダがこのなぞを解いてくれると期待しているわけではないが、この老マスターはこれまで何度も驚くような知恵を授け、期待をはるかに超える助けになってくれた。

「古い友人から教えてもらった惑星を探しているのです」彼は説明した。ヨーダが注意深く耳を傾けていることはわかっている。「わたしは彼の情報を信頼しています。しかし、その星系はジェダイ・テンプルの記録保管室にはないのです」彼はヨーダに持ってきたホロ球を見せた。

「興味深いなぞよの」ヨーダは答えた。「失われた惑星とな、オビ=ワンよ。それは困った……ああ、困った。興味深い。子供たちよ、このホロ球の周りにおいで。心を静めて、オビ=ワンの迷子の惑星を探してやるとしよう」

彼らはベランダの横にある部屋に入った。中央には細いシャフトがあり、そのてっぺんにくぼみがある。オビ=ワンはホロ球をその横にのせ、シャフトの溝に入れた。彼がホロ球をそこに置いたとたん、窓のシェードが閉じ、部屋が暗くなった。そしてきらきら光る宙図のホログラムが現れた。

オビ=ワンは彼の抱えている問題を説明する前にひと呼吸おき、子供たちの興奮が静まるのを待った。投影された星に手を伸ばして触ろうとする子供たちもいる。オビ=ワンは微笑し、やがて部屋のなかが静かになると、投影図の真ん中に進みでた。「その星系はこのあたりにあるはずなんだ。重力が周囲の星をこの点に引っぱっている。ここに星があるべきだが、この宙図にはない」

「ふむ、おもしろい」ヨーダが言った。「重力のシルエットは残っておるが、星系とそこにある惑星は消えてしまった。いったい、どういうわけかな？　さて子供たちよ、頭のなかにまず何が見える？　答えか？　何か思いついたことがあるか？　だれでもよいぞ」

オビ=ワンはヨーダの暗黙の合図に口をつぐみ、子供たちを見るジェダイ・マスターを見守り、待った。

子供のひとりが手を上げた。彼と、ジョカスタ・ヌーとヨーダ、大人のジェダイが三人がかりで解けないなぞを、幼い子供が解くかもしれない、そう思うと笑いがこみあげてきた。

ヨーダはその子供にうなずいた。その子はすぐさま答えた。「だれかが記録保管室のメモリーから、その星系を消去したんだ」

「そうだよ！」べつの子供が叫んだ。「そのとおりだ！　だれかが消したんだ！」

「惑星が爆発したら、重力は消えるはずだもの」ほかの子供がそう言った。

オビ=ワンは驚いて興奮した子供たちを見つめた。だが、ヨーダはくすくす笑っただけだった。

「ほんに子供の頭はすばらしいものよ。じつにすっきりしておる。そのデータは消去されたにちがいないな」

ヨーダが歩きだし、オビ=ワンは片手をリーダー・シャフトに振りながら、そのあとに従った。フォースが引いていたホロ球が宙図を消し、さっと彼の手のなかに戻る。

「その重力の中心に行くがよい。目当ての惑星は見つかるであろう」ヨーダは助言した。

「ですが、マスター。記録保管室の情報を消去できる者がいるでしょうか？　そんなことは不可能ではありませんか？」

「危険かつ、不穏なものだぞ、そのなぞはな」ヨーダは顔をしかめた。「あそこのファイルを消去できるのは、ジェダイのみじゃ。しかし、だれが、なぜという問いには、たやすく答えられん。この件は瞑想せねばならぬ。フォースがともにあらんことを」

無数の質問が頭のなかに渦《うず》巻いていたが、これはもう行けという合図だった。解くべきなぞは多い。が、少なくともオビ＝ワンの行く先は、さきほどよりはるかに明らかになった。彼はうやうやしく頭を下げたときには、ヨーダはすでに子供たちのところに戻り、オビ＝ワンが立ち去ることすら気づいていない様子だった。


ほどなくオビ＝ワンは、着床プラットフォームで準備のできた宇宙戦闘機のそばに立っていた。コクピットが後部にある、矢じりの形をした船体の長いデルタ・ウイング戦闘機だ。彼の見送りにでたメイス・ウィンドゥは、いつものように落ち着いた自制のきいた態度でオビ＝ワンを見守っていた。メイス・ウィンドゥには、どこか人を安心させる雰囲気がある。彼は黙ってそこにいるだけで、物事は万事うまくいくと人々に納得させる力を持っているのだ。

「気をつけるがよい。フォースの乱れが強くなっている」彼は頭をやや後ろに引き、威厳のある態度でそう言った。

オビ=ワンはうなずき、心にかかっていることを口にした。「あのパダワンのことが心配です。彼はまだひとりで任務を遂行する準備はできておりません」

メイス・ウィンドゥはその件はすでに話がすんでいるというようにうなずいた。「彼の技術は極めて優れている」マスター・ウィンドゥは答えた。「カウンシルはこの決定に確信を持っているのだ、オビ=ワン。もちろん、彼に関する疑問のすべてが払拭されたわけではないが、彼の能力は否定できん。それにきみの導きのもとで彼が成し遂げた進歩にも、われわれは満足している」

オビ=ワンはメイス・ウィンドゥの言葉を注意深く考慮し、それからしぶしぶうなずいた。アナキンの衝動的な点についてあまり強調しすぎれば、ジェダイと銀河に対して大きな不利益をもたらすことにもなりかねない。とはいえ、アナキン・スカイウォーカーを教え導く自分の仕事の成否がどれほど大きな影響を持つかを思えば、黙っているのは間違いではないか？

「あの予言が正しければ、アナキンはフォースにバランスをもたらす者になるであろう」メイス・ウィンドゥはそう言った。

「しかし、彼はまだ多くを学ばねばなりません。彼の能力は……」オビ=ワンは慎重に言葉を選んだ。「彼を傲慢にしています。わたしはいまになって、あなたとマスター・ヨーダが最初から見抜いていたことを理解できるようになりました。あの若者は訓練をはじめるのが遅すぎたのです。そして……」

メイス・ウィンドゥがけげんそうにまゆを寄せるのを見て、オビ=ワンはあまり言いすぎてはまずいことに気づいた。

「それだけではないようだな」メイス・ウィンドゥが促した。

オビ=ワンは深く息を吸いこみ、落ち着きを保とうとした。「マスター、アナキンとわたしはこの任務を与えられるべきではありませんでした。アナキンはあの議員を守れないのではないかと心配です」

「なぜだ?」

「彼は……あの議員にある種の感情を持っています。一〇年前に彼女と初めて会ったときからのものです。そしてこの再会でのぼせあがり、注意力が散漫になっています」オビ=ワンはそう言いながら宇宙戦闘機に歩み寄り、コクピットの外にあるはしごを上がりはじめた。

「それはもう聞いた。カウンシルはきみの懸念を適正に査定したが、決定を変えるにはいたらなかった。オビ=ワン、きみはアナキンが正しい道を歩むと信じねばならん」

もちろん、これは筋の通った説得だった。もしもアナキンがジェダイの偉大なる指導者となる、あの予言にある〝選ばれし者〟になる運命ならば、彼は性格テストにパスしなければならない。愛する女性とともに遠くの惑星にふたりきりになるこの任務も、そのテストのひとつだった。アナキンはそれに合格するだけの強さを持たねばならない。これがテストであることに、彼が気づいてくれればよいのだが……。

「マスター・ヨーダはこの戦争が起こるかどうか、何か洞察を得たのですか?」彼は話題を変えた。もっとも、すべてが分かちがたくつながっている。暗殺者の正体を突きとめることも、分離主義者たちと和解することも——それが終われば、アナキンの訓練だけに集中し、もっとバランスを保てるよう、あの衝動的なパダワンを指導できるだろう。

「ダークサイドを探るのは危険なことだ」メイス・ウィンドゥは言った。「マスター・ヨーダがいつ探りを入れるつもりか知らんが、そうなったら、何日もひとりでこもることになるだろう」

オビ=ワンはうなずいた。メイス・ウィンドゥは微笑を浮かべ、手を振った。「フォースがともにあらんことを」

「ハイパードライブ・リングに向かうコースを設定してくれ、R4」オビ=ワンは流線型の宇宙戦闘機の左翼に組みこまれているアストロメク・ドロイド、R4-Pユニットに指示をだし、心のなかでこう付け加えた。〝さあ、出発だ〟

14

暖かい太陽のもとで子供たちが遊び、大人たちは手入れの行き届いた垣根ごしにうわさ話を楽しんでいる、ただそれだけの光景だった。ナブーではごく普通の光景だ。だが、それはアナキン・スカイウォーカーがこれまでに一度も見たことのないものだった。タトゥイーンでは家々は砂漠のなかにポツンと立っているか、さもなければモス・アイズリーのようにびっしりと建ち並び、人々が行きかい、あざやかな色があふれ、ひとくせもふたくせもある連中が闊歩《かっぽ》していた。コルサントでは、こういう通り自体がもはや存在しない。コルサントの地上には、垣根も並木もなく、パーマクリートと古いビルと空高くそびえる摩天楼の灰色の基礎があるだけだ。のんきにうわさ話をする人々はどこにもいないし、子供たちがその周りを駆けまわることもない。

アナキンは目の前の光景をとても美しいと思った。

彼は農民の衣装を脱ぎ、再びジェダイのローブを着けていた。並んで歩くパドメは飾りのない青いドレス姿だが、いつもよりむしろ美しく見える。アナキンはさっきから彼女をちらちら見ないではいられなかった。そしてその面影を頭に焼きつけ、永遠に特別の場所に残しておこうとした。パドメは何を着ていても、どんなときでも美しい。

パドメがナブーの女王だったときに着ていた豪華な衣装を思い出し、アナキンは微笑した。精巧な刺繡《ししゅう》をほどこし、宝石をちりばめた大きなガウンと、羽根や渦《うず》や曲線のある頭飾り……。

あのときのパドメより、彼にはこのふだん着のパドメのほうが好ましかった。女王の衣装や飾りはとてもすばらしかったが、それがパドメの美しさをむしろそこなっていたような気がする。大きな頭飾りは絹のような髪を隠していたし、赤いしるしをつけた白塗りの顔は美しい肌を隠し、ガウンの刺繡は彼女の完璧《かんぺき》な体の線をぼかしていた。

ふだん着のパドメは、そのすべてをあますところなく表している。身につけた服は本来の美しさを強調しているだけだ。

「これがわたしの家よ！」パドメが突然そう叫んで、アナキンを心地よい白昼夢から引き戻した。

アナキンは彼女の指の先に目をやった。シンプルだが趣味のよいその建物は、ナブーのほかの家と同じように、咲き乱れる花とつたと垣根に囲まれていた。パドメはすぐさまドアに歩み寄ったが、アナキンは足を止め、その家をじっくり眺めた。あらゆる線、あらゆる細部を。そしてそこにいる子供のパドメを想像しようとした。コルサントからの旅のあいだ、パドメから聞いた子供時代のエピソードがよみがえってくる。

「どうしたの？」パドメはアナキンが立っているのに気づき、ドアの前で尋ねた。「恥ずかしがっているんじゃないでしょうね！」

「まさか。ただ――」アナキンが答えようとすると、ふたりの少女が喜びの声をあげながら庭から走りでてきた。

「パドメおばちゃん！　パドメおばちゃん！」

パドメはアナキンが見たこともないほどうれしそうに笑って少女たちに駆け寄り、かがみ込んで、抱き上げた。ふたりは二、三歳離れているだけ、ひとりがもうひとりよりほんの少し背が高い。ひとりはブロンドの短い巻き毛、もうひとり、年上の少女はパドメと同じ色の髪だった。

「リョー！　プージャ！」パドメはふたりを抱きしめ、くるくる回った。「会えてうれしいわ！」パドメはふたりにキスし、下におろした。それからふたりの手をつないで、アナキンのところに連れてきた。

「これはアナキン。アナキン、リョーとプージャよ！」

ふたりの少女が赤くなって恥ずかしそうにあいさつするのを見て、パドメは笑いだした。実際には、少女たちと同じくらい照れくさかったのだが、アナキンも微笑した。

少女たちの内気な様子は、アナキンの後ろに従うR２を見ると吹っ飛んだ。

「R２！」ふたりは声をそろえて叫び、パドメのそばから離れてドロイドに駆け寄ると、ドーム型の頭に飛びついた。

R２も同じくらい喜んでいるとみえて、驚くほど陽気にかしましくさえずっている。

アナキンは初めて見るこの無邪気な光景に感動した。

いや、初めて、ではない。タトゥイーンで過ごしたつらい奴隷の生活のさなかでも、母のシミはときどき喜びに満ちた瞬間を見つけてくれたものだ。あのほこりっぽくて、暑くて臭い汚い場所でも、アナキンと母は無心な喜びを感じたことが何度かある。

だが、ここでは、そういう瞬間は思い出に残る珍しいことではなく、ごくあたりまえの日常のようだ。

アナキンはパドメに目を戻した。彼女はもう彼ではなく、家のほうを見ていた。そこからパドメによく似た女性がでてきたからだ。

そっくりとは言えなかった。この女性のほうがパドメより年上で、少し肉がつき、少しだけ面やつれしている。だが、決して悪い意味にではない。そうとも、パドメと抱き合う彼女を見ながら、アナキンは思った。あと何年かして、パドメが落ち着き、幸せな家庭を持ったら、おそらくこうなるのだろう。パドメがその女性を姉のソーラだと紹介したときにも、彼はほとんど驚かなかった。

「母さんたちも喜ぶわ」ソーラがパドメに言った。「この何週間かとても心配していたから」

自分の命がねらわれたことで両親にまたしても心配をかけたことが何よりつらいとみえて、パドメは暗い顔になった。

アナキンは彼女の表情を見て、この気持ちを読みとった。パドメの気持ちが彼にはわがことのように理解できた。そしてやさしいパドメがいっそう好きになった。パドメは現在の状況を何ひとつ恐れてはいない。だれかが自分を殺そうとしている現実を勇気と決意を持って受け入れている。だが、この現実が元老院での活動におよぼす影響をべつにすれば。それが愛する者たちを心配させることに何より心を痛めていた。

タトゥイーンに奴隷の母を残してきたアナキンには、彼女の気持ちはよくわかる。

「母さんは夕食の支度をしているの」ソーラはパドメの暗い顔に気づいて話題を変えた。「いつものように完璧なタイミングよ」

ソーラはきびすを返し、家に戻りはじめた。パドメはアナキンが自分のそばに来るのを待ち、それから彼の手を取って顔を上げ、にっこりほほえむとドアに向かった。リョーとプージャに飛びつかれながら、R2がそのすぐ後ろに従う。

家のなかは、外観と同じようにシンプルですばらしかった。庭もそうだが、柔らかい色と生命に満ちあふれている。ここにはぎらつく光もなければ、電子音を発するコンソールもない。ちらつくコンピューター・スクリーンもなかった。家具も柔らかく快適で、ひんやりした石の床には、ふかふかの絨毯《じゅうたん》が敷いてあった。

コルサントにはこういう建物はない。そしてここはタトゥイーンのようなあばら家ではない。そうとも、この場所を、この通り、この庭、この家を見て、彼はパドメに対してさきほど断言した確信が、ますます強まるのを感じた。もしもナブーに生まれていたら、彼は決してここを離れはしないだろう。

つづく紹介の場面は少しばかり照れくさかったが、それもほんの一瞬のあいだだった。パドメはまず父のルウイーに彼を紹介した。ルウイー・ネイベリーは、肩幅の広い、率直さと強さとやさしさのすべてが顔に表れている男だった。茶色い髪は短くしているが、それでも少しばかり乱れ……心地よく見える。パドメがつづいて彼をジョバルに紹介すると、母親だと言われないうちから、アナキンにはそれがわかった。パドメの純真で誠実な笑顔はこの母親から受け継いだものだ。この笑顔を見れば、血に飢えたガモーリアンの一隊さえ心を和らげずにはいられないだろう。ジョバルには、パドメと同じ温かさと思いやりがあった。

まもなくアナキンとパドメとルウイーは夕食のテーブルにつき、なごやかな雰囲気のなか、隣室の音を聞きながら食事をはじめた。陶器の皿やマグカップが触れ合う音がし、ソーラが繰り返しこういう声がする。「多すぎるわよ、母さん」そのたびに、ルウイーとパドメがほほえみを交わす。

「コルサントから何も食べずにきたとは思えないわ」ソーラが肩ごしにそう言いながら、器にあふれるほど盛られた料理を手に、キッチンからでてきた。

「町じゅうの人を養えるわね」器をテーブルに置いた姉に向かって、パドメが静かに言った。

「まったく、母さんときたら」という答えが返ってきた。その言い方からすると、これはいつものやりとりらしい。ジョバルはもてなし上手なのだろう。アナキンはついさきほど食べたばかりだったが、器の料理はいかにもおいしそうで、そのにおいも食欲を誘った。

「この家に来た人は、みんな満腹になって帰るのよ」ソーラが説明した。

「一度だけ、お腹をすかせたまま帰ろうとした人がいたわ」パドメが言い返した。「でも、母さんが追いかけていって、家に連れ戻した」

「彼に食べさせるため？　それとも彼を料理するため？」アナキンは軽口をたたいた。ほかの三人はそろって彼の顔を見つめ、それからこの冗談に気づいて吹きだした。

ジョバルが湯気の立つ料理を盛ったさきほどより大きな器を手に入ってきたときにも、彼らはまだ笑っていた。だが、ジョバルが家族を見渡すと、笑いは静まった。

「ちょうど夕食の時間に着いてよかったわ」ジョバルは言った。「それがどういう意味か、わたしにはちゃんとわかっているの」ジョバルはアナキンの近くに大皿を置き、彼の肩に手を置いた。「あなたが空腹だといいけど、アナキン」

「ええ、少し」彼は顔を上げて感謝をこめ、にっこり笑った。

パドメはアナキンにウインクしながら言った。「アナキンは礼儀正しいのよ、母さん。わたしたちはお腹がすいて死にそうなの」

ジョバルは満足そうににっこり笑ってうなずき、勝ち誇った顔でソーラとルウイーを見た。ふたりがまたしても笑う。アナキンにはそのすべてが心地よく、自然で……これこそ自分でも知らずにずっと望んでいた生活に思えた。これは完璧だ。どこも申し分ない。あとはただ、母のシミがここにいてくれたら……。

タトゥイーンでワトーの奴隷として働いている母のことを思い出し、彼の顔はつかのま暗くなった。このところ毎晩のように見る悪い夢のことを思うと、母のことがいっそう気になる。だが、彼はその思いを急いで押しやり、ちらっとほかの人々を見まわした。そしてだれも、何も気づかなかったのを見てほっとした。

「飢え死にしそうなら、ちょうどいいときにいい場所に来たぞ」ルウイーが言ってアナキンに顔を向けた。「さあ、食べたまえ!」

ジョバルとソーラが席につき、器を回しはじめた。アナキンはいくつか異なった料理をたっぷり皿に取った。どの料理も彼にはなじみのないものだが、おいしそうなにおいだ。彼は静かに座ってそれを味わい、周囲の話し声をうわの空で聞きながら、再びシミのことを考えた。自由の身になった母がここにいて、こういう幸せな生活を送ることができたら! 母さんはそういう幸せを手にする資格がある!

しばらくしてジョバルの声が突然真剣な調子に変わったのに気づき、アナキンは自分の周囲に注意を戻した。「ハニー、あなたの無事な姿を見てとてもうれしいわ。心配していたのよ」

アナキンが顔を上げると、パドメが顔をしかめて答えるところだった。ルウイーは明らかに緊張が高まる前にそれを和らげようとして、ジョバルの腕に手を置き、静かに言った。「おまえ……」

「ええ、わかってるわ! でも、言わずにはいられなかったの。これで気がすんだわ」

ソーラがせきばらいをした。「ねえ、どきどきするわね」みんなが彼女を見た。「アナキン、知ってる？　あなたは妹がわが家に連れてきた最初のボーイフレンドなのよ」

「ソーラ！」パドメが姉に抗議し、目玉をくるっと回した。「アナキンはボーイフレンドじゃないわ！　元老院に私を守るように命じられたジェダイよ」

「ボディガード？」ジョバルが心配そうな声で言った。「ああ、パドメ、そんなに深刻な事態だとは、知らなかったわ！」

パドメはうめきともつかないため息をもらした。「たいしたことはないのよ、母さん。約束するわ。とにかく、アナキンは古い友だちなの。彼のことは何年も前から知っているのよ。トレード・フェデレーションの封鎖のときに、ジェダイと一緒にいた少年を覚えてる？」

いくつか「まあ」という驚きの声が上がり、彼らはうなずいた。それからパドメはアナキンに微笑してこう言った。さきほど口にした彼の役目がすべてではないことを、アナキンに気づかせるだけの重みをこめて。「大きくなったでしょう？」

アナキンはちらっとソーラを見た。そしてパドメの姉が心のなかまで見通すような目で彼を見つめているのに気づいて、いすの上で体を動かした。

「ハニー、あなたはいつになったら落ち着くの？」ジョバルが言葉をつづけた。「もう公共に奉仕する生活はじゅうぶんでしょう？　わたしはじゅうぶんよ！」

「母さん、わたしは危険な生活を送っているわけではないわ」パドメはアナキンの手を取りながら答えた。

「そうかね？」ルウイーがアナキンに尋ねた。

アナキンはルウイーの心配そうな顔を見つめた。パドメの父親は心から娘を愛しているのだ。真実を知る権利がある。「残念ながら、パドメは危険だと思います」
彼が言い終わらないうちに、パドメの手に力がこもった。「でも、たいしたことはないのよ」パドメはあわてて付け加え、アナキンを見た。微笑を浮かべてはいたが、「覚えてらっしゃい」という表情だ。「アナキン」パドメは脅すように彼をにらんだ。

「元老院はジェダイにパドメを守るよう要請し、彼女が少しのあいだコルサントから離れていたほうがいいと判断したんです」アナキンはパドメのつめが自分の手に食いこむ痛みをこらえ、さりげない調子で言った。「でも、ぼくのマスターのオビ=ワンが、この件を解決するため全力を尽くしていますから、もうすぐすべてが判明するはずです」

パドメの力がゆるみ、彼はさっきより楽に呼吸できるようになった。そしてルウイーは、ジョバルさえ、体の力を抜いたように見えた。どうやら、うまくこの場を切り抜けたようだ。アナキンはソーラがまるで秘密を知っているかのようにまだ微笑を浮かべ、まだ自分を見つめているのに気づいて驚いた。

彼はけげんそうな目を向けたが、ソーラの笑みは大きくなっただけだった。

「ときどき、もっと旅をすればよかったと思うことがある」ルウイーは夕食のあと、ふたりで庭を歩きながら、アナキンにそう言った。「だが、ここの暮らしに満足しているからな」
「パドメの話では、大学で教えておられるそうですね」
「ああ。その前は建設業者だった」ルウイーはうなずいて答えた。「若いころは難民救済活動をしていたこともある」

アナキンはこの答えに驚いたわけではないが、好奇心を浮かべて彼を見た。「あなた方は、公共への奉仕にたいへん関心をお持ちなんですね」

「ナブーは寛大だ」ルウイーは説明した。「この惑星自体が寛大なのだよ。われわれはたいへん恵まれている。うまい食べ物、快適な気候、立派な都市――」

「美しい自然」

「ああ、そのとおりだ」ルウイーは言った。「われわれは幸運な種族だ。そしてそれを自覚している。この幸運を当然とみなしてはいない。だから分かち合い、助けようとするのだよ。あまり幸運に恵まれていない人々の友情を歓迎するのだ。われわれは与えられたもののすべてを受ける資格があるのではなく、ただ祝福されている。だから、それを分かち合うし、奉仕する。そして自分たちよりも大きなものとなる。たんに幸運を楽しむよりも、もっと大きな満足を得る！」

アナキンはルウイーの言葉を考えた。「ジェダイも同じようなものです。ぼくたちは偉大な贈り物に恵まれている。だから厳しい訓練を自らに課して、それを最大限に生かそうと努めるんです。そしてその力を、人々を助けるために使う。あらゆることが少しでもよくなるように」

「そして愛する者たちが、少しでも安全になるように？」

アナキンはこの言葉が示す意味に気づいて、ルウイーを見た。パドメの父親はにっこり笑ってうなずいた。ルウイーの目には敬意と感謝が浮かんでいる。アナキンにとってはそのどちらもうれしかった。家族はパドメにとっては大切なものだ。彼らが部屋にいるときには、彼らに対する愛がパドメの体じゅうからあふれている。ルウイーとジョバルとソーラに気に入ってもらえなければ、彼のパドメとの関係がそこなわれるのは明らかだ。

アナキンはパドメの友人としてだけではなく、彼女を守る役目をになってこの家に来たことをうれしく思った。

家のなかでソーラやジョバルと一緒に夕食のあと片づけをしながら、パドメは母の動きに緊張を感じとっていた。母が最近の出来事、暗殺未遂や、投票の結果によっては戦争が起こりかねない元老院の状態に、心を痛めているのは明らかだ。

この緊張を和らげる助けを求めるかのように、彼女は姉のソーラに目をやった。だが、姉の顔に浮かんでいる好奇心に気づくと、母の心配よりも心を乱された。

「どうして彼のことを話してくれなかったの？」ソーラはにやっと笑って尋ねた。

「何を話すの？」パドメはできるだけさりげなく答えた。「アナキンはまだ子供よ」

「子供？」ソーラは笑いながら繰り返した。「彼があなたを見る目に気づいてる？」

「姉さん！　やめてちょうだい！」

「彼があなたを想っているのは確かだわ」ソーラはこの嘆願を完全に無視した。「あなたはそれにまったく気づいていないと言うつもり、おチビさん？」

「その呼び方はやめて」パドメはそっけなく言い返し、むきになって説明した。「アナキンはたんなる旧友だし、わたしたちの関係は厳密に職業的なものよ」

ソーラはまたしてもにやっと笑った。

「母さん、姉さんに言ってよ！」パドメはいらいらしてそう叫んだ。

ソーラは笑い声をあげた。「いいわ、あなたは彼のまなざしには気づいていないかもしれない。でも、わたしに言わせれば、あなたは怖がっているんだわ」

「バカバカしい！」

ジョバルがふたりのあいだに入り、ソーラを厳しい顔で見た。それからパドメに目を戻した。「ソーラはあなたのことを心配しているだけよ」彼女は子供のころと同じように、なだめるようにそう言った。

「やめてよ、母さん」パドメはあきらめてため息をついた。「わたしは重要な仕事についているのよ」

「でも、もうじゅうぶん」ジョバルが答えた。「自分の生活を持つべきよ。あなたはあまりにも多くのものを逃しているわ！」

パドメは頭をそらし、目を閉じて、母の言葉を素直に受けとめようとした。だが、同じ光景、同じ助言にはうんざりだ。家に帰ってきたのは間違いだったかもしれない……。

でも、心配してくれるのは、わたしを愛していればこそよ。

パドメがにっこりほほえむと、ジョバルはうなずいてやさしく娘の腕をたたいた。ソーラを見ると、姉はまだにやついている。

ソーラは何を見たの？


「正直に話してくれんか。事態はどの程度深刻なのだね？」家の裏手にあるドアに近づいたとき、ルウイーがいきなりそう尋ねた。「わたしの娘はどれくらい危険なのだ？」

アナキンはためらわなかった。夕食のときにも思ったが、パドメの父親は事実を知る権利がある。

「パドメは二度ねらわれました。これからも襲われる可能性は高いと思います。でも、さきほど言ったように、マスターが暗殺者を突きとめようと力を尽くしているところです。だれの陰謀か突きとめ、問題を解決してくれますよ。この状況はまもなく終わるでしょう」

「パドメの身に悪いことが起こってほしくはないんだよ」ルウイーの声には最愛の娘を心配する親の心情があふれていた。

「ぼくもです」アナキンは同じように真剣に答えた。


パドメが姉をにらみつづけると、ついにソーラはこう尋ねた。「何よ?」

部屋にはふたりだけだった。ジョバルとルウイーはリビングルームでアナキンと話している。

「どうしてわたしとアナキンのことを、そんなふうに言いつづけるの?」

「だって、明らかだもの」ソーラは答えた。「あなたも気づいているはずよ。そして否定できないはずだわ」

パドメはため息をついてベッドに腰をおろした。ソーラの言うとおりだ。

「ジェダイは女性を愛さないんだと思っていたけど」ソーラが言った。

「そうよ」

「でも、アナキンはあなたを愛しているわ」ソーラの言葉に、パドメは顔を上げた。「わかっているはずよ」

パドメはあきらめたように首を振った。ソーラは笑った。

「へんなの。あなたのほうがジェダイみたいな考え方をしてるわよ」

「どういう意味?」

「あなたは自分の責任でがんじがらめになって、自分の願いに注意を払おうとしない」ソーラは説明した。「アナキンに気持ちが傾いているのに」

「わたしの彼に対する気持ちが、どうしてわかるの？」

「あなた自身が気づいていないのに？　でも、それはあなたが考えるのを避けているからよ。議員であることと恋人を持つことは、必ずしも相反するわけではないわ」

「わたしの仕事は重要なのよ！」

「違うとは言ってないわ」ソーラは降伏するように両手を上げた。「おかしいわね、パドメ。あなたは恋愛を禁じられているような態度をとっているけど、実際には禁じられてはいない。そして、それを禁じられているアナキンは、自分の思うままに振る舞っているわ！」

「姉さんいつも先読みしすぎるわ。アナキンとは、ほんの数日前に再会したばかりよ。一〇年ぶりに！」

ソーラは肩をすくめた。彼女は夕食のときのにやけ笑いを消し、心配そうな表情を浮かべてパドメの横に腰をおろすと、妹の肩を抱いた。「細かいことはわからないわ。それに、ええ、あなたの気持ちをはっきり知っているわけでもないわ。でも、彼の気持ちはわかる。あなたにもわかるはずよ」

パドメは反対しなかった。黙って姉に抱かれ、何も考えまいとしながら床を見つめていた。

「怖いのね？」ソーラの言葉に、パドメは驚いて顔を上げた。

「何が怖いの？」ソーラは真剣に尋ねた。「アナキンの気持ちと、彼が振り払えない責任が怖いの？　そして自分の気持ちが？」

彼女はパドメのあごに手をかけ、間近から妹の目をのぞき込んだ。「こんな気持ちになったのは初めてのことなんでしょう？　だから怖い。でも、その反面、すばらしい」

パドメは黙っていた。否定すればうそをつくことになる。


「一度にたくさん消化する必要があるわね」

それからしばらくして、パドメは自分の部屋でアナキンとふたりきりになるとそう言った。彼女は自分の荷物をといたばかり、そのかばんにべつの服を投げこんでいた。議員として着る必要のあるこれまでの服とは違い、ふだん着が多い。

「きみのお母さんは料理がとても上手だからね」

アナキンの答えに、パドメはけげんそうに彼を見た。が、すぐにこれは冗談で、彼はちゃんとわかっているのに気づいた。

「あんなにすばらしい家族がいて、きみは幸せだよ」アナキンは心からそう言い、にやっと笑って付け加えた。「お姉さんにいくつか服をあげたら？」

パドメはふんと鼻を鳴らしたものの、自分の周りに散らかった服を見ると、反対はできなかった。

「心配しないで、荷造りはすぐ終わるわ」

「暗くなる前にそこに着きたいんだ。そこがどこにしろね」アナキンはクローゼットの数に驚きながら、部屋を見まわした。どれもぎっしり服が入っている。「きみはここに住んでいるんだね」彼は首を振りながら言った。「意外だったな」

「いつもどこかに行っているから、自分の家を見つける暇がないのよ。とくに欲しいとも思わないの。宿舎にはここのような温かみがないわ。ここは居心地がいいの。帰ってくるとほっとするわ」

パドメの簡潔な言葉に、アナキンは心を打たれた。「ぼくはわが家と呼べる場所を持ったことがない」彼は独り言のようにつぶやいた。「母さんがいるところ、それがぼくの家だった」彼は顔を上げ、思いやりにあふれたパドメの微笑に慰めを得た。

パドメは荷造りに戻った。「湖水地方は美しいところよ」彼女は説明しようとしたが、アナキンはホログラムを手にして笑っている。

「これはきみかい？」彼は小さな緑の生物がわずか七、八歳の少女を囲み、笑顔でその手を取っている写真を指さした。

パドメは照れたように笑った。「難民救済グループと一緒に、シャッダ＝ビ＝ボランに行ったときの写真よ。太陽が内破し、惑星が死にかけていたの。わたしは子供たちの落ち着く先を探す手伝いをしたのよ」彼女はアナキンのそばに行き、彼の肩に手を置いてホログラムを指さした。「わたしが抱いているこの小さな子はナ＝キー＝テュラ、やさしい子という意味だったわ。命にあふれていた。子供たちはみんなそうだったわ」

「だった？」

「彼らは適応できなかったの」パドメは沈んだ声で説明した。「故郷の惑星を離れては生きられなかったのよ」

アナキンはたじろぎ、すばやくべつのホログラムを手に取った。これは数年後のパドメで、公式のローブを着て、同じようなローブを着た年上の若者にはさまれている。彼は最初のパドメと、このパドメを見比べ、彼女の表情がはるかに厳しくなっていることに気づいた。

「それは見習官吏になった日のホロ」パドメはそう言って、アナキンの思いを読みとり、こう付け加えた。「違いがわかる?」

アナキンは少しのあいだ、そのホログラムを見つめ、それから顔を上げ、パドメがホロと同じ厳しい顔をしているのを見て笑いだした。パドメも一緒に笑い、それからぎゅっと彼の肩をつかんで、荷造りに戻った。

アナキンはふたつのホロを並べ、長いことそれを見ていた。そこに現れている彼の愛する女性のふたつの面を。

15

ウォーター・スピーダーは、湖の上をフルスピードで横切っていた。下部にある推進機がほとんどわからないほどかすかな航跡を残していく。ときどき、波が当たり、そのしぶきが舳先《へさき》にかかる。アナキンとパドメは半分目を閉じて涼しい水と風に打たれていた。パドメの長い髪が風になびく。

彼らのかたわらでスピーダーを操作しているパディ・アクーは、そのしぶきがかかるたびにうれしそうに笑った。風が白髪まじりの髪を乱しても、いっこうに気にする様子はない。「やっぱり水の上は気持ちがいい！」彼は風のうなりとスピーダーの音に負けじとしゃがれた声を張り上げた。「おふたりとも、楽しんでますかい？」

パドメがにっこり笑ってこれに応えると、胡麻塩頭の男は体を前に倒し、アクセルをゆるめた。

「水面におろすと、もっと気持ちがいいんですがね」彼は説明した。「どうです、議員？」

パドメもアナキンも、けげんそうな目で彼を見た。

「ぼくらは島に行くんだよ」アナキンは心配そうに言った。

「ちゃんとお連れしますとも！」パディ・アクーはのどをぜいぜい鳴らしながら笑い、レバーを前に倒した。スピーダーが水の上に落ちた。

「パディ？」パドメが不安そうな声をだした。

アクーはいっそう激しく笑った。「忘れたとは言わせませんよ！」彼は大声で言い、アクセルをけった。スピーダーは水の上で一気に加速した。が、もはやスムーズに飛ぶのではなく、波が来るたびに跳ねあがる。

「ええ！」パドメが叫んだ。「覚えてるわ！」

アナキンはふたりの顔を見比べていたが、最初のショックがおさまり、それからこの年配の男が悪巧みを働くつもりがないことがわかると、波を切って進むスピーダーの乗り心地に夢中になった。

船首があげる波しぶきがほとんど絶え間なくかかり、彼らに降りそそぐ。

「すてき！」パドメが叫んだ。

アナキンも反対はできなかった。「ふだんは物事をスムーズに運ぶことばかり考えてるからね」彼はタトゥイーンで過ごした子供時代と、スリル満点のポッドレースを思い出した。このスピーダーの乗り心地は少しそれと似ている。パディは島のドックに急いで着く気がないらしく、スピーダーを右に左に傾けて、湖の上をジグザグに切っていく。アナキンは、水の上をなめらかに飛ぶのではなく、波を蹴立《けた》てて水面を走るだけで、この旅がすっかり趣の違うものになったのを感じた。たしかに科学技術は銀河を手なずけた。そして効率のよさや快適さを追求するのは大事なことだ。が、それと一緒に危険と隣り合わせで生きるスリルと興奮は失われてしまったのだ。風に吹かれながら波の上を弾み、冷たい水しぶきを浴びる楽しさも。

一度など、パディ・アクーはアナキンとパドメが湖に振り落とされるかと思ったほどスピーダーを大きく傾け、アナキンはスピーダーを安定させるためにフォースを使いかけた。が、スリルを味わうために思いとどまった。

もちろん、ふたりとも落ちたりはしなかった。スピーダーをひっくり返さずに限界まで駆使するパディの操作の腕は見事なものだ。やがてスピーダーの速度が徐々に落ち、彼らは島のドックにゆっくりと近づいていった。

パドメはパディ・アクーの手を握りしめ、身を乗りだしてほおにキスをした。「ありがとう!」

驚いたことに、パディは粗い肌の下で赤くなった。

「うん……楽しかった」アナキンも認めた。

「楽しくなけりゃ、乗る意味がどこにある?」パディはあっはっはと笑いながら、しゃがれ声で答えた。

パディがスピーダーを係留しているあいだに、アナキンはドックに飛び降り、パドメに片手を差しだして、彼女がスーツケースを持って降りるのを助けた。

「それはわしが運ぶよ」パディが申しでた。パドメは彼を振り返って微笑した。「ふたりとも、さっさと楽しみなされ。つまらん雑用で時間を無駄にすることはない!」

「時間を無駄にすることはない……」パドメは、物言いたげな調子で、この言葉を繰り返した。

ふたりは木の階段を上がっていった。花壇を越え、垂れさがるつたをくぐると、美しい庭を見下ろすテラスにでた。その向こうには湖とそれを囲む山々が青と紫にきらめいている。

パドメは手すりに腕をかけ、美しい自然を眺めた。

「水のなかにも山が見える」アナキンがにやっと笑って首を振りながら言った。ちょうど正しい角度で光が当たっているらしく、鏡のように静かな水面には、ほぼそっくりそのまま山並みが映っている。

「ええ、そうよ」彼女は動かずに言った。

アナキンはパドメを見つめた。やがて彼女は彼を見た。「きみには普通のことらしいけど、ぼくが育った惑星には湖がなかったんだ。こんなにたくさんの水を見ると……」彼は圧倒されたように首を振った。

「驚くの？」

「それにとてもうれしい」アナキンは温かい笑みと一緒に答えた。

パドメは湖に目を戻した。「たいていのものは慣れると感謝を忘れてしまうけれど、長い年月がたっても、水に映る山の美しさにはまだ感激するわね。毎日、一日じゅうでも見ていられるわ」

アナキンは手すりのそばで彼女と並ぶと身をかがめて目を閉じ、パドメの甘い香りを吸いこみ、肌のぬくもりを感じた。

「レベル・スリーのころは、学校が終わるとここに来たものよ」パドメはそう言ってべつの島を指さした。「ほら、あの島。毎日あそこまで泳いだの。わたしは水が大好き」

「ぼくもさ。砂漠の惑星に育ったからだろうな」アナキンは再びパドメを見つめた。パドメは彼の視線に気づいていたが、わざと湖を見つづけている。

「砂浜に寝転んで、太陽で体を乾かしながら、鳥の歌の意味をあれこれ推測したわ」

「砂は嫌いだ。ざらざらする。癪《しゃく》の種さ。どこにでも入りこむ」

パドメはアナキンを見た。

「ここの砂は違うのかもしれない」アナキンは言葉をつづけた。「でも、タトゥイーンではそうだった。タトゥイーンのものはすべてがそうだ。でも、ここではすべてが柔らかくてなめらかだね」彼はほとんど無意識に手を伸ばしてパドメの腕をなでた。

そして自分がしていることに気づくと、手を引っこめそうになった。が、パドメが何も言わないのを見て、彼女のそばに留まった。パドメは少したためらい、怖がっているが、彼から身を引こうとはしていない。

「あの島には仙人のような老人が住んでいたの」パドメは美しい目を遠い過去に向けながら言った。「彼は砂からガラスを作っていた。ガラスの花瓶やネックレスを。とてもきれいだったわ」

アナキンは熱い想いをこめてパドメを見つめながら、少し近づいた。ようやくパドメは彼を見た。

「ここはすべてがきれいだ」

「そのガラスを見ると、水が見えるのよ。それが波打って動くのが。まるで本物の水みたいに」

「本物だと思いさえすれば、そうなることもある」アナキンにはパドメが目をそらしたがっているように見えた。だが、パドメは彼を見つめ返した。

「こう思ったものよ。あまり見つめすぎると、そのなかで溺《おぼ》れてしまう、と」パドメはささやくような声で言った。

「そのとおりだ……」アナキンは身を乗りだし、自分の唇でパドメの唇に触れた。少しのあいだパドメは目を閉じ、その感触を味わった。アナキンはさらに顔を近づけ、ゆっくり唇を滑らせながら、本物の、深いキスをした。彼もこのキスに溺れることができる、何時間でも、永遠にこうしていられる……。

だが、夢からさめたように、パドメが急に身を引いた。「だめよ。こんなことはできない」

「ごめん」アナキンは謝った。「きみのそばにいると、ぼくの頭は言うことをきかなくなるんだ」

もう一度彼女の美しさに溺れようと、彼はパドメを見下ろした。

だが、パドメは両手を手すりにかけて再び湖を眺めた。

長く引き伸ばされた星の光が消えるとすぐに、オビ＝ワン・ケノービの目に〝失われた〟惑星が飛びこんできた。それは予測どおり、周囲の重力が集まっている点にあった。

「あったぞ、R４。思ったとおりだ」彼はアストロメク・ドロイドにそう言った。R４は左翼からひとしきりさえずってきた。「われわれの目的地、惑星カミーノだ。ジェダイ・テンプルのファイルは、やはり手を加えられていたんだな」

R４はけげんそうな電子音を発した。

「だれがそんなことをしたかって？　見当もつかないな」オビ＝ワンは答えた。「だが、ここで何かわかるかもしれない」

彼はハイパードライブ・リング――宇宙戦闘機の中心をぐるりと巻いている帯――を切り離すようにR４に命じ、デルタ７を滑るように飛ばしながら、さまざまなセンサーがとらえた情報に目を通した。

近づくにつれて、カミーノは海の惑星であることが明らかになった。惑星のほとんどを覆っている雲の下には、目に見える陸地はひとつも見当たらない。オビ＝ワンは何を探しているか自分でもよくわからないまま、センサーに目をやった。この近くにほかの宇宙船はいないか？　すると、デルタ７のコンピューターに身元の確認に関する送信が表示された。オビ＝ワンはシグナル・ビーコンのスイッチを入れ、必要な情報を送った。一瞬後、ありがたいことに、カミーノから二度めの送信があった。それには接近座標とティポカ・シティと呼ばれる場所にアプローチする座標が含まれていた。

「よし、R4。答えを見つけるぞ」

ドロイドがビーッと鳴いて応答し、送られてきた座標をナビコンピューターに入力する。オビ=ワンを乗せた宇宙戦闘機は、惑星に向かって弧を描き、降下していった。デルタ7は大気圏を通過し、雨にたたかれ、白い波頭の立つ海の上を飛んでいく。嵐の空の飛行は大気圏を通過するよりも厄介だったが、デルタ7は一度もコースからはずれることなく、ティポカ・シティに近づき、まもなくオビ=ワンにもカミーノの都市が見えてきた。きらめくドームと傾斜のある優雅な曲線の建物からなるティポカ・シティは、荒れる海からそそり立つ巨大な支柱の上に建設されていた。

指定された着床パッドはすぐに見つかったが、最初はそれを通りすぎ、オビ=ワンは街の上空を横切って、そのはずれでターンした。この壮大な都市をあらゆる角度から観察したかったのだ。ティポカ・シティは実用的な科学技術の粋を集めて建設されていると同時に、芸術作品と呼べるほど美しかった。この都市全体が、オビ=ワンにはコルサントの元老院や、ジェダイ・テンプルを彷彿《ほうふつ》とさせた。正しい場所に設置されたライトが、ドームや曲線の壁を照らし、その美しさを強調している。

「銀河は広いな。R4」ジェダイは嘆きをこめてそう言った。彼は何百という惑星を訪れたことがある。だが、このティポカ・シティほど風変わりで美しいところは初めてだ。そしてこの事実は、銀河にはもっと見るべきものがあることを思い出させた。人生のすべてをそのために費やしたとしても、とうていすべてを見ることはかなわないほどたくさんある。

ようやくオビ=ワンは、割り当てられた着床パッドに降り、ローブのフードを深々とかぶってキャノピーを上げ、風と雨のなかをすぐ前にあるタワー目指して走った。ドアが目の前でするすると開き、明るい光がこぼれる。彼はそのなかに飛びこみ、明るい照明のある白い部屋に入った。

「マスター・ジェダイ、お会いできてこんなうれしいことはございません」音楽のように快い声が言った。

オビ=ワンはフードをはずした。激しい雨にはほとんど役に立たず、彼はぬれた髪から水を払った。するとカミーノアンの姿が目に留まった。

「トーン・ウィーです」彼女は自分から名乗った。

オビ=ワンより背の高い、真っ白な肌の女性だった。驚くほど細い体の線はじつに優雅だが、華奢《きゃしゃ》な感じはなく、むしろ力を感じさせる。アーモンド型の黒い大きな目には、好奇心にあふれる子供のようなきらめきが宿り、二本の垂直なスリットに近い鼻は、上唇の上の鼻梁《びりょう》らしき水平なスリットとつながっている。カミーノアンはダンサーのようなしなやかな身のこなしで、上品に片手を伸ばした。

「首相がお待ちかねです」

奇妙だが美しい体に見とれていたオビ=ワンは、ようやく相手が言ったことに気づいた。「わたしを待っていた？」彼は驚きを隠そうともせずにそう尋ねた。いったい全体、カミーノアンたちが彼を待っていたなどということがあるものだろうか？

「もちろんです」トーン・ウィーは答えた。「ラマ・スー首相は一刻も早く会いたがっておられます。なにせ何年も音沙汰なしでしたから、ひょっとしてもう見えないのかと思いはじめていたところでした。さあ、どうぞこちらに」

オビ=ワンはうなずいて、頭のなかにひしめくたくさんの質問や疑問を精いっぱい隠しながら、落ち着きを保とうとした。何年も音沙汰なし？　もう来ないかと思っていた？

廊下もさきほどの部屋と同じくらい明るかった。だが、目が慣れると、オビ=ワンはこの光が奇妙で向こうで何やら忙しくしているカミーノアンたちの姿を見ていった。男たちは頭のてっぺんにトサカのようなものが立っている。女たちはまるで光がそれを支え、形を明確にしているかのように明るい光で隅々まで照らされた家具の周りを動きまわっていた。建物の清潔さは驚くばかり、何もかもぴかぴかでなめらかだ。オビ=ワンは疑問を自分の胸だけにおさめ、歩きつづけた。トーン・ウィーが急ぎ足に向かっているのは、おそらくこのラマ・スーという首相のところだろう。こうなれば、一刻も早く首相に会いたい。

トーン・ウィーはあるドアの前で足を止め、それに向かって片手を振った。ドアが滑るように開く。彼女はどうぞというように手を振った。

部屋のなかにいるカミーノアンはトーン・ウィーよりも背が高く、男であることを示すトサカがあった。彼はオビ=ワンを見下ろして大きな目をまたたき、温かい笑みを浮かべた。彼が片手を振ると卵型のいすが天井からくるくる回っておりてきた。

「カミーノの首相、ラマ・スーです」トーン・ウィーが言い、それからラマ・スーに向かって付け加えた。「こちらはマスター・ジェダイ……」

「オビ=ワン・ケノービです」オビ=ワンは丁重に頭を下げた。

首相はいすを示し、腰をおろした。だが、オビ=ワンは立ったままで部屋を見まわした。

「楽しく過ごしていただけるはずですよ」ラマ・スー首相は言った。「いまがいちばんよい季節ですからな」

「歓迎を感謝します」外の大雨が最良の季節では、最悪の季節には絶対に訪れたくないな、オビ=ワンはそう思ったが、もちろんこの感想は自分の胸だけに秘めておいた。

「どうぞ」ラマ・スーは再びいすを示した。そしてようやくオビ=ワンがそこに落ち着くと、言葉をつづけた。「早速で恐縮だが、ビジネスの話に入らせてもらいますよ。喜んでいただきたい。ご注文の製品は予定どおり仕上がっております。すでに二〇万ユニットが整い、残りの一〇〇万もほどなく完成する予定です」

オビ=ワンは急に舌が口のなかで膨れあがったような気がした。が、彼は驚いて聞き返したいのをこらえ、適当に相槌を打った。「それはよい知らせだ」

「喜んでいただけて何よりです」

「もちろんだとも」

「マスター・サイフォ=ディアスに、注文どおりの日時に耳をそろえて納品できるとお伝えいただきたい。彼はお元気でしょうな」

「失礼？」オビ=ワンはすっかり驚きこう尋ねた。「マスター……？」

「ジェダイ・マスター、サイフォ=ディアス。たしかジェダイ・カウンシルの中心的存在でおられるとか？」

このもとジェダイ・マスターの名前は、またしても新たななぞをもたらした。だが、とりあえずはそれをわきに押しやり、オビ=ワンはラマ・スーとの会話に注意を集中することにした。「残念ながら、マスター・サイフォ=ディアスはほぼ一〇年前に殺されました」

ラマ・スーは再び巨大な目をしばたいた。「なんということだ。しかし、もし生きておられれば、われわれが彼の要請で作った軍隊を誇らしく思っていただけるはずです」

「軍隊？」オビ=ワンはついそう聞き返していた。

「クローンの軍隊です。これまでのなかでも、とくに優秀なクローンです」

オビ=ワンはどこまで探りを入れていいものかわからなかった。カミーノアンの言うクローンの軍隊が、たしかにサイフォ=ディアスの注文したものであれば、マスター・ヨーダやほかのマスターたちはそのことについてなぜ黙っているのか？　サイフォ=ディアスはたしかにジェダイの重鎮ではあったが、こんな重要なことを自分の一存で行なうものだろうか？　オビ=ワンはふたりのカミーノアンを観察した。フォースを使ってふたりの心を探ってもみた。しかし、このふたりが何かを隠している様子はまったくなかった。そこで彼は直観に従い、適当に調子を合わせることにした。「首相、マスターがこの軍隊を発注したのはいつでしたか？　その目的を告げましたか？」

「もちろん」カミーノアンはまったく疑いを抱かずに答えた。「この軍隊は共和国のものです」

共和国！　オビ=ワンはもう少しでそう叫びそうになった。が、どうにか驚きを抑えた。だが、彼の頭のなかは、窓の外と同じ嵐に見舞われていた。いったいどうなっているんだ？　共和国のクローン軍だと？　それをジェダイ・マスターが注文した？　元老院はこのことを知っているのか？　ヨーダや、メイス・ウィンドゥは？

「そうなると、あなた方の責任は重大ですよ」オビ=ワンは自分の混乱を隠そうとしてそう言った。「われわれは最高のものを期待する、最高の軍隊でなければなりません」

「もちろんですとも、マスター・ケノービ」ラマ・スーは自信たっぷりに答えた。「ぜひ、ご自分の目で確かめていただきたい」

「もちろん、ここに来たのはそのためですから」オビ=ワンはすかさず答え、ラマ・スーが立ち上がるのを見て、自分も立ち上がり、首相とトーン・ウィーのあとに従って部屋をでた。

緑の丘の斜面には、色とりどり、形もさまざまな花が咲き乱れていた。草原の向こうに湖に落ちる滝がきらめき、遠くの丘の周りにはたくさんの湖が見える。

暖かい風のなかをパフボールがふわふわ漂い、白い綿雲が輝く青い空を横切っていく。ここは命と愛、暖かさと柔らかさに満ちた場所だった。

パドメ・アミダラにはぴったりの場所だ。

シャアクと呼ばれる穏やかな生物の群れが、ふたりの存在などまったく無視して、すぐ近くで満足そうに草をはんでいる。これは四本足の上に膨らんだ巨大な体がのっている奇妙な獣だった。昆虫の羽音が聞こえるが、花から花へと移るのに忙しく、アナキンとパドメには目もくれない。

パドメは草の上に座り、うわの空で花を摘んでは顔に近づけ、その香りを深々と吸いこんでいた。ときどきちらっとアナキンを見るが、彼に気づかれるのが怖くてすぐに目をそらす。アナキンはここがすっかり気に入っていた。彼はナブー全体が気に入ったようだ。そして彼の目を通して、パドメは現実の世界が彼女に重い責任を押しつける前の子供の目にもう一度戻り、彼と一緒に単純な喜びを味わっていた。ジェダイ・パダワンがこれほど……。

これほど何？　くったくがない？　喜びに満ちている？　活発？　この三つを一緒にしたようなもの？

「それで？」アナキンは、自分が尋ねたばかりの質問の答えを促した。

「もう忘れたわ」彼女はいらだちを装い、そっけなく答えた。

「うそばっかり！　言いたくないだけだろ！」

パドメは苦笑した。「ジェダイのマインド・トリックを使うつもり？」

「あれは意志の弱い連中にしか利かないんだ。きみには無理さ」彼はそう言って無邪気に目をみはってみせた。

「わかったわ」パドメはあきらめて答えた。「わたしは一二歳だったわ。彼の名前はパロ。ふたりともユース・プログラムの一員で、彼は何歳か年上だった……」パドメは目をふせ、衝動的にこう言ってアナキンをからかった。「とてもキュートな男の子だったの。黒い髪に、夢見るようなひとみの……」

「わかった。詳しい説明はいらないよ！」アナキンは両手を振って叫んだ。それから落ち着きを取り戻し、真剣な顔で尋ねた。「彼はどうしたんだい？」

「わたしは公共の奉仕の道を選び、彼は芸術家になったの」

「そっちのほうが賢かったかも」

「あなたは政治家が本当に嫌いなのね」パドメは暖かい風とのどかな風景にもかかわらず、少し腹を立ててそう言った。

「二、三人は好きな人たちもいるよ。でも、そのなかのひとりについては、どっちか決めかねてる」

アナキンの笑顔があまりにも魅力的で、パドメはしかめ面を保つのに苦労した。

「いまのシステムはうまく機能していないよ」アナキンはあたりまえの事実を指摘するように言った。

「そう？」パドメは皮肉った。「だったら、どうすればいいと思う？」

アナキンは突然真剣になって立ち上がった。「政治家が座って、問題を論じることができるようなシステムが必要だ。人々の最善の利益に同意し、それを実行できるような」彼は単純明快、しごく論理的だというようにそう言いきった。

「具体的にはどうすればいいの？」パドメはすぐさま彼の弱点を突いた。

アナキンはけげんそうに彼女を見た。

「いいこと、人々は必ずしも同意に達しないの。実際、同意に達することはめったにないわ」

「だったら、そうなるように仕向ければいい」

この言葉はパドメの意表を突いた。彼はすべての答えを持っていると確信しているのだろうか。まるで……。いいえ、ただ若いだけだわ。パドメは不安をわきに押しやった。「だれがするの？　だれがそうなるように仕向けるの？」

「さあ」アナキンはいらだたしげに手を振りながら答えた。「だれかが」

「あなたが？」

「もちろん違うよ！」

「でも、だれかが」

「だれか賢い人物が」

「まるで独裁政治のように聞こえるわね」パドメがそう言うと、アナキンはいたずらっぽくにやっと笑った。

彼は落ち着き払って言った。「まあ、それが機能するなら……」

パドメはショックを隠そうとした。この若者は本気でこんなことを言っているの？　どうしてそんなことを信じられるの？　パドメはアナキンを見つめ、アナキンも彼女を見つめ返した。が、ついにこらえきれずに笑いだした。

「わたしをからかっているのね！」

「いや、違うよ」アナキンは後ろにさがり、柔らかい草の上にひざをつき、身を守るように両手を突きだした。「元老院議員をからかうなんて、とんでもない！」

「なんて人！」パドメは手を伸ばして果物をアナキンに投げつけた。彼がそれをつかむと、もうひとつ、さらにひとつ投げた。

「きみはいつもまじめすぎる」アナキンはたしなめるように言い、つかんだ果物でお手玉をはじめた。

「あらそう？」パドメは内心の動揺を隠して驚いたように言った。たしかに彼女はこれまで、パロのような人々が政治から遠ざかり、心の求めるままに生きるのを見守りながら、自分は義務を果たしつづけてきた。深い勝利感や、満足、喜びを味わったことはある。だが、そのすべてがナブーの女王の豪華なガウンに包まれていた。そしていまは、果てしない議員としての責任に包まれている。そうした装飾やガウンをすべて脱ぎ捨てて、ただ心地よい冷たさを味わうために、声をあげて笑うために、きらめく水のなかに飛びこむのはどんな感じがするものか……。

パドメはもうひとつ果物をつかみ、それをアナキンに投げた。彼はなめらかな動きでそれをつかみ、お手玉に加えた。パドメが次々に投げるたびにつかんでは空中に放り投げたが、やがて果物の数が多すぎ、落ちてくる果物を受けとめられなくなって、首を縮めた。

パドメは笑いだした。しまいには苦しくなりお腹をつかんだが、まだ笑いが止まらなかった。アナキンはぱっと立ち上がって、シャアクの前を横切った。

シャアクはおとなしい動物だが、突然のこの動きに驚いたのか、鼻を鳴らしてアナキンを追いかけはじめた。アナキンはしばらくくるくる回り、それから丘のてっぺんを越えていった。

パドメは草の上に座ったまま、しばらく笑いながらこれを見ていた。この美しい日と、のんきな自分の連れを。わたしはこんなところで何をしているの？　彼女は目的もなしに遊んでいることに、鋭い罪の意識に胸を突かれた。ほかの人々は、軍隊創設法を廃案にしようと必死の努力をつづけ、オビ＝ワン・ケノービは彼女を殺したがっている人物の正体を突きとめようと、必死に捜索している。

彼女もそこにいるべきなのだ。ここではなくどこかに、そして、自分の義務を果たしているべきだ……。

アナキンとシャアクが再び戻ってくるのを見て、彼女はたまらず吹きだした。アナキンはシャアクにまたがり、片手で背中をつかみ、片手を高く上げてバランスを取っている。何よりおかしいのは、彼が逆向きに乗っていることだった。シャアクの尻尾を前にして！

「アニー！」彼女は驚いて叫んだ。そしてしだいに怖くなってきた。アナキンはフルスピードで走りだしたシャアクの上に立とうとしている！

彼はほどんど立ち上がったが、そのとたん、シャアクが背中をまるめて跳ね、アナキンを振り落とした。

パドメはまたしても笑いの発作に襲われ、お腹を抱えた。

でも、アナキンはじっと横たわったままだ。

パドメは笑うのをやめ、急に不安に駆られて彼を見つめた。そして立ち上がると、世界全体が自分の周りで崩壊したような気持ちになりながら、彼のそばに駆け寄った。「アニー！　アニー！　大丈夫？」

パドメはやさしく彼を仰向けにした。アナキンは息もしていないようだ。それから顔をゆがめ、大声で笑いだした。

「まあ！」パドメは叫んで彼をたたいた。アナキンがその手をつかみ、彼女を引き寄せると、パドメは逆らわずに彼の上に倒れこみ、猛烈にもみあった。

アナキンはどうにか寝返りを打って彼女を釘付けにした。パドメは急にこの親密な姿勢に気づいて、もがくのをやめ、彼を見上げた。

アナキンは赤くなって彼女をつかんでいた手を離し、彼女から離れた。それから立ち上がって手を伸ばした。

パドメはためらいを忘れ、アナキンの青いひとみを見つめた。そして彼の手をとった。アナキンは彼女の手をとって、再び満足そうに草をはんでいるシャアクのそばに戻った。

そしてその背中にまたがり、パドメを自分の後ろに引き上げた。パドメは彼の腰に両手を回し、乱れる心とたくさんの疑問を抱えて一緒に揺られながら草原をあとにした。


パドメはドアをノックする音に飛び上がった。だれがノックしているかはわかっている。危険が迫っているわけではない——危険なのは彼女自身の感情だ。

草原で過ごした午後のことが、再びよみがえった。とくにシャアクに乗って、アナキンが彼女をここに連れ戻ったときのことが。あの数分のあいだ、パドメは自分の心を否定しなかった。何ひとつ隠さなかった。アナキンの後ろに座り、彼を後ろから抱いて、頭を彼の肩に寄せながら、パドメは深い安堵と満足を感じていた。そして……。

ドアノブに伸ばした手が震えているのを見て、パドメは深く息を吸いこんで心を落ち着け……ドアを開けた。

夕陽を背にした長身のシルエットが彼女の視界を満たした。

アナキンが少し体を動かして薔薇《ばら》色の輝きをさえぎると、パドメには彼の微笑が見えた。彼は部屋のなかに入ろうとしたが、パドメは戸口から動かなかった。意識してそうしたわけではない。その場の光景に打たれて動けなかったのだ。パドメの目には太陽が水平線ではなく、アナキンの肩の後ろに沈んでいくように見えたのだった。まるで彼が命じて、この日を終わらせることにしたかのように。オレンジ色の炎が彼のシルエットの周囲で躍り、アナキンの姿をぼかしている……。

パドメは自分が息を止めていたことに気づいて無理やり呼吸した。そして後ろにさがった。アナキンはたったいまパドメが経験した不思議な光景には気づかず、のんびりした足どりで部屋に入ってきた。からかうような笑みを浮かべている。不意にパドメは、このドレスにしないほうがよかったかもしれない、と思った。この黒いイブニングドレスは肩がむきだしで、かなり肌が露出しているうえに、前に垂らした黒いチョーカーのひもが思わせぶりに胸の谷間を隠している。

パドメはドアを閉めようとして手を止め、湖と水面をきらめかせている薔薇色の夕陽に目をやった。そして振り向くと、アナキンはすでにテーブルのそばに立ち、果物の器とパドメがセットした皿やフォークを見下ろしていた。外が暗くなるにつれ輝きが増していく空中の明かりをちらっと見ると、彼女の目を意識するふうもなく、ふざけてそれを突つき、明るい球が柔らかい光の尾を引きながら弾んで飛ぶのを見て、耳まで届くような笑顔を浮かべた。

それから少しの間、パドメはにこやかにアナキンを見守った。だが、そのあと、彼がいたずらっぽい表情を消し、熱いまなざしでパドメを見つめ返すと、とたんにひどく気詰まりになった。

まもなくふたりは向かい合ってテーブルについた。この別荘のウエイトレス、ナンディとテクラが食事を運んでくる。アナキンはこの一〇年の冒険談やオビ＝ワンとの訓練や船旅の一部をおもしろおかしく話しはじめた。

パドメはアナキンの巧みな話し方にすっかり魅せられ、じっと耳を傾けた。彼女にも話したいことはあった。今日の午後、牧場で起こったことを。アナキンに理を説き、ふたりの胸に燃えている禁じられた想いをどうすればいいか話し合いたかった。だが、いったいどんなふうに切りだせばいいのか？ そこでパドメは黙ってアナキンの話を楽しむことにした。

デザートはパドメの好きな黄色とクリーム色のシューラだった。汁気がたっぷりあって甘い果物だ。彼女は自分の前にその器を置いたナンディにほほえんだ。

「だからぼくは彼らのところに行き……」アナキンはそこで言葉を切り、パドメの目が自分に戻るのを待って、皮肉な笑みを浮かべてつづけた。「攻撃的な交渉をはじめたんだ」彼はそう結んで、自分の前にデザートを置いたテクラに礼を言った。

「攻撃的な交渉というのは？」

「ライトセーバーを使った交渉さ」ジェダイ・パダワンはにやっと笑いながら説明した。

「ああ」パドメは笑い、フォースを手にしてデザートを食べはじめた。

シューラがするりと逃げ、フォークが皿にあたった。あらいやだ。パドメはとまどい、再び突き刺そうとした。

するとシューラはまた動いた。

パドメはアナキンを見た。そしてアナキンが自分の皿を見ながら、少しばかり無邪気すぎる顔で、笑いをこらえているのを見てとった。

「あなたのしわざね！」

アナキンは目をみはって顔を上げた。「なんのことだい？」

パドメは怖い顔で彼をにらみ、フォークを彼に向け、脅すようにそれを振った。それからぱっとシューラを刺そうとした。

だが、アナキンのほうが速かった。シューラはフォークの下からつるりと滑り、パドメはまたしても皿を突き刺すはめになった。それから彼女のシューラは皿から離れ、目の前に浮かんだ。

「このことよ！」パドメは答えた。「いいかげんにして！」でも、怒ったふりができたのはここまでで、最後はパドメも笑いだしていた。アナキンも笑っていた。パドメは半分彼を見ながら、目の前のシューラをぱっとつかんだ。

アナキンが指を動かすと、シューラはパドメの手の周りをくるっと回った。

「アナキン？」

「マスター・オビ＝ワンがいたら、ものすごく怒るだろうな」アナキンはそう言って、手を引いた。

するとシューラはテーブルを横切り、彼の手のなかにおさまった。「でも、マスターはここにいない」

彼はその果物を切りわけ、フォースを使ってそのひと切れをパドメの口の前に浮かせた。パドメはぱくっとそれに食いついた。

そして笑った。アナキンも笑った。ふたりはおたがいをちらちら見ながら、デザートを食べ終えた。

そしてテクラとナンディがテーブルを片づけに戻ると、座り心地のよいいすやソファと暖かい火が燃えている大きな暖炉のところに移った。

　ナンディとテクラはあと片づけを終え、あいさつをして帰っていった。ふたりきりになったとたん、緊張が戻ってきた。

　パドメは彼とキスしたかった。だが、その気持ちがあまりにも強いことが、かえって彼女に警戒心を抱かせた。これは正しくないことだ。心はそれを望んでいたが、頭のなかではわかっていた。ふたりにはもっと大きな責任がある。彼女は共和国が分裂するのを全力をあげて防がなくてはならないし、彼はジェダイの訓練をつづけなくてはならない。

「だめよ」パドメは顔を近づけようとする彼を人さし指で制した。

　少年の面影が残る顔にいらだちを浮かべて、アナキンは体を引いた。「一〇年前きみに会ったときから、きみのことを思わない日は一日もなかった」彼はかすれた声で言い、きらめく目でパドメを見つめた。「でも、再びこうして一緒にいると、苦しくてたまらないんだ。きみに近づけば近づくほどつらくなる。また別れるときのことを思うと、胃がよじれ、口が乾く。めまいがする！　呼吸ができなくなる。ぼくは……あのキスが忘れられない。心臓がどきどきして……あのキスが胸を引き裂くんだ」

　パドメの手がわきに落ちた。彼女はアナキンがこれほど正直に自分の心を打ち明けていることに驚きながら、彼の言葉に耳を傾けた。彼女がたったひとことでずたずたにするかもしれないのに、彼は心を差しだしている。彼女はそのことをうれしく思い、アナキンの純粋さに感動した。だが、同時に怖くなった。

「きみはぼくの魂のなかにいる。そしてぼくを苦しめている」アナキンは真剣な声でつづけた。これはたんにこの場だけのでまかせではなかった。誠実な愛の告白だ。長いこと侍女にかしずかれ、口と腹がまったく違うように思える政府高官たちを相手にしてきたパドメには、とても新鮮な経験だった。

「どうすればいいんだい？」彼はささやくように言った。「きみの言うとおりにするよ」

パドメは圧倒されて目をそらし、暖炉で躍る炎に支えを求めた。何秒かぎこちない沈黙がつづいた。

「きみがぼくと同じように苦しんでいるなら、教えてくれないか」アナキンが促した。

パドメはつらそうに彼を見た。「できないわ！」彼女は身を引き、必死に自制心を保とうとした。

「これはいけないことよ」彼女は落ち着きをかき集めて言った。「こんなことはできない」

「どんなことでもできるさ」アナキンは答え、身を乗りだした。「パドメ、頼むから聞いてくれ……」

「あなたこそ」彼女は自分が拒否する声に勇気づけられてアナキンをにらんだ。「わたしたちは現実の世界に生きているのよ。それに戻ってちょうだい、アナキン。あなたはジェダイ・ナイトになるために学んでいる。わたしは元老院議員だわ。ふたりがおたがいにどんな気持ちを抱いているにせよ、あなたの考えていることに従えば、それはわたしたちを行くことができない場所に連れていくことになるわ」

「それじゃ、きみも何かを感じているんだ！」

パドメはごくりとつばをのんだ。「ジェダイは結婚を許されていないのよ」彼女はそう言ってアナキンの注意をそらそうとした。「あなたはオーダーから放逐される。わたしのために将来を棒に振るようなことはさせられないわ」

「理性的になれってことか」アナキンはかすかなためらいもなく答えた。彼の自信と大胆さは、少しばかりパドメを驚かせた。彼女の前にいる若者はもはや子供ではなく、一人前の男だ。パドメは自分の自制心がわずかに揺らぐのを感じた。

「ぼくにもできないことがある」アナキンは言った。「信じてくれ。ぼくだって、この気持ちを振り払えたらと思っているんだ。でも、できない」

「わたしは屈服しないわ」パドメは精いっぱいの確信をこめて言った。そしてあごをこわばらせた。わたし自身よりもアナキンのために、ここでくじけてはいけない。パドメはそう自分に言い聞かせた。

「わたしには恋に落ちるよりも、もっと重要なことがあるの」

だが、アナキンが傷ついた顔で目をそむけるのを見ると、パドメはたじろいだ。彼は顔をゆがめ、考えている。彼女の決心をなんとかして変える方法を考えていることはわかっていた。

「議員をやめる必要はないよ」彼はようやくそう言った。「ふたりのことは秘密にしておける」

「そしてうそをついて生きるの？　わたしたちが望んだとしても、実現できないうそを？　わたしの姉は見抜いたわ。母もね。わたしにはできない。あなたはできる、アナキン？　あなたはうその生活を送れる？」

彼はじっとパドメを見ていたが、それからがっくり肩を落として暖炉の火に目をやった。

「きみの言うとおりだ」彼はようやく認めた。「このうそはぼくらを破滅させるだろう」

パドメもアナキンから目をそらして暖炉の火を見つめた。彼女を滅ぼすのはどちらだろう？　ふたりを破滅させるのは？　実際の行為か、それともこの想いか？

16

「わお！」着床パッドを横切り、流線型の宇宙戦闘機に駆け寄りながらボバ・フェットが叫んだ。

「美しい宇宙船だな」息子の後ろでジャンゴも同意した。彼は一歩近づくごとにさまざまな情報を吸収していた。戦闘機のデザインとマークはもちろん、特別に据え付けた火器や、左翼に装備されたにぎやかなアストロメク・ドロイドも。

「デルタ7だ」後部にあるコクピットを指さして、興奮したボバが言った。息子が彼の教えたことをひとつ残らず覚えているのに気をよくし、ジャンゴはうなずいた。これは最新鋭の戦闘機だった。できたてのほやほやで、まだハイパードライブ・エンジンを取り付けてもいない。ジャンゴはそれに気づき、ちらっと雲に覆われた空を見た。これを乗せてきた宇宙船が、この惑星の軌道にいるのだろうか？　彼はこの思いを振り払い、ボバに顔を向けた。

「ドロイドはどうだ？」彼は尋ねた。「このユニットがわかるか？」

ボバは戦闘機の横によじのぼり、つかのまマークを見てから、ぎゅっと結んだ唇に指をあて、真剣な表情で父親を振り返った。「R4-Pだ」

「このタイプの宇宙戦闘機には、よく使われるドロイドかな？」

「ううん」ボバは即座に否定した。「デルタ7のパイロットは、普通R3-Dを使うんだよ。そっちのほうが火器の照準を保つのに優れているから。この戦闘機はものすごく細かい操作ができるかわりに、操縦しながらレーザー砲を操作するのは難しいんだ。パイロットが自分の機首を撃ってしまったという笑い話を読んだこともある！　これはいきなり横転しながらひっくり返ってターンすることもできる。でも、手動の旋回装置が補整されていないと……」ボバは説明しながら、二本の腕を交互に重ね、父の前でもつれさせてみせた。

ボバが彼の教えを熱心に消化しているのはうれしかったが、ジャンゴは細かい説明にはほとんど耳を傾けていなかった。「だが、R３-Dの砲手としての技術を必要としないパイロットが乗るとしたら？」彼は息子に尋ねた。

ボバはけげんそうに父を見た。

「R４-Pのほうが役に立つかな？」

「うん」だが、今度の答えはためらいがちだった。

「ドロイドを砲手に使う必要がないパイロットは？」

ボバはぽかんと父を見つめ、それからにっこり笑って満足そうに答えた。「父さん！」

ジャンゴはにやっと笑い、この賛辞を受けた。まさしくそのとおりだ。ジャンゴはどんな戦闘機でも自在に操縦し、操作することができる。そして彼がデルタ７を操縦するチャンスを与えられれば、やはりR３-Dではなく、R４-Pを選ぶだろう。だが、これは彼の頭にある答えではなかった。この銀河には、彼とはまるで違うタイプの、優れた感覚を持つパイロットがいる。彼らならジャンゴと同じように、レーザー砲の照準機能は劣っていても、優れたナビの機能を持つドロイドを選ぶはずだ。

ジャンゴ・フェットは再び空を見上げた。あそこではジェダイの一隊がティポカ・シティに降下する準備の最中なのか？

　ガラスの球を支えている巨大なラックは、オビ=ワンの視界のはるか先まで伸びていた。その球のひとつひとつに胎児がおさまり、滋養液のなかに浮かんでいる。フォースを送ると、そこには力強い命のエネルギーが脈打っていた。

「人工孵化場《ふか》か」彼はつぶやいた。

「説明の必要もないでしょうが、第一段階です」ラマ・スーが答えた。

「うむ。すばらしい」

「喜んでいただけてなによりです、マスター・ジェダイ」カミーノアンの首相はにこやかに言った。「クローンは創造的な考え方ができる。したがって、ドロイドよりはるかに優れています。使っていただけば、すぐにわかりますよ。しかもわれわれの作るクローンは銀河一です。われわれの方法は、何世紀にもわたって完成されたものですからな」

「何体あるのかな？」オビ=ワンは尋ねた。「ここには、ということだが」

「この街のあちこちにこういう孵化場があります。これは、もちろん、最も重要な段階ですが、われわれのテクニックをもってすれば、生存確率は九〇パーセント以上になるはずです。まあ、ときどき、問題が生じますが、生産に支障をきたすことはありません。しかも成長を加速するため、ここにいる胎児は一〇年もすれば戦えるようになります」

　二〇万体のユニットがすでに完成し、あと一〇〇万がその途上にある……。ラマ・スーの誇らしげな言葉がオビ=ワンの耳のなかで不気味に響いた。製造センターは、極めて効率よく、高度に訓練され、条件づけられた戦士を絶え間なく作りだしている……。これに含まれている意味にはそら恐ろしいものがあった。

オビ＝ワンはいちばん近い胎児を見つめた。体をまるめ、小さな親指を口に突っこんで、液体のなかに浮かんでいる。このちっぽけなものが、ちっぽけな男の胎児が、わずか一〇年で戦士になり、敵を殺し、おそらくは自分も殺されるのだ。

彼はぶるっと体を震わせ、カミーノアンのガイドに目をやった。

「こちらにどうぞ」ラマ・スーはオビ＝ワンに声をかけ、通路を歩きだした。

ツアーの次の場所は広い教室だった。きちんと並んだ机に、生徒が整然と学んでいる。彼らはみな一〇歳ぐらいに見えた。全員が同じ髪型で、まったく同じ顔、姿勢、表情だ。そこにある鏡がひとりの少年を大勢に見せているような錯覚におちいり、オビ＝ワンはつい白く光る壁に目をやった。

生徒たちは訪問者をちらっと見ただけで勉強をつづけている。

ずいぶん行儀がいいな、とオビ＝ワンは思った。普通の子供ではこうはいかない。

それから——。「成長を加速させると言ったが……」

「そのとおり。これは欠かせないテクニックです」ラマ・スー首相は答えた。「さもなければ、成熟したクローンを作るには、いままでと変わりない年月がかかる。ここでは現在、その半分で行なっているのですよ。このあと、一〇年前マスター・サイフォ＝ディアスから最初の注文が来たときに製造を開始したクローンもご覧いただきますよ。すでに成熟し、いつでも戦える準備が整っています」

「で、これが五年前のもの？」オビ＝ワンの言葉にラマ・スーはうなずいた。

「完成した製品をごらんになりますか？」首相が尋ねた。オビ＝ワンはその声に興奮を聞きとった。

このカミーノアンが自分たちの仕事に大きな誇りを抱いているのは明らかだ。「お手もとに届ける前に、ぜひ目を通していただきたい」

まるで品物を配達するようなぞんざいな言い方に、オビ=ワンは深いショックを受けた。ユニット。完成した製品。だが、彼らは命のある存在なのだ。生きている、呼吸する、思考力を持つ存在だ。戦士にするという単一目的のためにクローンを作るのは、しかも、効率を高めるためにその子供時代を半分盗むのは、オビ=ワンには不当なことに思えた。正しくないこと、悪いことだ。しかも、それを思いついたのがジェダイ・マスターだというのは、恐ろしいことだった。

次は食堂だった。そこではまったく同じ黒い服を着た若者が——ちょうどアナキンぐらいの年頃だ——きちんと並び、食卓について、まったく同じ料理を、同じ格好で食べている。

「彼らは完全に従順です」オビ=ワンの不安を見抜いたように、ラマ・スーが説明した。「当然ながら、われわれは彼らの遺伝子を操作し、オリジナルの持っていた独立心をだいぶ排除しました」

「オリジナルはだれなんだ?」

「ジャンゴ・フェットという賞金稼ぎです」ラマ・スーはためらう様子もなく答えた。「わたしどもは、できればジェダイになっていただきたかったが、サイフォ=ディアスがご自分でジャンゴを選ばれたのです」

あやうくジェダイがクローンの原型にされるところだったと思うと、オビ=ワンは驚愕《きょうがく》した。フォースの強いクローンの軍隊? そんなものができたら、どういう事態が出現するのか?

「その賞金稼ぎはいまどこに?」オビ=ワンは尋ねた。

「ここに住んでいます」ラマ・スーは答えた。「しかし、好きなように出入りできる取り決めにしているのです」ラマ・スーは話しながらも足を止めず、細い透明チューブがびっしり並んだ長い廊下を先に立って歩いていく。

オビ=ワンは目をみはり、そうしたチューブのなかで、クローンが立ち上がり、自分の場所に落ち着いて目を閉じ、眠るのを見守った。

「たしかに行儀がいいな」彼はつぶやいた。

「それが鍵なのです」ラマ・スーは答えた。「自律心はじゅうぶんにあるが、創造的に考えられる。まことにすばらしい組み合わせです。マスター・サイフォ=ディアスはわたしどもに、ジェダイはドロイド軍を使うのを嫌う、と話してくれました。ジェダイは生命のある軍隊でなければ指揮できない、とね」

そしてそのクローンのオリジナルに、あんたはジェダイが最適だと考えたわけか？　オビ=ワンはそう思ったが、もちろん口にはださなかった。彼は深々と息を吸いこみながら、マスター・サイフォ=ディアスが――いや、どんなジェダイにせよ――いったいどうすれば、クローンの軍隊を作るなどという恐ろしい考えを抱き、それを実行に移すことができたのか、そのことを思った。だが、この疑問をラマ・スーにぶつけるのは愚かだ。いまはすべてを観察し、ラマ・スーの言葉に耳を傾け、できるかぎり多くの情報を手に入れるべきだろう。そしてそれをジェダイ・カウンシルに持ち返らねばならない。

「すると、ジャンゴ・フェットは自分の意志でカミーノに留まっているんだね？」

「そのとおり。報酬をべつにすれば――これは言うまでもなくかなりの額でしたが――フェットがわれわれに要求したのはひとつだけ、遺伝子操作をまったく行なわない、彼自身のクローンを一体作ることでした。じつに興味深いことですな」

「遺伝子操作なしの？」

「完全に彼と同じ遺伝子のクローンです」首相は答えた。「従順にするための操作もなし、成長を加速してもいません」

「ぜひその男に会いたいな」オビ＝ワンは独り言のようにつぶやいた。彼はジャンゴ・フェットという男に興味を感じた。サイフォ＝ディアスが理想の戦士としてクローンのオリジナルに選んだのはどんな男なのか？

ラマ・スーはトーン・ウィーを見た。トーン・ウィーはうなずいた。「喜んでその手配をいたしましょう」

彼女はふたりのそばを離れていった。ラマ・スーはツアーをつづけ、クローン工程のあらゆるレベルを説明しながら歩きつづけた。最後の工程は、トーン・ウィーが再びバルコニーで合流したあとに見学した。彼は強風と雨から守られたそのバルコニーで、白い装甲服に身を包み、ヘルメットを頭からすっぽりかぶった何千、何万というクローンの兵士が、プログラムされたドロイドのような正確さで行進し、訓練を行なっているのを見学した。それぞれが何百人という兵士からなる隊列が、すべて寸分の狂いもなく、ひとつになって動いていく光景は、まさに壮観だった。

「どうです、見事な眺めでしょう？」ラマ・スーが言った。

オビ＝ワンはカミーノアンの首相を見た。彼の目は倫理的な悩みや葛藤《かっとう》とはまったく無縁の、自分たちの〝製品〟に対する誇りに輝いている。カミーノアンがすばらしいクローンを生産できる理由は、そのあたりにあるのだろう。彼らはこの事業に、これっぽっちも良心の呵責《かしゃく》を感じてはいないのだ。

ラマ・スーは輝くような笑顔でオビ=ワンを見下ろし、同意を促した。オビ=ワンは黙ってうなずいた。

たしかに見事だった。この兵士たちは、いったん戦いとなればすばらしい効率で戦うにちがいない。彼らはそのために作られたのだ。

オビ=ワン・ケノービは、またしてもぶるっと体を震わせた。そして初めて、軍隊の創設をなんとしても阻止しようとするアミダラの献身的な努力に共感を覚えた。軍隊ができれば、必然的に戦争が起こる。

ジェダイ・ナイトがこのカミーノにいる。ジャンゴ・フェットにとってはこれはかなりのショックだった。

ティラナスやトレード・フェデレーションのために働くと、こういう問題が生じる。あの連中は欺《ぎ》瞞《まん》のなかで欺瞞をつむぐ天才だ。そして彼らはいま、ジャンゴには見当もつかないほど多くの欺瞞をつむいでいる。

彼は部屋を横切り、戸口の近くにいるボバを見た。彼の〝息子〟は、デルタ7宇宙戦闘機を描き、その機能を一生懸命書きだして、それをR4-Pユニットの強みと弱点に照らし合わせている。

ボバにとっては、人生は極めて単純なものだ。ジャンゴはそのことに、かすかな羨望《せんぼう》を感じた。ボバには、自分を愛してくれる父を愛し、学ぶことしかない。それ以外は、ジャンゴが自分のそばにいないとき、あるいはカミーノアンと忙しくしているときに、おもしろい時間つぶしを見つければいいだけだ。

ジャンゴ・フェットはボバを見ながら、自分が危険に身をさらしているような、いやな感じに襲われた。気に入らない。まったく気に入らない。いますぐ荷造りし、ここを飛び立とうか？　彼は本気でそう思った。だが、これには危険がともなう。突然カミーノを訪れたジェダイ・ナイトに関する情報を、まったくつかまずに逃げることになる。彼のボスがその情報を欲しがることはまず確実だ。

そしてジャンゴ自身も相手がだれなのか知る必要があった。トーン・ウィーからのちほど彼のところに客を連れていくというメモを受けとったあとでここを発《た》てば、彼が逃げだしたことは明らかだ。ジェダイ・ナイトはあとを追ってくるにちがいない。そうなると彼は、文字どおりまったく知らない敵を相手にすることになる。

ジャンゴはボバを見つめた。彼にとってただひとつ大切なものを。

そして自分にこう言い聞かせた。「落ち着け。おまえはたんなるクローンのオリジナルだ。なぜ自分のクローンが作られるのか、好奇心を持ちたがらないほどの金をもらっているんだ」

それを繰り返し、唱えればよい。何を聞かれてもそう答える。これでうまくいくはずだ。

ボバのために、うまくいってもらわねばならない。


トーン・ウィーが片手を振ると、目に見えない呼び鈴のチャイムが鳴った。オビ＝ワンはまたしても、この惑星カミーノとティポカ・シティが変わった場所だという思いをあらたにしたが、すぐに目の前にあるドアの精巧な電子錠に注意を奪われた。ジャンゴ・フェットが実際にラマ・スーの言うような特別待遇を受けている、カミーノアンとは良好な関係を保ち、自分の自由も保っている男だとしたら、どうしてこれほど頑丈な錠が必要なのか？　この錠は人々をなかに入れないためのものか？

それとも、彼をなかに閉じこめておくためのものか？

おそらく前者だろう。オビ＝ワンはそう思った。なんといっても、ジャンゴは賞金稼ぎだ。危険な敵が多いにちがいない。

オビ＝ワンがまだ錠をじっと見ていると、突然ドアが開き、オビ＝ワンがさきほどまで、いやになるほど見てきたのと同じ顔がのぞいた。

これがジャンゴの望んだ、自分とそっくりのクローンか。ただし、この少年は実際に一〇歳なのだ。

「ボバ」トーン・ウィーは親しげに声をかけた。「お父さんはいる？」

ボバ・フェットは人間の訪問客をじっと見てから答えた。「うん」

「会えるかしら？」

「いいよ」ボバは答え、後ろにさがった。だが、彼はトーン・ウィーと一緒に家に入ってきたオビ＝ワンを、まだじっと見ている。

「父さん！」ボバが叫んだ。

オビ＝ワンはこの呼び方に違和感をおぼえた。この少年はクローンだ。普通の意味の息子とは違う。ジャンゴという男とこの少年には心の交流があるのだろうか？　本物の愛情が？　ジャンゴはプロとして役に立てるためだけではなく、息子が欲しかったから、ボバを望んだのか？

「父さん！」少年はもう一度呼んだ。「トーン・ウィーが来たよ！」

シンプルなシャツとズボン姿でジャンゴ・フェットが入ってきた。オビ＝ワンは彼を見たとたん、すぐにわかった。最年長のクローンよりも、この男のほうがはるかに年配だし、彼の顔には傷や穴がある。不精ひげもはえている。年齢のせいで体も太めだが、この男がクローンのオリジナルであることは明らかだった。オビ=ワンが荒っぽい場所で出会うならず者と同じように、相手に威圧感を与える、たくましい体つきの男だ。クローンよりも何キロか余分な肉がついているとはいえ、それは長年のタフな生活で鍛えられた筋肉だった。ジャンゴの太い両腕には、オビ=ワンが見たこともない、なんだかわからない図柄の刺青《いれずみ》があった。

彼はジャンゴの目に疑惑が宿っているのを見てとった。この男はまるで、いまにも獲物に飛びかかろうとしている猛獣のように見える。

「お帰りなさい、ジャンゴ」トーン・ウィーが言った。「実りある旅でしたか?」

オビ=ワンは賞金稼ぎを観察した。どこから戻ったのか?　だが、ジャンゴは筋金入りのプロだと見えて、トーン・ウィーの言葉にたじろぐどころか、顔の筋肉ひとつ動かさない。

「まあな」ジャンゴはほとんど敵意をむきだしにしてオビ=ワンを見たまま、さりげなく答えた。

「こちらはジェダイ・マスター、オビ=ワン」トーン・ウィーはその場の緊張を和らげようとして明るい声で言った。「進行状況を査察にきたのです」

「へえ?」ジャンゴが本当の答えを知りたがっているとしても、彼の表情からはその気配はうかがえなかった。

「きみのクローンには感心した」オビ=ワンは言った。「さぞ誇らしいだろうな」

「おれはただ、なんとか生きていこうとしている男さ、マスター・ジェダイ」

「わたしたちはみなそうだ」オビ=ワンはようやくジャンゴの顔から目を離し、手がかりを探して部屋を見まわした。ジャンゴがでてきた部屋のドアが半分開いている。あそこに見えるのは装甲服か?　クローダイトの殺し屋に毒矢を放ったロケットの男も、同じように傷だらけで汚れた装甲服を着ていた。それにあのヘルメットには、コルサントで見たものと同じように目と口のところに青いスリットがある……だが、もっとよく見ようとすると、ジャンゴが彼の前に立ちはだかり、視界をふさいだ。

「コルサントに行ったことはあるかい?」オビ=ワンはいきなりそう尋ねた。

「一度か二度はな」

「最近は?」

賞金稼ぎは再び疑いをむきだしにした。「あるかもしれん……」

「すると、マスター・サイフォ=ディアスを知っていたにちがいない」オビ=ワンはとっさにそう言った。論理的に導きだした結論というわけではなかったが、この男の反応が見たかったのだ。

だが、男はなんの反応も示さなかった。ジャンゴ・フェットはオビ=ワンの前から動こうとせず、オビ=ワンがそれとなく体の角度を変えて、ジャンゴの後ろの部屋をのぞこうとすると、暗合で子供に命じた。「ボバ、あそこのドアを閉めろ」

子供が寝室のドアを閉めると、ようやくジャンゴ・フェットは尊大な調子で横に寄り、尋ねた。

「マスターだれだって?」

「サイフォ=ディアスだ。きみをこの仕事に雇ったのは彼だと聞いたが?」

「知らんな」ジャンゴは答えた。彼の答えにうそがまじっていたとしても、オビ=ワンには探知できなかった。

「本当か?」

「おれはボグデンの月のひとつで、ティラナスという男に雇われたんだ」ジャンゴが言った。オビ=ワンには、やはり真実を言っているように聞こえた。

「ふむ、おもしろい……」オビ=ワンは驚いてつぶやき、ちらっと目をふせた。このあらたな事実が何を意味するのか、まったく見当もつかない。

「あの軍隊が気に入ったか？」ジャンゴ・フェットが尋ねた。

「ああ、戦うところが見たいものだ」

ジャンゴはこの言葉の裏に隠れた意味を探るように、オビ=ワンをじっと見つめた。そしてそれから、そんなことはどうでもいいと言わんばかりに歯を見せて笑った。「彼らはいい兵士だ。それはおれが保証するよ」

「きみのように？」

ジャンゴ・フェットは笑みを消した。

「時間を割いてくれてありがとう、ジャンゴ」オビ=ワンはけわしい顔に向かってそう言い、トーン・ウィーと一緒にドアに向かった。

「ジェダイと会うのはいつでも歓迎さ」ジャンゴは脅しをこめたような調子でそう答えた。

だが、オビ=ワンは言い返すつもりはなかった。ジャンゴ・フェットは危険な男だ。狡猾《こうかつ》で油断がならない。おそらくどんな武器にも精通しているにちがいない。これ以上何かを聞きだそうとする前に、これまで手に入れた情報をコルサントのジェダイ・カウンシルに送るべきだろう。このクローン軍だけでも驚くべき事実だ。恐ろしい事実だ。しかもカミーノアンの説明も、いっこうになぞに対する答えを与えてくれない。

それに、パドメ・アミダラが襲われた夜、オビ=ワンがコルサントで見た男は、あのジャンゴ・フェットなのか？

オビ＝ワンの直観はそうだと告げていた。だが、ジャンゴは亡きジェダイ・マスターの依頼したとされるクローン軍のオリジナルに選ばれた男でもある。

トーン・ウィーと並んで、オビ＝ワンはジャンゴのアパートをでた。ドアが彼の後ろで閉まると、オビ＝ワンは足を止め、フォースを集めてそれを送った。

ドアの電子錠が静かにかかった。

「あれは、彼の宇宙戦闘機だったんだね。そうでしょう、父さん？」ボバが尋ねた。「あの人はジェダイ・ナイトだ。だから、R４-Ｐユニットを使ったんだ」

ジャンゴはうわの空でうなずいた。

「そうだと思った！」ボバはうれしそうに叫んだ。するとこの喜びを断ち切るようにジャンゴが言った。

「荷造りしろ。ここをでる」ジャンゴはそう言って怖い顔でにらんだ。

ボバがその理由を尋ねようと口をあけると……。

「いますぐだ」ジャンゴは言った。ボバは転びそうになりながら大急ぎで自分の部屋に向かった。

ジャンゴ・フェットは首を振った。せっかく静かに暮らしているのに、なんということだ。彼はパドメ・アミダラに関する契約を結んだ自分の決断に、またしても疑問を感じないではいられなかった。正直言って、この仕事を持ちかけられたとき、彼は驚いた。しかし、彼の雇い主は必要な協力を得るには、なんとしてもあの元老院議員を殺さねばならないと言って譲らず、ジャンゴが拒めないほど多額の報酬を申しでたのだった。この仕事を引退し、ボバと好きな惑星で快適に暮らせるだけの報酬を。

そのときには、この仕事のせいでジェダイ・ナイトたちとやりあうことになるとは思いもしなかった。

彼はボバの部屋に目をやった。

いまジェダイと事を構えるのは、彼の望みではなかった。そうとも、ジェダイほど敵に回せば厄介な相手はいない。

17

パドメは急に目がさめた。そして自分の周囲に異変を探した。何かがおかしい。彼女はとっさにそう感じてベッドを飛びおり、あのムカデのような生物が、またしても自分の上をはっているのではないかと、恐怖に駆られてそれを振り払おうとした。

だが、部屋のなかは静かで、おかしなものはひとつもない。

目がさめた原因は、この部屋にはなかった。

「よせ！」隣の寝室から叫び声が聞こえた。アナキンが眠っている部屋だ。「やめろ！　母さん！　よせ！」

パドメはベッドをおりてドアに走った。ローブをつかもうともせず、自分が短いシルクのパジャマを着ていることさえ忘れていた。ドアのところで、彼女は足を止め、聞き耳を立てた。アナキンの寝室からうめき声と、それにつづいて叫び声がもれてきた。どうやら、具体的な危険が迫っているわけではなく、また夢を見てうなされているようだ。ナブーに来る途中でよくうなされていたように。彼女はドアを開け、なかをのぞいた。

アナキンはベッドの上でもがきながら、繰り返し、「母さん！」と叫んでいた。パドメはためらいがちになかに入った。

するとアナキンは落ち着き、寝返りを打った。夢だか、未来の光景だかは、どうやら過ぎ去ったらしい。パドメは肌もあらわな格好に気づき、自分の部屋に戻って、静かにドアを閉めた。そして長いことアナキンの様子に気を配っていた。ベッドに戻ったのは、それ以上もだえる様子もなく、叫び声も聞こえないのを確かめてからだった。

そして暗がりのなかで目をあけ、アナキンのことを考えつづけた。彼のそばにいてあげたかった。彼を抱きしめ、悪夢を鎮めてあげたかった。それができたら……でも、彼らはこの危険な立場をすでに話し合い、どういう態度をとるべきか了解に達したのだ。彼女がアナキンのベッドに潜りこむことは、そのなかには含まれていない。

翌朝、パドメは東のバルコニーで湖の日の出を眺めているアナキンを見つけた。彼は手摺《てす》りのそばに立ち、パドメが近づいても気づかないほど考えに沈んでいた。

途中から、彼がただ考えこんでいるだけではなく、深く瞑想《めいそう》していることに気づいて、できるだけ静かにきびすを返した。

「行かないで」アナキンが言った。

「邪魔をしたくないの」パドメは驚いて答えた。

「きみがそばにいてくれると心がなごむ」

パドメはこの言葉を考え、それをうれしく思っている自分をたしなめながらも、自分の気持ちを否定できずに、静かな表情のアナキンを見つめた。アナキンは彼女の目には若いヒーローに映った。このジェダイ・パダワンは、おそらくやがてだれよりも偉大なジェダイになるだろう。でも彼女にとってアナキンは、一〇年前のトレード・フェデレーションとの戦いのときに知り合った少年、好奇心の強い、衝動的で、人をいらだたせる、それでいて憎めない少年でもある。

「夕べまた悪夢にうなされていたわ」アナキンが目をあけると、パドメは静かに言った。

「ジェダイは悪夢は見ない」怒ったような答えが返ってきた。

「聞こえたのよ」パドメは急いで答えた。

アナキンはかたい表情のパドメを見て目をふせた。

「母さんの夢を見たんだ。きみを見ているのと同じように、はっきり母さんが見えた。苦しんでいた。彼らが殺そうとしているんだ！　ひどい痛みを感じていた！」

「だれが？」パドメはアナキンに歩み寄り、彼の肩に手を置きながら尋ねた。近くから見ると、アナキンの目には驚くほど強い決意が浮かんでいた。

「これはきみを守れという命令にそむくことになる。罰を受けるだろうし、たぶんジェダイ・オーダーから放りだされるだろう。だが、行かなくてはならない」

「行く？」

「母さんを助けに！　ごめんよ、パドメ」青い目には彼のつらい気持ちが表れていた。「でも、行くしかないんだ」

「もちろんよ。お母さんがひどい目にあっているのなら」

アナキンは感謝をこめてうなずいた。

「わたしも一緒に行くわ」彼女はとっさに心を決めた。アナキンは驚いて目をみはり、言い返そうとした。だが、パドメは微笑でそれを抑えた。

「それならわたしを守れるでしょう？　命令にそむいたことにはならないわ」

「ジェダイ・カウンシルがきみを守れ、と言ったのは、そういう意味じゃないよ。ぼくの行く場所は危険かもしれない。そこにきみを連れていくのは……」

「危険な場所ね」パドメは残りを引きとって笑った。「わたしがこれまで行ったことのないところだわ」

パドメの決断に驚きながらも、アナキンは微笑を返した。なぜか彼にもよくわからないが、パドメが自分の計画に賛成し、それに荷担してくれることで、命令にそむくことにもほとんど罪悪感を覚えなかった。


パドメの流線型の宇宙船がハイパースペースを飛びだすと、そこにはナブーとはまるで違う茶色い惑星タトゥイーンがあった。生命の満ちあふれたみずみずしいナブーに比べると、宇宙空間に引っかかっている、ただの茶色い岩のかたまりにしか見えない。

「わが家だ、わが家だ、行って休もう」アナキンは子供のころの歌を口ずさんだ。

「暖炉と愛、家と巣に」パドメがそのあとを歌う。

アナキンは驚いて彼女を見た。「この歌を知ってるの?」

「だれでも知っているわ」

「ぼくは知らなかった。つまり、ほかの人たちが知ってることをさ……母さんがぼくのために作ってくれた歌だと思っていたよ」

「あら、ごめんなさい。そうだったのかもしれないわ。わたしの母が歌ってくれた歌とは違うかもしれない」

アナキンは疑わしそうに首を振ったが、何も言わなかった。彼はパドメがこの歌を知っていること、これが普通の母親が子供に歌って聞かせる歌だということに、不思議な喜びを感じた。パドメとの共通点がひとつでも増えたこともうれしかった。

「まだ、進入座標を送ってこないわね」

「こっちから尋ねないかぎり、何も言ってこないのかもしれない」アナキンは答えた。「ここはほかの場所とはやり方が違うんだ。自分で適当な場所を見つけて駐《と》め、それをだれも盗まないことを祈る、って具合さ」

「ステキ。昔と同じね」

アナキンはパドメを見てうなずいた。タトゥイーンは、パドメが宇宙船の修理をするためにオビ＝ワンやクワイ＝ガン・ジンと降りざるをえなかった一〇年前と、どれくらい変わっているだろう？　アナキンは微笑を浮かべようとしたが顔がこわばった。さまざまな不安がこみあげてくる。母は大丈夫だろうか？　彼の夢は将来の光景なのか？　すでに起こったことなのか？

彼は大気圏を突き抜け、猛スピードで空を飛び、ぐんぐん降下していった。やがて地平線に建物が見えてきた。「モス・エスパだ」

急降下していくと、通信機からかん高い抗議の声が聞こえた。しかし、アナキンはモス・エスパのことなら知り尽くしている。まるで昨日までそこにいたように、彼は町の端をいったん通過して、いかにも商人や傭兵《ようへい》が乗りそうな宇宙船があちこちに止まっている着床ベイの真ん中に降りた。

「許可なく降下することはできんぞ！」背中から尻尾の先までトゲが突きでている、ずんぐりした鼻を持つ豚のような顔の役人がほえるように叫んだ。

「だったら、許可してくれてよかった」アナキンは落ち着き払ってそう言い、かすかに片手を振った。

「ああ。許可してよかったよ！」ドックの役人は上機嫌でそう答えた。アナキンと一緒に彼の横を通りすぎながら、パドメがくすくす笑った。

「アニー、悪い子ね」ほこりっぽい通りにでながら、彼女はそう言った。

「あのベイに降りるために何十隻という船が並んでいるわけじゃないからね」アナキンはあの豚のような役人をうまくフォースでまるめ込むことができてすっかり気をよくし、片手を振って浮揚しているリクショーを降ろした。足の代わりに車輪がある小型で細身のES-PSAドロイドが引いている乗り物だ。

アナキンが住所を告げると、それはリクショーに乗った彼らを引いて、邪魔なものをひょいひょいよけ、行く手をふさぐものを鋭い音で追い払いながらモス・エスパの通りを走りだした。

「彼がかかわっていると思う？」パドメはアナキンに尋ねた。

「ワトーが？」

「ええ。あなたのもとご主人は、たしかそういう名前だったわね」

「ワトーが母さんにひどいことをしていたら、背中の翼を引っこ抜いてやる」アナキンは本気でそう言った。ワトーがシミの苦難とまったく関係がなくても、あのトイダリアンに再び会ったら、やはりそうしたくなるかもしれない。モス・エスパのほとんどの奴隷主よりも、ワトーの待遇はよかったし、あまり頻繁になぐられたおぼえもなかったが、オビ=ワンやクワイ=ガン・ジンが自分を買い戻してくれたとき、ワトーが母を離そうとしなかったことを、アナキンは恨みに思っていた。たぶんこれは、母を残し、自分だけが自由の身になった後ろめたさの裏返しなのだろう。結局のところワトーは、意地悪でシミを放さなかったのではない。ただ、利にさとい商人だったというだけだ。

「ここだ、エスパサ」アナキンはドロイドに言った。リクショーはゆっくりと速度を落とし、アナキンがよく知っている店の前で止まった。まるい体に長い鼻の、翼のあるトイダリアンが、ドアの近くにあるスツールに座り、ドロイドの部品らしきものを電子ドライバーで突ついている。昔と同じように黒いまるい帽子を頭にのせ、小さなベストをできるかぎり胴の真ん中に引っぱって着ている。

アナキンは長いことワトーを見つめていた。リクショーを降りたパドメが、彼に向かって手を差し伸べた。

「ここで待っていて」彼女はドロイドに指示した。「お願い」

「ノ・チュバ・ダ・ワンガ、ダ・ワンガ?」ワトーが壊れた部品とその部品に群がり、手伝おうとしている三体のピット・ドロイドに向かってわめいた。

「ハット語だよ」アナキンはパドメに説明した。

「〝違う、それじゃない――あれだ!〟でしょう?」彼女はそう言って、驚いているアナキンの顔を見て付け加えた。「クイーンになるのは簡単なことだと思っているの?」

アナキンは首を振りながら、ワトーを見た。そして何度かちらちらパドメに目を戻しながら、ワトーに近づいていった。「チュット・チュット、ワトー」アナキンはあいさつした。

「ケ・ブーダ?」驚いた答えが返ってきた。

「ディ・ノヴァ、チュット・チュット」ピット・ドロイドの立てるうるさい音に、彼の声はともすればかき消されそうだ。

「ゴ・アナ・ボパ!」ワトーは三体に向かって叫んだ。この命令でドロイドたちは即座に停止し、待機の位置についた。

「ディング・ミ・チャサ・ホパ」アナキンはそう言ってワトーの手から壊れた部品を取り、巧みにそれを操作した。ワトーは少しのあいだ彼を見ていたが、それから昆虫のような目を、驚きのせいでさらに大きくみはった。

「ケ・ブーダ?」彼は尋ねた。「ヨ・バアン・ピー・ホタ。ノ・ウェガ・ミ・コンドルタ。キン・チャサ・デュ・ジェダイ。ノ・バタ・テュ・テュ」

「彼にはあなたがわからないんだわ」なんだか知らんが、わしは何もしとらんぞ、というワトーの最後の言葉に、パドメは笑いをこらえながらアナキンにささやいた。

「ミ・ボスカ・ディ・シミ・スカイウォーカー」アナキンはぶっきらぼうに言った。

ワトーは疑わしそうに目を細めた。彼のもと奴隷を探しにきたのはだれなのか? トイダリアンの目はアナキンからパドメに移り、再びアナキンに戻った。

「アニーか?」彼はベーシックで尋ねた。「小さいアニーか? まさか!」

アナキンは答える代わりに両手をさっとひねった。彼の手のなかの機材が低いうなりを発して動きだす。彼はにっこり笑ってそれをワトーに差しだした。

壊れたドロイドの部品をこれほどすばやく直せる者は、それほど多くはない。

「アニーか!」トイダリアンは叫んだ。「おまえか!」彼は翼を狂ったように動かしてスツールから浮き上がると、空中に浮かんだ。「ずいぶんでかくなったな!」

「しばらくだね、ワトー」

「ヒャッホー!」トイダリアンは叫んだ。「ジェダイだ! こいつはたまげた。おい、ついでにわしの借金を踏み倒しとるやつらに、ちょいとにらみを……」

「母さんは……」

「ああ、そう、シミだな。シミはもうわしのもんじゃない。彼女は売ったんだ」

「売った？」アナキンはパドメが自分の腕をぎゅっとつかむのを感じた。

「ずいぶん前のこった」ワトーは言った。「すまんな、アニー。だが、商売は商売だ。買ったのは水分抽出農場のラーズという農夫だ。たしかラーズという名前だったと思うが。信じられんだろうが、そいつはシミを自由にしたあとで、彼女と結婚したそうだ。驚くじゃないか」

アナキンは思いがけない知らせにとまどいながら首を振った。「彼らがどこに住んでいるか知っているかい？」

「ずっと遠くだ。たしかモス・アイズリーの向こう側だった」

「もう少し特定できる？」

ワトーは少しのあいだ考え、それから肩をすくめた。

「知りたいんだ」アナキンはかたい決意を浮かべた厳しい顔で言った。見ようによっては脅しているようにもとれる。ワトーは顔をこわばらせたものの、こう言った。

「ああ、いいとも。帳簿を見てみよう」

三人は店のなかに入った。店のなかを見ると、さまざまな思い出がせめぎよせた。何時間、何年、ワトーが持ってくるものを直しながらここで、さもなければ裏にある廃品置き場で過ごしたことか。ポッドレーサーを作った部品も裏で集めたのだった。ここの思い出のすべてが、悪いものばかりではなかった。ただ、奴隷という身分がよい思い出すら味気ないものにしていたのだ。ワトーの奴隷だという身分が。

ワトーにとっては幸いなことに、彼の帳簿には、クリーグ・ラーズというその農夫の水分抽出農場の場所が書いてあった。

「ゆっくりしていかんか、アニー」ワトーはシミの新しい所有者——さもなければ、夫？——に関する情報をアナキンに提供したあとで言った。

アナキンは黙ってきびすを返し、店をでた。ワトーが母のことでうそをついているか、母を傷つけていればべつだが、ワトーとこの店を見るのはおそらくこれが最後になるだろう。

「さきほどのところに戻ってくれ、エスパサ」彼は再びパドメとともにリクショーに乗ると、ドロイドに命じた。「急げ」

「何か飲み物でもどうだ、アニー？」ワトーが戸口から声をかけてきたが、そのころにはほこりの跡を残し、ふたりともすでに店の前を離れていた。

「アニー・デュ・ジェダイ」ワトーはつぶやきながら、両手をふんというように振り上げた。「驚いたわい」


アナキンは宇宙船に戻ると、着床のときより乱暴な操縦で急発進し、もう少しで降下してくる小型貨物船とぶつかりそうになった。

モス・エスパの管制塔からも、ひとしきり抗議の声があがったが、彼は通信機のスイッチを切り、すごい速さで町の上空を横切った。彼らはすぐにポッドレースが行なわれる競技場の上を通過していた。昔はよくこの競技場のレースに出場したものだが、彼はほとんどそれを見下ろしもせず、宇宙船をまっすぐ砂漠に向け、モス・アイズリーに向かった。モス・アイズリーの宇宙港が見えてくると、彼は北に方向を転じてそれを横切り、上昇した。

やがて水分抽出農場がひとつ見えてきた。それからもうひとつ。三つめの農場はほぼ町からまっすぐのところにある。

「あれだわ」パドメが言った。アナキンは厳しい顔でうなずき、農場を見下ろすがけの上に宇宙船を降ろした。

「本当にもうすぐ母さんと会えるんだ」彼はそうつぶやいてエンジンを切った。

パドメが彼の腕をぎゅっとつかみ、励ますようにほほえんだ。

「母さんをあんな状態で残していくのがどんな気持ちだったか、きみにはわからないよ」

「わたしはしょっちゅう家族を残していくわ」パドメは答えた。「でも、あなたの言うとおりね。それとは違う。わたしには奴隷であるのがどんな気持ちか想像もつかないわ、アナキン」

「自分の母親が奴隷だと知るよりもひどいことさ」

パドメはうなずいた。「R2、宇宙船にいてね」彼女はドロイドに命じた。R2はビーッと鳴いて了解した。

農場に向かって歩いていくと、いちばん先に目に入ったのが、さえない灰色の覆いをつけた細いドロイドだった。明らかにオイル・バスが必要だと見えて、ぎこちなく体をかがめ、フェンスのセンサーのようなものをいじっている。彼らが近づいていくと、それは痙攣《けいれん》するような動きで体を起こした。

「おや、こんにちは」彼はあいさつした。「なんのご用でしょう？　わたくしはC――」

「3PO？」アナキンは自分の目が信じられずに、ささやくように言った。

「おやまあ！」ドロイドは叫び、激しく震えはじめた。「創造主《マイ・メーカー》よ！　アナキン様！　お帰りになると思っていました！　ええ、そうですとも！　そして、こちらはパドメ様ですね！」

「こんにちは、3PO」

「なんとまあ、回路がぶっ飛びそうだ！　おふたりに会えてこんなうれしいことはありません！」

「母さんに会いにきたんだ」アナキンが言うと、ドロイドは鋭く彼に向きなおり、それから体を縮めて身を引いた。

「思いますに……それは……」3POは口ごもった。「とにかく家にまいりましょう」3POは片手でふたりを招きながら、農家に向かった。

アナキンとパドメは不安そうに顔を見合わせた。アナキンは不吉な予感に胸が騒いだ。最近の悪夢のことを考えると……。

ふたりが追いついたときには、3POは前庭で叫んでいた。「クリーグ様！　オーウェン様！　重要なお客様をふたりお連れしました！」

すぐに若い男女が家の外にでてきて、アナキンとパドメを見て足を止めた。

「アナキン・スカイウォーカーだ」アナキンは名乗った。

「アナキン？」若者は彼の名前を繰り返し、目をみはった。「きみがアナキンか！」

そのそばにいた女性は片手で口を覆い、ささやくように言った。「ジェダイのアナキン！」

「ぼくを知ってるの？　シミ・スカイウォーカーはぼくの母さんなんだ」

「おれの母さんでもある」若者は言った。「本当の母さんじゃないが」アナキンのけげんそうな顔に、彼は急いで付け加えた。「でも、同じように思ってる」彼は片手を差しだした。「オーウェン・ラーズだ。これは友だちのベルー・ホワイトサン」

ベルーはうなずいた。「こんにちは」

パドメはアナキンが自分を紹介してくれそうもないのを見て、前に進みでた。「パドメよ」

「おれときみは兄弟ってことになるな」オーウェンはシミからあれほど聞かされた、若いジェダイの顔を見ながら言った。「きみが来るかもしれないと思っていたよ」

「母さんはここにいるのかい？」

「いや、いない」オーウェンとベルーの後ろ、戸口の影のなかからしゃがれた声がした。四人がそろって振り向くと、がっしりした体格の男が浮いているいすに座って滑るようにでてきた。片方の足がなく、もうひとつの足にも分厚い包帯が巻いてある。アナキンはそれが最近の傷であることを即座に見てとり、心臓がのどまで跳ねあがった。

「クリーグ・ラーズだ」男は彼らに近づいてそう名乗り、片手を差しだした。「シミはわしの妻だ。なかに入ってくれ。話すことがたくさんある」

アナキンはまるで夢を、恐ろしい夢を見ているような気持ちで彼に従った。

「夜明け前のことだった」オーウェンと並んでキッチンのテーブルに近づきながら、クリーグが言った。ベルーはお客のために、あり合わせの食べ物と飲み物を手早く用意しはじめた。

「彼らは突然姿を現したんだ」オーウェンが言った。

「タスケン・レイダーたちの一隊が」クリーグが付け加える。

アナキンは暗い予感に足の力が抜けそうになるのを感じながら、オーウェンの向かい側に崩れるように座った。タスケン・レイダーたちとは彼も出会った経験がある。かつてひどいケガをしていた男を助けたことがあるのだ。明け方仲間が現れ、男を連れ去ったが、タスケンにしては珍しく、アナキンには危害を加えなかった。だが、彼の場合は非常に幸運だったのだ。タスケンは獰猛《どうもう》な種族だ。アナキンは不吉な胸騒ぎを感じた。

「きみのお母さんはまだ夜が明けないうちに外にでたんだ。いつものように、蒸発機の上にできたマッシュルームを採りにな」クリーグは説明した。「足跡の具合からすると、途中で彼らに襲われた。タスケンは残酷なやつらだ」

「彼らが近くにいる徴候はたくさんあった」オーウェンが口をはさんだ。「母さんは外にでちゃいけなかったんだ！」

「だが、恐怖で縮こまって生きるわけにはいかん！」クリーグが息子にどなったが、すぐに気を鎮め、再びアナキンに顔を向けた。「シミはタスケンが立ち去ったと思ったにちがいない。わしらもやつらがこれほど強いとは思わなかった。あのタスケンたちはこれまで見た何よりも、だれよりも強い。シミを取り戻すために、三〇人であとを追ったんだが、戻ってこられたのはわずか四人だけだった」

彼は顔をしかめ、片足をさすった。アナキンはクリーグ・ラーズの痛みをはっきりと感じた。

「わしは戻るつもりはなかったが……足を切られては……」クリーグの声が割れ、言葉が途切れた。

「もう乗り物にも乗れん」クリーグが言葉をつづけた。「傷が治るまではな」

クリーグ・ラーズは落ち着きを取り戻そうとするように深く息を吸いこんで、肩に力をこめた。

「もっと違う会い方をしたかったな」彼は言った。「お母さんとわしは、何度もきみと会うところを想像したものだ。シミをあきらめたくはないが、さらわれてからもう一か月になる。これほど長く生きていられる望みはほとんどない」

この言葉はとげのあるむちのようにアナキンを打った。彼はこの場から身を引き、自分のなかに閉じこもった。フォースのなかに。そして母との強いきずなを頼りに、母の状態を探ろうとした。

それからいきなり立ち上がった。

「どこへ行くんだ?」オーウェンが尋ねた。

「母さんを探しにいく」アナキンは厳しい声で答えた。

「だめよ、アニー!」パドメが叫んで彼の腕をつかもうと立ち上がった。

「シミは死んでいる」クリーグがあきらめきった声で言った。「現実を受け入れるんだ」

アナキンは彼らをにらみつけた。「母さんは苦しんでる」彼はあごをこわばらせ、歯ぎしりした。「ずっと苦しみつづけてる。ぼくは母さんを見つけるよ」

つかのまの静寂のあとオーウェンが言った。「おれのスピーダーバイクを使うといい」彼はぱっと立ち上がってアナキンの横を通りすぎた。

「母さんは生きている」アナキンはパドメに顔を向けた。「ぼくにはわかるんだ」

パドメはたじろいだが、何も言わずにオーウェンのあとに従うアナキンの腕を放した。

「もう少し早く来てくれれば」クリーグがつぶやいた。

パドメは、彼と彼を抱きしめているベルーを見た。

口先だけの慰めはこのふたりには無意味だ。パドメはきびすを返し、アナキンとオーウェンのあとを追った。だが、追いついたときには、オーウェンは家に戻ってくるところだった。アナキンはスピーダーバイクのそばに立って、何もない砂漠を見つめていた。

「きみはここで待っていてくれ」アナキンは駆け寄ったパドメに言った。「彼らはよい人たちだ。ここなら安全だよ」

「アナキン……」

「母さんは生きている」アナキンは砂丘を見つめたまま言った。

パドメは彼をぎゅっと抱きしめ、ささやいた。「見つけてきて」

「すぐ戻るよ」彼は約束し、スピーダーバイクにまたがってエンジンをかけ、あっという間に遠ざかった。

18

その知らせは、コルサントにあるジェダイ・テンプルに、攪乱《スクランブル》コード5を使い、「故郷の長老たち」気付で届いた。これは極めて重要な送信に使われる方法だった。

彼らはそれをヨーダの住まいで受けた。メイス・ウィンドゥは左右の廊下を確認し、それから注意深くドアを閉めた。

彼らの前に、オビ=ワン・ケノービのホログラムが現れた。オビ=ワンは明らかに不安そうで、何度も肩ごしに振り向きながら言った。

「マスターの方々《マスターズ》、わたしはカミーノの首相、ラマ・スーと首尾よく会うことができました」

「うむ、目当ての惑星は見つかったのだな」ヨーダが言った。

「子供たちが予測したところにありました」オビ=ワンは答えた。「カミーノアンたちはクローンを作っています――それも銀河一のクローンを。これまで見たかぎりでは、この主張にうそはなさそうです」

ふたりのマスターはけげんそうにまゆを寄せた。

「彼らはジャンゴ・フェットという名前の賞金稼ぎを使って、彼のクローンで軍隊を作っているのです」

「軍隊だと？」メイス・ウィンドゥが驚いて聞きなおした。

「共和国のための」驚くべき答えが返ってきた。「それだけではありません。その賞金稼ぎは、アミダラ元老院議員の暗殺計画にもかかわっているようです」

「そのクローン作りの種族もかかね？」

「いいえ、マスター、カミーノアンにはその動機はなさそうです」

「勝手な推測は控えるべきだぞ、オビ＝ワンよ」ヨーダがたしなめた。「この陰謀の黒幕を突きとめるには、思考を曇らせてはならん」

「はい、マスター」オビ＝ワンは従順に答えた。「ラマ・スー首相は最初のクローン軍を配達する準備ができていると言っています。もっと必要なら、あと一〇〇万の兵士は、まもなく完成するが、追加を育てるには少し時間がかかるそうです」

「一〇〇万のクローン戦士だと？」メイス・ウィンドゥが驚きの声をあげた。

「はい、マスター。彼らはほぼ一〇年前に元老院の要請を受けたマスター・サイフォ＝ディアスから、クローン軍の発注を受けたそうです。マスターはそのときには、すでに殺されていたと思うのですが……。カウンシルはクローン軍の発注を許可したのでしょうか？」

「とんでもない」メイス・ウィンドゥは即座に否定した。ヨーダに確認をとろうともしなかった。

「だれがその依頼をしたにせよ、ジェダイ・カウンシルは許可していない」

「では、どうして？　なぜ、こんなことが？」

「なぞが深まったな」メイス・ウィンドゥが言った。「このなぞはなんとしても解かねばならん。もはやことはアミダラ議員の安全のためだけではない」

「ここのクローンは驚異的です、マスター」オビ=ワンは説明した。「彼らはひとつの目的のために作られ、訓練されています」

「ジャンゴ・フェットを捕らえるのだ、オビ=ワンよ」ヨーダが命じた。「ここに連れてくるがよい。彼を尋問せねばならん」

「はい、マスター。彼を捕らえしだい報告します」オビ=ワンはちらっと肩ごしに振り向いて、突然、R4に通信を切るように命じた。

「クローン軍とは……」ホログラムが消え、再びヨーダとふたりだけになったメイス・ウィンドゥがつぶやいた。「サイフォ=ディアスは、なぜ……」

「この依頼がいつなされたのか、それが手がかりになるかもしれん」ヨーダの言葉に、メイス・ウィンドゥはうなずいた。場合によっては、サイフォ=ディアスが死ぬ直前に発注した可能性もある。

「そのジャンゴ・フェットという男がアミダラ議員の暗殺計画にかかわっているとすると、その男が共和国のために作られたクローン戦士のオリジナルとなったのは……」メイス・ウィンドゥは言葉を切り、首を振った。この一致は、たんなる偶然だと片づけるには、あまりにも大きすぎる。しかし、いったいどんな形で結びつくのか？　クローン軍を作ることに決めた者たちがだれにせよ、その軍隊が使われることにアミダラ議員が強硬な反対を唱えるのを恐れたのだろうか？

メイス・ウィンドゥは額をこすり、ヨーダを見た。同じなぞに思いをめぐらしているのだろう、ヨーダは目を閉じていた。おそらくは同じように、いやもっと心を悩ませているにちがいない。

「このクローン軍のことが見えなかったとは、われらは何も見えておらんな」ヨーダが言った。

「われわれのフォースの力が弱まっていることを、元老院に報告すべきだろうな」

「われらが弱っているのを知っているのは、シスの暗黒卿《ダーク・ロード》たちだけよ」ヨーダは答えた。「元老院に報告すれば、われらの敵は何倍にも増える」

ふたりのジェダイ・マスターにとっては、この驚くべき展開はさまざまな理由で憂うべき事態だった。

オビ=ワンは注意深く廊下を進んでいた。ジャンゴ・フェットの仕事ぶりはまったくわからないが、その昔、マスターが彼のクローンで軍隊を作ろうとしたほどの男だ、おそらくすご腕にちがいない。彼は立ち止まり、目を閉じて、フォースでジャンゴ・フェットの位置を探ろうとした。ジャンゴがこの付近にいないことはすぐにわかった。オビ=ワンはアパートのドアに近づいた。そしてドア枠に沿って手を滑らせ、わながないことを確かめてから、錠に触れ、ドアを開けようとした。まったく動かない。

オビ=ワンはライトセーバーで入り口を作ろうとしたが、思いなおした。カミーノアンにわざわざ疑いの種を与えることはない。彼は目を閉じ、錠にかけた手を通じて、そこにフォースをそそぎ、簡単にそれを解除した。片手にライトセーバーを持ったまま、再びドアを開けると、それはなめらかに開いた。

部屋のなかをひと目見て、オビ=ワンは武器が必要ないことを見てとった。アパートはひどく散らかっていた。引き出しという引き出しが開いたまま、床に放りだされているものもある。いすはひっくり返っていた。

横にある寝室も乱雑きわまりない状態だった。どこを見ても、急いで引き払ったあとが歴然としている。

オビ=ワンは手がかりを求めてぐるりと見まわした。するとリビング・エリアのカウンターにある、薄型のコンピューター・セットに目が留まった。彼はそれに駆け寄り、スイッチを入れた。画面にでてきたのは、保安ネットワークだ。このアパートの周辺のさまざまな位置に備えつけたカメラの映像が呼びだせる。オビ=ワンはそれを順番に見ていった。たったいま自分が歩いてきた廊下や、さまざまな角度からのこのアパート。雨に打たれる屋上。トランスパリスチールの窓を通して、オビ=ワン自身の姿も見える。

彼は疑わしいものに行き当たるたびにレンズを広角に切り替え、大写しにしながら、画面をスクロールしつづけた。

すると、近くの着床パッドと、そこにあるひらべったい基礎の奇妙な形の宇宙船が見えた。狭いコンパートメントのある先端へと、鋭くとがっている。ふたりか、せいぜい三人乗りだろう。

そしてその宇宙船に向かって、いまでは見なれた姿が走っていく。ボバ・フェットか、クローンのひとりが。

オビ=ワンは満足そうにうなずき、にやっと笑いながらその少年の姿を追った。するとそのなめらかな動きと一連のちょっとした動作から、それは制御され、条件づけられたクローンではなく、ボバ・フェットであることがわかった。

だが、オビ=ワンの微笑はそこで消えた。もうひとつの姿が画面に入ってきたからだ。ジャンゴ・フェットが。やはりあれはザム・ウェセルを雇った男と同じ装甲服だ。オビ=ワンはそう確信してアパートを飛びだし、屋上への出口を探しながら廊下を走った。

「ああ、操縦させてやる」ジャンゴはボバに言った。

ボバは大喜びで空中にこぶしを突き上げた。スレーヴIを操縦できるんだ！　ボバが最後に制御装置の前に座ってから、もう何か月もたっていた。

「だが、離床のときはだめだぞ」ジャンゴがそう言って、少年の喜びに水を差した。「急ぐからな。しかし、早めにハイパースペースからでるとしよう。おまえがこいつを少し飛ばせるように」

「降下も？」

「そいつはどうかな」

これが「だめだ」という意味であることはボバも知っていたが、しつこくねだるのはやめた。何か大きな、危険なことが起ころうとしているのがわかっていたからだ。そこで彼は父が与えてくれたチャンスだけで満足し、それに専念することにした。彼はバッグを持ち上げ、昇降路を上がって、狭い倉庫に入れた。タラップの途中でジャンゴを振り向くと、その向こうにターボリフトから飛びだし、土砂降りのなかをこちらに走ってくる人間の姿が見えた。

「父さん！　見て！」

ジャンゴがくるりと振り向く。ボバの目はさらに大きくなった。走ってくるのは、あのジェダイだ……そして彼はライトセーバーを手に持っている！　激しい雨のなかでかん高い音を立て、青い光刃が現れた。

「乗れ！」ジャンゴはボバに叫んだ。だが、父がブラスターをつかみ、駆け寄るジェダイに向かって撃つのを見て、ボバはためらった。ジェダイは驚くばかりの反射神経で、飛んでくるビームを切り捨て、偏向している。

「ボバ！」ジャンゴが叫んだ。少年は我に返り、タラップを上がってスレーヴIに飛びこんだ。

オビ＝ワンは賞金稼ぎに向かって、大きく跳躍しながら、つづけざまに飛んでくるブラスター・ボルトをあっさり偏向した。一発はジャンゴに跳ね返したが、彼は背中のロケットを使って飛びのき、近くの塔のてっぺんに飛び上がった。

オビ＝ワンは頭から転がり、体をひねってジャンゴのビームをよけながら起き上がった。そして反射的にフォースを使い、ライトセーバーを左に振りおろして、またしても飛んできたエネルギー・ビームをそらした。

「一緒に来るんだ、フェット」オビ＝ワンは叫んだ。

ブラスター・ビームが返事の代わりだった。ライトセーバーが左右にひらめき、そのすべてをとらえる。ジャンゴが撃ち方を変えると、左、右、左、右、フォースに導かれたオビ＝ワンの手がそれに合わせて動く。

「ジャンゴ！」オビ＝ワンは叫んだ。が、今度はブラスター・ビームではなく、爆弾が飛んできたことに気づき、フォースを使って跳んだ。

スレーヴI全体が、すさまじい爆発に揺すぶられ、ボバは座席から転がり落ちた。「父さん！」彼は叫んで、ヴュースクリーンにはい寄ると、スイッチを入れ、カメラを下の光景に合わせた。

父の姿を見て、ボバは安堵《あんど》の涙を浮かべた。そして落ち着きを取り戻し、敵のジェダイを探した。その男は寝返りを打って起き上がり、またしても飛んでくるビームを、楽々と偏向している。

ボバはスレーヴIに関するレッスンのすべてを思い出そうとしながら、パネルに目をやった。父が教えてくれたときに、注意深く聞いていてよかった。彼はにっこり笑って、エネルギー・パックの出力を上げ、メイン・レーザー砲のロックをはずした。

「これを止めてみろ、ジェダイ」ボバはささやいた。そしてオビ=ワンを照準にとらえ、引き金を引いた。

「聞きたいことがある!」オビ=ワンはジャンゴに叫んだ。激しい風雨の音に、彼の声はともすればかき消されそうになる。「おとなしく一緒にくれば、きみも息子も——」

潜在意識が危険を知らせ、彼は不意に言葉を切った。重《ヘビー》レーザー砲だ! 彼がそれを意識するよりも速く、フォースが彼を動かした。オビ=ワンは空中高く飛び上がり、そのまま二回転した。

再び屋上におりたときには、スレーヴIの重レーザー砲の攻撃を受けた屋上が、足の下で激しく揺れていた。重レーザー砲の砲口がさっと動き、またしても彼にねらいをつける。

オビ=ワンは再び飛んだ。が、今度は衝撃で飛ばされ、転がった。ライトセーバーが手から離れ、雨にぬれた屋上を滑っていく。

エネルギー・パックがからになったとみえて、幸い、スレーヴIのレーザー砲は静かになった。オビ=ワンはこのすきを逃がさず、ぱっと飛び、彼に向かってくるジャンゴ・フェットに突進した。

ブラスター・ビームが飛んできたが、オビ=ワンはビームを飛び越えて体を回しながら、スナップキックでジャンゴの手から武器をたたき落とした。

ジャンゴ・フェットは少しもあわてず、着地したオビ=ワンに飛びかかり、両腕で後ろからはがいじめにした。

彼はオビ＝ワンを組みふせようとした。が、ジェダイはすばやく足を動かし、ほとんど即座にバランスを取り戻した。そしてジャンゴ・フェットの足のあいだに片足を滑りこませ、体をひねって、ジャンゴの締めを弱めようとした。

ジャンゴはにやっと笑ってオビ＝ワンの頭に頭突きを食らわせ、一瞬ぼうっとなったジェダイにパンチを繰りだした。が、これが失敗だった。オビ＝ワンはその腕をくぐって前転し、体を起こしながら両足でジャンゴの胸をけった。

一転して優勢に回ったオビ＝ワンは、後ろにのけぞったジャンゴに飛びつき、よろめく彼を押し倒そうとした。倒してしまえばこっちのものだ。この重い装甲服のせいで、フェットは身動きがとれない。

だが、さすがにクローン戦士のオリジナルとして選ばれるだけのことはあった。ジャンゴは倒れるとみせて突然足を踏ん張り、逆向きの力を加えて身体を起こしながら、左のフックを繰りだしてきた。オビ＝ワンはそれをよけ、右フックで応じた。ジャンゴは軽く頭を傾けそれをよけると、またしてもロケットを使って空中に飛び、体を回しながらけりだしてきた。オビ＝ワンは両ひざをついてそれをよけ、高く飛んで二度めのけりを逃れた。

そしてジャンゴに足をけりだした。だが、ジャンゴは身をかがめてそれを腰で受け、左手でオビ＝ワンのすねをつかみ、オビ＝ワンの内ももにパンチを入れた。

オビ＝ワンは頭と上体をのけぞらせ、屋上に倒れこみながら、左足でジャンゴのわき腹をけった。そしてだしぬけに彼をはさみ込んだ。右足を斜め下に繰りだし、左足を反対側からその上に飛ばす。

ジャンゴとオビ＝ワンは横向きに転がった。オビ＝ワンは両腕を伸ばして顔がぶつかるのを避け、ジャンゴにからみつけた足をほどくと、後ろ向きに倒れる男にけりを入れながら自分もプラットフォームに倒れ、ぱっと立ち上がった。そしてくるっと向きを変え、バランスを崩しながらも起き上がろうとするジャンゴに襲いかかった。

ジャンゴ・フェットの顔にオビ＝ワンの右パンチが炸裂した。つづいてレフト・フックが飛ぶ。ほとんどの相手なら、これがきれいに決まるところだが、ジャンゴはあざやかな反射神経を披露してふたつめのパンチをよけると、左右のパンチをオビ＝ワンの腹にめり込ませ、彼の不意を突いた。

オビ＝ワンはふたりの顔のあいだでふらついた右手をフォースでフェットの顔にぶつけ、賞金稼ぎが後ろによろめいたすきに体を起こし、再び態勢を立て直した。

ジャンゴはすぐに反撃に転じ、オビ＝ワンの腹にむちゃくちゃにけりとパンチを入れてきた。

オビ＝ワンは両手をほんのわずかに垂直に動かし、驚くべき正確さでその一撃を横に跳ね返すと、片手を内側に向けて下におろした。そして激しいけりの勢いを借りてジャンゴのジャブを高く跳ね上げ、片手をさっと突きだし、指を伸ばして装甲服の継ぎめを攻撃した。ジャンゴはたじろぎ、後ろに倒れた。オビ＝ワンは前に飛びだして彼にのしかかり、一気に勝負をつけようとした。

しかし、これでやられるジャンゴではなかった。彼はロケットを使い、しがみつくジェダイを道連れに空中に飛び上がった。横の推進器が炎を発し、ふたりは着床パッドを越えて、建物にめぐらせたスロープへと向かった。

ジャンゴは飛びながらジェダイの腕をほどき、再び推進器をふかして揺さぶりをかけ、ついに彼を振り落とした。

オビ=ワンは屋上にたたきつけられ、端へと滑った。プラットフォームの支柱の下で逆巻く海の音が聞こえるほど近くに。彼は片手で何かをつかみながら、フォースでライトセーバーを呼び寄せた。すぐ横で何かが発射される音がした。ブラスター・ビームのかん高い音ではなく、くぐもった「プシュッ!」という音だ。彼はできるだけ遠くに転がった。

だが、じゅうぶんではなかった。細いワイヤが手首にからみつき、彼の集中力を破った。ライトセーバーが再び手から落ちる。ワイヤは彼の両手に巻きつき、それを縛りつけた。

オビ=ワンは滑っていった。スロープを上がり、プラットフォームを横切り、ロケットを使って空中に浮かんでいる男のところにたぐり寄せられていく。だが、長年の激しい訓練で培われた反射神経と強いフォースに助けられ、彼は体を前へと横転させて、両腕をついて立ち上がり……再びワイヤがぴんと張ると、横に飛んで柱の周りを転がり、再び立ち上がった。今度は金属の支柱がてこ代わりになってくれる。

彼はもう一度フォースを集め、一瞬、ほとんどプラットフォームとひとつになった。びくとも動かない。

ワイヤがぴんと張ったが、オビ=ワンは微動だにしなかった。

次の瞬間、ワイヤを引く角度が大きく変わり、ロケットの男が屋上に落ちてきた。彼の背中からロケットが吹っ飛ぶのが見えた。

オビ=ワンは支柱を回った。次の瞬間、ジャンゴ・フェットのロケットがまばゆい光と轟音《ごうおん》を放って爆発し、オビ=ワンは目を覆った。

「父さん！」ロケットが吹っ飛ぶのを見て、ボバ・フェットはヴュースクリーンを見つめて叫んだ。だが、それからジャンゴが横のほうに見えた。見たところ、ケガはなさそうだ。だが、ワイヤを引っぱられて、引きずられまいと必死に足を踏ん張っている。

ボバは片手でスクリーンをたたいたが、もちろんなんの役にも立たない。「父さん」彼はまたしてもつぶやき、ジェダイが父に飛びつくのを見てたじろいだ。再びける、なぐるの格闘がはじまった。ふたりは組み合ったまま、着床パッドの後ろ端から転がり落ち、荒れ狂う海に向かってスロープを転がり落ちていく。

オビ=ワンは相手をけりながら、フォースとひとつになろうとした。だが、ジャンゴのパンチで気持ちを集中することができない。もうすぐふたりとも海に滑り落ちるというのに、まだなぐりかかってくるとは、いったいどういうつもりだ？　ようやく彼がいくらか体を離すと、ジャンゴは奇妙な笑みを浮かべて片腕を上げ、それをぎゅっと握った。装甲服から鉤《かぎ》つめが飛びだした。

オビ=ワンは本能的に身を引き、片腕を高く上げてそれを防ごうとした。だが、ジャンゴはオビ=ワンではなく、プラットフォームのスロープにそれを振りおろし、同時にもう一方の腕をつかって、ワイヤ発射ブレスレットのロックを解除した。ブレスレットが腕から離れる。

彼はそこに留まったが、オビ=ワンはそのまま滑り落ちていった。

「おれの代わりに、ローラーフィッシュを捕まえてくれ」オビ=ワンはジャンゴがそう言うのを聞きながら滑りつづけ、縁を越えて、きばをむく白波へと落ちていった。

「父さん！　よかった！」ボバ・フェットは父がスロープを上がってプラットフォームに戻るのを見て、安堵の叫びをあげた。ジャンゴは立ち上がり、重い足取りでスレーヴIに向かってきた。ボバはハッチに急ぎ、それを開けて手を伸ばし、父が乗りこむのを助けた。

「ここをでるんだ」力を使い果たしたジャンゴは低い声で命じた。ボバはにっこり笑い、制御パネルに走り寄ってエンジンを起動した。

「すぐ超光速にするよ！」

「いいから、大気圏を突きぬけ、まっすぐ上昇しろ！」ジャンゴは痛みをこらえ、うなるように命じた。

それから息子の傷ついた表情に目を留めた。「ナビコンピューターをオンラインにして、ジャンプの座標を打ちこめ」彼はさっきより穏やかな声でそう言った。

ボバの顔がぱっと明るくなった。「出発！」彼は叫んだ。


オビ=ワンはフォースを使って手すりをつかみ、まだ両手を縛っているワイヤの端を投げ、プラットフォームの支柱の横桁にからませた。がくんと揺れて体が止まる。

彼はちらっと周囲を見まわし、前後に体を振って勢いをつけ、ワイヤがはずれるだけの距離を跳び、襲いかかる波すれすれに、小さな予備のプラットフォームに着地した。

そしてつかのま呼吸を整え、片手を振ってそばにあるターボリフトのドアを開けた。着床プラットフォームに向かってまだドアが開かないうちに、ジャンゴ・フェットの宇宙船のエンジンがかかった。

プラットフォームの縁からのぞき、ライトセーバーを見つけてフォースで呼び寄せる。

だが、少しばかり遅すぎた。宇宙船はすでに揺れながら飛び立とうとしている。

オビ＝ワンはとっさに小さな送信機を腰のベルトからはずし、それをスレーヴIに向かって投げた。追跡装置の磁気ロックはどうにか宇宙船の船体をとらえた。

雨と蒸気に包まれ、オビ＝ワンはさきほどの戦いを頭のなかで再現しながら、ジャンゴ・フェットという賞金稼ぎに心のなかでしぶしぶ賛辞を贈った。ジャンゴがサイフォ＝ディアスだか、ティラナスだかに選ばれたわけがわかった。あの男はじつに優れた戦士だ。あの機転の速さと用心のよさ、強さ、それに驚くばかりのユニークなトリックは、だれにも真似ができない。

彼は、シスの暗黒卿と戦い、あのダース・モールに死をもたらしたジェダイ・ナイト、オビ＝ワン・ケノービを打ち負かしたのだ。

だが、この成り行きは、まあ満足のいくものだった。ジャンゴを追いかければ、さらなるなぞではなく、今度こそいくつか答えを見つけることができるだろう。

19

スレーヴIがカミーノを離れるあいだ、ボバは父親の緊張を見てとり、静かに座っていた。彼はレーザー砲を発射したことを話したかった。自分があのジェダイの不意を突いたことを。そのせいで、ジェダイがライトセーバーを取り落としたことを。だが、いまはそれにふさわしいときではない。彼はそれを肌で感じた。こういう厳しい表情をしているときのジャンゴがどれほど怖いかは、これまでの経験でわかっている。いまは話をすべきときではない。

そこで彼は、父のジャンゴからできるだけ離れた壁に背中をあずけ、父がスレーヴIを操縦し、ハイパースペースにジャンプする座標を打ちこむのを見守った。「急げ、急げ」ジャンゴは体を前後に揺すりながら、繰り返しつぶやき、宇宙船を急かしている。そしてまるでどこかの艦隊がいまにも彼らを追いかけてくるかのように、何秒かおきにセンサーに目を走らせていた。

それから勝ち誇った声をあげ、ハイパードライブのスイッチをたたいた。ボバは壁に背を押しつけ、星々が長く伸びるのを見守った。

ジャンゴ・フェットは力つきたように座席に沈みこみ、安堵《あんど》のため息をもらし、表情を和らげた。

「くそ、危ないところだった」彼は笑いながら言った。

「父さんはあのジェダイをたたきのめしたよ」ボバは、再び興奮がこみあげるのを感じた。「父さんが相手じゃ、あのジェダイには最初から勝ち目はなかった」

ジャンゴは笑ってうなずいた。「正直に言うとな、危ないところだったんだ」彼はボバに打ち明けた。「あいつが爆弾をよけたときは、手品の種がつきかけていた」

ボバは最初はけげんそうな顔をした。父さんにかなう相手なんかいるもんか、そう言いたかったが、あのときのことを考えると……ボバはにっこり笑った。「ぼくがレーザー砲で撃ってやった！」

「ああ、すごい働きだった」ジャンゴは答えた。「ちょうどいいタイミングだった。それにおまえのおかげですぐに飛び立てた。たいしたもんだ、ボバ。すばらしい成長ぶりだ」

「ぼくが〝小さい父〟さんだからさ」

ジャンゴは首を振った。「おまえは一〇歳のときのおれより、はるかに優秀だ。この調子で行けば、遠からず銀河一の賞金稼ぎになるな」

「最初から、そのつもりでカミーノアンにぼくを頼んだんでしょう？　そのためにぼくが必要だったんだ！」

ジャンゴ・フェットは息子に歩み寄って、ボバの髪をくしゃくしゃにした。「それと、ほかのたくさんの理由でな」彼は静かな声で言った。「おまえはどんな希望や夢よりも、はるかにすばらしい息子だよ」

父さんだって銀河のだれよりもすごい！

ジャンゴは目的の場所の少し手前でスレーヴIをハイパースペースからだした。そこからジオノーシスまでの航路を、ボバに操縦させてやるためだ。ボバにとっては、父の隣に座って制御装置を巧みに操作し、少しばかり自分の手際のよさを誇れるこのときほどうれしい時間はない。やがて赤い惑星ジオノーシスと、それを取り巻く小惑星帯の環《わ》が見えてくると、彼はがっかりした。

「ここのセキュリティは厳しいからな」ジャンゴはそう説明して聞かせながら、操縦を代わった。「スレーヴⅠはおれが降ろしたほうがいいだろう」

ボバは黙って隣の座席に深く座りなおした。父の言うとおりだ。それにたとえ抗議したかったとしても、父に真っ向から反対することなど考えられない。

彼は近くにある小惑星帯の様子と、惑星の向こう側を出入りする宇宙船を示すスキャン・スクリーンに目を向けた。

すると点滅しているライトのひとつに目が留まった。それは小惑星帯から離れ、スレーヴⅠの後ろにつこうとしている。それだけならまだしも、ふたつめのライトが点滅しながらスレーヴⅠのすぐ後ろに現れた。こちらには宇宙船の質量はない。

「もうすぐだぞ」ジャンゴが言った。

「父さん、ぼくらは尾《つ》けられてるみたいだ」ボバは言った。「スキャン・スクリーンを見て。あれはぼくらの宇宙船のクローキング・シャドウじゃない？」

ジャンゴは疑わしげに息子を見て、スキャン・スクリーンに目をやった。ボバはしだいに募る興奮を感じながら、父が厳しい表情でうなずくのを見守った。

「カミーノをでる前に、あのジェダイはこの船の船体に追跡装置を取りつけたにちがいない」ジャンゴはつぶやいた。「だが、どうやって？　あいつは死んだと思ったが」

「だれかがぼくらを尾けてくる」

「心配するな」ジャンゴは息子を安心させた。「行くぞ！　あの小惑星帯に入る――あそこまで追ってくることはあるまい」ジャンゴはボバを見てウインクした。「追ってきたら、せいぜい驚かせてやるさ」

ジャンゴはサイド・パネルを開け、レバーを引いた。船体に沿って電流が走り、追跡装置を破壊する。すばやくスキャン・スクリーンに目をやると、クローキング・シャドウは消えていた。

「よし」ジャンゴは言い、小惑星帯に突っこんだ。大岩をくるりとひと回りして、回りながら飛んでくる岩を、横転してよけ、べつの岩のあいだに滑りこむ。彼は巧みに岩をよけて飛びつづけた。スキャナーをじっと見ていたボバがまもなくこう言った。「ジェダイはいなくなった」

「ひょっとすると思ったより賢いやつで、惑星に向かったのかもしれんな」ジャンゴはにやっと笑って再びウインクした。

だが、すぐにスキャナーが電子音を発した。

「見て、父さん！」ボバが点滅するライトを指さした。いまやそれは小惑星帯のなかにある。「ジェダイだ！」

「くそ！」ジャンゴはめまぐるしい回避飛行に移り、それから発射レバーのキャップをはずし、プランジャをつかみながらまっすぐに飛んだ。「震盪《くんとう》爆弾だ」彼はにやっと笑って説明した。

その言葉が終わらぬうちに、前部ヴューポートを小惑星群が満たし、ボバがかん高い声で警告を発した。

ジャンゴはすでにそれに備えていた。彼は驚くほど小回りのきくスレーヴIを逆立ちさせ、急上昇させて、巨大な岩の上を飛び越えた。

「落ち着け」彼はボバをたしなめた。「おれたちは大丈夫だ。あのジェダイがこのなかを追ってこられるわけがない」

彼の断言を強調するように、ずっと後ろで音波爆弾がひらめき、スレーヴIを揺すぶった。

「あれを通り抜けてきたよ」一瞬後、ボバが叫んだ。ジェダイの宇宙船がスキャン・スクリーンに再び現れたのだ。

「なんてしつこいやつだ」だが、ジャンゴは落ち着いてそう言った。「まくのが無理なら、撃ち落とすしかないいな」

ボバがまたしても叫んだが、ジャンゴは落ち着き払っていた。彼は大岩にある細いトンネルのような亀裂《きれつ》のなかに宇宙船を入れた。この操作で少しばかり速度を落とさねばならず、スレーヴIが反対側からでてきたときには、ジェダイの宇宙戦闘機は彼らの上を矢のように通過していった。ハンターと獲物の立場がいきなり逆転したのだ。

「撃ち落として!」ボバが叫んだ。「いまだ! 撃って!」

スレーヴIからレーザー・ビームがほとばしり、宇宙戦闘機を包む。戦闘機は鋭く右に横転しながら、急降下した。

ジャンゴはその後ろにぴたりとつけ、再びレーザーを発射しようとしたが、さすがジェダイ、たてつづけに横転しながら、常に小惑星のすぐ近くで姿勢を立てなおし、その後ろに隠れてしまう。

ボバは父に撃てと言いつづけたが、ジャンゴは忍耐強く待った。いずれ、盾にする岩のかたまりがなくなるはずだ。

全速で急降下、それから鋭く上昇し、さっと転がって、右に傾き、ジェダイはまたしてもべつの小惑星の後ろに隠れた。だが、今度はそのあとを追う代わりに、ジャンゴはその岩のかたまりに近づき、岩の先にレーザーを放った。

予測どおり、ビームの行く手にジェダイの戦闘機が飛びだしてきた。そして金属の破片を吹っ飛ばし、激しく跳ね上がった。

「やった!」ボバが勝ち誇って叫んだ。

「よし、息の音を止めるぞ」ジャンゴは冷静そのものだった。「もうよけられんはずだ」彼は一連のボタンを押し、魚雷を発射管に入れてゲートを開いた。そして赤いボタンに指を近づけた。だが、それを押す前ににやっと笑って、片手でボバを呼んだ。

ボバは父が自分の手を引き金の上に置くのを、息を止めて見守った。それから父が彼を見下ろし、うなずいた。

数秒後、スレーヴIのヴューースクリーンがすさまじい爆発で光り、ボバもフェットも腕で目を覆わなくてはならなかった。その光が消えたあとのスクリーンには、おびただしい破片が映っていた。スキャン・スクリーンで点滅していたライトはもう見えない。

「やった!」ボバが叫んだ。「イェイ!」

「見事だぞ、坊主」ジャンゴは言い、またしてもボバの髪をくしゃくしゃにした。「いまのはお手柄だ。これであの男の顔は二度と見ずにすむ」

スレーヴIは何度か巧みにターンして小惑星帯をあとにし、ジオノーシスに向かって降下していった。ボバには降下の操縦はさせないと言ったにもかかわらず、ジャンゴは結局ボバがスレーヴIを惑星に接近させるのを許した。正直な話、これは子供の手におえるような操縦ではないが、ボバは普通の子供よりはるかに優れているのだ。

アナキンは風が吹きつけ砂を動かす砂丘を横切り、さまざまな色合いの石からなる大きな峡谷や、とうの昔に干上がった古代の川床に沿って進んでいった。彼の頼みはフォースで感じる母シミの存在と、母の痛みだが、それは明らかな信号を発する追跡ビーコンのようなわけにはいかない。おおまかな方向は正しいはずだが、タトゥイーンの砂漠は広く、目印になるものは何もなかった。おまけにタスケン・レイダーは、砂丘のなかや岩山に巧みに隠れるのが得意中の得意だ。

高いがけの上で、アナキンはいったん止まり、地平線を見渡した。南に巨大な乗り物が見えた。斜めに傾いた巨大な箱のようなそれは、一本の太い跡を残して砂漠の上をのろのろと進んでいく。ジャワたちの砂上車《サンドクローラー》だ。砂漠の生物の動向なら、ジャワほど詳しい種族はいない。そこでアナキンはスピーダーバイクをサンドクローラーに向けた。

ジャワたちには、すぐに追いついた。茶と黒のローブを着たグループのなかにバイクを乗り入れると、ジャワたちは奇妙な音楽のように聞こえる言葉でぺちゃくちゃとさえずりながら、大きなフードの影のなかから赤い目でけげんそうにアナキンを見た。

彼がドロイドを買いにきたわけではないことを納得させるには長い時間がかかり、タスケン・レイダーたちに関する情報を求めているだけだと伝えるのにも長い時間がかかった。

ジャワたちは興奮して自分たちのあいだでしゃべりまくり、こちらを示したかと思うとあちらを指さした。弱い者にはだれかれかまわず襲いかかるタスケン・レイダーたちは、ジャワにとっても恐ろしい敵だったから、彼らはタスケン・レイダーたちを憎んでいた。しかもタスケンはドロイドを買ったことがない！　これは商売人のジャワたちにとっては、我慢のならない欠点だ。

彼らはついに同意に達し、東を指さしてうなずいた。アナキンはフルスピードでそちらに向かった。ジャワたちは彼が情報に見合う報酬を置いていかなかったことに腹を立てたが、アナキンはそんなことにかまっているひまはなかった。

つかのまの爆発や、岩のあいだを縫うように飛ぶ宇宙船に妨げられた様子もなく、たくさんの小惑星が音もなく宇宙空間を動いていく。

そうした岩のかたまりの裏側にある深いくぼみに、小型の宇宙戦闘機が張りついていた。そのはっきりした輪郭《りんかく》と一貫した色は、ぎざぎざの縁と鉱物資源が断続的に走るざらつく表面から浮き上がっている。

「くそ。だから飛ぶのは嫌いなんだ」オビ=ワンはR4にこぼした。ドロイドはまったくそのとおりだとさえずり返してくる。ジェダイ・ナイトを動揺させるものはめったにない。が、ジャンゴ・フェットのように明らかにすご腕のパイロットを相手に宇宙戦を繰り広げるのは、間違いなくそのひとつに入っていた。まして仲間のジェダイの多くとは異なり、宇宙船の操縦はおろか、宇宙の旅そのものもたいして好きとは言えないオビ=ワンにとってはなおさらだった。

自分が張りついている小惑星がくるりと回転し、この小惑星帯のなかを岩のかたまりと一緒に回るはめになった金属の破片——まだ真っ赤に燃えている——が目に入ると、オビ=ワンはたじろいだ。ジャンゴのレーザー・ビームが吹っ飛ばした推進偏向機だ。つづいて相手が魚雷を発射すると、これをだしぬける望みはないと悟ったオビ=ワンは、R4に命じてこの戦闘機が積んでいる予備の部品を入れた容器をすべて射出するように命じた。幸いにして、相手の魚雷を爆発させるにはそれでじゅうぶんだった。そして爆発の衝撃をもろに受け、おまけにこの偽装をもっともらしく見せるため小惑星のひとつに乱暴に急降下して張りついたにもかかわらず、ありがたいことにデルタ7はばらばらにならずにすんだ。

これ以上、ジャンゴ・フェットと、あのとんでもない仕掛けを満載した奇妙な宇宙船を相手に、戦いをつづけるのはまっぴらだ。そこでオビ＝ワンは大きな岩のかたまりに張りついたまま、息をこらしていた。

「彼らの最後の飛翔《ひしょう》航路は、ちゃんと記録してあるだろうな？」彼はドロイドに尋ね、R4がもちろんだと答えるのを見てうなずいた。「よし、そろそろここを離れても大丈夫だろう。行くぞ」オビ＝ワンはつかのま言葉を切り、ジャンゴ・フェットを追う途中で目にした驚くべき事実を頭のなかでもう一度さらってみた。「このなぞは深まるばかりだな、R4。もうすぐ答えが見つかると思うか？」

R4は、肩をすくめたようにしか聞こえない電子音で応えた。

スレーヴIは真っすぐに赤い惑星ジオノーシスに向かっている。これは意外でもなんでもないが、そこにいるのが自分たちだけではないことがわかると、オビ＝ワンは驚かずにはいられなかった。R4の警告を聞いて、スキャン・スクリーンを調整したオビ＝ワンは、小惑星帯の反対側に大規模な艦隊が停泊しているのを発見した。

「トレード・フェデレーションの宇宙船だ」彼はもっとよく見える角度を探しながら、頭に浮かんだことを口にした。「すごい数だな」彼は混乱して首を振った。しかも大きな戦艦が何隻かまじっている。ほぼ完全な環が球体を囲んでいる独特のデザインは、間違いようがなかった。あのクローン軍がジェダイ・マスターが依頼した共和国のものだとしたら、そしてあのクローンたちがジャンゴ・フェットから作られているとしたら、そのジャンゴ・フェットがトレード・フェデレーションとどんな関係を持っているのか？　そして軍隊創設に強行に反対しているアミダラ議員の暗殺をたくらんだのがジャンゴ・フェットだとすれば、なぜトレード・フェデレーションがその暗殺計画に同意するのか？ひょっとすると、ジャンゴがあの暗殺未遂の陰にいると思ったのは、わたしの間違いだったのかもしれない。少なくとも、ジャンゴ・フェットの動機に関しては間違っていたのかもしれない。もしかすると、ジャンゴは、オビ＝ワンやアナキンのように、アミダラ議員を殺そうとした暗殺者を追いかけていただけで、あの毒矢は暗殺を謀《はか》った賞金稼ぎの口を封じるためではなく、アミダラの命をねらったことに対する報復だったのかもしれない。

しかし、オビ＝ワンにはそうは思えなかった。彼はまだあの暗殺計画の陰にいるのはジャンゴだと考えていた。そして自分の正体を知られないために、あの女賞金稼ぎを殺したのだ、と。しかし、そうなるとなぜ彼がクローン軍のオリジナルとして選ばれたのか？　トレード・フェデレーションとはどんな結びつきがあるのか？　そのすべてに、筋の通る理屈をつけるのは難しかった。

まあ、この岩に張りついていては、いつまでたっても答えは手に入らない。そこでオビ＝ワンはトレード・フェデレーションの艦隊と自分のあいだに小惑星帯をはさみ、ジオノーシスへと降下しはじめた。

ジオノーシスの大気圏を通過すると、この惑星の探知システムに引っかかるのを避け、すぐに低空飛行に移って絶壁の山や大地を迂回し、赤い平野や石ころだらけの荒れ野をかすめるように飛びつづけた。この惑星はどこもかしこも不毛の荒れ地のようだが、デルタ7のスキャナーによれば、遠くになんらかの活動がみられる。オビ＝ワンはそちらに向かって飛び、台地をひとつ横切り、反対の端にある大きな張り出しの下に戦闘機を滑りこませ、そこに着床した。そして外にでると、大地の端へと歩いていった。

この惑星の夜気は奇妙に金属的な味がする。気温は快適だが、金属的な味とにおいと、ときおり奇妙な叫びをのせて、強い風が吹きつけてくる。

「ちょっとでてくるよ、Ｒ４」

ドロイドは抗議するような音を発した。「オオオオウウウ」

「心配するな」オビ＝ワンはそう言って安心させた。「すぐ戻る」再び地上に戻れたことを喜びながら、オビ＝ワンは周囲の様子を確認し、スキャナーが活動を探知した場所までの距離を目測すると、岩だらけの道を歩きだした。


アナキンが出かけてからもう何時間もたつ。パドメは不安に駆られていた。オーウェンとベルーはとても親切だし、クリーグも心配と深い悲しみを分かち合える客を迎えて、明らかにうれしそうだった。が、パドメはアナキンのことが心配で、ほとんどうわの空だった。農場をあとにしたときのアナキンの様子は普通ではなかった。かたい決意に心を奪われ、どんな無茶でもやりかねないように見えた。

彼の母親が実際に生きているとしたら、そしてアナキンがそう言ったのだから、シミは生きているにちがいないが、たとえ一軍隊をもってしても、あの若いジェダイをシミから離しておくことはできないだろう。

その夜はどうしても眠れず、何度も起き上がっては農場の敷地を歩きまわり、やがて納屋に入っていった。

「こんばんは、パドメ様」元気のよい声が、パドメを驚かせた。最初のショックがおさまると、話しかけてきた相手が見えた。

「眠れないのですか?」C-3POが尋ねた。

「ええ。頭がいっぱいで……」

「元老院におけるお仕事のことで?」

「いまはアナキンのことが心配なの。わたしは……彼を傷つけたかもしれない。よくわからないわ。自分を傷つけただけかもしれないし。こんなに混乱しているのは生まれて初めて」

「わたくしの意見がお役に立つかどうかわかりませんが、パドメ様、わたくしはしょっちゅう混乱しております」

「彼に、わたしが彼を大切に思っていることを知ってほしいのよ、3PO」パドメは静かに言った。

「彼のことが好きなんですもの。アナキンが砂漠で、危険な……」

「アニー様のことは、ご心配にはおよびません」ドロイドは近づいて、安心させるようにパドメの肩をたたいた。「アニー様は大丈夫です。こんなひどい場所でも、ちゃんと自分の身を守れますとも」

「ひどい? あなたはここで幸せではないの?」

3POは一歩さがり、両手を大きく広げて、傷だらけの覆いや、絶縁体がすりへり、ワイヤがむきだしになった箇所を見せた。パドメは前に進みでて、かがみ込み、ドロイドの関節部に砂が入りこんでいるのを見てとった。

「正直な話、ここの環境はたいへん過酷なのです」ドロイドは説明した。「アニー様が作ってくださったときには、わたくしに覆いを見つけてくださる時間がありませんでした。シミ様がそれを見つけてくださったのですが、覆いをつけていても、容赦なく吹きつける風や砂がなかに入りこみ、とても……かゆいのです」

「かゆい？」パドメはつかのま心配を忘れ、笑いながら聞き返した。

「この感じは、ほかの言葉では表現できません、パドメ様。それに砂はわたくしの配線にもよくありません」

パドメは倉庫のなかを見まわした。黒っぽい液体の入った浴槽の上に、チェーン・ホイストが見えた。「オイル・バスが必要ね」

「はい！　そのとおりです！」

気をまぎらす仕事ができたことを歓迎しながら、パドメはオイルの容器に歩み寄り、鎖をほどきはじめた。まもなく彼女は3POを固定し、すべての準備を整えた。そしてドロイドを静かにオイルのなかに入れた。

「うわっ！」ドロイドは叫んだ。「くすぐったい！」

「くすぐったい？　かゆいんじゃないの？」

「そのふたつの違いは、ちゃんとわかっておりますとも」3POの取り澄ました調子に、パドメはくすくす笑った。


陰惨な殺戮《さつりく》の場に到着したとたん、アナキンはそれがタスケン・レイダーたちの仕業であることを直観した。三人の農夫がキャンプファイアの周りで死んでいた。クリーグもおそらく、こんなふうに襲われて命からがら逃げ帰ったのだろう。農夫の死体はひどい暴行を受けている。鈍重な馬のような顔をした足の長い家畜、イオピーが二頭、そぐそばにつながれ、悲しそうな声でほえていた。その向こうでスピーダーが煙をあげている。

アナキンは髪をかき上げた。「落ち着け」彼は自分に言い聞かせた。「母さんを探すんだ」彼は周囲にフォースを送り、母の気配を探した。母のシミがまだこの農夫たちと同じ運命に見舞われていないことを確かめなくてはならない。

鋭い痛みが体を貫き、アナキンは悲鳴をあげた。同時に希望と無力感が頭に流れこんできた。「母さん」アナキンはつぶやいた。急がなくては。恐ろしい苦痛にさいなまれ、母の命はいまにも消えかけている。

哀れな農夫たちを葬っている時間はなかった。母を助けだしたら戻ってこようと心に決め、アナキンはスピーダーバイクに飛び乗り、フォースに導かれ、暗い砂漠を猛スピードで横切っていった。

細く急な下り坂だったが、オビ=ワンはかたい地面を歩けることがうれしかった。だが、あまりかたいとは言えないかもしれない。鋭い悲鳴に驚いて足が滑ると、彼はそう思った。あやうく転びかけたが、どうにかバランスを取り戻した。石ころが転がり、台地の端を転がり落ちていく。

彼はいつでも起動できるようにライトセーバーをつかみ、曲がりくねった石ころだらけの道を慎重におりていった。

巨大なきばからよだれを垂らしたトカゲに似た大きな生物が行く手をふさいでいた。それは太い後ろ足で立ち、小さな前足をひくつかせている。オビ=ワンはライトセーバーを起動し、横に跳びながら光刃を後ろに払い、その獣のわきを前足から後ろまで切り裂いた。その生物は前足をおろし、向きを変えようとしたが、苦痛に体を痙攣《けいれん》させ、バランスを崩して小道から飛びだし、血も凍るような悲鳴をあげながら何十メートルも下に落ちていった。

オビ=ワンはそれを見ているゆとりはなかった。べつの獣が現れ、鋭い歯をむきだして襲いかかってきたからだ。

彼はその口にライトセーバーを突っこみ、歯ぐきもろとも歯を切り捨てて、頭の後ろまで貫いた。そのまま光刃を鋭く横に引き、獣の頭蓋骨《ずがいこつ》をすっぱり切った。そして振り向くと、またしてもべつの獣が飛びかかってきた。オビ=ワンは後ろに倒れてトカゲをやり過ごし、それからぱっと立ち上がってあとを追おうとした。が、急に足を止め、光刃を握りなおして後ろの獣を突き刺し、血祭りにあげた。ライトセーバーを右手から左手に持ち替えながらくるりと振り向き、ひと回りするあいだに死にかけている獣のわきを切り、自分の横を飛び過ぎたさっきの獣と向かい合った。

そいつは用心深く彼の周りを移動しながら、すきをうかがっている。注意深く周囲に気を配りながら、オビ=ワンもそれに合わせて回った。

彼は目の前にいる獣を威嚇して追い払おうとした。仲間がみなやられたのだ。少しでも知能があれば、逃げだすはずだが……。

だが、この獰猛《どうもう》な獣は逃げる気はなさそうだった。それどころか突然大きく口をあけ、飛びかかってきた。

オビ=ワンは横によけて前に戻り、光刃を頭上から振り下ろした。獣の頭が地面に転がり落ちた。

「まるでビックリハウスだな」しばらくして、それ以上グロテスクな生物が襲ってきそうもないと確信が持てると、彼はそうつぶやいて光刃を消し、再び坂道を下り、まもなく台地の角を回った。

するとぶ大な平野が目の前に広がっていた。遠くに背の高いものが林立しているが、闇《やみ》のなかではそれがなんだかわからない。オビ=ワンは電子双眼鏡《エレクトロバイノキュラー》を取りだし目にあてた。大きな塔の一群が見えた。これまでところどころに立っていた自然の石筍《せきじゅん》ではなく、人工の建造物だ。絞りを調節し拡大しながら、彼はゆっくりと双眼鏡を水平に動かしていった。

トレード・フェデレーションの宇宙船だ。それも着床プラットフォームに何十隻と並んでいる。オビ=ワンは驚きに目をみはって、一隻の宇宙船の横にせり上がったプラットフォームから、何千というバトル・ドロイドが宇宙船に乗りこむのを見守った。その宇宙船は空に舞い上がっていく。

つづいてすぐさまべつの宇宙船がそのプラットフォームに降りた。

するとまたすぐ横のプラットフォームがせり上がり、何千というバトル・ドロイドがそこから待っている宇宙船に乗りこむ。その宇宙船もドロイドの兵士を満載して上昇した。

「信じられん」オビ=ワンはつぶやき、東の地平線を見た。夜明けまでにあとどれくらいの時間があるだろうか？　夜が明ける前にあそこまで到達できるだろうか？

いや、台地を一歩一歩おりていたのではとても無理だ。オビ=ワンはそれに気づき、肩をすくめて一歩前にでると、目を閉じ、フォースをかき集めた。それから空中に身を躍らせ、何度か斜面に着地しては大きく跳びながら、暗い平野まで一気におりていった。

彼が複合施設のいちばん高い塔に達したときには、太陽はまだ東の地平線の下にあったが、周囲は明るくなりはじめていた。入り口はバトル・ドロイドで厳重に警備されている。が、オビ=ワンはそこに近づく気はまったくなかった。彼はフォースと自分の反射神経を使って小さな窓にたどり着くまで壁をよじ登った。

そして音を立てずにそのなかに入りこみ、物陰づたいに廊下を進んだ。何かが近づいてくる足音に気づくと、彼は窓のカーテンの陰に隠れた。奇妙な外見の生物がふたりだ。おそらくジオノージアンだろう。彼らはほとんど服をつけておらず、皮膚はこの惑星の大気と同じく赤い。ほっそりした体の至るところからくるくる巻いたフラップが垂れ、革のような翼が骨ばった肩から伸びている。頭は大きく、細長く、頭蓋骨のてっぺんと横に峰がある。まぶたは厚く、目は大きかった。常に顔をしかめているように見える。

「知的生物が多すぎるな」ひとりが言った。

「ポグル大公を批判するのは控えるべきだぞ」もうひとりがたしなめる。ふたりはぶつぶつ言いながら遠ざかっていった。

オビ=ワンはカーテンの陰からでると、彼らとは反対の方向に向かった。柱の並ぶ細い廊下を影を選んでいく。ティポカ・シティとこの場所を比べずにはいられなかった。ティポカ・シティはまるで芸術品のような都市だった。どこもかしこもまるくなめらかだった。ガラスが多く、光があふれていた。この場所はごつごつして、鋭くとがり、いかにも実用性な感じがする。

やがてオビ=ワンは、大きな音が上がってくる通風孔を通りかかった。彼は床にふせて周囲を見まわし、腹ばいで近づき、端からのぞき込んだ。

そこは工場だった。眼下の広大なエリアに巨大なコンベアー・ベルトが縦横に走り、巨大な機械が大きな音を立てて動いている。そこには驚くほど大勢のジオノージアンが、さまざまな位置につき、ドロイドを組み立てていたが、彼らはさきほどのふたりとは違って翼がない。コンベアーの向こうの端では、完成したドロイドが自分でコンベアーを降り、通路を歩いて遠ざかっていく。

その先にはプラットフォームがあった。おそらく一定数のドロイドがそろうと、待っているトレード・フェデレーションの宇宙船の横にせり上がるのだ。

オビ＝ワンは驚きに首を振りながら走りだし、直観にしたがって迷路のような通路を進んだ。すると地下にある広い部屋にでた。巨大な丸天井と雑な造りのアーチがかかっている部屋だ。柱づたいにそこを横切ろうとすると、何かが、あるいはだれかが近づいてくるのを感じた。

彼らの姿が見える前にその声が聞こえ、オビ＝ワンは石の床にぴたりとふせた。

彼のそばを通り過ぎていったのは六人だった。四人が前、ふたりがその後ろに従っていく。前にいる四人のうちふたりはジオノージアンだ。残りのふたりはオビ＝ワンがよく知っているニモーディアンのヴァイスロイと……これも彼の知っている顔、コルサントにあるジェダイ・テンプルの胸像の男だ。

「コマース・ギルドと法人同盟《コーポレート・アライアンス》を説得して、協定に署名させねばならん」もとジェダイ、ドゥークー伯爵が言っていた。伯爵はたくましい体をした長身の、優雅な物腰の威厳のある男だった。美しい銀髪をきちんと整え、エレガントな顔立ちに意志の強そうなあご、鷹のように鋭い目をしている。かつては偉大なジェダイだったこの伯爵は、首のところを銀の鎖で留めた黒いマントをはおり、極上の黒いシャツとスラックスをふだん着のように着ていた。

「ナブー出身の議員はどうなった？」ニモーディアンのヴァイスロイ、ヌート・ガンレイが尋ねた。いつもつけている三段の頭飾りの下では、ビーズのような目と細い顔がいっそう小さく見える。「まだ死んでいないのか？　あの女の首をこの目で見るまでは、協定には署名しないぞ」

オビ=ワンはうなずいた。どうやら大きなパズルの片が、あるべきところにおさまったようだ。ヌート・ガンレイがアミダラの死を望むのはありうることだ。たとえ彼女が共和国軍創設に反対する一派を率いていることが彼の益になっているとしても、あのニモーディアンはアミダラに深い恨みがある。彼女がナブーの女王だった時代に、アミダラに戦いを挑んで敗北を喫し、ひどい屈辱を味わわされているからだ。

「わたしは約束したことは必ず守る」分離主義者のひとりが答えた。

「ヴァイスロイ、われわれが作った新しいバトル・ドロイドで、あなた方は銀河一の軍隊を手にすることになりますな」ジオノージアンが言った。これがポグル大公にちがいない。彼はさきほどオビ=ワンが見た男たちとはあまり似ていなかった。皮膚の色は彼らよりも明るく、赤いというより灰色がかっている。巨大な頭に、獰猛な印象を与える突きだしかげんのへの字型の大きな口と、まるであごひげのように胸のなかほどまで垂れた長いあごの男だ。

彼らは話をつづけながら遠ざかっていった。すっかり声が聞こえなくなると、オビ=ワンは柱の陰からでた。彼らはアーチを通って階段を上がっていく。

かなり遠ざかったのを確認して、オビ=ワンは走りだし、柱の陰から階段を見て、それを上がりはじめた。すると、さきほどより小さな部屋を見下ろす細いアーチの通路にでた。その部屋には、たったいま通りすぎた六人のほかにも、何人かの姿がある。オビ=ワンは軍隊創設に反対している三人の議員の顔がそのなかにまじっているのに気がついた。まずアンドーのポ・ヌードー。大きなゴーグル付きのヘルメットをかぶっているように見えるアクアリッシュだが、もちろん、あれはヘルメットではなく頭だ。その横にはげっ歯類のような頭と大きな口をした、サイ・マイス出身の太ったトゥーンバック・トゥーラがいる。それと顔から伸びている触角を心配そうにくねくね動かしているクオレンの議員テセック。オビ=ワンはコルサントでこの三人と会ったことがあった。

どうやら彼は、敵の巣のど真ん中に入りこんだようだ。

「シュ・マーイには会ったことがあるかな？」テーブルの上座についたドゥークー伯爵が、三人の議員たちに尋ねた。「コマース・ギルドの代表だ」向かい側に座っているシュ・マーイが慇懃《いんぎん》に頭を下げた。長い首の上に灰色のしわの寄ったデリケートな頭がのっている。水平に突きだしている先端のとがった長い耳をのぞけば、最も変わっているのは髪形だろう。皮膚に覆われた角のように見える髪は、後頭部から突きだし、前向きにカーブしている。

「それと、こちらはサン・ヒル、インターギャラクティック銀行グループを代表して来ている」ドゥークー伯爵は紹介をつづけ、驚くほど細長い顔の男を示した。

テーブルを囲んでいる人々は、あいさつの言葉をつぶやき、しばらくのあいだ、たがいに会釈しあった。それから沈黙が訪れ、あらゆる目がドゥークー伯爵にそそがれた。ここに集まっている人々を支配しているのは、明らかにドゥークー伯爵だった。この惑星の大公すら、伯爵の言葉を待っている。

「すでに説明したように、きみたちが力を貸してくれれば、さらに一万の星系がわれわれの側につくと確信している」ドゥークー伯爵は言った。「言うまでもなく、われわれは資本主義を前面に押しだし……所得税をカットし、関税率を減らして、最終的には通商障壁を完全に撤廃する。この協定に署名すれば、想像だにしなかった利益がもたらされるのだ。われわれが目指すのは完全な自由貿易だ」

彼はヌート・ガンレイを見た。ニモーディアンのヴァイスロイはうなずいた。

「トレード・フェデレーションの友人たちは、われわれを支持すると確約してくれた」ドゥークー伯爵は言葉をつづけた。「彼らのバトル・ドロイドときみたちのバトル・ドロイドを合わせれば、銀河一の軍隊ができる。共和国などものの数ではない」

「よろしいかな、伯爵?」ひとりが発言した。ドゥークー伯爵たちの後ろに従ってきたふたりのひとりだ。

「もちろんだとも、パッセル・アージェンテ」ドゥークー伯爵は言った。「コーポレート・アライアンスの意見には、われわれは常に関心を抱いている」

背をまるめた神経質そうな男はドゥークー伯爵に向かってかすかに頭を下げた。「わたしはコーポレート・アライアンスから協定に署名する権限を与えられている」

「きみの協力には心から感謝するよ、監督官《マジストレイト》」

このやりとりは明らかに、このテーブルについている、協定の締結にさほど熱心ではないほかの人々の協力を促すための芝居だった。ドゥークー伯爵はいわばサクラを使って、彼らをその気にさせようとしているのだ。

だが、シュ・マーイの発言で、このもくろみはすぐに暗礁に乗り上げることになった。「コマース・ギルドはいまの時点では、公然とかかわりを持つのは避けたいと考えています」だが、彼女はこの言葉をすぐに和らげた。「もちろん、今後のビジネスの拡大を願い、目立たぬようには援助させていただきます」

テーブルの周りで何人かが含み笑いをもらした。ドゥークー伯爵は微笑しただけだった。「それでけっこう」彼はシュ・マーイに請け合った。それからインターギャラクティック銀行グループの代表に顔を向けた。ほかの人々もいっせいにサン・ヒルを見た。

「インターギャラクティック銀行グループは、あなた方を全面的に支援しますよ、ドゥークー伯爵」サン・ヒルはきっぱり言い切った。「しかし、独占権は認めないという条項をいれていただきたい」

オビ＝ワンはテーブルを囲んで行なわれているやりとりを理解しようとした。どうやらドゥークー伯爵は、共和国の想像をはるかに超える脅威になりそうな、大規模な計画を持っているようだ。銀行グループや営利企業の資金の後押しを得たうえに、この工場と、おそらくはこれと似たような施設でバトル・ドロイドが次々に作られているとすれば、分離主義者たちが共和国にもたらす危険は計り知れない。

サイフォ＝ディアスがクローンの軍隊を発注したのはそのためだったのか？　あの亡きマスターはこの危機が到来することを見抜いていたのだろうか？　しかし、もしもそうだとしたら、ジャンゴ・フェットとこのジオノーシスのグループは、どこでどうつながるのだ？　あの賞金稼ぎが共和国の防衛軍となるクローンたちのオリジナルとして選ばれただけではなく、トレード・フェデレーションに雇われてアミダラ議員を暗殺しようとしたのは、たんなる偶然にすぎないのか？

だが、オビ＝ワンにはそれが偶然だとはとうてい思えなかった。しかし、そうなると……彼はもう少しこの場に留まり、彼らのやりとりを聞いていたかったが、一刻も早くここをでてデルタ7に戻り、銀河の反対側にあるジェダイ・カウンシルに警告を発しなくてはならない。

惑星カミーノでも、このジオノーシスでも、オビ＝ワンは大規模な軍隊に出会った。クローンとドロイドの軍隊だ。それがぶつかれば、銀河が何世紀も見ていない大戦争が勃発《ぼっぱつ》することになる。

20

彼女は目で見ているのではなかった。乾いた血と殴打されて腫れあがったまぶたは、ほとんど開かない。彼女は耳でもほとんど聞いていなかった。周囲の声は荒々しく恐ろしく、容赦なく恐怖をかきたてるからだ。それに体で感じてもいなかった。なぜなら、そこには痛みしかなかったからだ。

シミは内なる自分のなかに閉じこもり、昔のことを思い出していた。彼女とアナキンがワトーの奴隷だったころの生活を。決して楽な暮らしではなかったが、あのころはアニーが一緒だった。そのせいか、どんなつらい思い出も、なつかしくよみがえってくる。息子に再び会える望みがほとんど失われたいまになって、シミはこの一〇年、自分がどれほどアナキンを失い、寂しい思いをしていたかを思い知らされていた。夜空を見上げるたびに、彼女は息子のことを思ってきた。アニーが銀河を飛びまわり、しいたげられた人々を救出し、恐ろしい獣や邪悪な独裁者から惑星を守っているところを想像してきた。だが、そんなときでも、心のどこかではいつか必ず再会できる日がくると信じていたのだった。大きくなったアニーがどんな明かりよりも明るいあのいたずらっぽい微笑を浮かべ、ある日ひょっこり水分抽出農場にやって来る、そして離れたことなどなかったかのように声をかけてくる、と。

シミはクリーグとオーウェンを心から愛していた。クリーグは彼女を自由人にしてくれた白馬の騎士。そしてどんなときでもやさしく、満足して、シミの語るアニーの冒険談に喜んで耳を傾けてくれたオーウェンは、彼女が失った息子のようなものだった。それにベルーのことも愛するようになっていた。あの気立てのよい娘をどうして愛さずにいられるだろう。ベルーはやさしく静かで、芯の強い、すばらしい女性だ。

だが、新しい家族に恵まれたあとも、シミは心のなかに、息子のアニー、勇敢ですばらしいアニーの場所を残しておいた。そして死を目の前にしたいま浮かんでくるのは、アナキンがいたころの思い出ばかりだった。それと同時に彼女は心から息子を求めた。アニーは生まれたときからほかの子供たちとは違っていた。あの神秘的なフォースと調和していた。タトゥイーンに来たジェダイも、それをはっきりと見てとったのだ。

だから、彼女が一心に愛を送れば、この気持ちはどこかにいるアニーに届くかもしれない。シミにはそれが必要だった。円を完成させる必要がある。一〇年の歳月と、気の遠くなるような距離をへだてて、彼女が彼を無条件に愛していたことを、片時も忘れたことなどなかったことを、どうしてもアナキンに知らせなくてはならない。

アニーは彼女の慰めであり、タスケン・レイダーたちがもたらす肉体的な苦痛から逃れる唯一の隠れ場所でもあった。彼らは毎日やって来て、彼女を苦しめていく。鋭い槍で彼女を突き、棒やむちで打ちすえる。彼らの言葉はわからないが、そこにはたんに苦痛を味わわせたいという残虐な欲望以外の何かがあるようだった。おそらく彼らはこうやって敵を測るのだろう。彼らのうなずく様子や声の調子から、彼女の抵抗に感心している様子が見てとれた。

母親の愛がその抵抗を生みだしていることを、彼らは知らない。アニーの思い出とこの愛が彼に届くという希望がなければ、シミはもうとうにあきらめ、自分の体を死にゆだねていたにちがいない。

青白い満月の下、アナキン・スカイウォーカーは高い砂丘の端でスピーダーバイクを止め、タトゥイーンの砂漠を見渡した。眼下のさほど離れていない場所に、小さなオアシスを囲んでキャンプが見える。それがタスケン・レイダーたちのキャンプであることは、人影を見ないうちにわかった。彼は母の存在と苦痛をそこに感じた。

キャンプにしのびより、獣の皮と藁《わら》でできたそれぞれの小屋をじっと見ていくと、オアシスの端にある、とりわけ頑丈な作りの小屋が彼の目を引いた。そこはほかよりも人の出入りが少なそうだが、がっしり作られている。さらに近づくと、ふたりの見張りが立っているのはその小屋だけであることがわかった。

「母さん」アナキンはささやいた。

影のように音もなく、アナキンはキャンプのなかを小屋から小屋へと移動し、壁に張りつき、地をはって、母が囚《とら》われている小屋にじりじりと近づいていった。ようやくその小屋の横にたどり着くと、彼は両手を柔らかい皮の壁に置いた。なかにいる母の感情と痛みが伝わってくる。ちらっと小屋の正面を見ると、入り口から少し離れた場所に、ふたりのタスケン・レイダーが座っている。

アナキンはライトセーバーを起動し、身をかがめてその光をできるだけ隠しながら、小屋の壁を切りとった。それからなかの様子を確かめもせず、入りこんだ。

「母さん」彼はひざの力が抜けるのを感じながら、再びささやいた。一ダースあまりの蠟燭《ろうそく》と、屋根にあいた穴から射しこむ一条の青白い月の光のなかに、シミの姿が見えた。テントの横にある棚に縛られている。両手は前に伸ばされ、縛られている手首には血がかたまっていた。母の横顔は、痛ましいほど腫れあがり、何週間も殴打されたあとが歴然としている。

アナキンはすばやく縄を切り、そっと母をおろして抱きかかえ、床に横たえた。

「母さん……母さん……母さん」彼は低い声で呼んだ。シミが生きていることはわかっている。だが、母はすぐには答えず、ぐったりした体にもまったく力がなかった。フォースにおける母の命は、いまにも消えそうなほど弱い。

彼は母の頭を抱え、低い声で呼びつづけた。するとようやくシミのまぶたが震えながらわずかに開いた。

「……」彼女は口を動かしたが、のど鳴りがもれただけで、言葉にはならなかった。肋骨《ろっこつ》が何本も折れているにちがいない。「……アニー？」

ようやくうつろな目に光が宿り、かすかな笑みが浮かんだ。

「ぼくだよ、母さん」アナキンは言った。「もう大丈夫だ。しっかりして。ぼくがここから助けだす」

「アニー……？」アナキンがいたずらをしたとき、よくしたようにシミは頭を傾けた。「まあ、とてもハンサムになって」

「しっ、何も言わないで、母さん」彼は母を落ち着かせようとした。「ここからでなくちゃ」

「わたしの息子」シミはアナキンとはべつの場所、もっと安全な場所にいるかのようだった。「大きくなって。戻ってくることはわかっていたわ。ちゃんとわかっていた」

アナキンは静かに横になっていてくれと告げようとしたが、言葉がのどにつかえた。

「こんなに立派になって。うれしい。どんなに会いたかったか」

「ぼくもだよ、母さん。でも、話はあとにして……」

「これで思い残すことはないわ」シミはそう言うと、アナキンを通り越し、屋根の穴の向こう、輝く月を見るかのように、まっすぐに上を見た。

アナキンは母の言葉が何を意味するか悟り、絶望に駆られて懇願した。「母さん、行かないで。ぼくがきっとよくしてあげる。何もかも……よくなるから」

「愛している……」シミは言いかけて事切れた。アナキンは母の目から光が消えるのを見た。

彼は息を止め、目を見開いたまま母を抱きしめ、しばらくのあいだ揺すっていた。こんなバカな！これは何かの間違いだ！　彼は母の目を見つめ、答えてくれと心のなかで祈った。だが、そこにはすでに光はなく、命はなかった。アナキンはシミを抱きしめて揺さぶった。

それからそっと床に横たえ、母の目を閉じた。

どうすればいいのか？　彼は茫然とそこに座り、死んだ母を見つめていた。やがて顔を上げたときには、青い目には怒りが燃えていた。もっと早く駆けつけることはできなかったのか？　母を死なせないために、何かできることはなかったのか？　一〇年前、母を残してタトゥイーンを去ったのは間違いだった。母を残してクワイ＝ガンと行くべきではなかったのだ。タトゥイーンに留まるべきだった。母は彼が立派になった姿を見て喜んでくれた。だが、自分の母親さえ救うことができなくて、何が立派だ？

アナキンはシミに褒《ほ》めてもらいたかった。自分がこれまでしてきたことを話し、ジェダイの訓練や、彼が助けた人々の話をしたかった。何よりもパドメのことを話したかった。そうとも、母にパドメを引き合わせたかった！　きっと気に入ってくれたはずだ。そしてパドメも母を愛したにちがいない。

だが、その母は死んでしまった。

何分かすぎたが、アナキンはそこに座ったまま動かなかった。すっかり混乱し、怒りと深い喪失感に茫然自失の状態だった。夜明け前の淡い光が射しこみ、薄暗い蠟燭の明かりがいっそう薄暗く見えてきたころ、彼はようやく我に返った。

そして周囲を見まわし、考えた。母の遺体をどうやって運びだそう？　ここに残していくことはできない。だが、そう思ったものの、体が動かなかった。何もかもがひどく無意味に思えた。

そして空虚な心を埋めるように、しだいに怒りが、失いたくない大切な人を失った怒りが彼を満たしはじめた。

頭の隅では、その怒りにのみ込まれるな、と警告する声がした。これはダークサイドに至る道、だと。

だが、床に横たわるシミの姿が目に入ると、そのやすらかな死に顔に何日も加えられた暴行のあとを見ると……。

アナキンは立ち上がり、ライトセーバーをつかんで大またに小屋をでた。

ふたりの見張りが叫び声を発し、剣を構えて襲いかかってきたが、青い光刃をひらめかせ、アナキンはあっという間にそのふたりを切り捨てた。

怒りは鎮まらなかった。

深い瞑想《めいそう》状態のなかでダークサイドをのぞき込んでいたヨーダは、突然そこにひらめく凶暴な怒りを感じ、その激しさに圧倒され、大きな目をぱっと開いた。

すると、聞きなれた声が叫ぶのが聞こえた。「やめろ、アナキン！　だめだ、よせ、やめろ！」クワイ＝ガンの声だった。ヨーダにはクワイ＝ガンだとわかった。彼は死に、フォースとひとつになった。死んだものは意識を保ち、自我を保つことはできない。墓のなかから話しかけることはできない。

だが、ヨーダはかすかな叫びを聞いた。瞑想状態にあった彼には、その叫びがクワイ＝ガンのものだとわかっていた。

彼はそれに集中し、その声のもとをたどろうとしたが、できなかった。またしても激しい怒りと苦痛が……そしてとてつもない力が彼を圧倒した。

ヨーダは思わず声をもらし、体を前に揺らした。ドアが開き、メイス・ウィンドゥが駆けこんできた。

「いまのはなんだ？」メイス・ウィンドゥが尋ねた。

「痛みだ。苦痛だ。死だ！　ひどいことが起こったのだ。若きスカイウォーカーが苦しんでおる。恐ろしいほど苦しんでおる」

彼がメイス・ウィンドゥに言ったのはそれだけだった。フォースを通じて伝わってきたアナキンの苦悩が、アナキンを見つけた亡きジェダイ・マスターの霊を揺り起こしたことには触れなかった。あまりにも多くのことが起こっている。

なつかしい声はヨーダの心をかき乱した。なぜなら、彼が聞いた言葉に間違いがなければ……。

怒りにのまれるなという声は、アナキンにも聞こえていた。だが、母を失った苦痛と怒りに頭を占領されているアナキンは、それがクワイ=ガン・ジンの声であることに気づかなかった。すぐ横にあるべつのテントの前に、バケツをさげたタスケン・レイダーたちの女がいた。べつの小屋の影のなかでは、子供が目をみはってアナキンを見つめていた。

アナキンはそのすべてを目に留めていた。体が無意識に動き、光刃がひらめいて、女が悲鳴をあげ、次の瞬間には刺し貫かれて倒れた。

タスケン・レイダーたちがテントから飛びだし、キャンプは大混乱におちいった。ほとんどが武器を手にしている。だが、フォースのエネルギーに突き動かされ、死の舞を舞うアナキンは無敵だった。彼は高く跳躍し、小屋を飛び越えて光刃を振りながらまたたく間にふたりのタスケン・レイダーたちを血祭りにあげていた。

三人めは槍を突きだしてきたが、アナキンは片手を無造作に突きだして、その男をフォースで三〇メートル近くも吹っ飛ばし、小屋の壁にたたきつけた。

走り、跳びながら、彼は目にも留まらぬ速さで右に左に光刃を回し、タスケン・レイダーたちを次々に倒していった。

まもなく、だれひとりかかってくるものはなくなり、砂漠の猛者たちは逃げ惑った。だが、アナキンは彼らを追い、大きな岩を飛ばして倒し、小屋ごと押しつぶした。

フォースの力を借りて走り、逃げるタスケンに追いついては、ひとり残らず切り捨てていった。

空虚な喪失感はもう感じなかった。これまで経験したこともないエネルギーと強さが、驚くほど力強いフォースが彼を満たしていた。

気がつくと、すべてが終わり、彼は廃墟のなかに立ち、周囲には何十人というタスケン・レイダーたちの死体が散らばっていた。まだ立っているのは小屋だけだ。
彼はライトセーバーを腰に戻してその小屋に戻り、母のなきがらをそっと抱き上げた。

21

「ほら！」パドメはこみあげてくる笑いを抑えながら、3POをオイル・バスから引きだした。ついドロイドを遠くにおろしすぎて、3POは何も見えないと叫びながら夢中で両腕を振りまわしている。パドメは彼をぐいと横に引き、そばにあるボロ布で顔に残っているオイルを拭きとってから、ドロイドを床におろしてフックをはずした。

「どう？」

「ええ、最高の気分です、パドメ様」3POは上機嫌で両手を振った。

「かゆいところはない？」

「はい！」

「よかったわ」パドメはにっこり笑ってそう言ったが、仕事が終わってしまうと、この何時間か忘れていた不安が、またしても戻ってきた。いつのまにか太陽が昇っている。

「ああ、パドメ様、なんとお礼を申し上げればよいか！　ありがとうございます！」C-3POは叫び、両手を差しだして彼女を抱擁しようとした。が、自分がプロトコル・ドロイドであることを思い出し、このドロイドらしからぬしぐさに気がついたと見えて突然後ろにさがった。

「ありがとうございます」彼はさきほどより気取った調子で再び感謝した。「ありがとうございます」

オーウェン・ラーズが納屋に入ってきた。「ようやく見つけたぞ」彼はパドメに言った。「さっきからみんなで探していたんだ」

「ずっとここにいたわ。3POをオイル・バスに入れてやったの」

「ねえ、パドメ」オーウェンはにやっと笑いながら言った。「このドロイドはアナキンに返すつもりだ。母さんはそうしてほしいにちがいない」

パドメは微笑を浮かべてうなずいた。

「彼が戻ったわ！　彼が戻った！」ベルーが外で叫ぶ声がした。パドメとオーウェンは不安を浮かべ、外に走りでた。

彼らは外にいるベルーのそばに立った。メクノ・チェアーを家具や戸口にぶつけながら、クリーグも急いで家のなかからでてきた。

「どこ？」

ベルーは砂漠の向こうを指さした。

目を細め、額に手をかざしてまぶしい陽射しをさえぎると、ようやくアナキンを示す黒い点が猛スピードで近づいてくるのが見えた。その点が人間の形になるころには、彼女はアナキンがひとりではないのを見てとった。スピーダーの後ろにだれかをくくりつけている。

「ああ、シミ」クリーグ・ラーズが体を震わせてつぶやいた。

ベルーは体をこわばらせ、涙をこらえていた。その肩を抱いているオーウェンのほおを、涙が滑り落ちる。

まもなくアナキンが、農場を横切って言葉もなく立ちつくしている人々の前でスピーダーを止めた。

彼は黙って降りると、ロープをほどき、母のなきがらを抱き上げた。そしてクリーグのそばに歩み寄った。

アナキンはまだ黙ったままクリーグの横を通りすぎて、家のなかに入った。

そのあいだも、パドメはアナキンの顔に浮かんでいる表情がひどく気にかかった。後ろめたさと、あきらめと、敗北感すらまじっているようだ。アナキンはわたしが必要になる、パドメは直観的にそう思った。もうすぐ必要になる。

でも、わたしに何がしてあげられるだろう?


ラーズ家のリビングルームには、暗い雰囲気が漂っていた。だれもが言葉少なに必要な仕事や用事を手短にすませ、最後には訪れるにちがいない悲しみの瞬間を引きのばそうとしていた。

パドメがアナキンの食事の支度をしていると、ベルーが手伝いにやってきて彼女を驚かせた。もっと驚いたことには、ベルーは彼女に話しかけてきた。

「どんなところ?」ベルーが尋ねた。

パドメはけげんそうに彼女を見た。「失礼?」

「ナブーよ。どんなところ?」

アナキンのことが心配で、パドメはうわの空でこの問いを聞き、しばらくしてようやくこう答えた。

「とても……緑が多いわ。それと水がたくさん。木や植物が至るところにあって、ここはまったく違うわ」パドメはそう答えおわると、ベルーには悪いと思ったが、すぐに目をそらした。いまは何よりもアナキンのことが気にかかる。彼女は食事をトレーにのせた。

「ここのほうがわたしは好き」ベルーが言った。

「どうぞいつかいらして」パドメは社交辞令でそう言った。

だが、ベルーは真剣な顔で答えた。「いいえ。旅は好きじゃないの」

パドメはトレーを手にとり、微笑を浮かべた。「ありがとう、ベルー」

アナキンは納屋にある作業台の前で、スピーダーバイクの部品をいじっていた。

「少しは食べないと」

アナキンはちらっと彼女を見ただけで仕事に戻った。明らかに何かに腹を立てているらしく、あらゆる動作が誇張されている。「ベルト寄せ《シフター》が壊れたんだ」彼はそう説明した。が、その声も不自然に激しかった。「ものを直しているときは、人生はとても簡単だ。ぼくは昔からこういう仕事が得意なんだ。だけど……」

彼は手にしていたレンチをたたきつけるように置き、うなだれた。

「母さんはどうして死ななくてはならなかったんだ？」彼は静かにそう言った。パドメはトレーを作業台におろし、後ろから彼を抱きしめると、慰めるように背中に顔を寄せた。

「なぜ、ぼくは助けられなかったんだ？　助けられたはずなのに！」

「アニー、あなたはできるだけのことをしたわ」パドメは彼を抱きしめた。「ときには、だれにも防げないことがあるの。あなたは万能なわけではないわ」

アナキンは体をこわばらせ、怒りに駆られて彼女から離れた。「でも、万能であるべきなんだ！」

彼は怒りのこもった低い声で言い、こわばった顔でパドメを見た。「いつかそうなる！」

「アニー、そんなことを言うべきではないわ」パドメは不安に駆られてたしなめたが、彼女の言葉はアナキンの耳には届いていなかった。

「ぼくはだれよりも強い力を持つジェダイになるんだ！」彼は叫んだ。「いいかい、絶対にそうなる！　人々が死ぬことさえ止めてみせる！」

「アナキン……」

「何もかもオビ=ワンのせいだ！」アナキンは納屋を歩きまわり、作業台にこぶしをたたきつけた。トレーの料理が落ちそうになった。「彼がぼくを遠くに追いやったせいだ」

「わたしを守るためにね」パドメは静かに言った。

「ぼくは彼と一緒に暗殺者を探しているべきだった！　そうすれば、とうの昔に見つけだして、間に合うようにここに駆けつけられた。母さんはまだ生きていたんだ！」

「さあ、それは……」

「オビ=ワンはぼくに嫉妬《しっと》しているんだ」アナキンはパドメの言葉には耳を貸そうとせず、わめきつづけた。彼女に話しているのではない、胸のうちに閉じこめていた怒りを発散させているのだった。アナキンがこんなことを言うとは、パドメには信じられなかった。「ぼくの力のほうが強いから、嫉妬しているんだ。だからぼくを遠ざけた。オビ=ワンはぼくの邪魔をしているんだ！」

　彼はレンチを取り上げ、放り投げた。レンチは納屋の壁にぶつかり、予備の部品のなかに落ちた。

「アニー、どうしたの？」パドメは叫んだ。

　この声はようやくアナキンにも届いたようだった。「いま言ったじゃないか！」

「いいえ！」パドメは叫び返した。「いいえ、本当は何が原因なの？」

　アナキンは彼女を見つめた。どうやら、いまの言葉は痛いところを突いたようだ。

「あなたがつらいのはわかっているわ、アニー。でも、それだけではないわね。何があったの？」

アナキンは彼女を見つめたまま黙っている。

「アニー？」

すると、パドメの目の前で急にアナキンの体がしぼんだように見えた。彼は肩を落としてつぶやいた。「ぼくは……彼らを殺した」彼は認めた。そしてパドメが走り寄って抱きとめなければ、そのまま倒れていただろう。「皆殺しにした。彼らは死んだ。ひとり残らず」

彼はパドメを見た。パドメはアナキンが遠い場所からようやく自分のところに戻ってきたような気がした。

「でも、彼らとは戦って……」

アナキンは彼女の言葉を無視した。「男たちだけじゃない」彼は言葉をつづけた。「タスケン・レイダーの戦士は男たちだけだ。だけど、ぼくは……女や子供も殺した」彼は怒りと罪の意識に引き裂かれているかのように、苦しそうに顔をゆがめた。「彼らは獣《けだもの》だ！」彼は突然そう叫んだ。「だから、獣と同じように殺した！　彼らが憎い！」

パドメは驚いて身を引いた。アナキンが自分の同意を、少なくとも慰めを必要としていることはわかっていたが、言葉がでてこなかった。アナキンは彼女を見ようとせず、遠くを見つめている。それから彼はうつむいて、肩を震わせ泣きはじめた。

パドメは黙って彼を引き寄せ、抱きしめた。

「どうして憎いんだろう？」

「彼らが憎いの？　それとも、彼らがお母さんにしたことが憎いの？」

「彼らが憎い！」アナキンは叫んだ。

「でも、彼らはその憎しみに値することをしたのよ、アナキン」

彼は顔を上げ、涙にぬれた目で彼女を見た。「でも、それだけじゃない」彼は言いかけ、それから首を振って、柔らかい胸に顔を埋めた。

が、すぐに顔を上げた。「ぼくは……ぼくは……」彼は片手を伸ばし、ぎゅっと握りしめた。「自分を抑えられなかった。彼らを憎みたくないのに——ジェダイは憎しみを抱いてはいけないんだ！でも、彼らを許すことができなかった！」

「怒りは人間的な感情よ」パドメは慰めた。

「でも、ジェダイはその怒りを抑えなくてはならないんだ」アナキンは即座に答え、彼女から離れて立ちあがり、外に広がる砂漠を見つめた。

パドメはその横で彼に腕を回し、ほおにやさしくキスした。「あなたは人間なのよ」

「違う。ぼくはジェダイだ。自制心を失うべきではなかった」彼は首を振りながら真っすぐにパドメを見た。「後悔しているよ。とても」

「あなたはほかのみんなと同じ人間よ」パドメはアナキンを引き寄せようとしたが、アナキンは彼女から離れたまま、立ちつくしていた。

だが、この虚勢も長くはつづかず、すぐにまたすすり泣きはじめた。パドメは彼を抱きしめ、やさしく揺すりながら、大丈夫、何もかもよくなる、とささやきつづけた。


オビ=ワン・ケノービは宇宙戦闘機の操縦席に体を沈め、いらいらしながら首を振った。あの工場の町からここに戻るまでには長い時間がかかった。そしてようやくデルタ7にたどり着き、やれやれと思ったのだが、まだ終わりではなかった。

「送信機には問題はないぞ」彼がつぶやくと、R4からは同意のさえずりが返ってきた。「だが、リターン・シグナルが来ない。コルサントは遠すぎるんだな」彼はR4を振り向いた。「もっとパワーを上げられないか?」

ドロイドの返事は喜ばしいものではなかった。

「そうなると、ほかの方法を考えるしかないな」オビ=ワンは答えを求めるようにぐるりと周囲を見まわした。この惑星から飛び立てば敵の目を引くことになる。しかし、銀河のコアから遠く離れているうえに、ジオノーシスの金属を大量に含む大気のせいで、コルサントと交信するのは不可能だ。

「ナブーなら近いぞ」彼はふと思いついた。R4がそうだと答える。「アナキンに連絡を入れて、中継してもらおう」

R4がいい考えだと賛成し、オビ=ワンはコクピットからでて、アナキンに向けて同じメッセージを送った。

だが、数秒後、ドロイドが何かがおかしいというシグナルを送ってよこした。

オビ=ワンはいらだたしげにうなり、コクピットに戻った。

「ナブーにいない、だと? そんなはずはない」だが、R4はいないと言いはった。ドロイドと言い争っても仕方がない。オビ=ワンは自分で計器を確認した。たしかにアナキンのシグナルはナブーから発進されているのではなかった。

「アナキン? アナキン? 聞こえるか? こちらオビ=ワン・ケノービだ」彼は戦闘機のマイクを

手に取り、ナブーの方向に向けて発進した。

　数分待っても答えが返ってこないと、彼はコムリンクを下に置き、R４に顔を向けた。「アナキンはナブーにはいないな、R４。範囲を広げてみよう。あいつに何か起こったのではないといいが」

　オビ=ワンは座りなおした。さらに数分が経過した。貴重な時間を無駄にしていることはわかっていたが、選択肢《し》は限られている。工場の町に戻って、ジェダイ・カウンシルにこの重大な情報を知らせないうちに捕まる危険はおかせない。かといって、ここを離れるのも気がすすまない。探るべきことはまだたくさんある。

　そこで彼は辛抱強く探索をつづけた。苦労の甲斐あって、まもなくR４がうれしそうにさえずった。オビ=ワンは制御装置に戻り、そこに現れた確認を見て驚きに目をみはった。「ああ、たしかにこれはアナキンの追跡シグナルだ。だが、発信地はタトゥイーンだぞ！　いったいあいつはタトゥイーンで何をしているんだ？　ナブーでおとなしくしていろと言ったのに！」

　R４がまたしても悲しげな電子音を発した。

「よし、これでいいぞ――質問の答えはあと回しだ」彼は再びコクピットからでて、地面に飛び降りた。「送信してくれ、R４。無駄にしている時間はない」

　ドロイドは即座にアナキンにロックした。

「アナキン？」オビ=ワンは尋ねた。「アナキン、聞こえるか？　オビ=ワン・ケノービだ」

　R４が答えを中継した。R４とは少しばかり異なる一連の電子音だが、オビ=ワンにはその意味はすぐわかった。

「R２か？　よし、ちゃんと聞こえるかい？」

聞こえる、という答えが返ってきた。

「このメッセージを記録して、ジェダイ・スカイウォーカーに届けてくれ」

了解、と電子音が答える。

「アナキン、長距離通信機をやられたんだ。このメッセージをコルサントに送ってくれ」

それからオビ＝ワンは、自分が見たこと、聞いたことを告げはじめた。彼はジオノージアンが送信を傍受し、この位置を突きとめたとは思いもしなかった。それにすっかり話に夢中で、武装したドロイデカが近づき、攻撃体勢をとったことにも気づかなかった。


タトゥイーンのぎらつく双子の太陽ですら、ラーズ農場を覆う陰鬱《いんうつ》なムードを明るくすることはできなかった。農場のすぐ外の、新しくできた墓地には、ほかにもふたつ古い墓石が並び、この荒れた土地と過酷な気候の惑星における人生が、容易ならざるものであることをほのめかしている。クリーグ、アナキン、パドメ、オーウェン、ベルーの五人、それと3POがシミに別れを告げるため、集まっていた。

「わしの居場所を作って、待っててくれ」クリーグ・ラーズはそうつぶやき、ひとつかみの砂を取って、新しい墓の上にかけた。「きみは男にとっては最高の相棒だった・これまでありがとうよ、奥さん。寂しくなる」

彼はちらっとアナキンを見て、涙をこらえながらうつむいた。

アナキンは前に進みでて、墓標の前にひざまずいた。彼も砂をつかんだ。そしてそれを指のあいだから落とした。

「ぼくは母さんを救えなかった」アナキンは少年に戻ったような気持ちでつぶやいた。そして一、二度肩を震わせたが、どうにか悲しみをこらえ、深く息を吸いこんだ。「ぼくは母さんを救えるほど強くなかった。でも、これからはそうなる。約束するよ」またしても深い悲しみがこみあげ呼吸が乱れたが、アナキンは肩に力をこめて立ち上がった。「とても寂しいよ、母さん」

パドメが前に進みでて、アナキンの肩に手を置いた。彼らは墓標の前で黙って立ちつくしていた。と、かん高い電子音がその静寂を破った。みんながいっせいに振り向くと、R2-D2が近づいてくるところだった。

「R2、ここで何をしているの？」パドメが尋ねた。

ドロイドは夢中でさえずった。

「どうやら、オビ=ワン・ケノービという人物からの、メッセージを届けにきたようです」3POがすぐさま通訳した。「心あたりがおありですか、アナキン様？」

アナキンは背筋を伸ばした。「なんだい？」

R2はかしましくさえずった。

「中継しろって？」アナキンは尋ねた。「どうして？　どうかしたのかい？」

「非常に重要なメッセージだそうです」3POが言った。

クリーグとほかのふたりに目顔で許可を得ると、アナキンとパドメと3POは興奮しているドロイドのあとに従って、ナブーの宇宙船に戻った。R2はなかに入るとすぐ電子音を発してドーム型の頭をくるっと回し、オビ=ワンの姿を彼らの前の床の上に映しだした。

「アナキン、長距離通信機をやられたんだ」オビ=ワンのホログラムが説明した。「このメッセージをコルサントに送ってくれ」R2はそこでいったん映像を停止させ、オビ=ワンの顔をフリーズさせた。

アナキンはパドメを見た。「彼のメッセージを、ジェダイ・カウンシルに送ってくれないか」

パドメは前にでてボタンをたたいた。まもなくシグナルが通じたことを確認すると、彼女はアナキンにうなずき、アナキンはR2を見た。

「いいよ、R2」

ドロイドはビーッという電子音を発し、オビ=ワンのホログラムが再び動きはじめた。「わたしはジャンゴ・フェットという賞金稼ぎを追って、ジオノーシスのドロイド製造施設に来ました。トレード・フェデレーションはここでドロイド軍を受けとっています。アミダラ議員を殺したがっているのは、ヴァイスロイ・ガンレイです」

アナキンとパドメはちらっと目を見交わした。この情報は意外でもなんでもない。パドメはコルサントに発《た》つ前に、ナブーでタイフォやパナカと話したときのことを思い出した。

「コマース・ギルドとコーポレート・アライアンスは、どちらも自分たちの軍隊をドゥークー伯爵とその一派に提供し――」

ホログラムが突然大きく動いた。「待て！　待て！」

ドロイデカがオビ=ワンの横に現れ、オビ=ワンをつかんだのを見て、アナキンとパドメはたじろいだ。ホログラムがちらつき、ちりぢりに砕けた。

アナキンはぱっと立ち上がってR2に駆け寄ったものの、彼にできることは何もなかった。何ひとつない。

遠くコルサントでは、ヨーダとメイス・ウィンドゥ、ほかのジェダイ・カウンシルのメンバーたちが、送信されてきたホログラムを見て戦慄《せんりつ》し、深い悲しみに打たれていた。

「彼は生きておる」ヨーダがややあって断言した。「フォースで彼の存在を感じる」

「しかし、彼らに捕まった」メイス・ウィンドゥが口をはさんだ。「そして運命の歯車が回る速度がいっそう速くなった」

「目に見える以上のことが起こっておるぞ、ジオノーシスではな」

「わたしもそう思う」メイス・ウィンドゥは同意した。「これ以上座して待つことはできないな」彼は広い円形の部屋にいるほかのメンバーとともに、ヨーダを見た。小柄なジェダイ・マスターはひどく疲れ、苦痛を感じているように目を閉じていた。

「ダークサイドを感じる」彼は言った。「すべてが曇っておる」

メイス・ウィンドゥはこの言葉にうなずき、厳しい表情でほかのジェダイ・マスターたちを見た。

「みなを集めよ」彼はジェダイ・カウンシルがもう何年も発したことのない命令を発した。

「ドゥークー伯爵と戦わねばならん」メイス・ウィンドゥはコムリンクを通じてアナキンに言った。

「いいか、アナキン、おまえはそこを離れるな。何をおいても議員を守れ。それがおまえの第一の義務だ」

「わかりました、マスター」アナキンは答えた。

あきらめと敗北のにじんだ彼の口調が、パドメにはつらかった。アナキンのマスターが明らかな危険にさらされているのに、彼女を守るため、彼はここを離れられない。そんなことはパドメには耐えられなかった。

ホログラムが消えると、彼女は宇宙船のコンソールに向かい、次々にスイッチを跳ね上げ、座標を確認し、すでに知っていることを確かめた。「彼らは銀河の半分を横切ってくるのよ」彼女は少しも気にしていないように見えるアナキンを振り向いた。「彼を救うことはできないわ」

アナキンはまだ黙っている。

「ねえ、ジオノーシスはここからはほんのひとっ飛びよ！」パドメはさらに制御スイッチを入れ、ヴュースクリーンに飛翔《ひしょう》経路を表示した。「アナキン？」

「マスターの命令を聞いたはずだよ」

「コルサントから駆けつけたのでは、間に合わないわ！」パドメは思わず叫び、パネルのスイッチを入れ、エンジンを始動させる準備にかかった。だが、アナキンは静かにその手に自分の手を重ね、彼女を止めた。

「彼が生きているかどうかさえわからないんだ」彼は暗い声で言った。

が、パドメが見つめると、目をそらし、その場を離れた。

「アニー、あなたはここにいて、オビ=ワンを見殺しにするつもり？」パドメはあとを追い、乱暴に腕をつかんだ。「彼はあなたの友だちよ！　あなたの師よ！」

「そうさ！　それにぼくの父親にもひとしい人だ！」アナキンは叫び返した。「だが、マスター・ウィンドゥの命令を聞いただろう？　彼はぼくにここを離れるなと言った」

アナキンは自分を疑っているのだ。母親をむざむざ死なせてしまったことで、自分の力や判断力を疑っている。おそらくは生まれて初めて自信をなくし、内なる声を、自分の直観を信じられずにいるにちがいない。なんとかして、再び自信を取り戻してもらわなくては。これはオビ=ワンのためであると同時に、アナキン自身のためでもあった。ここに留まり、自分のマスターを見殺しにすれば、わたしはふたりの友人を失うことになる。オビ=ワン・ケノービをジオノージアンに、そしてアナキンを彼の罪悪感に奪われて。

「ええ。でもそれは、わたしを守るためよ」パドメはにやっと笑ってアナキンの言葉を訂正し、このまえの命令のことを彼が思い出してくれるのを望んだ。アナキンはそれを無視し、ナブーから離れたのだ。彼女はコンソールに戻り、宇宙船のエンジンを起動した。

「パドメ!」

「わたしを守れという命令だわ」彼女は同じことを繰り返した。「そしてわたしはオビ=ワンの救出に向かう。だから、わたしを守るつもりなら、あなたも一緒に来るしかないわよ」

アナキンは少しのあいだ彼女を見つめていた。パドメは頭を傾けてその目を見返した。長い髪がその顔を半分隠しているが、美しい目にはかたい決意がきらめいていた。

パドメがなんと言って正当化しようと、これはメイス・ウィンドゥの直接の命令に逆らうことになる。ジェダイ・パダワンとしての彼は、パドメを引きとめ、タトゥイーンに留まるべきだ。

だが、これまでは、常に自分が信じることをやってきたではないか。

彼はパドメと同じ決意を浮かべ、コンソールの前に立った。数分後、ナブーの宇宙船はタトゥイーンの空を駆け上っていた。

22

泉を流れ落ちる水や、満々と水をたたえた池、美しい柱や彫像を飾ったコルサントの共和国行政ビルは、見る者に落ち着いた印象を与えるが、そのなかでは大混乱が起こっていた。オビ=ワンからヨーダとジェダイ・カウンシルにもたらされた情報は、ジェダイ・マスターたちにより、元老院議長と元老院の実力派議員たちに伝えられた。そして共和国は文字どおり、ばらばらになりかけていた。パルパティーン議長のオフィスの雰囲気は、暗く厳しく、混乱を極めていた。そこにいるだれもが、圧倒的な絶望感に打ちひしがれ、何か手を打たねばならないと思いながらも、適切な手段がないことにいらだっていた。

ジェダイを代表するヨーダとメイス・ウィンドゥ、キ=アディ=ムンディは、ベイル・オーガナやアスク・アーク、アミダラ議員の代理として出席しているジャー・ジャー・ビンクスが発散するぴりぴりした気持ちとは対照的な落ち着きを示していた。パルパティーンは巨大な机の向こうで、暗い顔でジェダイたちの話に耳を傾けている。彼の補佐官であるマス・アミダは、いまにも泣きそうに顔をゆがめている。

メイス・ウィンドゥがジオノーシスから送られてきた情報を報告しおわったあとも、しばらくは口を開く者はいなかった。

小さな杖にもたれながら、ヨーダがちらっとベイル・オーガナを見た。どんなときにも冷静沈着で有能な男、ベイル・オーガナは、彼の意を汲みとってかすかにうなずいた。「コマース・ギルドは戦いの準備をはじめている」彼は言った。「ジェダイ・オビ=ワン・ケノービの報告を見れば、これは疑いのない事実だ」

「この報告が正確ならばな」アスク・アークが即座に言い返した。

「正確ですよ、議員」メイス・ウィンドゥの言葉にアスク・アークはうなずいた。アスク・アークがこう言ったのは、ジェダイにこの報告を支持させ、共和国が破滅の縁に立っていることをほかの人々に強く印象づけるためだ。ヨーダはそれを見抜いていた。

「ドゥークー伯爵は、彼らと協定を結んだにちがいない」パルパティーン議長が言った。

「彼らの準備が整う前に、阻止せねばならんな」ベイル・オーガナがそう言った。

ジャー・ジャー・ビンクスが中央に進みでた。彼はぶるっと体を震わせたものの、少なくとも、長い舌は口のなかにおさまっている。「失っ礼。あんた名誉ある元老院議長殿。ジェダイ、反乱軍を阻止するね」

「ありがとう、ジャー・ジャー」パルパティーンは礼儀正しく応じ、ヨーダに顔を向けた。「マスター・ヨーダ、何人のジェダイをジオノーシスに送れるかな？」

「銀河には何千というジェダイがおるが、特定の任務に送れるのは、そう、せいぜい二〇〇人」

「お言葉を返すようだが、それだけではじゅうぶんとは思えませんな」ベイル・オーガナが言った。

「交渉を通じ、ジェダイは平和を維持する」ヨーダは答えた。「戦いをはじめるつもりはない」

彼の落ち着きは、アスク・アークをいっそう興奮の極みに押しやるように見えた。「話し合いは終わりだ！」彼は叫んだ。「われわれには、あなた方が言ったクローンの軍隊がいる！」

この恐るべき言葉の背後にある理の重みを耐えるように、ヨーダはゆっくりと目を閉じた。

「不幸にして、話し合いは終わりではない」ベイル・オーガナが言った。「元老院は分離主義者たちが攻撃を仕掛けてくる前にクローン軍を使うことには、決して同意しないだろう。そしてそのときには、おそらくもう間に合わない」

「これは非常事態です」マス・アミダが口をはさんだ。「議長がクローン軍の使用を許可できるよう、元老院は議長に緊急発動権を認めねばなりません！」

パルパティーンはこの提案にひどいショックを受けたかのように、体を揺らした。「しかし、そのような極端な改正案を動議するだけの勇気のある議員がいるだろうか？」彼はためらいがちに尋ねた。

「わたしがします！」アスク・アークが断言した。

彼の横で、ベイル・オーガナが苦笑いをもらしながら首を振った。「しかし、議員たちはきみの言葉に耳を貸さないだろうよ。わたしの言葉にも、だ」アスク・アークが恐ろしい顔でにらむと、彼は急いでそう付け加えた。「これまで分離主義者たちの哲学については、うんざりするほど討論してきた。なんらかの行動をとるべきだという討論もしてきた。元老院はわれわれの呼びかけを、たんなるとり越し苦労だとみなすにちがいない」

「アミダラ議員がここにいたら」マス・アミダが言った。

ジャー・ジャー・ビンクスがまたしても進みでた。「元老院さ議長サマ」彼はなで肩の肩を精いっぱいいからせた。そして、「お集まりのびんなさん」とほかの人々に敬意を表した。「おいら、議長さに緊急権限を与える動議を提案するでやんす」

パルパティーンはぶるぶる震えているグンガンを見て、それからベイル・オーガナを見た。

「彼はアミダラの代理です」オルデランの議員はそう言った。「元老院の議員たちは、ジャー・ジャー・ビンクスの言葉を、アミダラの言葉として聞くでしょう」

パルパティーンは厳しい顔でうなずいた。自分と共和国が、否応なしに最も危険な立場に押しだされることがわかっているのか、ヨーダは彼から強い不安を感じた。


青い火花を散らすエネルギーのなかに閉じこめられ、そのフォース・フィールドのなかでのろのろと体をひねりながら、オビ=ワン・ケノービは部屋に入ってきたドゥークー伯爵に目をやった。伯爵の顔は同情に満ちているが、そんなものはまったく信頼できない。伯爵は彼のすぐ前に歩み寄った。

「反逆者め」オビ=ワンは言った。

「わが友よ」ドゥークー伯爵は答えた。「これは間違いなのだ。恐ろしい間違いだ。彼らはやりすぎた。これは狂気の沙汰だ!」

「あんたがリーダーのくせに」オビ=ワンは努めて平静に言い返した。

「いや、わたしはこの一件にはまったく関係ない」もとジェダイはオビ=ワンの非難に傷ついたような顔で断言した。「約束するよ。ただちにきみを自由にしてくれるよう、彼らに頼む」

「急いでもらいたいな。わたしには仕事がある」オビ=ワンはドゥークー伯爵の憂いに満ちた顔にかすかに……怒りか?……よぎるのを見てとった。

「なぜジェダイ・ナイトがこのジオノーシスにいるのか、教えてもらえないか?」

少し考えたあとで、オビ=ワンは正直に話しても失うものは何もないと判断した。それにドゥークー伯爵に真実をぶつけてみたかった。「ジャンゴ・フェットという賞金稼ぎを追ってきたんだ。彼を知っているか?」

「わたしの知るかぎり、ここには賞金稼ぎなどひとりもおらん。ジオノージアンはそういう手合いを信頼していないのだ」

信頼だと、ふん、笑わせるな、オビ=ワンはそう思った。

「まあ、そのほうが利口だな」彼は逆らわずに答えた。「しかし、彼はここにいる。それは確かだ」

ドゥークー伯爵は少しのあいだ黙ってオビ=ワンを見ていたが、それから同意するようにうなずいた。「われわれの道が、これまでに一度も交わらなかったのは極めて残念なことだな、オビ=ワン」彼は心のこもった温かい声で言った。「クワイ=ガンはいつもきみを褒《ほ》めていた。あの男には生きていてほしかったよ。きっと頼もしい味方になってくれただろう」

「とんでもない」

「そうかな、若いジェダイよ」ドゥークー伯爵はにやっと笑って言い返した。いかにも自信たっぷりで、落ち着き払っている。「クワイ=ガンは昔わたしの弟子だった男だ」

「だから、ジェダイ・カウンシルと共和国よりも、あんたに忠誠を示すとでも?」

「彼は議員たちの堕落をよく知っていた」ドゥークー伯爵はなめらかに応じた。「もちろん、ジェダイはみな知っている。ヨーダもメイス・ウィンドゥも。しかし、クワイ=ガンは自分の地位に固執する男ではない。わたしと同じ真実を知れば……」

「真実?」

「そうだ」ドゥークー伯爵は自信たっぷりに答えた。「共和国がいまやシスの暗黒卿による支配のもとにあると言ったら、きみはどうする?」

オビ=ワンは稲妻に打たれたようなショックを受けた。「うそだ! そんなことはありえない」彼は夢中でそれを否定した。現存のジェダイのなかで、シス卿と実際に戦ったのは彼ひとりだ。最愛のマスター、クワイ=ガン・ジンを失ったのもそのときだった。「ジェダイが気づくはずだ」

「フォースのダークサイドが、彼らの洞察力を曇らせているのだ」ドゥークー伯爵は落ち着き払って説明した。「何百という議員が、いまやダース・シディアスと呼ばれるシス卿の影響下にある」

「うそだ」オビ=ワンは即座に否定した。だが、この言葉が終わらぬうちに疑いが頭をもたげてくる。

「トレード・フェデレーションのヴァイスロイは、このシディアス卿と手を組んだことがあった」ドゥークー伯爵は説明した。ひと昔前の出来事を考えるとこれはありそうな話だ。「しかし、彼は一〇年前にシディアスに裏切られた。そこでわたしのもとに助けを求めてやってきたのだ。何もかも洗いざらい打ち明けたが、ジェダイ・カウンシルは彼の言葉を信じようとはしなかった。わたしは何度もカウンシルに警告しようとした。しかし、彼らはがんとして耳を傾けない。シス卿の存在を察知し、彼らの誤りに気づいてからでは、とうてい間に合わないだろう。どうかきみも加わってくれ、オビ=ワンよ。そしてともにシス卿を倒そうではないか」

ドゥークー伯爵の話は非常に筋が通っていた。極めて論理的で、オビ=ワンが聞いたドゥークー伯爵の人となりとも合っている。だが、なめらかな言葉と口調の下に、この論理とは相反するよこしまな感情をオビ=ワンは感じとっていた。

「わたしは決して加わらないぞ!」

伯爵は知的な顔に失望を浮かべ、深いため息をついて彼に背を向けた。「では、きみを釈放するのは難しいかもしれん」彼はそう言って部屋をでていった。

ジオノーシスに近づくと、アナキンはオビ=ワンと同じテクニックを使った。ジオノーシスの近くにある小惑星帯の環《わ》を巧みに利用して、周囲を徘徊《はいかい》するトレード・フェデレーションの艦隊からナブーの宇宙船を隠したのだ。そしてこれまたオビ=ワンと同じように、この予期せぬ艦隊が戦いの準備をしていることに気づいた。

大気圏を一気に降下し、アナキンは地表をかすめるように飛びながら、谷を跳びぬけ、岩山や台地を回りこんだ。隣のパドメはじっと地平線に目を凝らしている。

「前方の蒸気の柱が見える？」彼女はそれを指さした。「あれは何かの排気にちがいないわ」

「そうだね」アナキンは宇宙船を傾けて遠くの白い蒸気の柱を目指し、まもなく蒸気のなかに突っこんで排気口からなかに入り、静かに宇宙船を降ろした。

そしてパドメとふたりで降りる支度にかかった。

「いいこと、とにかく、わたしの言うとおりにして」パドメが言った。「わたしは戦いをはじめる気はないの。元老院議員としてこの状況を話し合いで解決できるかもしれないわ」

ライトセーバーでタスケン・レイダーたちを虐殺したばかりのアナキンにとっても、話し合いでことが片づけば、それにこしたことはない。

「わたしを信頼してくれる？」

「するよ」パドメが自分の苦痛を読みとったのを感じて、彼はどうにか笑顔を浮かべた。「きみに逆らうのは、とうにあきらめてる」

昇降路に向かう彼らの後ろで、Ｒ２が訴えるような電子音を発した。

「ここに残りなさい」パドメは二体のドロイドにそう命じて、アナキンとともに地下の複合施設にでた。そこが巨大なドロイド工場であることはすぐにわかった。

ふたりが宇宙船を離れると、Ｒ２は滑車のついた足を伸ばし、プラットフォームから降りて、すぐさまハッチに向かった。

「わが友よ、かわいそうだが、彼らがわれわれの助けを必要としていたらそう言ったはずだ」３ＰＯが心得顔に説いて聞かせた。「きみは人間について、まだまだ学ぶことがあるぞ」

Ｒ２は止まろうともせずに、ぶしつけな電子音を発した。

「機械にしては、きみはあれこれ考えるたちらしいな！」３ＰＯは言い返した。「わたしは人間を理解するようプログラムされているんだ」

Ｒ２は短い電子音で言い返した。

「どういう意味かって？　わたしの言うことに従え、ってことさ！」

Ｒ２はこの言葉をまったく無視して昇降路を降りはじめ、宇宙船の外にでた。

「待て！」３ＰＯが叫んだ。「どこに行く？　きみには分別というものがないのか？」

だが、Ｒ２は返事の代わりに耳障りな電子音を発した。

「失敬な！」

Ｒ２はどんどん宇宙船を遠ざかっていく。

「待ってくれ！　どこに行くつもりだ？」

Ｒ２の答えは自信たっぷりとは言いがたかったが、宇宙船にひとりで残されるのはもっと心細い。

そこで3POは急いでR2のあとを追った。

アナキンとパドメはこの複合施設の、柱のある広い通路を静かに進んでいた。彼らの足音は、下の大ホールにあるたくさんの機械が発する低いうなりや大きな音が消してくれた。工場には人の姿はまったくない。あまりにも閑散としていることがアナキンには気になった。

「みんなどこにいるのかしら？」彼の思いを読みとったようにパドメがささやいた。

アナキンは片手を上げてそれを制し、首を傾けた。何かを……感じたのだ。

「待って」

アナキンは手をもっと高く上げ、フォースが伝えてくる感覚に耳を澄ました。ここには何かがある。すぐ近くに。彼は天井に目を向けた。恐ろしいことに、天井の梁《はり》がまるで生きているように脈打っているではないか。

「アナキン！」パドメが叫んだ。まるで梁が生み落としたように、翼のある生物が梁を離れて落ちてくる。彼らはオレンジ色の肌に、革のような翼がある、長身で引き締まった体つきの種族だった。

アナキンのライトセーバーがすばやく回り、跳びかかってきた相手の翼の一部を切り捨てた。その男は床に転がったものの、もうひとりが襲いかかり、さらにべつの相手が飛んでくる。

アナキンは右の相手を刺し、煙をあげる皮膚から即座に光刃を引き抜いて、頭上で回しながら左の相手に切りつけた。ふたりが倒れる。「走れ！」彼が叫んだときには、パドメはすでに柱沿いに遠くに見えるドアへと向かっていた。ライトセーバーをめまぐるしくひらめかせ、しつこい敵を防ぎながら、アナキンもそのあとを追った。彼はパドメを追って戸口を走り抜け……深い亀裂《きれつ》の上に突きだしている空中通路の端から、飛びだしそうになった。

「戻って」パドメが言いかけたが、きびすを返そうとすると、背後のドアが音を立ててしまった。進退きわまった彼らの頭上に翼の生物が姿を現し、おまけに空中通路が縮まりはじめた。

パドメは一瞬のためらいもなく空中に身を躍らせ、下のコンベアーに飛びおりた。

「パドメ！」アナキンは夢中で叫び、すぐあとにつづいた。それから翼のあるジオノージアンが彼らを取り巻き、アナキンはただひたすらライトセーバーで彼らの攻撃を防ぐしかなかった。


「なんてこった」3POはくるりとひと回りして巨大な工場をスキャンしながら言った。彼とR2は工場のメインフロアを見下ろす高い張り出しに立っていた。「機械が機械を作りだすとは！　なんという倒錯的な行為だ！」

R2がビーッと大きな音を立てた。

「落ち着け」3POは言った。「なんの話だ？　わたしは邪魔などしていないぞ！」

R2はそれにはかまわず前に進みでて、3POを押しのけた。3POは悲鳴をあげて張り出しから落下し、空中を移動していた運の悪いコンベアー・ドロイドに跳ね返って、その横のコンベアー上に落ちた。つづいてR2も張り出しから飛び降り、小さなジェットを起動して工場の奥にある制御コンソールに向かった。

「ひどいぞ、R2」3POは起き上がろうともがきながら叫んだ。「警告ぐらいしたらどうだ？　さもなければ、何をする気か教えてくれるとか」愚痴をこぼしながらようやく立ち上がったときには
――目の前に水平切断機があった。

３ＰＯはひと声悲鳴を発し助けを求めたが、次の瞬間には、くるくる回る刃が容赦なく彼の頭を肩から切り離した。胴体がコンベアーの上に転がり、頭ははずんでべつのコンベアーに落ちる。ここにはバトル・ドロイドの頭がずらりと並んでいた。

次なる工程で、彼の頭はバトル・ドロイドの体に溶接された。「なんと醜い！」彼は叫んだ。「なんだってこんな醜いドロイドを作るんだ？」ちらっと横を見ると、彼自身の胴体はまだつっ立ったまま、バトル・ドロイドの頭が溶接される列にまじっている。

「なんだ？　すっかり混乱したぞ！」３ＰＯは哀れな声をあげた。

その上では、パドメの姿を見つけたＲ２がそれを追っていく。

パドメは体を泳がせ、コンベアーの周りを転がってどうにか立ち上がり、さらに低いベルトに飛び降りた。彼女の前には、金属の型をものすごい勢いでたたき、バトル・ドロイドの部品を作っている杭打ち機が並んでいた。パドメは少し後ろにさがって助走をつけ、その機械が落ちてくる前に下にもぐりこみ、ひとつめを通過した。それから次の杭打ち機が落ちる前に急いで立って後ろにさがり、重い頭が誘導柱に沿って上がるのを待った。

頭上を飛んできた翼のあるジオノージアンにつかまれそうになり、バランスを崩したものの、どうにかその翼から逃れると、タイミングが正しいことを祈りながら前に飛びだした。杭打ち機がすさまじい音を立てて落ちる寸前に、どうにか反対の端からはいでる。

追いすがるジオノージアンが頭をつぶされた。

パドメはそれを振り向こうともせず次の杭をにらみ、首尾よくその下もくぐったが、反対側には翼のある生物が後ろ足で立ちはだかっていた。彼は革のような翼で彼女を包み、たくましい腕でつかんだ。

パドメはもがいたが無駄だった。その生物の力は強すぎた。それはコンベアーの横に飛んでいき、からっぽの大バットのなかにパドメを落とした。彼女は急いで立ち上がり、そのなかからでようとしたが、バットには手や足をかける場所はなく、深すぎて縁には届かない。

杭打ち機につぶされるのを巧みに避けながら、大勢のジオノージアンを相手に戦っていたアナキンが叫んだ。「パドメ!」目の前の杭をくぐり抜けると、パドメの身に危険が迫っているのがはっきり見えた。彼女のそばに行く方法はない。彼はすぐにそれに気づいた。しかもパドメが落ちたバットは、溶けた金属をそそぐひしゃくへと急速に近づいていく。

「パドメ!」

またしてもジオノージアンが襲いかかってきた。そのあいだも、彼の愛する女性が刻一刻と死に向かっている!

アナキンは必死に戦った。敵を切り倒し、なんとかパドメに近づこうとしながら、彼女の名前を呼びつづけた。そしてまたもや組み立てラインをたたき壊し、ドロイドの部品を至るところに散らばしてべつのベルトに飛び乗り、工場を横切ってパドメのもとに向かった。パドメはまだどうにかして外にでようとしていた。溶けた金属をたたえたひしゃくがしだいに近づく。フォースを使って彼女のそばまで跳躍しようとアナキンが身構えたとき、すぐそばの機械から伸びた万力のようなものが彼の腕をつかんだ。

それは彼の腕を切断機の下へと運んでいく。アナキンはけった。両足をそろえて、自分を追ってきたジオノージアンをけり飛ばし、必死にもがいて自分の腕をつかんだ万力から逃れようとした。そして間一髪のところで体をひねり、かろうじて切断機の刃を逃れた。だが、代わりにライトセーバーが真っぷたつになった。

とはいえ、このままではライトセーバーを失うどころではすまない。アナキンは後ろを振り向いた。

「パドメ！」

工場の反対側では、R2がパドメのいるバットの近くにおり、コンピューターのアクセス・プラグに腕のひとつを接続して、ファイルをスクロールしはじめた。

パドメがいまにも溶けた金属に包まれそうなことをしばし忘れ、R2は冷静に仕事をつづけた。そしてついに探していたものを見つけ、適切なコンベアー・ベルトのスイッチを切った。パドメのバットはひしゃくの一メートル手前で止まった。しかし、ほっとしたのもつかのま、翼のある生物の一群がパドメに襲いかかり、強い腕でつかんだ。

アナキンがまたしてもジオノージアンをけり飛ばし、自分の腕をつかんでいる万力を振りほどこうとすると、不気味なドロイデカの一隊が彼を取り囲んで戦闘態勢をとった。

それから装甲服を着た男がロケットで彼の前に降り、ブラスターの銃口を向けた。「動くな、ジェダイ！」その男は叫んだ。

アミダラ議員は大きな会議テーブルに座っていた。アナキンは彼女を守るように後ろに立っている。彼女の向かいには、ジャンゴ・フェットを従えたドゥークー伯爵が腰をおろしている。が、これは決して対等の会議とは言えなかった。なぜなら、ジャンゴ・フェットはブラスターを手にしていたが、アナキンには何もなかったからだ。おまけにこの部屋にはジオノージアンの警備兵がずらりと並んでいる。

「ここにはジェダイ・ナイト、オビ=ワン・ケノービがいるはずです」パドメは多くの交渉を成功させてきた落ち着いた声でそう言った。「わたしは正式に彼を引き渡すよう要求します」

「彼はスパイ行為を働いたのだ、議員。したがって、あと数時間で処刑される」

「彼は共和国の命を受けて調査をしていたのです」パドメはわずかに声を高くして言った。「あなたにはそんな権利はありません」

「共和国はここではなんの権限もない」ドゥークー伯爵は冷ややかに答えた。「しかし、ナブーがわれわれの同盟国となるなら、きみの要請は喜んで聞き入れよう」

「そして断れば、わたしもジェダイと一緒に殺すのですか？」

「きみの意志に反することは強要する気はない。しかし、きみは理性のある誠実なナブーの代表者だ。ナブーの人々にとって最も益になる選択をしたいだろう。堕落した議員や官僚、彼らの偽善的な態度には、きみもうんざりしているはずだぞ。正直に答えたまえ、議員」

ドゥークー伯爵の言葉はパドメの胸に突き刺さった。たしかにそこには多少の真実がある。この男の言葉に真実の響きをもたせるだけの、多くの星系を誘いこむだけの真実があった。それに……いまのこの救いがたい現状にも胸が痛んだ。自分が正しいことはわかっている。自分の理想には多少の意味があることも。だが、その理想は、それを守るために処刑されてもかまわないほど大切なものだろうか？　そのためにアナキンも犠牲にするほど？　パドメはこの瞬間、自分がどれほど深くアナキンを愛しているか気づいた。とはいえ、彼の命のためですら、ふたりの命のためですら、幼いときから信じてきたことをすべて否定するのは……。「理想はまだ生きていますわ、伯爵。たとえ政府が正しく機能しなくても」

「きみの理想はわれわれと同じものだ！」ドゥークー伯爵は彼女の言葉に勢いを得て叫んだ。「われわれはそれを実現しようとしているのだ」

「本当にそう思っているなら、共和国に留まり、パルパティーン議長を助けて物事を正すべきでした」

「あの議長は善人だが、無能だよ」ドゥークー伯爵は冷たく決めつけた。「彼は官僚主義を廃すると約束した。しかし、官僚はこれまでにも増して強くなっている。共和国を救うのは不可能なのだ。新しいものを築くときだ。共和国のなかにある民主主義はまやかしだ。投票はゲームにすぎん。共和国と呼ばれる貪欲《どんよく》な狂信者どもが民主主義と自由という名目すらも失う日は、すぐそこに来ている」

パドメはあごをくいしばり、怒りを抑えた。ドゥークー伯爵は誇張しているのだ。自分の話に少しでも信憑性《しんぴょうせい》を持たせようとしているにすぎない。彼のうそを見抜き、そこに隠されたヘビのきばを見るには、彼がオビ＝ワンを捕らえ、処刑するつもりだという事実だけでじゅうぶんだ。これが共和国なら、彼女なら、スパイ行為を働いた男を捕らえ、死刑にするだろうか？

「あなたの話は信じられません。あなたはトレード・フェデレーションやコマース・ギルドや、ほかの営利グループと手を組んでいます。あなた方が作っているのは、営利企業により樹立された政府ではなく、たんに営利企業が支配する政府です！　わたしはこれまで正しいと信じて働いてきたものをすべて捨てて、共和国を裏切ることはできません」

「だが、ジェダイの友人は裏切れるのかね？　きみの協力がなければ、わたしは彼らの処刑を止めることはできんぞ」

「その言葉があなたの言われた改正の真実を暴露していますわ」パドメは内心の葛藤と胸が引き裂か

れるような苦しみにも屈せず、ずばりと切りこんだ。ドゥークー伯爵の礼儀正しい威厳に満ちた顔に、ちらっと敵意に満ちた怒りがよぎった。

「そしてわたしは？」パドメは言葉をつづけた。「わたしも処刑されるのですか？」

「わたしには死刑に値するほどの罪状は思いつかんが」ドゥークー伯爵は言った。「しかし、きみの死を強く要望している者がいるのだよ、議員。政治とはまったく関係ない理由、純粋に個人的な感情からね。彼らはすでにきみを殺すために大金を使っている。おそらくきみを処刑者に含むよう、強硬に主張するだろうな。すまんが、協力を取りつけることができないとなると、ジオノージアンに正義の裁きをゆだねるしかない。わたしにできることはそれが精いっぱいだ」

「正義」パドメは信じられないという声で言い、冷笑を浮かべて首を振った。そしてそれから沈黙が訪れた。

ドゥークー伯爵は少しのあいだ待っていたが、やがて後ろにいるジャンゴ・フェットにうなずいた。

「彼らを連れていけ」伯爵は命じた。

「こいつをラインに入れろ！」うんざりしたことに、3POはこの言葉が具体的には何を意味するか、正確に知ることになった。

彼は一列が一ダースのドロイドからなる二〇列のバトル・ドロイドにまじっていた。彼らは入念なプログラム検査のための訓練を受け、そのあとトレード・フェデレーションの戦艦に積みこまれるために大きな着床パッドに集められるのだ。

場違いな場所と、不慣れな体にすっかりまごついた3POは、ジオノージアンに「左向け左！」と言われると、つい右を向いてしまった。そのため、訓練士官の「行進」という号令で、いままでは3POと向かい合っているバトル・ドロイドが、正面から彼にぶつかってきた。どうやらこれらのドロイドには、自分で状況を判断する能力はまったくないとみえる。

「おい、止まれ！」3POは訴えた。「わたしを引っかいているぞ！　頼むから止まってくれ！」

だが、訓練士官の命令しか聞かないようにプログラムされているドロイドからは、当然ながら、なんの反応も返ってこない。

「止まれったら！」3POはそのバトル・ドロイドに突き飛ばされ、つづく四体に踏みつぶされる危険に怯えてまたしても懇願した。すると新しい体に内蔵されているセンサーがこの問題に関して効果的な解決方法を提示した。そして3POは自分が何をしているかさえ気づかぬうちに、右腕のレーザー・キャノンが至近距離から彼を押しているバトル・ドロイドの胸を撃ち、それを吹っ飛ばしていた。

「ひえっ！」3POは叫んだ。

「止まれ！」ジオノージアンの訓練士官が叫んだ。即座にすべてのドロイドがその場に停止した。が、すっかり途方に暮れた哀れな3POはべつだ。彼は体を左右に回しながら、次なる行動を考えようとした。訓練士官が「四の七を戻して再プログラムしろ」という声が聞こえた。この列の自分がいる位置を考慮すると、四の七というのは彼のことを指しているにちがいない。

「待ってくれ。いまのはたんなる間違いだ」見るからに頑丈そうな整備ドロイドが二体近づき、彼を万力のような腕でつかんで担ぎ上げる。3POは叫んだ。「再プログラムは必要ない！　わたしは三〇〇万の言語を話すようプログラムされているんだ！」

23

通路の端に達する前に、メイス・ウィンドゥはヨーダの大いなる悲しみを感じた。小柄なマスターは、銀河元老院を見下ろすバルコニーに座っていた。元老院は混乱の坩堝《るつぼ》と化していた。怒号と叫び声、大声でどなり、わめき、言い返す声に満ちている。メイス・ウィンドゥはヨーダの悲しみを理解し、それを分かち合った。これは彼と誇り高きジェダイ・オーダーが守ることを誓った政府だが、この状態を見るかぎり、あまりにも多くの議員たちがそれに値しないように思える。

ここには、共和国のあらゆる膿《うみ》が噴きだしていた。あらゆるバカげた官僚主義が、正しい進歩の前に立ちはだかっている。ドゥークー伯爵と彼の率いる分離主義運動を生みだしたのもこれだ。あの恐ろしいほどバカげた主張に多少なりとも信憑性《しんぴょうせい》を与え、トレード・フェデレーションのような貪欲《どんよく》な特定の利益が銀河を搾取することを可能にしたのは、この混乱だった。

長身のジェダイ・マスターは通路の端に移り、ヨーダの横に腰を下ろした。彼は何も言わなかった。この混乱の前には何を言ってもむなしく聞こえる。これを見守り、共和国を守るために戦うこと、それが彼らの務めだ。

たとえそれを構成する多くの代表者が、いかに愚かしく見えようとも。

メイス・ウィンドゥとヨーダは元老院議員たちが激怒し、こぶしや付属肢《し》を振り上げ、たがいにわめき合うのをじっと見ていた。演壇の上では、マス・アミダがおろおろと落ち着きなく周囲に目を配りながら、静粛にと叫んでいる。

ようやく、叫び声が下火になった。

「静粛に！　静粛に！」マス・アミダは再び議会が混乱におちいることを恐れ、何度も繰り返した。

パルパティーン議長が進みで、ホールの中央に立ち、階段式の円形ホールをぐるりと見まわした。彼は事態の深刻さを伝えようと、多くの議員と目を合わせていく。

「残念ながらアミダラ議員が出席できないため」彼はしばらくしてゆっくりと話はじめた。「議長はナブーの代表であるジャー・ジャー・ビンクスに発言を許可する」

メイス・ウィンドゥはヨーダを見た。ヨーダはとどろくような歓声や野次《やじ》を同じだけの力でシャットアウトするかのように目を閉じている。

メイス・ウィンドゥは下のホールに目を戻し、ようやく、ジャー・ジャーを見つけた。彼は自分のプラットフォームに乗り、両わきにグンガンの補佐官を従えて、空中を演壇へと近づいていく。

「びなさん」ジャー・ジャーは叫んだ。「じょうりゅうのびなさん……」

抗議の声と同じくらい大きな爆笑が円形のホールを満たした。だが、それはすぐに引いていき、野次がそれにとって代わった。

「負けるな、ジャー・ジャー」メイス・ウィンドゥが低い声で言い、屈辱で耳まで真っ赤になったグンガンを見下ろした。

「静粛に！」マス・アミダが演壇から叫んだ。「元老院は代議員に発言を許可する！」

円形ホール内は静かになった。マス・アミダはプラットフォームの前をぎゅっとつかんでいるジャー・ジャーに合図した。

「共和国に対する直接の脅威に対し」グンガンははっきりした声で話しだした。「おいら議長に緊急発動権を与えるよう提案するです」

一瞬、ホールは静まり返り、議員たちはたがいに顔を見合わせた。それから拍手が起こった。反対陣営からは野次が飛んだが、すぐに賛成の声が反対の声をのみ込んだ。アミダラがこの場にいないとはいえ、ジャー・ジャーの言葉にこれだけの重みをもたせているのは彼女の存在だった。ほかの議員たちの信頼を獲得してきた彼女のこれまでの努力が、この重大な勝利をもたらしたのだ。いまの提案がアミダラの声を代表するナブーの代議員以外のだれかにより持ちだされていたら、またしても果てしなく議論が繰り返されることになっただろう。だが、彼女はこれまで、軍隊創設に反対であることを断言していた。そのため、本来なら軍隊創設に反対の議員たちもこの動議に賛成を表明したのだった。

ホールの騒ぎは長いことつづいたが、野次は徐々に下火になるのに比べ、歓声は増すばかりだった。ようやくパルパティーン議長が両手を上げ、静まるよう求めた。

「わたしは非常なためらいを感じながら、この呼びかけに同意した」パルパティーンは口を切った。「わたしは民主主義を愛し、共和国を愛している。もともと穏やかな性格だし、民主主義が崩壊するところは見たくない。諸君がわたしに与えてくれる力は、この危機を無事に切り抜けたら放棄するつもりだ。約束する。そしてこの新しい権威を行使して、わたしはまず共和国軍を創設し、急激に力を増している分離主義者たちの脅威に対抗したいと思う」

「終わったな」メイス・ウィンドゥはヨーダに言った。ヨーダは厳しい顔でうなずいた。「わたしは手もとのジェダイを率いてジオノーシスに向かい、オビ=ワンを救出する」

「わしは共和国のために作られたクローン軍を見に、カミーノに行くとしよう」

ふたりのジェダイは元老院の廊下を歩み去った。


その円形の部屋は銀河のあちこちにある法廷と同じように見えた。弧を描く手摺《てす》りの柵《さく》で区切られており、それとはべつに背の高い箱型のエリアがある。メインエリアの後ろには、傍聴者のための座席が何列も並んでいる。だが、法廷に似ているのはそこまでだった。この裁判はジオノージアンの補佐官サン・ファークの助けを得て、ジオノーシスを治めるポグル大公が判事役を務めていたが、公平な裁きなど期待できないことは、分離主義を唱えている元老院議員や、さまざまな商工組合やインターギャラクティック銀行グループの代表という顔ぶれを見ただけでわかる。

彼女は彼らを注意深く見守り、彼らの目に赤裸々な憎悪が燃えているのに気づいた。これは審問でも、裁判でもない。この憎悪と敵意を宣言するだけの場でしかなかった。

したがって、サン・ファークが進みでてこう宣言したときにも、パドメはまったく驚かなかった。

「きみたちはスパイ行為で裁かれ、有罪と決定した」

なんの証拠もなしに、とパドメは苦い気持ちで思った。

「判決を聞く前に、言いたいことはあるか?」ポグル大公が尋ねた。

パドメは冷静に彼の目を見て言った。「これは宣戦布告にひとしい行為ですよ、大公。戦争の準備ができていることを祈りますわ」

ジオノージアンはくすくす笑った。「われわれは武器を作る、それが商売だ。もちろん、準備はできているとも！」

「いいから」ヌート・ガンレイが横から叫んだ。「判決を下せ！　あの女が苦しむのを見たい」

パドメは首を振っただけだった。これもすべて彼女が女王だったときにナブーを占領しようとしたあのニモーディアンのたくらみを砕いた恨みのため、彼女がガンレイとその部下の権力の前にひざまずかなかったためだ。トレード・フェデレーションがナブーから撤退したあと、自分がニモーディアンたちのために慈悲ぶかい裁きを願ったことを思い出すと、声をあげて笑いたいくらいだ！

「もうひとりのジェダイの友人が、きみたちを待っているぞ、議員」ポグル大公はそう言い、警備兵に手を振った。「彼らをアリーナに連れていけ！」


ホールの後ろで、ボバ・フェットはこのすべてを吸収し、歳をとった自分である父親を見上げた。

「彼らは獣のえさになるの？」

ジャンゴ・フェットは息子を見下ろしくすくす笑った。「そうだよ、ボバ」ジオノーシスのアリーナのことは、何度もボバに話してあるのだ。

「アクレイがでてくるといいな」ボバがあたりまえのように言った。「ぼくが読んだ話みたいに強いのか、見てみたい」

ジャンゴ・フェットはにやっと笑ってうなずいた。彼の息子はどんなことにも深い興味を示す、しかもありがたいことに、ボバの声には感情がまじっていなかった。三人の処刑という事実に対して、ボバが口にしたのは極めて実際的なことだ。この子はこのシナリオ全体を冷静に受けとめ、過酷な銀河で生き残るための実際的考え方を身につけつつある。

申し分のない生徒だ。

彼らが3POにダウンロードしている情報は、彼の回路がすでに言語に関する情報で満杯に近い状態でなければ、意図した効果をあげ、これまでの情報を圧倒して、彼をバトル・ドロイドとしてプログラムしたことだろう。しかし、3POは自分に与えられるおびただしい指示パターンを、せっせと三〇〇万語に翻訳していた。そのためどれもすっかり薄まり、本物の効果と呼べるようなものはあがらなかった。

しかし、彼をプログラミングしていたジオノージアンたちは、この巧妙な作戦に気づいた様子もなく、何時間かすると、彼らは3POを部屋から連れだし、広い組み立て室を横切っていった。

すると耳慣れた電子音が聞こえた。

「R2!」彼は頭を回して叫んだ。ドーム型の頭をしたパドメのドロイドが、頭をくるくる回し、「オオオウウウ」と悲しげな声をあげながら、コンソールを操作している。

「ああ、R2!」3POは再び叫んだ。考える前に彼の目の前にレーザー照準器が上がり、R2に取りつけられた制御ボルトに十字線を合わせていた。

一本のレーザー・ビームがひらめき、R2のボルトをかすめて部屋の壁にあたり、跳ね返った。

「おい!」教官ドロイドが叫んで、3POの横に飛んできた。

「こいつはもっとプログラミングが必要らしいぞ」彼の仲間がそう言った。

整備ドロイドの主任が部屋を見まわし、ドーム型の頭を振った。「いや、実害はない。いいから、グランドに連れだせ!」

彼らは3POを連れていった。

その姿が見えなくなると、R2はだれにも気づかれずにコンソールから離れた。この部屋で作業を行なっているのは制御ボルトを付けた比較的おとなしいドロイドばかり。そのため、ここには警備員はいない。

R2はだれにも見とがめられずに部屋をでた。


そのトンネルは暗く、アリーナの観客席を埋めている人々の歓声がときおり反響するほかは静かだった。そこにあるのは、ちょうど上半分をすっぱり切られた昆虫の頭のように、屋根のない楕円形《だえんけい》の、前部が傾斜した運搬車が一台だけだ。アナキンとパドメは乱暴にその死刑囚運搬車に放りこまれ、向かい合って、車の枠につながれた。

運搬車が動きだし、暗いトンネルを進みはじめると、ふたりは驚いて跳びあがった。

「怖がらないで」アナキンがささやいた。

パドメはにっこり笑った。彼女の顔には本物の落ち着きが浮かんでいた。「死ぬのは怖くないわ」彼女は低い声で答えた。「あなたと再会してから、心のなかでは毎日少しずつ死んでいたもの」

「なんだって?」

それから彼女は温かい声で言った。「愛しているわ」

「きみがぼくを?」アナキンは驚きに満ちた声で叫んだ。「きみがぼくを愛してる! ぼくらは恋に落ちるのを、やめたのかと思った。偽りの生活を送ることになるから。それが破滅につながるから」

だが、彼女の愛の告白は彼に深い満足を与えた。

「どうせもうすぐ破滅するのよ」パドメは言った。「あなたへの愛は、わたしには答えられないなぞなの、アニー。抑えることもできない。でも、もうその必要もないわ。わたしは心からあなたを愛している。死ぬ前にそれを知らせておきたかったの」

パドメは精いっぱい首を伸ばし、アナキンもそれに倣《なら》った。ふたりの唇がやわらかく触れ合う。それからキスが深まり、ふたりは言葉にならない思いのたけを伝えあった。

だが、この甘い瞬間がつづいたのは少しのあいだだけだった。だれかが鳴らしたむちに応え、運搬車はトンネルをでて、まばゆい光のなかに、ジオノージアンの観客があふれる大スタジアムに入った。

アリーナの中央には、直径一メートルの太い柱が四本立っていた。どの柱にも鎖が取り付けられている。柱のひとつには、すでに見なれた姿がつながれていた。

「オビ=ワン！」運搬車から引きずりだされたアナキンは、引きずるようにして自分のマスターの横に運ばれ、そこにつながれた。

「わたしのメッセージが届いたのかどうか心配しはじめたところだぞ」オビ=ワンは言った。パドメが同じように乱暴に引きずられてきてアナキンの隣の柱につながれた。彼女は身を守るようにまるくなったが、これはアナキンとオビ=ワンの目には無駄な努力に見えた。しかし、創意と工夫にあふれたパドメは、このときベルトに隠していたワイヤを取りだしていたのだ。

「あれはマスターに言われたとおりに中継しました」アナキンは説明した。「それからあなたを助けにくることにしたんです」

「大成功だな！」オビ=ワンは皮肉たっぷりに答えたものの、両腕を頭の上に持ち上げられ、そこに固定されると、最後はうなりになった。アナキンとパドメも同じような姿勢をとらされた。少しだけなら左右に顔を向けることができるが、それだけだ。このショーの主催者たち、彼らが三人ともよく知るようになった顔ぶれが到着した。

「紳士淑女のみなさん、この犯罪者どもは、ジオノーシス君主国に対するスパイ行為という重罪をおかし――」サン・ファークが観客に宣言した。「死刑を宣告されました。したがって、ただちにこのアリーナにおいて処刑を行ないます」

どよめくような歓声がアナキンたち三人を包んだ。

「彼らは処刑が好きらしい」オビ=ワンが不機嫌な声で言った。

貴賓席ではサン・ファークがポグル大公に道をあけていた。大公は両手で空気をたたいて静かにするよう要請し、どよめきがかなりおさまったところで口を開いた。「喜んでもらいたい。今日はとくにおもしろいショーを用意した。われわれのペットのどれが、このような特別の犯罪者の処刑にふさわしいか？　わたしはこの点について何時間も熟慮したが、答えをだすことはできなかった。だがついに……」彼が気をもたせるように言葉を切ると、観客席は静まり返った。「リークを選んだ！」ポグルが叫ぶと同時に、アリーナの横にある門が上がり、分厚い肩に長い顔、三本の鋭い角を持つ――一本は鼻から突きだし、二本は大きな口の両側から突きだしている――巨大な四足動物がアリーナに入ってきた。リークはウーキーほども背が高く、人間の男性が横になったよりもっと幅があり、全長は四メートルにおよぶ。長い槍を手に鼻の長いオーレイという乗り物に乗ったピカドールがずらりと並んで、それをアリーナへと誘いだした。

歓声が静まると、ポグルはこう言って観客を驚かせた。「ネクスー！」ふたつめの門があき、大きくて獰猛《どうもう》なネコに似た動物が飛びだしてきた。頭が体の半分を占めるほど大きく、きばがびっしり生えた口は、大男を真っぷたつにかみきれるほど広くあけることができる。頭から尻まで逆立った毛がむちのような尻尾のすぐ手前で終わっている。

観客が驚きの声をあげる前に、ポグルは再び叫んだ。「そしてアクレイ！」三つめの門が上がり、銀河最強の猛獣がアリーナに飛びこんできた。クモに似た動き方の四本足の獣だ。足の先は長い鉤《かぎ》つめで終わっている。恐ろしげに揺れているほかの腕にも似たような鉤つめがあり、くねくねした一本の長い角を持つ頭は地面から二メートルあまり上にある。アクレイは飢えたように周囲を見まわした。ほかの二頭がピカドールにおびきだされたのに対し、この獣にはそんなものはまったく必要なかった。

最後の猛獣アクレイは、どうやら観客の、とくに父と一緒に貴賓席にいるジャンゴ・フェットの〝息子〟ボバの大のお気に入りらしかった。ボバはにやっと笑い、自分がこれまで読んだこの恐ろしい獣の大冒険物語を夢中でしゃべりはじめた。

「まあ、これだけ集めればおもしろいだろうな。少なくとも、彼らには」観客の熱狂ぶりを見ながら、オビ=ワンがあきらめたように言った。

「なんです？」アナキンが聞き返す。

「べつに」オビ=ワンは答えた。「戦う用意はできてるか？」

「これで？」アナキンは鎖につながれた手首を見上げ、ようやく昼食が用意されていることに気づいた様子の三頭に目をやった。

「観客に入場料分のお楽しみを与えてやるのが礼儀ってものだ。そうだろう？」オビ=ワンが尋ねた。

「おまえは右のをやれ。わたしは左のを引き受ける」

「でも、パドメは？」ふたりが振り向くと、賢いパドメは隠し持ったワイヤを使って枷《かせ》のひとつをすではずし、体を回して柱に向き合ったところだった。彼女は鎖をつたって柱のてっぺんに上がり、もうひとつの枷をはずしにかかった。

「どうやら戦う気はじゅうぶんのようだぞ」オビ=ワンは皮肉たっぷりに言った。

アナキンが顔を戻したとたん、襲いかかってくるリークが目に入った。とっさに真っすぐ上に跳躍すると、リークは彼の下で柱に激突した。チャンスだ！　アナキンはその背中に飛びおり、太いきばの周りに鎖をかけた。リークは跳ねとび、引っぱり、この鎖を柱から引きちぎろうとした。それから鎖がついにちぎれ、リークは背中にしがみつくアナキンを振り落とそうと跳ねながら、アリーナを回った。アナキンが鎖の端で頭をたたくと、リークはそれにかみついた。それっきり離そうとしないので、アナキンにはちょうどいい手綱《たづな》代わりになった。


工場内の見取り図をダウンロードしたR2は、あちこちにかたまっているジオノージアンの疑いをそらすため、何気ないさえずりを発しながら巨大な複合施設を勝手知った足どり、いや滑車どりで進んでいた。

ジオノージアンたちはだれひとり、彼に関心を示さなかった。その理由はR2にはすでにわかっている。三人の犯罪者の処刑が同時に行なわれるという、めったにないお祭り騒ぎのせいだ。不幸な囚人たちがだれなのか、彼には簡単に推測できた。

できるだけジオノージアンに出くわさぬように、彼は迂回《うかい》コースで施設のなかを通り抜けていった。そして超然とした態度で通りすぎることができないときは、精いっぱい周囲にとけ込もうとした。

アリーナに近づけば近づくほど人の数は増えるだろうが、彼らが興奮すべきイベントに夢中になり、小さなアストロメク・ドロイドには疑問を持たないでくれることを祈るしかない。

オビ=ワンはアクレイがなぜ抜群の人気を誇っているのかすぐさま思い知らされることになった。この獣は後ろ足で立ち上がり、まっすぐ彼に飛びかかってきたからだ。オビ=ワンはあわてて柱を回りこんだ。アクレイは最短ルートをとった。そして柱にぶつかると腹を立て、巨大な鉤つめで木を折り、鎖をちぎってしまった。アクレイのおかげで自由の身になったオビ=ワンは、すぐさま走りだし、いちばん近いピカドールのところに向かった。アクレイがそのすぐあとを追ってくる。ピカドールは彼に向かって槍を突きだしたが、オビ=ワンはそれをよけて内側に入りこみ、柄をつかんだ。ぐいと引いただけで槍は彼の手に残った。オビ=ワンはそれでオーレイの尻をたたき、驚いて後ろ足で立ったのもかまわず、槍の柄を地面に突き立て、跳躍して、ピカドールとその乗り物を棒高跳びの要領で飛び越えた。

今度も最短距離を攻めてきたアクレイはピカドールと乗り物にぶつかり、乗り手を砂地のアリーナに落とした。そして哀れなピカドールを鉤つめでつかみ、ぐしゃりとかみ砕いた。

パドメは柱のてっぺんで必死に鎖をはずしていた。だが、ネコのようなネクスーはぱっと飛びあがって、鋭い鉤つめでひっかこうとした。パドメはよけたが、ネクスーはまたしても襲ってきた。

パドメは鎖をむち代わりに使った。

だがネクスーは鉤つめをくい込ませて柱を上がりはじめ、途中でぱっとてっぺんに飛びのった。そしてパドメの前で後ろ足で立ち、勝ち誇ったときの声をあげた。

最初の処刑を期待して、観客席は静まり返った。

ネクスーが鋭い鉤つめで襲いかかると、パドメは反対側に回り、鉤つめでシャツを引き裂かれ、背中に浅い傷を負いながらも、反対側から鎖の端でネクスーの顔を強打した。ネクスーは柱から落ちた。パドメはてっぺんから飛び、ネクスーから離れて側面に戻って、鎖が自分の体を戻す力を利用して、柱の周囲をくるりと回りながら、両足を縮めてけりだし、ネクスーを地面に落とした。

そして自分の見事な手際の結果には目もくれず、すぐさま柱のてっぺんに戻り、枷をはずす仕事に戻った。


満場の観客は息をのんだ。

「反則だ！」ヌート・ガンレイが貴賓席で叫んだ。「いまのは反則だ！　撃て！　あの女を撃ち殺せ！」

「わお！」ボバは明らかな賞賛をこめて叫んだ。ジャンゴは片手を息子の肩に置いた。彼はボバと同じくらいこのショーを楽しんでいた。

「あの女はネクスーが片づけるとも、ヴァイスロイ」ポグル大公は怒りに体を震わせているニモーディアンをなだめた。

ガンレイは貴賓席のほかのみんなと同じように、さっきから立ったままだった。観客も総立ちだった。オビ=ワンがピカドールの倒れた乗り物の後ろに回り、盗んだ槍をいきり立ったアクレイの首に突き立てると、観客はまたしても息をのんだ。アクレイは痛みに悲鳴をあげ、もがいているオーレイをわきにはり飛ばした。

その向かいでは、パドメがまだ鎖をはずそうとしている。起き上がったネクスーが、再び柱に戻りはじめた。と、ようやくパドメの枷がはずれた！

だが、ネクスーが彼女のすぐ下で柱を見上げ、ネコのような目に殺気を浮かべ、大きな口からよだれを垂らしながら、跳ねあがろうと身構えている。

リークに乗ったアナキンがそれを踏みつけた。

「大丈夫かい？」アナキンが言った。

「ええ」

「飛び乗れ！」アナキンは叫んだ。パドメは即座に柱を離れ、アナキンのすぐ後ろに落ちた。

アナキンは次に傷ついたアクレイのそばを通りすぎた。オビ=ワンは急いでパドメの手をつかみ、彼女の後ろにまたがった。

ボバ・フェットがまたしても歓声をあげた。ジオノージアンの多くも歓声をあげた。

しかし、ヌート・ガンレイは少しもうれしそうではなかった。「これでは約束が違うぞ！」彼はドゥークー伯爵に向かってわめきたてた。「あの女はとっくに死んでいるべきだ！」

「落ち着きたまえ」ドゥークー伯爵が言った。

「うるさい！」ガンレイはわめいた。「ジャンゴ、あの女を殺せ！」

ジャンゴ・フェットは愉快そうな顔でヌート・ガンレイを見ながら、ここを動くなと合図しているドゥークー伯爵に心得顔にうなずいた。

「落ち着きたまえ、ヴァイスロイ」ドゥークー伯爵は激怒しているガンレイをたしなめた。「彼女は死ぬとも」

彼の言葉が終わらぬうち、ガンレイが怒りを爆発させているあいだにも、ドゥークー伯爵はアリーナを示した。ニモーディアンがそちらに目をやると、横のパドックからドロイデカの一隊が現れた。彼らはリークと三人の囚人を取り囲み、手足を伸ばして戦闘隊形をとった、アナキンは間に合わせの手綱を引いてリークを急停止させるほかなかった。

「見たかね？」ドゥークー伯爵が落ち着いた声で言った。

しかし、次の瞬間、耳慣れたうなりがすぐ後ろで聞こえ、伯爵はつかのま表情を変えた。ちらっと右手を見ると、紫の光刃がジャンゴ・フェットの首のすぐ横にある。ドゥークーはゆっくりと顔をあげ、その持ち主を見た。

「マスター・ウィンドゥ」彼は落ち着き払った声で言った。「これはこれは！　ちょうどいいところに来たぞ。見たまえ。あのふたりにはもう少し訓練が必要だ」

「がっかりさせて悪いが、ドゥークー」メイス・ウィンドゥは冷静に答えた。「パーティーはおしまいだ」そう言うと、ジェダイ・マスターはライトセーバーをジャンゴ・フェットの首のそばに戻す寸前にさっと敬礼した。

これはあらかじめ打ち合わせてあった合図だった。スタジアムの至るところでいっせいに光刃が起動され、一〇〇人のジェダイ・ナイトが姿を現した。

観客席は静まり返った。

ドゥークー伯爵はわずかに体をひねり、メイス・ウィンドゥを目の隅にとらえながら言った。「大胆だが愚かな行為だぞ、友よ。きみははるかに劣勢だ」

「どうかな」メイス・ウィンドゥは言い返した。「ジオノージアンは戦士ではない。ひとりのジェダイは一〇〇人のジオノージアンに相当するはずだ」

ドゥークー伯爵は微笑を広げながらさっとスタジアムを見まわした。「わたしが考えているのはジオノージアンではない。ひとりのジェダイは一〇〇〇体のバトル・ドロイドを相手にどれほど健闘できるかな?」

彼のタイミングはぴったりだった。こう言いおわった直後、バトル・ドロイドの列が、レーザーを連射しながらメイス・ウィンドゥの後ろの通路をやって来た。マスター・ジェダイは即座に反応し、ライトセーバーでビームを偏向してドロイドにはじき返した。この数のドロイドならなんの問題もない。だが、ドゥークー伯爵の自信たっぷりの態度からすると……案の定、何千というバトル・ドロイドがあらゆる階段をスタンドへ、そしてアリーナへと移動していくのが見えた。

たちまちスタジアムはレーザー・ビームのうなりに満ちた。ジェダイは跳躍し、回転し、数人ずつかたまってライトセーバーをひらめかせながら身を守ろうとした。ジオノージアンもあちこちでかたまった。なかにはジェダイを攻撃しようとする者もいた――その努力は死で報いられた――が、たいていは飛びかう流れ弾に殺《や》られまいと逃げまどっている。

だが、メイス・ウィンドゥの最も危険な敵は、彼の後ろにいた。ジャンゴ・フェットに目を戻した彼は、火焔《かえん》放射機の銃口と向き合うことになった。

放射器が火を噴き、メイス・ウィンドゥのローブが燃え上がった。ドゥークー伯爵と賞金稼ぎ、このふたりの恐ろしい敵を一度に、この狭い場所で相手にするのは危険だ、それに気づいたメイス・ウィンドゥはぱっと飛びのき、フォースを使ってアリーナにおりた。彼は燃えるローブを背中からひきはがし、わきに放った。

彼の周囲では激しい戦いが繰り広げられていた。ジオノージアンたちを相手にスタンドで戦うジェダイもいるが、大勢のジェダイが最も大量のバトル・ドロイドが集まっているアリーナへと階段を駆け下りていく。オビ=ワンとアナキンとパドメが恐慌をきたしたリークに跳ね飛ばされるのを見て、メイス・ウィンドゥはたじろいだ。彼はほかのジェダイに合図したが、その必要はなかった。近くにいる者たちはすでにこの三人のところに走り、アナキンとオビ=ワンにライトセーバーを投げていたからだ。

ふたりが光刃――アナキンは緑、オビ=ワンは青――を起動し、ブラスターを手にしたパドメをはさんでその両側に立つと、メイス・ウィンドゥの呼吸は少しばかり楽になった。

しかし、それもつかのま、すぐに彼は目にも留まらぬ速さで動き、無数のバトル・ドロイドが撃ってくる嵐のようなレーザー・ビームをかわしていた。彼はアリーナの中央にいるオビ=ワンと合流し、背中合わせになった。そしてともにドロイドのなかへと動き、偏向したビームや光刃で次々に倒していった。オビ=ワンがライトセーバーを高く構えてドロイドを立ち切ろうとする。ドロイドがそれに対して防御姿勢をとると、くるっと回ってメイス・ウィンドゥが下から真っぷたつにした。

アナキンとパドメもオビ=ワンたちのように背中合わせで戦っていた。アナキンがほとんどの防御を引き受け、パドメは注意深くねらいをつけてドロイドやジオノージアンたちを次々に打ち倒していく。

しかし、この見事な戦いぶりと、彼らの周りに刻々と増える敵の死体と残骸にもかかわらず、ジェダイたちは圧倒的な数の差に、しだいに後退を余儀なくされた。彼らはアリーナへと退却していった。しかし、そこがほかの場所よりも安全だというわけではない。ドロイドとジェダイに加え、傷を負った二頭の猛獣が暴れまわり、行く手をさえぎる者をだれかれかまわずばらばらに引き裂いていた。

溶接されたバトル・ドロイドの頭とともに、3POが――少なくとも、彼の体が――入ってきたのは、このすさまじい戦いの嵐のなかだった。

しかし、まもなくこの混成3POはブラスター・ビームを首に受けてばったり倒れ、バトル・ドロイドの頭は胴体から離れて転がった。

アリーナの反対側のトンネルを行進していた。3POの頭――バトル・ドロイドの胴体を持った――は、かすかに自分の胴体が倒れるのを感じた。

「足が動かない!」3POは叫んだ。だが、もちろん、いまの足は動いている。「オイル切れだな」

敵味方入り乱れての戦闘では臨機応変の行動を必要とされる。あらかじめプログラムされ、調整された動きではまったく用をなさない。

だが、パドメが本領を発揮するのはまさしくそういうときだった。ひと足ごとにブラスターを撃ちながら、彼女は自分とアナキンをアリーナに運んできた死刑囚運搬車に駆け寄った。そしてそれを引いていた混乱状態のオーレイによじのぼった。

アナキンがライトセーバーをひらめかせ、ビームをバトル・ドロイドに返しながらその後ろにまたがると、パドメはオーレイの腹をけった。

彼らは倒れたドロイドとジオノージアンの上を跳ねながら、アリーナを横切った。パドメはブラスターを撃ちまくり、アナキンは自分たちに向かって飛んでくるビームで、それよりも多くのドロイドを倒しながら。

「これが外交的な方法かい？」アナキンがビームを偏向しながら叫んだ。

パドメはにやっと笑って叫び返した。「いいえ、これは〝攻撃的な交渉〟ね！」


3POはアリーナに入ってきた。もしも目をみはることができたら、彼の目は驚きと恐怖ではりさけるほど大きくなったにちがいない。

「ここはどこだ？」彼は叫んだ。「戦場だぞ！　なんてこった！　わたしはただのプロトコル・ドロイドだ。戦うために作られたんじゃない！　戦いは専門外だ！　破壊されるのはいやだ！」

混乱した3POは、もう半分の3POと同じように、あっという間に倒されることになった。彼がくるりときびすを返すと、ジェダイ・マスター、キット・フィストーが立ちはだかり、フォースで彼を地面に突き飛ばした。

つづいてこのジェダイは、ピルエットのような動きで3POの横にいるドロイドを切り捨てた。そのドロイドは、うつぶせの3POの上に倒れた。

「助けてくれ！　動けない！　起き上がれない！」3POは悲鳴をあげたが、これを聞いたのはただひとり……。

大虐殺が繰り広げられている危険なアリーナに、R2が入ってきた。

どれほど多くのバトル・ドロイドにも、メイス・ウィンドゥとオビ＝ワンはびくともしなかった。彼らは完璧《かんぺき》に息のあった動きで戦いつづけていた。しかし、リークの巨体だけは、二本のライトセーバーだけではどうにもならない。たけり狂った猛獣がふたりに向かって突進してくると、彼らはぱっと分かれ、飛びのくしかなかった。

リークはメイス・ウィンドゥを的に選んだ。メイスは必死にライトセーバーを振りまわしどうにかリークを後退させたが、角に突かれた拍子にライトセーバーが吹っ飛んだ。彼が立ち上がるとリークがすぐそこにいた。ライトセーバーを呼び戻し、リークを退けるのはとくに大仕事ではない。が、ロケットを使った男がブラスターを構えて目の前に降りてきた。

メイスはフォースでライトセーバーを呼び寄せ、稲妻のように動いてジャンゴの一発めをよけた。二発めはもっと余裕があり、飛んできたビームをまっすぐジャンゴに返すことができた。だが、すでに横に飛んでふせていたジャンゴは、起き上がって向きなおり、再びブラスターを構えた。

ところが、リークが彼に襲いかかった。リークにとっては敵も味方もない。彼はそばにいたジャンゴに突進した。ジャンゴはブラスターでそれを撃ったが、ビームの一、二発、リークにとっては虫に刺された程度の害しかない。ジャンゴはリークに体当たりされ、踏み潰されそうになって地面を転がった。そしてじつに見事な反射神経で、寝返りを打つたびにブラスターの引き金を引き、リークの腹にビームを撃ちこんだ。

さすがの巨大な獣も、しばらくすると体を揺らしはじめた。リークが倒れる寸前、ジャンゴは賢明にもメイス・ウィンドゥとは反対側に転がった。

しかし、ジェダイ・マスターはこのすきを逃さずに彼に襲いかかった。ジャンゴはライトセーバーをよけ、ロケットを使って空中に逃げ、恐ろしい光刃をかろうじて避けながら、すきをねらってはメイス・ウィンドゥを撃とうとした。

ジャンゴが第一級の賞金稼ぎであることは認めねばなるまい。一度ならず、ジェダイ・マスターは必死で彼のビームを防がねばならなかった。が、それでもメイス・ウィンドゥは巧みにビームをかわしながら、突然の突きや、すばやいカットでジャンゴを空中にとらえつづけた。

ジャンゴがほんのわずかなミスでもおかしてくれれば……。

メイスはライトセーバーを左に振るとみせて途中で止め、真っすぐ突きだし、ぱっと握りなおすと、左から右へと斜めに切った。

そしてくるりと回ってライトセーバーを構えたが、ビームは飛んでこなかった。

彼の光刃は目的を達したのだ。ジャンゴ・フェットの頭は肩から離れて地面に落ち、ヘルメットから転がりでた。

「真っすぐだ」オビ=ワンはアクレイが巨大な鉤つめを空中でカチカチ言わせながら突進してくるのを見て、自分に言い聞かせた。

彼は左に、それから右に向かい、アクレイの太い腕のあいだでくるりと前転すると、ライトセーバーをまっすぐ突きだし、胸に穴をあけた。

つづいて空中高く飛び上がり、巨体で押しつぶそうと飛びついてくるアクレイをかわした。いきおい余ったアクレイがうつぶせに倒れる。オビ=ワンはその背中に飛びおり、繰り返し光刃を突きたててから飛びのいた。

「真っすぐだ」彼はまたしても自分に言い聞かせ、いきりたつ猛獣に向かって突進した。

横から自分に向かって飛んでくるビームに気づいたのは、それが当たる寸前だった。彼はとっさにライトセーバーを振り下ろし、そのビームをアクレイの顔へと偏向した。

だが、銀河最強の獣の速度は少しもゆるまない。オビ=ワンはぱっと地面にふせてその鉤つめをよけた。

そのまま横に転がり、地面を踏み鳴らす足を首尾よく避けながら、またしてもライトセーバーを獣に突きたて、深い傷をつけた。

アクレイが咆哮《ほうこう》をあげて襲いかかる。おびただしいブラスター・ビームが飛んでくる。

オビ=ワンのライトセーバーが、あざやかな青い光でそのすべてをアクレイに偏向すると、さすがの猛獣も速度が落ち、やがて止まった。

オビ=ワンは駆け寄って飛び上がり、顔を突き刺して、アクレイの肩を借り後ろに飛び降りた。後ろでアクレイが地響きを立てて倒れ、のたうち回っている。だが、戦いは終わった。彼はバトル・ドロイドとの戦いに戻った。

こちらのほうは、勝利からはほど遠い状態にあった。メイス・ウィンドゥはジャンゴ・フェットを倒し、アリーナの反対側ではアナキンとパドメが、ひっくり返った死刑囚運搬車を背にして完璧なチームワークを発揮していた。パドメが攻撃を引き受け、アナキンはあらゆるビームを偏向している。それにジェダイのほとんどがまだ戦いをつづけているが、ドロイドは彼らをじりじりと後退させ、一か所に追いこみつつあった。

「R2、ここで何をしている？」小さな友だちが自分のそばを通りすぎていくのを見て、3POは叫んだ。

R2は答える代わりに胴体にある仕切りから3POの頭めがけて、吸引カップ・グラップネルを発射した。

「待て！」R2が自分の頭を引っぱりはじめると、3POはあわてて叫んだ。「よせ！　どういうつもりだ？　引っぱりすぎだぞ！　わたしを引きずるのはやめろ、このバカ！」彼は頭が火花を散らし、バトル・ドロイドの体からちぎれるのを感じた。それからR2は3POの頭をもとの体のところまで引っぱっていき、溶接アームを伸ばしてプロトコル・ドロイドの頭をそれに溶接しはじめた。

「R2、気をつけろ！　回路が焼けるじゃないか！　ほんとにこれで真っすぐか？」


おびただしい量のブラスター・ビームの攻撃に、ジェダイの犠牲者はしだいに増えていく。

「選択肢《し》は限られているな」キ＝アディ＝ムンディは疲れ果てたメイス・ウィンドゥに言った。

彼らはすでに二一、二人に減り、全員が一か所にかたまっていた。その周りをバトル・ドロイドが何重にも取り囲み、ブラスター・キャノンでねらいをつけている。

と、突然、ドロイドの動きがいっせいに停止した。

「マスター・ウィンドゥ！」この戦いを心から楽しんでいたとみえて上機嫌のドゥークー伯爵が貴賓席から叫んだ。「きみたちは勇敢に戦った。ジェダイの歴史にも長く残るほどの見事な戦いぶりだった。しかし、もうおしまいだ」彼は言葉を切り、周囲を見まわした。ジェダイを囲む何重ものバトル・ドロイドを。

「降伏しろ」ドゥークー伯爵は命じた。「命だけは助けてやる」

「人質になり、交渉に使われるのはごめんだ」メイスはためらわずにそう答えた。

「では、残念だが」ドゥークー伯爵は残念どころか、むしろ愉快そうな声で言った。「死んでもらわねばならん」彼は片手を上げ、ドロイド軍を見下ろした。

だがそのとき、パドメが片手を空に上げて叫んだ。「見て！」すべての目がアリーナに向かって降下してくる、半ダースばかりのガンシップを見上げた。それはジェダイの周囲に砂ぼこりをあげて降り、クローン戦士が両側から駆け降りてきた。

バドル・ドロイドは新たな敵に向かっていっせいにブラスター・キャノンを撃ちはじめたが、ガンシップはシールドを起動し、下船する戦士たちを守った。

混乱とレーザー砲火のなか、マスター・ヨーダがガンシップのひとつの降下ドア《ドロップ》から姿を現し、メイスたちに敬礼した。

「行け！」メイスが叫んだ。生き残ったジェダイたちはガンシップに向かって走り、なかに飛びこむ。メイスがヨーダと並んでなかに入ると、ガンシップはレーザー砲を連射してバトル・ドロイドを倒しながら、すぐさま空中に舞い上がった。

メイス・ウィンドゥは自分の目の前で繰り広げられている光景を、信じられない気持ちで見守った。何千という共和国の宇宙船がトレード・フェデレーションの艦隊に向かって降下し、何万人ものクローン戦士を惑星の地表に降ろしている。彼の後ろでヨーダが戦いの指揮をとっていた。「左にもっと部隊を送れ」ヨーダは通信士官に指示した。士官がそれを司令官たちに中継する。「まず彼らを取り囲め。それから孤立させるのだ」

3POの目が痛くなるほどあざやかな光が何分もつづいたあと、R2はようやく溶接アームを収納し、ひとしきりさえずって仕事が終わったことを告げた。3POの頭はもとの体に戻った。

「ああ、R2。おかげで助かった！」3POは叫び、苦労して立ち上がった。そしてアリーナのトンネルの外で起こっているすさまじい撃ち合いに初めて気づいた。たくさんのビームがトンネルにも飛びこんでくる。とても安全とは言えなかった。そこで彼はきびすを返して、反対の方向に進みかけた。だが、不幸にしてR2が額につけた吸引カップがまだそのままだったから、コードがぴんと張り、3POは後ろ向きにひっくり返った。

R2がすまなさそうに謝り、吸引カップをはずして収納しながらその横を通過した。

「覚えてろよ！」3POは怒って叫び、それからまたしても苦労して立ち上がると、小走りにいまいましい友だちのあとを追った。


ガンシップが飛び立ち、バトル・ドロイドがそれを追っていくと、ボバ・フェットはようやくアリーナの地面におりることができた。彼は繰り返し父を呼びながら、必死に、倒れている姿を見てまわった。死んだアクレイを通りすぎ、リークを通りすぎ、父を呼びつづけた。だが、何が起こったか、それはわかっていた。いつも彼をひとりにしたことのない父が、いつまでたっても現れないのがその証拠だ。

それからヘルメットが見えた。

「父さん」ボバはかすれた声でつぶやき、うなだれて、父のヘルメットのそばにひざをついた。

24

ポグル大公が先に立って、ドゥークーやほかの人々とともにジオノーシスの司令センターに入った。そこは真ん中に大きな円形のヴュー・スクリーンがある、広い部屋だった。壁際にもたくさんのモニターが並び、ジオノーシスの兵士たちが広がる戦いを見て指示をだしていた。

ポグルは横手にいる司令官に駆け寄り、戦況を確認すると、厳しい表情でドゥークーとヌート・ガンレイのところに戻ってきた。「通信がすべて攪乱《かくらん》されている！　敵は地上と空の両方から攻撃してくるぞ！」

「ジェダイは巨大な軍隊を集めたのだ！」ヌート・ガンレイが叫んだ。

「いったいどこから？」ドゥークーはけげんそうな顔で尋ねた。「そんなことは不可能なはずだ。どうやってジェダイがこれほど早く軍隊を集められたのだ？」

「とにかく、使えるだけのドロイドを戦場に送らねばならん」ヌート・ガンレイが言った。

しかし、ドゥークーはさまざまなモニターに目をやり、戦いや爆発を見ながら首を振った。「彼らは多すぎる」伯爵はあきらめきった声で言った。「すぐにわれわれを包囲してしまうだろう」

彼らがそう言っているあいだにも、中央のスクリーンがひらめき、三人はたじろいだ。ジオノーシスの主防衛ポジションが爆発したのだ。

「まずいな」ヌート・ガンレイが認めた。

「退却だ！」ポグルはいまにも倒れるのではないかと思うほど激しく体を震わせながら命じた。「兵士たちを地下深く送りこめ。彼らを隠すんだ！」彼は数人の司令官にうなずいた。司令官たちはコムリンクに向き直り、ポグルの命令を伝えはじめた。

「コア・シップを宇宙空間に戻す必要があります！」ヌート・ガンレイの補佐官のひとりが叫んだ。ガンレイはこの助言を考えながらうなずいた。そのあいだにもさまざまなヴュー・スクリーンに悲惨な光景がひらめく。

「わたしはコルサントに行く」ドゥークーが宣言した。「わたしのマスターは元老院の反逆をこのままには捨ておかないはずだ」

ポグルは部屋を横切り、コンソールのキーをたたいてコードを打ちこんだ。すると、惑星大の兵器の設計図が現れた。

いくつかキーをたたいて彼はそのホロをディスクにダウンロードし、ドライブから取りだしてドゥークーに向かいあった。「この設計図がジェダイの手に落ちることは避けねばなりません」ポグルは言った。「われわれが何を作ろうとしているかがばれたら、万事休すです」

ドゥークーはディスクを受けとった。「その設計図はわたしがあずかろう。わたしのマスターの手にあれば安全だ」

彼はかすかに頭を下げ、急ぎ足で部屋をでていった。

オビ=ワンとアナキンとパドメは、ガンシップの開口部にうずくまっていた。再び起動されたシールドでバトル・ドロイドが撃ってくるビームを偏向し、ガンシップはレーザー砲を連射しながら轟音《ごうおん》とともに急速に広がる戦場を横切っていく。

彼らの下には、スピーダーバイクでブラスターを連射しながら戦場を横切っていくクローンの兵士たちが見えた。

「優秀な兵士だな」オビ=ワンの言葉に、アナキンがうなずく。

彼らはすぐに自分たちの仕事に戻った。ガンシップはテクノ・ユニオン製の巨大な宇宙船に近づき、レーザー砲を撃ちはじめた。だが、巨大な宇宙船はなんの損傷も受けていないように見える。

「燃料セルのすぐ上をねらえ！」アナキンは砲手に叫んだ。砲手は照準をわずかに調整し、再び撃った。

恐ろしい爆発が巨大な宇宙船を揺るがし、それは大きく横に傾いた。その近くを飛んでいたガンシップやほかの船は、巨大な宇宙船がひっくり返るのを見てあわてて避けた。

「よくやった！」オビ=ワンはアナキンを褒《ほ》め、自分の砲手に叫んだ。「トレード・フェデレーションの宇宙船が離床するぞ！　急いで彼らを撃て！」

「あれは大きすぎますよ、マスター！」アナキンが答えた。「地上の兵士に任せましょう」

爆発が起こり、まばゆい炎に包まれて、建物が吹っ飛ぶ。メイス・ウィンドゥは首を振りながらヨーダを見た。ふたりとも、ジェダイ・マスターだが、これほどの混乱を目にするのは初めてのことだった。

「ドゥークーを捕まえねばならん」ヨーダが落ち着いた声で言った。「ここを逃れれば、彼はさらに多くの星系をたぶらかすにちがいない」

メイス・ウィンドゥは小柄なヨーダを見て厳しい顔でうなずき、クローンのパイロットに命じた。「船長、前方のあの集合地点に降ろしてくれ」従順なパイロットは、すぐさまガンシップを言われた場所に降ろした。メイスとキ＝アディ＝ムンディは、クローンの一隊を引き連れて飛びおりた。だが、ヨーダは残った。

「前方の司令センターに向かうがよい」ヨーダの指示でガンシップは再び舞い上がった。

彼らが司令センターとして確保された比較的安全な場所に降りるとすぐに、クローンの司令官がドロップドアのところに駆け寄ってきた。「マスター・ヨーダ、前衛部隊はすべて前進しています」

「たいへんけっこう。なによりじゃ」ヨーダは言った。「最も近い宇宙船に集中するがよいぞ」

「はい、マスター！」

クローンの司令官は部下の指揮官たちに適当な指示を発しながら、足早にそこを離れた。まもなく、前衛グループはさきほどより調整のとれた戦いぶりをみせ、集中砲火により次々に敵の宇宙船を破壊していった。


アナキンたちのガンシップは、船体を大きく傾けて、ドロイド砲が回るより速くその周囲を回り、ビームを浴びせてこの大砲を完全に破壊した。しかし、そのドロイド砲が放った最後の一発がガンシップを激しく揺らした。

「つかまれ！」オビ＝ワンは叫んで、開いているドロップドアの端をつかんだ。

「そうするしかないわね！」パドメが言い返す。

オビ=ワンはにやっと笑おうとすると、ジオノージアンのスピーダーが舞い上がるのが見えた。キャノピーなしのコクピットにいる男には見覚えがある。そのスピーダーは二機の戦闘機にエスコートされ、主戦場から遠ざかっていく。「見ろ！　あそこだ！」

「ドゥークーだ」アナキンが叫んだ。「彼を撃ち落とせ！」

「射程距離の外です」クローンの大尉が言った。

「あとを追うんだ」アナキンは命じた。

パイロットはガンシップの船体を立てるようにして素早く方向を変えると、逃げていく伯爵を一直線に追いはじめた。

「助けが必要ね」パドメが言った。

「いや、その時間はない」オビ=ワンが答える。「アナキンとわたしでやつを捕らえる」

ガンシップはスピーダーに近づいていく。と、その両側についている戦闘機が、突然機体を傾けてスピーダーから左右に離れ、くるりとターンして彼らに向かってきた。だが、クローンのパイロットは有能だった。彼は戦闘機のレーザー・ビームを巧みにかわし、追跡をつづけた。

地上砲のビームを受け、ガンシップが激しく揺れ、横に傾いた。開いているドロップドアのそばにいたオビ=ワンとアナキンは、あわてて端をつかんだ。

だが、パドメはふたりほど幸運ではなかった。アナキンのすぐ横にいた彼女は、次の瞬間には姿を消し、ドロップドアから落ちていた。

「パドメ！」アナキンは叫んだ。まるでスローモーションのように何もかもがゆっくりと見えた。だが、彼の動きも緩慢だった。彼は彼女をつかまえることができず、間に合うように手を伸ばすことができなかった。

パドメは転がり落ち、地面にたたきつけられた。そして横たわったままだ。

「パドメ！」アナキンは再び叫び、クローンのパイロットに向かってわめいた。「この船を降ろせ！」

オビ=ワンは彼の前に立ち、両手をアナキンの肩に置いて、しっかりと押さえつけた。「個人的な感情に左右されるな」オビ=ワンはパダワンをたしなめ、パイロットに顔を向けた。「あのスピーダーを追ってくれ」

アナキンは横に寄り、マスターの肩ごしにうなるように叫んだ。「船を降ろせ！」

オビ=ワンは今度は厳しい顔で再び彼を見た。「アナキン」彼は議論の余地はないことを示すため、そっけなく言った。「わたしひとりではドゥークーは捕らえられない。彼をここで捕らえることができれば、戦争はこの場で終わる。われわれにはなすべき仕事がある」

「そんなものはどうでもいい！」彼はまたしても横にでて、パイロットに向かってわめいた。「船を降ろせ！」

「ジェダイ・オーダーから放逐されるぞ」オビ=ワンは厳しい声で言った。

この言葉は、アナキンをむちのように打った。「彼女をあのままにしては行かれない」彼はつぶやくような声でそう言った。

「しっかりしろ」オビ=ワンは妥協しなかった。「パドメがおまえの立場なら、どうすると思う？」

アナキンは肩を落とした。「義務を果たすよ」彼はつぶやき、オビ=ワンに背を向けて、パドメが落ちた場所を見つめた。だが、そこはすでにはるか後方になり、しかも舞い上がる土ぼこりに覆われていた。

ガンシップは地上からの砲火を左に右によけてかわしながら応戦し、地上では何千というクローン戦士がドロイドと戦っていた。この兵士たちが極めて優秀であることはすでに明らかだった。一対一なら、バトル・ドロイドもほぼ互角の射撃技術を持っている。スーパー・バトル・ドロイドのほうがむしろ優れているかもしれない。しかし、グループや隊形を組んで戦うときには、臨機応変な思考力を持ち、戦闘状況の変化に反射的に対応し、ジェダイの司令官の指示に従えるクローン戦士のほうがはるかに優勢で、彼らはまもなく最も有利な場所と、ほとんどの防衛施設を占領していた。

まもなく戦いは、地上を飛び立った敵の船や、まだ降下していなかったトレード・フェデレーションの宇宙船を相手にはるか上空にまで広がった。トレード・フェデレーションの宇宙船のほとんどが、まだ小惑星帯に待機しているのと、戦場付近にいるのは、戦艦よりもドロイドの輸送船が多いとあって、共和国はそこでもすぐさま優勢に立ちはじめた。

司令センターでは、血とほこりにまみれ、力を使い果たしたメイス・ウィンドゥが、ヨーダと合流していた。ふたりは勝利への希望と将来の不安が入りまじった複雑な表情で顔を見合わせた。

「彼らをここに送りこむことにしたのはあなただ」メイス・ウィンドゥが言った。

「困ったことよの」ヨーダは大きな目をゆっくりまばたきして答えた。「取りうる道はふたつあった。が、多くのジェダイを取り戻せる道はこれしかなかった」

メイス・ウィンドゥはうなずき、この選択に同意を示したが、ヨーダはこれには答えず、自分の周囲で起こっている殺戮《さつりく》と破壊に目をやり、またしても大きな目をまたたいた。

オビ=ワンはアナキンの横を通り過ぎ、パイロットに向かいながら命じた。「あのスピーダーを追え！」

ガンシップはさっと降下してスピーダーを追いはじめた。彼らはまもなく大きなタワーの外に止まっているそのスピーダーを見つけた。ガンシップがその上をかすめるほど高度を下げると、オビ=ワンとアナキンは飛びおり、タワーのドアに向かった。アナキンはほとんど立ち止まらずに、そのなかに走りこんだ。そこは巨大な格納庫で、クレーンや制御パネル、牽引船《けんいんせん》、作業台があった。

ドゥークー伯爵はなかにいた。制御パネルの前に立って、何やら操作している。そのそばには、まるいポッドセットとふたつの着床脚を持った、小型の美しいソーラー・セーラーが足を折り曲げるように後部の帆を縮めている。

「おまえが殺したジェダイたちのあがないをさせてやるぞ、ドゥークー！」アナキンは大またに歩み寄りながら叫んだ。またしてもオビ=ワンが彼を後ろに引っぱった。

「一緒に行くんだ」オビ=ワンは説明した。「おまえはゆっくり――」

「いやだ！　いますぐあいつを殺してやる！」アナキンはオビ=ワンの手を振りほどき、走りだした。

「アナキン、やめろ！」

突進するリークのように、若いパダワンは緑の光刃をきらめかせ、ドゥークーを真っぷたつにしようと走ってくる。伯爵は心からおもしろがっているような微笑を浮かべ、目の隅で彼を見ていた。

アナキンにはそれが何を意味するかわからなかった。彼はタスケン・レイダーたちのときと同じように、怒りに突き動かされていたのだ。

だが、今度の相手はたんなる砂漠の戦士とは違う。ドゥークーは襲いかかる若者に向かって片手を突きだし、岩壁のようなフォースの突きを送りながら、指先から青い稲妻を発してそのなかにアナキンを閉じこめ、彼を浮かせた。

そしていったん片手を振って反対側の壁にたたきつけた。

「見てのとおり、わたしの力はきみたちをはるかに凌駕《りょうが》している」ドゥークーは完全に落ち着き払って言った。

「どうかな？」オビ＝ワンはアナキンより用心深く、青いライトセーバーを斜めに構えて防御姿勢をとりながら近づいた。

ドゥークーはにやっと笑って赤く光るライトセーバーを起動した。

オビ＝ワンは最初はゆっくり進んだ。それから急に速度を上げ、光刃を左右に動かしながら切りかかった。

しかし、わずかな動きで、赤い光が青い光の下を突き、さっと上がってオビ＝ワンのライトセーバーを上に払った。ドゥークーはそのまま手首をかすかにひねり、真っすぐに突いてきた。オビ＝ワンは後ろに飛びのき、ライトセーバーを斜めに構えて相手の攻撃を受けようとしたが、ドゥークーはすでに光刃を引いて、一分のすきもない守りに入っていた。

その見事な構えに対しては、打ちかかったオビ＝ワンの振りは大きすぎ、いかにも効率が悪そうに見えた。なぜならドゥークーはどんな攻撃もわずかな動きで受けるかかわし、ほとんど動いたようには見えなかったからだ。オビ＝ワンもそうだが、ジェダイのほとんどは剣士だ。だが、ドゥークーは古代のスタイルを踏襲した戦い方の名手だった。これはブラスターのような武器ではなく、ライトセーバーのような武器に対するのにより効果的な戦い方である。ジェダイたちは、現在の銀河の敵にはほとんど必要ないという考えで、全体としてはこのスタイルを捨ててしまった。しかし、ドゥークーはこの戦い方に固執しつづけ、これを最も優れた剣技とみなしていた。

この伯爵とオビ=ワンの戦いを見れば、古代の技がいかに優れているかは明らかだった。オビ=ワンは飛び上がり、くるっと回り、左右に大きくライトセーバーを振り、空を切り、突きだしたが、ドゥークーはそのつど、それとわからぬ程度しか動かず、しかも見事に攻撃をかわしていた。彼はひとつの線の上を前後に動くだけ、しかも足の動きで常に完璧《かんぺき》なバランスを保ち、さがると見せては不意に進みでて、オビ=ワンがよろめいてあとずさるほど効果的な一撃を加えてくる。

「マスター・ケノービ、きみはわたしを失望させているぞ」伯爵はあざ笑った。「ヨーダがあれほど褒《ほ》めていた若者がこの程度とは」

この言葉に、オビ=ワンは前にでて再び攻撃を繰り返した。だが、ドゥークーの赤い光刃はわずかに左に、それから右に傾き、つづいて振りおろされるオビ=ワンの光刃を横にそらすために上がっただけ。オビ=ワンは荒い息をつきながら、またしても後退せざるをえなかった。

「どうした、ケノービ」ドゥークーはにやっと笑ってあざけった。「わたしをこのみじめさから救ってくれ」

オビ=ワンは心を鎮め、ライトセーバーを持ち替えて、握りなおした。それから素早く進み、青い光刃をひらめかせて目にも留まらぬ速さで攻撃に転じた。だが、今度はやたらに振りまわすのではなく、光刃の角度を頻繁に変え、抑制のきいた攻撃に切り替えた。そしてまもなくドゥークーを後ずさりさせていた。オビ=ワンの前進を食いとめるために、赤い光刃がめまぐるしく動いた。

オビ=ワンはさきほどよりも強引に攻めた。だが、ドゥークーはどの攻撃も巧みにかわしてしまう。

まもなくオビ＝ワンの勢いが止まったときには、彼は前にですぎていた。ドゥークーはいつでも攻撃に転じられる完璧なバランスを保っていた。

伯爵はこのすきを逃さず、突然、猛然と突いてきた。赤い光刃がさっと繰りだされては引く。その引きがあまりに速いため、オビ＝ワンの受けのほとんどは空を切った。そしてオビ＝ワンは後ろに飛びのかなくてはならなかった。そして飛びのくたびに、ドゥークーの突きはますます鋭くなっていく。

ドゥークーは急に前にでて、オビ＝ワンの太ももをねらってきた。オビ＝ワンはライトセーバーをさっと振りおろしたが、恐ろしいことに、ドゥークーは素早く赤い刃を上に戻し、真っすぐに突きだして斜めに振った。オビ＝ワンはそれをかわすことができず、じゅうぶんな距離を飛びのくこともできなかった。

赤い光刃に左肩を突かれ、オビ＝ワンがよろめいてさがると、ドゥークーはもとの位置、右の太ももを突いてきた。オビ＝ワンは後ろによろめき、転倒して、壁にぶつかった。だが、まだ倒れないうちに、ドゥークーがそこにいて、赤い光刃をくるりと回し、青い刃を吹っ飛ばした。

「これで終わりだな」ドゥークーは無力なオビ＝ワンに言った。そして肩をすくめ、なめらかに光刃を上げて、オビ＝ワンの頭めがけて振りおろした。

緑の光刃がそれを受け止め、火花を散らしてブロックした。

伯爵はぱっとさがり、振り向いた。「勇敢だが、愚かだぞ、パダワン。さきほどのレッスンで、あまり学ばなかったようだな」

「あいにく、のみ込みが悪いんだ」アナキンは落ち着いて言い返し、いきなり、すごい力で緑の光刃を渦《うず》巻きのように回しながら攻撃してきた。そのせいで彼は緑の光に包まれているように見えた。

ドゥークーの顔から初めて自信たっぷりの笑みが消えた。彼は必死にアナキンの光刃をくいとめねばならなかった。それも、受けるよりはかわすほうが多かった。横によけようとして、見えない壁にぶつかると、彼はこの若いパダワンが逃げ道をふさぐためにフォースを使ったことを知って、わずかに目をみはった。

「きみは力が強いようだな、若いパダワンよ」ドゥークー伯爵は心から褒めた。しかし、彼の笑みも落ち着きもすぐに戻り、伯爵はアナキンと互角の戦いをしはじめた。

「驚くほどに」ドゥークーは言った。「しかし、きみを救うほどではない！」伯爵はそう言うと、オビ=ワンを後退させたようにアナキンを後退させ、バランスを崩させるつもりで鋭く突いてでた。だが、アナキンは緑のライトセーバーを左右、上下に勢いよく、正確に振り、ドゥークーにつけ込むすきを与えなかった。

だが、この状態がいつまでもつづくとは思えない。すぐ横でふたりの戦いを見守りながら、オビ=ワンはそう思った。アナキンはドゥークーの何倍もエネルギーを使っている。もうすぐオビ=ワンと同じように疲れがでて……。

何か手を打つ必要があった。オビ=ワンは前にでようとしたが、あまりの痛みに顔をしかめて倒れこんだ。そこで気持ちを集中し、フォースを送ってライトセーバーを呼び寄せた。「アナキン！」彼はパダワンに向かってそのライトセーバーを投げた。アナキンは戦いの手を休めずにそれをつかみ、即座に起動した。

オビ=ワンはアナキンがふたつのライトセーバーを完璧に使いこなすのを、内心舌を巻きながら見守った。若いパダワンは目にも留まらぬ速さでそのふたつを自在に回し、操っている。

だが、アナキンが次々に繰りだす攻撃を正確な動きで阻止し、ときにはそのすきを縫って反撃にでるドゥークー伯爵の赤い光刃の動きも、敵ながら見事だ。

アナキンが緑の光刃を斜めに構え、突然勢いよく切りつけると、オビ=ワンの心臓は跳ねあがった。ひょっとして、これで勝てるかもしれない。このままいけば、アナキンの青い光刃が上がり、伯爵が反対側からの攻撃が来ることに気づく前に、緑の光刃で伯爵のライトセーバーを払いのけられる。そして伯爵を仕留める一撃を繰りだせる!

しかし、ドゥークーはとても人間業とは思えぬほど素早く飛びのき、アナキンの切りおろした緑の光刃は空気を切った。

次の攻撃をブロックして手首をひねり、青いライトセーバーをアナキンの手から吹っ飛ばすと、驚いてバランスを崩したアナキンに襲いかかった。

アナキンはバランスを取り戻そうと必死に応戦した。しかし、ドゥークーの攻撃は容赦なく、若いアナキンはよろめきながらさがりつづけた。

それから彼は不意に攻撃をやめた。アナキンはほとんど反射的に打ってでると、鋭く光刃を振った。

「やめろ!」オビ=ワンが叫んだ。

ドゥークーは赤い光刃を突きだし、不意に外側に振って、アナキンのライトセーバーをブロックするのではなく、光刃を握った腕を切り落とした。それはライトセーバーを持ったまま横に飛んだ。

アナキンは苦痛に顔をゆがめて切られたほうの腕をつかみ、倒れた。

ドゥークーはまたしても肩をすくめた。「これで終わりだな」彼は再びそう言った。

だがそのとき、大きな格納庫のドアが開き、外の戦いの煙が流れこんできた。そしてそれと一緒に小柄な、しかしなかにいる者たちの目には大きく見える姿が入ってきた。

「マスター・ヨーダ」ドゥークーがつぶやく。

「ドゥークー伯爵」

ドゥークーは目を見開き、アナキンからさがると、ヨーダに向かい合った。彼はライトセーバーを顔の高さに掲げ、光刃を切って敬礼した。「われわれの計画の邪魔をするのは、これで最後にしていただく」

ドゥークーの自由な手がひくつき、格納庫の機械が小柄なジェダイ・マスターに向かって飛んだ。それはヨーダに激突するかに見えたが……。

ヨーダはすでに自分の手を動かし、フォースでその機械をわきにそらした。

ドゥークーが天井をつかむような動作をすると、ヨーダの頭上に天井が落ちてきた。

だが、小さな手が動き、瓦礫《がれき》は横に落ち、無害に床を転がった。

伯爵は小さくうなり、片手を突きだして青い稲妻でヨーダを襲った。

ヨーダは今度はこれまでより力を使ったものの、自分の手でそれを受け、横に偏向した。

「ずいぶんと強くなったな、ドゥークー」ヨーダは言った。伯爵はにやっと笑ったが、ヨーダがこう付け加えると笑みは消えた。「ダークサイドに落ちたな」

「わたしはどのジェダイよりも強くなった」ドゥークーは言い返した。「あなたよりも、だ。老マスター！」

ドゥークーの手からさらに稲妻がほとばしった。だが、ヨーダは決して自分からは攻撃はすまいと決めているように、それをとらえ、偏向しつづけた。

「だが、まだ学ぶことが多いぞ」

ドゥークーは無駄な努力をやめた。「どうやらフォースで勝敗をつけるのは難しそうだ。こうなったら、ライトセーバーで決着をつけるしかありませんな」

ヨーダは重々しく自分のライトセーバーをつかんだ。緑の光刃がきらめいた。

ドゥークーはぱっと敬礼し、赤い光刃を起動した。しかし、昔の師に敬意を表したのはここまでで、彼は突然ヨーダに向かって跳び、激しい突きを繰りだした。

ヨーダはほとんど体を動かさずにこの刃を横に払った。

ドゥークーはオビ=ワンやアナキンのときとは立場が逆転したようにめまぐるしく動いてヨーダを攻撃した。反対にヨーダはどの攻撃も最小限度の動きでかわした。しかも、驚いたことに前後にも左右にもまったく動かず、それでいて、彼の光刃は正確にドゥークーの攻撃をよけ、かわしていた。

しばらくそんな調子で戦いがつづくと、さすがのドゥークーも動きが鈍くなり、ヨーダを倒すことは到底できないと悟ってすばやく後退した。

だが、速さが足りなかった。

マスター・ヨーダはいきなり前に飛びだし、すごい勢いで攻撃に転じた。ライトセーバーの残光が、アナキンが二本の光刃で最も激しく攻撃したときよりも明るくきらめく。だが、ドゥークーはよくこれを受け、フォースに強められたブロックでヨーダの攻撃を防いだ。さもなければ、ヨーダの一撃はそれを振り払っていただろう。

そして彼が反撃しようとすると……ふっとヨーダの姿が消えた。ヨーダは高く跳び上がって宙返りを打ち、ドゥークーのすぐ後ろに完璧なバランスで着地すると、ライトセーバーを突きだした。

ドゥークーはライトセーバーを逆手に持ちかえ、後ろに突きだしてヨーダの一撃を受けとめた。彼は光刃を放り上げるようにしてそのまま離し、振り向いて、それがヨーダの刃から離れる前につかんだ。

そして怒りのうなりを発してより深くフォースにゆだねると、彼の体はたんなる管にすぎないかのように、それを身内を流れさせた。攻撃のテンポがだしぬけに、驚くほど速くなり、三歩進んで二歩退きながら、完璧なバランスでライトセーバーを操ってくる。彼が使う古代の戦闘スタイルは、バランスに基づいていた。鋭く切り結び、突きや突然の退却をまじえながら、彼は左右を見事に使いわけ、一連の巧妙な突きを繰りだした。

だが、ヨーダの足をねらうことはできなかった。ヨーダの足は常に宙にあるように見えたからだ。この老マスターは跳ね、回り、あちこちに飛んでドゥークーの光刃を受けては、見事な反撃にでる。そのためドゥークーは飛びのかざるをえなくなった。

ドゥークーは高く突き、ヨーダが左によけるのを予想してライトセーバーを回した。だが、小柄なマスターは、この動きを完全に予測していたように、左にも右にもよけず、下におりた。すでに光刃を引いていたドゥークーは、次の一撃にかかって低く突きだした。が、ヨーダはこれも同じように予測し、ドゥークーの光刃の後ろに飛び上がった。

そして不意に反撃にでた。ドゥークーはすばやく飛びのき、初めてバランスを崩した。するとヨーダはぱっと飛びのき、再び飛びあがった。

ドゥークーは怒りに燃え、ヨーダを追ってその頭めがけて鋭い突きを入れた。そしてこの突きも空を切ると、激怒し、光刃をむちのように振って切りこんだ。

ヨーダの緑のライトセーバーが、赤いライトセーバーを受けとめた。ふたりは切り結んだままの力とフォースをそこにそそいだ。

「よく戦ったぞ、もとパダワンよ」ヨーダは褒めながら、ライトセーバーをじりっと外に動かし、ドゥークーを後退させた。

「まだ終わりではない！」ドゥークーは頑固に言い張った。「これは始まりにすぎん！」そして格納庫にある大クレーンをフォースでつかみ、それをオビ=ワンとアナキンの上に落とした。

「アナキン！」オビ=ワンは叫び、落ちてくるクレーンをフォースでつかんだ。アナキンはこの叫び声に意識を取り戻したが、ふたりにはその落下を止めるだけの力は残っていなかった。

だが、ヨーダにはあった。

ヨーダはドゥークーを離し、クレーンをつかんだ。伯爵はこのすきを逃さず飛びのいて、宇宙船の昇降路を駆け上がった。クレーンが無害に横に落ちたときには、宇宙船は轟音《ごうおん》とともに離床していた。

アナキンとオビ=ワンは疲れ果てたヨーダに歩み寄った。パドメが駆けこんできて、ひどいケガをしたアナキンを抱きしめた。

「暗い日よの」ヨーダが静かに言った。

エピローグ

一隻の美しいソーラー・セーラーが、翼をたたみながら、デクスターズ・ダイナーがある地域よりはるかに荒廃のひどい、コルサントの下部にある下水溝のような場所に、滑るように降りてきた。そして通常のドライブに切り替わり、廃屋のような建物のなかに入って、床の亀裂《きれつ》に着床した。

ドゥークー伯爵はソーラー・セーラーから降りて、秘密の階段の横にある暗い影のところに向かい、そこで待っていたフードをかぶった人物の前でうやうやしく頭を下げた。

「フォースはわれわれとともにありました、マスター・シディアス」

「ご苦労であった、ティラナス卿。よくやったぞ」

「よい知らせです、閣下。戦いがはじまりました」

「よし」シディアスはしゃがれた声で言い、大きなフードの影のなかでにやっと笑った。「万事予定どおり進んでおるな」

街の反対側にあるジェダイ・テンプルは沈痛な悲しみに満たされていた。あまりにも多くのジェダイが友や仲間を失ったのだ。オビ=ワンとメイス・ウィンドゥは、自宅で瞑想《めいそう》するヨーダの向かいで、窓の外に目をやっていた。

「ドゥークーが言ったように、シディアスは元老院を支配しているのでしょうか？」重い沈黙を破って、オビ=ワンが尋ねた。「わたしには信じられません」

メイス・ウィンドゥが答えようとすると、ヨーダがさえぎった。「ドゥークーはもはや信頼できん。ダークサイドに落ちたのよ。うそやあざむき、不信を作りだすのが彼のねらいぞ」

「しかし、元老院の動向は注意深く見守るべきだろうな」メイス・ウィンドゥが付け加え、ヨーダはうなずいた。

しばらくして、メイス・ウィンドゥが問いかけるようにオビ=ワンを見た。「きみのパダワンはどうした？」

「アミダラ議員をエスコートして、ナブーに向かっています」

メイスは黙ってうなずいたが、オビ=ワンはその目にちらっと懸念の色が浮かぶのを見たような気がした。オビ=ワンと同じ懸念、アナキンとアミダラに関する懸念が。だが、いまはそれよりも重大な問題がある。オビ=ワンは再び沈黙を破った。

「クローン軍がなければ勝利は手にできなかったでしょう。それだけは確かです」

「勝利？」ヨーダが言い返した。「勝利、とな」

オビ=ワンとメイス・ウィンドゥは、深い悲しみを聞きとってヨーダに目をやった。

「これが勝利なものか。ダークサイドの衣が落ちた。クローンの戦争がはじまったのだ！」

ヨーダの言葉はそこにいる者すべての耳に残った。それはこれまでジェダイ・カウンシルのメンバーが聞いたことのない不吉な予言だった。

ベイル・オーガナ議員とマス・アミダを左右に従え、パルパティーン元老院議長はバルコニーに立って、何万という共和国軍のクローン兵士がわずかなすきまもなく並び整然と行進しながら、巨大な戦艦の昇降路を同時に何列も上がっていくのを見守っていた。

ベイル・オーガナはハンサムな顔に深い悲しみを浮かべ、パルパティーンを見た。議長の顔にはかたい決意が浮かんでいた。

遠くナブーでは、正式なジェダイのローブ姿のアナキンと、花を飾った美しい青いドレス姿のパドメが、きらめく湖を見下ろす薔薇《ばら》色の東屋《あずまや》で手を取り合って立っていた。アナキンは落ち着かないのか、新しい義手の指を握ったり開いたりしている。

ふたりの前ではナブーの聖職者が両手をふたりの頭に上げ、古代の婚姻の言葉を唱えていた。誓いの言葉が終わると、式に立ち合っているR2-D2とC-3POのにぎやかなさえずりと拍手に祝福され……。

アナキン・スカイウォーカーとパドメ・アミダラは、夫と妻として最初のキスを交わした。

（完）

用語一覧

アーディス【ardees】 デクスターズ・ダイナーのメニューにある飲み物。
R2-D2【R2-D2】 パドメ・アミダラが所有するアストロメク・ドロイド。
R3-D【R3-D】 アストロメク・ドロイドの型番。火器の照準を保つのに優れている。
R4-P【R4-P】 優れた操縦技術を持つアストロメク・ドロイド。オビ=ワンはデルタ7にR4-Pを搭載した。
アウター・リム（外縁領域）【Outer Rim】 銀河の辺境外郭の領域。
アクアリッシュ【Aqualish】 海洋惑星アンドー出身のエイリアン種族。その見た目でウォーラスマン（セイウチ男）と呼ばれる。
アクレイ【acklay】 クモのような動き方をする銀河一強いといわれる肉食獣。ジオノーシスの闘技場で人気のある猛獣。
アスク・アーク【Ask Aak】 マラステア選出の元老院議員。
アストロメク（宇宙船乗組用）・ドロイド【astromech droid】 R2-D2のような宇宙船の修理補修の役目を果たすドロイド。
アナキン・スカイウォーカー【Anakin Skywalker】 オビ=ワン・ケノービのパダワン（弟子）としてジェダイ修行中の二〇歳の青年。惑星タトゥイーン出身の奴隷だったが、オビ=ワンの師、クワイ=ガンに見出され、ジェダイの道を歩むことになった。
アニー【Annie】 アナキンの愛称。
アミダラ → パドメ・アミダラを参照
暗黒卿【Dark Lord】 ダークフォースを使うシス卿のこと。
暗黒面 → ダークサイドを参照
アンシオン【Ansion】 辺境の惑星。弱小惑星だが、複雑にからみあった同盟や安全保障条約機構に参加する惑星の中心にあることから、アンシオンを共和国から脱退させ、それを起爆剤に共和国を崩壊に追い込むという、分離主義者の陰謀に利用されるところだったが、密使として派遣されたオビ=ワンたちおかげで、脱退には至らずに済んだ。
アンドー【Ando】 アクアリッシュの出身地である海洋惑星。沼地にいくつかの島があり、岩が突き出している以外はほとんどが海。
ES-PSA【ES-PSA】 惑星タトゥイーンでリクショーを引くのに使われているドロイド。
イオピー【Eopie】 惑星タトゥイーンで荷物運搬に使われる動物。
インターギャラクティック銀行グループ【Intergalactic Banking Clan】 惑星ムウニリンストに本拠地を置く、相互利益のために団結している銀行グループ。ドゥークー伯爵と手を組んでいる。
ウーキー【Wookiee】 森林惑星キャッシーク出身の猿人型エイリアン種族。長寿で怪力。
ウヴ・ギゼン【Uv Gizen】 パルパティーンの補佐官。
SP-4分析ドロイド【SP4 Analysis Droid】 データ分析に

使われるドロイド。

エラン・スリーズバガーノ【Elan Sleazebaggano】コルサントのあやしげなクラブでデス・スティックを売っている男。たてがみと角があるエイリアン種族。

エレクトロバイノキュラー(電子双眼鏡)【electrobinoculars】携帯用の電子双眼鏡。

オーウェン・ラーズ【Owen Lars】シミ・スカイウォーカーと結婚した水分抽出農場主クリーグ・ラーズの息子。

オーレイ【Orray】ジオノーシスの闘技場にピカドールを乗せていくおとなしい動物。

オーン・フリー・ター【Orn Free Taa】惑星ライロス選出の元老院議員。ルティアン・トワイレックの子孫。肥満した体が、汚職にまみれた自堕落な生活を物語っている。

オビ=ワン・ケノービ【Obi-Wan Kenobi】ジェダイ・ナイト。亡きクワイ=ガン・ジンに師事し、彼の遺志を継ぎ、アナキン・スカイウォーカーをパダワン（弟子）に迎えた。

オルデラン【Alderaan】平和主義の美しい惑星。開拓時代初期にコルサントから入植者が移住し、自然と共存する高度な文化を築いた。

ガッフィ・スティック【Gaffi stick】タスケン・レイダーの使う武器。別名ガダフィ。

カミーノ【Kamino】クローン製造で定評のある惑星。陸地がすべて水没しており、水上に都市が点在する。

カミーノ・セーバーダート【Kamino Saberdart】カミーノアンが製作する特徴のある投げ矢。

カミーノアン【Kaminoan】惑星カミーノの住人。種族を絶やさないためにクローン技術を発達させた。細長い体と、長い首が特徴。禁欲的な非物質主義社会を形成している。

ガモーリアン【Gamorrean】惑星ガモール出身のエイリアン種族。怪力と暴力を好むことで知られる。

ガンダーク【gundark】好戦的な一・五メートル大の生物。

キ=アディ=ムンディ【Ki-Adi-Mundi】ジェダイ・カウンシルのメンバーであるジェダイ・ナイト。セレアン。

キット・フィストー【Kit Fisto】グリー・アンセルム出身のジェダイ・マスター。水陸両生のノートラン。

キャプテン・タイフォ【Captain Typho】パドメ・アミダラの護衛隊長。キャプテン・パナカの甥。ナブーの戦いで左目を失った。

キャプテン・パナカ【Captain Panaka】ナブーのクイーン・ジャミーラを守る近衛隊長。

共和国【Republic】銀河元老院加盟国からなり、コルサントを政治経済の中心とする大国家連邦。元老院議会と議長により統治される。

クイーン・ジャミーラ【Queen Jamillia】ナブーの女王。

クオレン【Quarren】惑星モン・カラマリをモン・カラマリ（カラマリアン）と共有する水陸両生エイリアン種族。

グリー・アンセルム【Glee Anselm】惑星名。キット・フィストーやダーサナ大使の出身惑星。

クリーグ・ラーズ【Cliegg Lars】惑星タトゥイーンで水分抽出農場を営む男。シミをワトーから身請けしたのち、結婚した。オーウェンの父親。

クローダイト【Clawdite】変身能力を持つエイリアン種族。ザム・ウェセルがこの種。

クワイ=ガン（ゴン）・ジン【Qui-Gon Jinn】オビ=ワンの師

だった、いまは亡きジェダイ・マスター。アウトロー的なところがあった。ナブー封鎖の頃、タトゥイーンでアナキンを奴隷の境遇から救い出し、ジェダイとして育てようとしていたが、シス卿ダース・モールとの戦いに敗れ、命を落とした。

グンガン【Gungan】惑星ナブーに住む両生類人種族。有機質から船を建造するなど、独自のバイオ・テクノロジーを持つ。

軍隊創設法【Military Creation Act】分離主義者たちの台頭で揺れる共和国の治安を守るため、ジェダイを助けとなる軍隊を創設する法案。

ケル・ドリアン【Kel Dorian】惑星ドーリン出身のエイリアン種族。コルサントで暮らすケル・ドリアンは、大気から目と鼻を守るために防護用のマスクを着用しなければならない。プロ・クーンがこの種。

元老院【Republic Senate】銀河中の星々から選出された数千人の議員で構成される議会。

コア・シップ【core ship】トレード・フェデレーションの貨物船から切り離れて惑星に降りる球形の着陸船。

コウハン【kouhun】尻尾にあるトゲに有毒を持つムカデに似た虫。パドメ暗殺にザム・ウェセルが使った。

コーデ【Cordé】アミダラの侍女。

コーポレート・アライアンス（**企業同盟**）【The Corporate Alliance】銀河の主要な商業業務を交渉する団体。パッセル・アージェンテが行政官を務める。ドゥークー伯爵と手を組んでいる。

ココ・タウン【Coco Town】コルサントのビジネス街。この街にデクスターズ・ダイナーがある。

コマース（**交易**）**・ギルド**【Commerce Guilds】銀河を実質的に牛耳る組織のひとつ。会頭はシュ・マーイだが、ドゥークー伯爵が黒幕。

コルサント（**コルスカント**）【Coruscant】銀河の中心である首都惑星。

サイ・マイス【Sy Myrth】トゥーンバック・トゥーラの出身惑星。

サイフォ＝ディアス【Sifo-Dyas】一〇年前に殺されたジェダイ・マスター。

サブテレル【Subterrel】アウター・リムにある惑星。かつてデクスター・ジェットスターがこの惑星で山師をやっていたことがある。

ザム・ウェセル【Zam Wesell】クローダイトの女賞金稼ぎ。ジャンゴに雇われ、パドメ・アミダラの命を狙う。

サラスタン【Sullustan】サラスト星系出身のエイリアン種族。頬が垂れ、大きな丸い目のネズミ顔が特徴。

サン・ヒル【San Hill】インターギャラクティック銀行グループの会長。

サン・ファーク【Sun Fac】ポグル大公の補佐官。

サンドクローラー【sandcrawler】惑星タトゥイーンのジャワが砂漠を移動しながら廃品を回収する砂上車。ジャワはこの中で暮らし、仕事をする。

C-3PO【C-3PO】シミが所有するプロトコル・ドロイド。アナキン・スカイウォーカーが組み立てていたが、未完成のままタトゥイーンを離れることになったので、のちにシミが最後の仕上げをした。

シード【Theed】惑星ナブーの壮麗な首都。

ジェダイ・オーダー（騎士団）【Jedi Order】ジェダイ・ナイトの集団。ジェダイの秩序という意味あいも持つ。

ジェダイ・カウンシル（評議会）【Jedi Council】一二人のメンバーから構成されるジェダイの最高意思決定機関。

ジェダイ・テンプル（聖堂）【Jedi Temple】ジェダイの総本山。コルサントにそびえたつ、巨大なピラミッド状の建物。頂上部には輝く五本のミナレット（尖塔）があり、数世紀の歴史を誇る美しい建物。

ジェダイ・ナイト（騎士）【Jedi Knight】熟練したフォースの使い手。いにしえより、銀河の守護者たる存在だった。

ジェダイ・パダワン【Jedi Padawan】マスターについてジェダイの修行をする弟子に与えられる称号。

ジェダイ・マスター【Jedi Master】弟子を持つジェダイ・ナイト全般をさすことも多いが、正式にはジェダイ・カウンシルに属す特定のマスターに与えられる称号。

シオ・ビブル【Sio Bibble】ナブー評議会のカウンシラー（議長）。

ジオノージアン【Geonosian】惑星ジオノーシス出身のエイリアン種族。暴力的な傾向がある。上流階級の者には翼があるが、青年期以降は使わなくなる。

ジオノーシス【Geonosis】アウター・リムにある惑星。

シス【Sith】暗黒卿とも呼ばれる、ダークサイドのフォースを操る者。実態は謎に包まれている。ダース・シディアスはシス卿。

シミ・スカイウォーカー・ラーズ【Simi Skywalker Lars】アナキンの母親。ワトーに仕える奴隷だったが、アナキンと別れたのち、農夫クリーグ・ラーズに身請けされ、再婚する。

ジャー・ジャー・ビンクス【Jar Jar Binks】ナブー選出の元老院準代表議員。一度は、故郷を追放されていたグンガンのトラブルメーカー。ナブーの戦いの戦功が認められ、出世した。

シャアク【shaak】ナブーに生息するおとなしい草食動物。

シャッダ＝ビ＝ボラン【Shadda-Bi-Boran】太陽が内破して滅びた惑星。かつてパドメが難民救済活動をしていたときに訪れたことがある。

ジャミーラ → クイーン・ジャミーラを参照

ジャワ【Jawa】タトゥイーンの原住種族。身長は約一メートル。廃品を回収して売り、生活している。

ジャンゴ・フェット【Jango Fett】マンダロア軍で育てられた賞金稼ぎ。ボバ・フェットの父親。

ジャンプ【jump】ハイパースペースに突入して跳躍航行すること。

シュ・マーイ【Shu Mai】コマース・ギルドの会頭。ゴッサムの女性。

シューラ【shuura】ナブーで採れる汁気のある甘い果物。

ジョカスタ・ヌー【Jocasta Nu】ジェダイ・テンプルの記録保管室を管理している年配の女性ジェダイ。

ジョバル・ネイベリー【Jobal】パドメ・アミダラの母親。

水分抽出農場【moisture farm】惑星タトゥイーンの乾燥した大気から水分を抽出する農場。

スーパー・バトル・ドロイド【super battle droid】バトル・ドロイドをパワーアップした、トレード・フェデレーション軍のドロイド兵士。

スパイス【spice】香辛料や薬の原料となるが、麻薬でもあり、高値で裏取り引きされる。

スピーダー【speeder】反重力推進の小型地上艇の総称。

スピーダーバイク【speederbike】一人乗りの反重力バイク。

スリーピオ → C-3POを参照

スレーヴI【Slave I】ジャンゴ・フェットの宇宙船。

セレアン【Cerean】惑星セレア出身のエイリアン種族。第二心臓に支えられた長い頭部が特徴。キ=アディ=ムンディがこの種。

ソーラ【Sola】パドメの姉。プージャとリョーの母親。

ソーラー・セーラー【solar sailer】光子帆船のような宇宙ヨットのこと。

ソル・ドー【Sholh Dorr】惑星タトゥイーンの水分抽出農場主。

ダー・ワック【Dar Wac】パルパティーンの補佐官を務めるハット。

ダークサイド（暗黒面）【darkside】フォースの闇の側面。怒りや恐れなどに満ちている。

ダーサナ大使【Ambassador Darsana】グリー・アンセルム出身の元老院議員。

ダース・シディアス【Darth Sidious】共和国を支配しようと企む、謎に包まれたシスの暗黒卿。

タスケン・レイダー【Tasken Raider】惑星タトゥイーンの原住種族で砂漠の蛮族サンド・ピープルの別称。

タトゥイーン【Tatooine】辺境にある砂漠の惑星。

ダレリアン・ファイア・クラブ（火蟹）【Darellian fire crab】ダレリアに生息する赤い蟹。

タンガルート【tangaroot】根菜。

ティポカ・シティ【Tipoca City】水上に建設された、惑星カミーノ最大の人工都市。

ティラナス【Tyranus】謎の人物。

デクスター・ジェットスター【Dexter Jettster】コルサントでデクスターズ・ダイナーを経営する、巨大な体に四本の太い腕を持つ情報通。

デクスターズ・ダイナー【Dexter's Diner】コルサントのビジネス街にある、デクスター・ジェットスターが経営する食堂。

テクノ・ユニオン【Techno Union】ナブー危機当時、辺境域の課税制度に反対していた技術組合。

テクラ【Teckla】ナブーの湖水地方にあるパドメの別荘で働くウェイトレス。

デス・スティック【death stick】麻薬の一種。コルサントのあやしげなナイトクラブなどで出回っている。

テセック【Tessek】クオレンの元老院議員。ドゥークー伯爵と手を組んでいる。

デックス【Dex】デクスター・ジェットスターの愛称。

デルタ・ウイング【Delta-Wing】宇宙戦闘機の一種。

デルタ7【Delta-7】宇宙戦闘機デルタ・ウイングの型式。オビ=ワンが惑星カミーノに向かうときに使った戦闘機。

トイダリアン【Toydarian】惑星トイダリア出身のエイリアン種族。羽虫のような羽根で忙しなく飛ぶ。フォースの心理操作が通用しない。奴隷時代のアナキン・スカイウォーカーを所有していたジャンク屋のワトーがこの種。

ドゥークー伯爵【Count Dooku】腐敗した共和国からの脱退、独立を唱える分離主義者。かつてはジェダイ・マスターだった。
トゥーンバック・トゥーラ【Toonbuck Toora】サイ・マイス出身の裕福な女性元老院議員。ドゥークー伯爵と手を組んでいる議員のひとり。
ドー　→　ソル・ドーを参照
ドーメ【Dormé】パドメ・アミダラの侍女。
トーン・ウィー【Taun We】惑星カミーノの首相ラマ・スーの女性補佐官。クローン兵士プロジェクトの監督官のひとり。
トランスパリスチール（透明鋼）【transparisteel】ガラスの透明度と金属の堅牢度、耐久性を持った特殊金属で、戦闘機のキャノピーなどに使われる。
ドルフィー軍曹【Corporal Dolphe】キャプテン・タイフォのもとで、アミダラの警護を務めるナブー保安軍の兵士。
トレード・フェデレーション（通商連合）【Trade Fedration】ニモーディアンが率いる強欲な大企業。一〇年前、辺境惑星ナブーを軍事封鎖したが、結局、ナブー侵攻は失敗に終わった。今は、ドゥークー伯爵と手を組んでいる。
ドロイデカ【droideka】トレード・フェデレーションの戦闘ドロイド。残酷なエイリアンとして知られるコリコイドが自分たちに似せて作った。
ドロイド【droid】自動機械類の総称。
トワイレック【Twi'lek】惑星ライロス出身のエイリアン種族。毛のない頭部から伸びた二本の触覚が特徴。
ナ＝キー＝テュラ【N'a-kee-tula】滅亡寸前の惑星シャッダ＝ビ＝ボランから、アミダラたちが救出した難民の少年。外の環境に合わず、死亡した。
ナブー【Naboo】一〇年前、トレード・フェデレーションの侵略の危機にさらされた美しい辺境惑星。ナブー危機当時は若いクイーン・アミダラが治めていたが、現在はクイーン・ジャミーラが統治している。
ナブー・ロイヤル・クルーザー【Naboo Royal Cruiser】ナブー王室専用の非武装宇宙船。
ナンディ【Nandi】ナブーの湖水地方にあるパドメの別荘で働くウェイトレス。
ニモーディアン【Neimoidian】トレード・フェデレーションを率いる狡猾なエイリアン種族。惑星ニモーディア出身。総じて臆病で強欲。祖先はデュロス。
ヌート・ガンレイ【Nute Gunray】トレード・フェデレーションのヴァイスロイ（総督）であるニモーディアン。
ネクスー【nexu】ネコに似た大きな口の獰猛な獣。ジオノーシスの闘技場で人気がある。
パーマクリート【permacrete】耐久性の高いコンクリートのような建材。
ハイパースペース【hyperspace】光速移動する場合にのみ到達できる時空連続体。
ハイパードライブ【hyperdrive】宇宙船を光速へと推進させ、ハイパースペースへと移行させるエンジンと関連システム。
ハイパードライブ・リング【hyperdrive ring】ハイパードライブを装備していない宇宙船が、大気圏外で着脱して使うリング状のハイパードライブ。

パダワン【Padawan】ジェダイの弟子のこと。
パッセル・アージェンテ【Passel Argente】コーポレート・アライアンスの行政官を務める元老院議員。角と沈んだ顔色が特徴のヒューマノイド。
ハット語【Huttese】ハットが使う言語。
パディ・アクー【Paddy Accu】ナブーの湖を飛ぶウォーター・スピーダーの運転手。別荘に向かうパドメとアナキンを乗せた。
パドメ・アミダラ【Padmé Amidala】軍隊創設法に反対している、ナブー選出の元老院議員。アミダラはクイーンとしての任期を務めたあと、議員として政界に留まった。
バトル・ドロイド【battle droid】トレード・フェデレーションのドロイド兵士。中央司令コンピューターで制御されている。学習能力はなく、射撃精度も低い。
パルパティーン（**パルパタイン**）【Palpatine】銀河共和国元老院議長。惑星ナブー出身。
パロ【Palo】パドメ・アミダラの初恋の少年。
バンサ【bantha】厚く長い毛に覆われた好奇心の強い四本足の大型獣。
ピット・ドロイド【pit droid】ポッドレーサーの整備をするドロイド。ワトーは中古のピット・ドロイドを店で使っていた。
ファーボグ商人【Firbog trader】ファーボグを売買して宇宙を渡り歩く行商人。
プージャ【Pooja】ソーラの娘。
フォース【the force】森羅万象、ありとあらゆる生命体から発するエネルギーの場。
ブラスター【blaster】強力な光エネルギーを発する銃。スタン（麻痺）からキル（殺傷）まで、数段階の強度を設定できる。
プロ・クーン【Plo Koon】ジェダイ・カウンシルのメンバーであるジェダイ・マスター。惑星ドーリン出身。対酸素マスクを常着している。
プローブ（**探査**）**・ドロイド**【probe droid】探査・捜索用のドロイド。
プロトコル（**通訳兼式典**）**・ドロイド**【protocol droid】3POのように、通訳、式典などに必要な知識がプログラムされたドロイド。
分離主義者【the Separatists】腐敗した共和国からの脱退、独立を煽るドゥークー伯爵が先導する一派。実際は、トレード・フェデレーションやコーポレート・アライアンス、コマース・ギルド、インターギャラクティック銀行グループなど銀河社会に影響力を持つ大企業グループが営利目的で共和国解体をもくろんでいる。
ベイル・オーガナ【Bail Organa】オルデラン選出の元老院議員。
ベーシック【basic】銀河の共通標準語。
ベルー・ホワイトサン【Beru Whitesun】オーウェン・ラーズの恋人。
ペルートゥ・キャット【perootu cat】ペットにする動物。
ポ・ヌードー【Po Nudo】ドゥークー伯爵と手を組んでいるアクアリッシュの元老院議員。
ホール・オブ・アーカイブス【Hall of Archives】ジェダイ・テンプルにある記録保管室。

ボグデン【Bogden】惑星名。ボグデンの月のひとつで、ジャンゴはティラナスに雇われた。

ポグル大公【Archduke Poggle the Lesser】ジオノーシス君主国の統治者。

ポッカー【Pocker】イオン推進のアトラトル（投げ槍）。

ポッドレーサー【Podracer】スピードを競う危険なレース、ポッドレースに使われる反重力機。

ポッドレース【Podrace】ポッドレーサーという反重力機でスピードを競う危険なレース。惑星タトゥイーンでは、ジャバ・ザ・ハットが元締めとなり、大金が動く賭け事としても盛ん。

ボバ・フェット【Boba Fett】ジャンゴ・フェットの息子。

ホロックス・ライダー【Horox Ryder】レオバロ宙域の何千という惑星を代表する元老院議員。アンクス。

マス・アミダ【Mas Amedda】元老院議会副議長。シャグリアン。

マラステア【Malastare】ポッドレースが開催されることで有名な惑星。グランとダグなどのエイリアン種族が住む。

メイス・ウィンドゥ【Mace Windu】ジェダイ・カウンシルの長老を務めるジェダイ・マスター。

メクノ・チェアー【Mechno-chair】自動歩行式の椅子。

モス・アイズリー【Mos Eisley】惑星タトゥイーンの宇宙港町。ならず者が横行する荒っぽい町。

モス・エスパ【Mos Espa】惑星タトゥイーンの商都。ポッドレースが開催されることで賑う。アナキン・スカイウォーカーはこの町で奴隷として働いていた。

ヨーダ【Yoda】齢九〇〇歳近くのジェダイ・マスター。ジェダイ・カウンシルの一員のなかでも重鎮で、グランド・マスターとも呼ばれる。ライトセーバーの達人。身長一メートル足らず。緑の肌にとがった耳を持つ。

ライトセーバー【Lightsaber】ジェダイ・ナイトが携帯する優雅な武器。投射されたエネルギーが光の刃となる。

ラマ・スー【Lama Su】惑星カミーノの首相。

リーク【reek】三本の角がある獰猛な獣。ジオノーシスの闘技場で人気がある。

リクショー【rickshaw】人を乗せて浮揚し、ES-PSAドロイドに引かれて走る乗り物。

リシ・メイズ【Rishi Maze】アウター・リムにある迷路のような場所。ここから北へ一二パーセクのところに惑星カミーノがある。

リョー【Ryoo】ソーラの娘。

ルウイー・ネイベリー【Ruwee】パドメ・アミダラの父親。大学の教授。

ロイヤリスト・コミッティー【Royalist Committee】元老院の委員会のひとつ。

ローラーフィッシュ【rollerfish】惑星カミーノの海に生息する全長数メートルの生物。

ワトー【Watto】惑星タトゥイーンの商都モス・エスパに住む横柄なジャンク屋のトイダリアン。スカイウォーカー母子を奴隷として使っていた。

［協力：高貴準三、マイケ・マルクス、上屋梨影子］

スター・ウォーズ
エピソード2 クローンの攻撃

2002年4月23日　初版第1刷発行

著者——R・A・サルヴァトア
訳者——富永和子《とみながかずこ》
発行人——三浦圭一
発行所——株式会社ソニー・マガジンズ
〒102-8679 東京都千代田区五番町5-1
電話 03-3234-5811
印刷所——中央精版印刷株式会社

ISBN4-7897-1854-9
Printed in Japan